사르비아 총서 · 323

삼대(하)

염상섭 지음

범우사

차례

20. 매 당

아홉 시가 치는 것을 보고 경애는 활동사진관에서 나와 자동차에 올라앉았다. 아까 그 운전사는 아니나 역시 아는 사람이다.

자동차를 재동 못미처 큰길거리에 던져두고 경애는 운전사를 끌고 골목길로 들어섰다. 병화가 가르쳐주던 대로 캄캄한 속을 차츰차츰 휘더듬어 들어갔으나 중턱에 들어가서는 게가 거기 같고 전등불도 없는 속에서 어리둥절하였다. 그러자 어느 구석에선지 대문이 찌이걱 열리는 소리가 나며 소곤소곤하는 소리가 들린다.

경애가 운전사를 손짓으로 가만 있게 하여, 두 검은 그림자는 귀에 신경을 모으고 섰다……

"어쩌면 좋아! 왜 왔더라고 하면 좋아요?"

겁을 집어먹은 젊은 여자의 목마른 목소리다.

"조금도 염려없어! 내가 몸으로 슬쩍 막았는데……. 그리고 취한 사람이 무얼 분명히 보았을라구."

이것은 늙은 아낙네의 안위시키는 말소리다.

“누가 오줌만 누곤 그렇게 곧 나올 줄 알았나요. 뒤보러간다고 하기에 나오시라고 한 것인데요…….”

또 이것은 다른 젊은 계집의 망단해하는 소리다.

“상관있나. 예전부터 나하고 친한 터이니까 다니러 왔던 것이라고 하든지 무어라고 좋도록 꾸며대지.”

노파의 목소리다.

“그러기에 병환은 저런데 밤중에 나다닌다고 할 게 아니에요?”

이것은 가려고 문 밖에 나선 여자의 걱정이다.

“그러기로 제 속에만 넣어두었지 소문이야 낼라구! 친환은 내버려두고 술 먹으러 다니는 사람은 얼마나 낫기에! 자기가 창피해서두 모른 척할 테지.”

“그두 그렇지만……. 일두 공교롭게두 되느라구…….”

“모두 내가 없었던 탓이지. 그러나 늦기 전에 어서 가요.”

또 한참 소곤소곤하더니,

“안녕히 곕쇼.”

“응. 잘 가거라.”

“안녕히 가세요.”

안에서 안 들릴 만큼 인사가 분주하더니 골목 밖으로 조그만 그림자가 쑥 나온다.

경애와 운전사는 인사하는 소리를 듣고 추녀 밑으로 비켜섰다. 나오던 여자는 멈칫하며 역시 이 집에 드나드는 축이겠지만 아는 동무인가 하고 바라보다가 컴컴한 속에서 보이지를 않는지 그대로 지나쳐 간다. 망토를 두르고 까만 털목도리에 푹 파묻힌 머리에는 밤빛에도 금나비 금줄이 번쩍이는 조바위가 씌워져 있다.

'분명히 저게 수원집인가보다!'

경애는 속으로 웃었다. 병환이 어쩌고 하는 것을 들으면 상훈과 맞장구를 쳐서 빠져나올 수가 없어 숨어 있다가 변소에 간 새에 도망을 쳐 나오다가 들킨 것이 뻔하다. 경애는 '잘들 놀아난다!' 고 속으로 혀를 찼다. 운전사더러 그 집으로 들어가서 조상훈을 찾으라고 하였다. 만일 없다고 하거든 큰 댁에서 급히 오시라고 자동차를 가지고 사람이 왔으니 꼭 뵈어야 하겠다고 하라고 일렀다.

경애가 뒤에서 바라보니 전등 달린 커단 새 대문이 어느덧 꼭 닫히었다. 운전사는 들이 흔들다가 안에서 대답이 있는지 가만히 섰다. 경애는 또 숨어버렸다.

계집 하인이 나왔는지 중얼중얼 하더니 운전자가 급히 뛰어나오며,

"됐습니다. 이제 나오시는 모양인가봅니다."
하고 뛰어간다. 이젠 저는 먼저 나가 있을 테니 둘이 만나보라는 눈치다. 경애는 손짓을 하며 자기가 먼저 나가 있을 것이니 자동차 논 데까지 끌고 나오라 하여 운전사를 다시 들여보내놓고 뺑소니를 쳐 나왔다.

경애가 불끈 자동차 속에 면저 들어가 앉았으려니까,

"어디란 말인가? 이때까지 문 밖에 있다던 사람이 예까지 나왔을 리가 있나?"
하고 상훈이 술 취한 소리로 역정을 내며 동구 밖으로 나온다. 앞장을 선 운전사는 싱글싱글 웃으며

"글쎄올시다. 먼첨 나오셔서 타셨나?"

하고 컴컴한 자동차 속을 들여다보며 문을 연다. 상훈이 달려 들여다보려니까 경애가 웃으며 고개를 쑥 내민다.

"엉……."

상훈은 경풍한 사람처럼 눈을 크게 뜨고 바라보더니,

"예이, 사람을 그렇게 속여!"

하고 경애에게 하는 말인지 운전사를 나무라는 것인지 이런 소리를 하고 머뭇머뭇 섰다.

"창피하니 잠깐 들어오세요."

"이러구 어딜 갈 수는 있어?"

하며 상훈이 망단해하다가 올라서니까,

"가긴 누가 어디를 가재요?"

하고 경애가 자리를 비키며 운전사에게 눈짓을 한다. 운전사는 냉큼 뛰어올라서 불을 번쩍 켜고 고동을 틀려 한다.

"가면 안 돼! 모자두 안 쓰고 나왔는데…… ."

상훈이 당황히 소리를 지르며 엉덩이를 들먹거린다.

"걱정 마세요. 또 데려다드릴게."

자동차는 뚝 떠났다.

"감옥 자동차는 용수나 씌우더군마는 맨대가리로 어딜 가는 거야?"

상훈은 그리 취하지도 않았지만 배반杯盤이 낭자하게 벌여놓은 것을 그대로 두고 잠깐 나와서는 이렇게 끌려가는 것이 하도 어이없고 생각할수록 우스웠다.

"당신같은 팔자가 어디 있어요. 주지육림酒總肉林에 경국지색을 모아놓고 밤깊도록 노시다가 갑갑하실 때쯤 때를 맞춰서 바람이나 쐬시라고 나 같은 모던 미인이 자동차까지 가지고 등대를 하고……. 하하하……."

"어떻게 알았어?"

"냄새를 워낙 잘 맡거든요."

"사냥개던가!"

하며 상훈은 실소를 하다가,

"김병화 요새 만나지?"

하고 묻는다. 아범이 잃어버린 외투 속의 편지를 생각한 것이다. 매당집에는 다니는 것을 자기 패의 몇몇 사람 외에는 바깥애밖에는 모르는 터이니 병화가 새에 들어서 뒤를 밟은 것인 듯하나 혹시 경애 자신이 매당집에 무슨 연줄이 닿아서 알았는지? 매당집이란 서울바닥에서도 유수한 그러한 젊은 계집이 주름을 잡는 도가都家인지라 경애 역시 그런 축으로 떨어졌기도 쉬운 일인 듯싶다. 하여간에 경애가 이렇게 쫓아 온 것이 불쾌할 것은 없다. 제아무리 배 내미는 수작은 하였어도 다른 계집이 따를 줄을 알고 몸이 달아 붙들려고 다니는 것을 보니 이제는 이편에서 배를 퉁겨보고 싶다.

"친환은 침중하신데 수원집마저 매당집에 밤사진을 하시느라고 병구완하실 겨를이 없으신 모양이고 딱하신 사정하라 내가 모시러 갔었습니다만 어떻게 자동차를 큰댁으로 대랄까요?"

경애는 야죽야죽 놀린다. 자동차는 창덕궁을 등지고 무작정하고 동구 안으로 내려간다. 수원집이란 말에 상훈은 아까 매당집 마당에서 슬쩍 지나치던 것이 정말 수원집이었던가? 하는 놀라운 생각이 들면서 눈살을 찌푸려 보인다.

"이것 봐! 자동차를 다시 돌려!"

그렇지 않아도 운전사가 갈 데를 물으려 할 때 상훈이 운전대에 대고 소리를 쳤다.

"나온 김에 남관으로나 올라가십시다 그려."

병풍 친 온돌방 있는 그 호텔로 가자는 말이다. 거기에는 상훈도 반대는 아니하였다. 시기가 나니까 제풀에 고개를 숙이고 앞장을 서는구나 하고 속으로는 코웃음을 치면서도 어쨌든 싫지 않은 발론이었다.

차가 영락정으로 빠져나오니까 경애는 또 무슨 생각이 났던지 남대문 쪽으로 돌리라고 명한다.

"하여간 모자와 외투나 찾아 입고 나서야지 사람이 왜 그 모양이야?"

상훈은 속으로 그렇지 않으면서도 짜증을 내보인다. 그렇다고 당장 매당집에 두고 나온 김의경이 마음에 걸려서 그런 것도 아니다. 요새로 의경에게 졸리는 조건도 하도많은지라 이렇게 빠져나온 것이 영 해롭지 않은 터이다.

"두루마기 바람이 대수예요? 모자 외투야 어련히 작은마님이 잘 받아둘라구. 아 그리구 큰댁에는 지금쯤은 수원 마나님께서 들어가셨을 것이니까 거기두 염려없을 게니 오늘밤은 아무리 바쁘신 몸이지마는 오래간만에 하룻밤 시간을 빌리시구려."

상훈은 그 야죽야죽하는 말에 얄미운 생각도 드는 것이나 하는 수 없었다.

"그런데 수원집, 수원집 하니 그거 무슨 소리요?" 하고 상훈은 새삼스레 묻는다.

"왜 딴전을 하슈? 창피하신 게군요……."

경애는 웃으며 남자를 돌려다 본다.

"조금 전에 뒷간에서 나오시다가 마당에서 보시구두 그러슈? 자동차 속에서 내다보니까 망토를 오그려 입고 도망꾼처럼 앞뒤를 회회 돌아다보며 뺑소니를 치던데요!"

"미친 소리 마라. 잘못 본 게지. 그건 고사하고 수원집을 어떻게 알어? 그뿐 아니라 수원집이 그런 데를 다닐리 있나?"

"수원집을 내가 왜 몰라요? 나도 '수원집'예요. 하하하……. 나 수원 태생이란 말씀예요. 그건 그렇다 하고, 수원집은 왜 그런 데에 못 다닐 게 무어예요? 당신이 다니시기 나 수원집이 다니기나……. 하하하……. 켯속 잘되었지요?"

상훈은 얼굴이 벌게지며,

"지각없는 소리 마라! 그럴 리가 있나?"
하고 목소리를 긁어 잡아당긴다.

"왜 내게 역정을 내실 게 무어예요. 꾸지람을 하실 테면 수원집을 가보고 하시지……."

상훈은 도깨비에 홀린 것 같았다. 지금 와서는 그 여자가 수원집이던 것이 가릴 수 없는 분명한 사실이지만 마당에서 마주친 것까지를 경애가 어떻게 본 듯이 가리켜내는지? 암만 생각해도 귀신이 곡할 노릇이다.

자동차가 진고개 초입께까지 오니까 경애는 별안간 청목당 앞에 대라 명하고 상훈더러 어서 내리라고 재촉이다. 맨대가리에 두루마기 바람으로 내리기가 싫어서 무어 살 것이 있건 기다리고 앉았을게 어서 사가지고 나오라 한다. 상훈은 경애를 집에 데려다주고 자기는 그대로 탄 채 안동으로 가리라고 다시 생각한 것이다. 그러나 경애는 듣지 않았다. 저녁을 안 먹었으니 여기서 저녁을 먹여달라고 졸랐다.

"호텔은 그만두고 곧 놔드릴 게니 잠깐 내리세요." 저녁을 이때껏 안 먹었다는 것을 그대로 내던지고 간달 수도 없다.

"흥, 매당집이 못 잊으시면 불러다드리지 걱정예요."

경애가 코웃음을 치며 먼저 튀어내려버리니까 상훈도 하는 수 없이 내외하는 사람처럼 툭 튀어나와서 쏜살같이 청목당으로 들어갔다. 경애는 생글 웃으며 층계로 올라가는 뒷모양을 바라보다가 운전사에게 돈도 치르지 않고 무어라고 한참 소곤거린 뒤에 돌려보내고 따라 올라갔다.

상훈은 의관 안 한 것을 연해 창피하게 생각하는 모양이나 경애는 상훈이 안절부절 못하고 허둥대는 양을 멸시하는 눈으로 한참 건너다보며 4,5년 전에 처음 볼 때에는 그렇게도 무섭고 훌륭하고 점잖게 보이던 '조 선생님'이 이럴 줄이야 꿈엔들 생각하였으랴 싶어서,

"그 왜 그러세요. 화롯가에 엿을 붙이고 오셨소? 남잣골 샌님은 뒤지하고 담뱃대만 들면 나막신을 신고도 동대문까지 간다는데 모자 안 썼기로 누가 시비를 걸 테니 걱정이세요?"

경애는 샐샐 웃다가,

"그런데 반했다는 색시 좀 보여주시구려?"
하고 조른다.

"반하긴 뉘게 반해. 나두 이제는 늙어가는 판 아닌가?"
하고 웃고 만다.

"좀더 늙으시면 제2김 의경이…… 아니, 제3홍경애가 필요하겠군요."
하며 경애는 쏘아주었다. 상훈은 덤덤히 앉았다.

"예서 저녁이나 먹고 어디 매당집 구경이나 가볼까!"

혼잣말처럼 하고 또 웃는다.

"마음대로……."

상훈은 그 꼬집는 소리가 탄하고 싶지도 않거니와 데리고 가도 상관없을 것 같았다. 상관없다느니보다도 자랑이 될 것 같았다. 김의경은 노할지 모르지만 도리어 제풀에 노해서 떨어져 주었으면 좋을 판이다. 이만큼 되었으면야 경애는 다시 손아귀에 들어온 거나 다름없고 하니 마음이 느긋한 것이다. 그러나 다만 경애를 정말 들어앉혀서 살림을 시키려면 그런 데를 끌고 가서 못된 길을 터주어서는 안 되겠다는 염려도 없지는 않지만 그 역시 아까 수원집 논래를 하던 것으로 보면 데리고 가고 말고가 없이 당자가 벌써 매당집을 자기보다 더 먼저 친히 아는지도 모를 일이다. 어쨌든 저희들의 내평이나 캐어보고 어쩌는 꼴을 보기 위하여서는 데리고 갈까 하는 생각을 하였다.

저녁을 먹겠다던 경애는 아무것도 싫다 하고 큐라소주酒를 병째 갖다놓고 마시고 앉았다.

상훈은 저녁도 안 먹을 지경이면 어서 가자고 졸라보았으나 점잖은 양반이 체통 아깝게 왜 이렇게 조급히 구느냐고 오히려 핀잔을 줄 뿐이다.

"병화는 요새 무얼 하고 있누? 언제 만났어?"

상훈은 이제는 기진하였는지 앉았자는 때까지 앉았을 작정을 하고 자기도 술을 청해 마시며 말을 돌렸다.

"김병화한테 가 물어봐야 알지요."

하고 경애는 또 핀잔을 주다가,

“요새는 키스도 안 해주고 잡혀먹을 외투도 없고 하니까 눈에 안 띄나보군.”

웃지도 않고 이런 소리를 한다.

“키스는 심심파적으로 하는 건가? …… 나는 무슨 까닭이 있다구!”

상훈은 안심한 듯이 웃는다.

“왜 샘이 나슈?”

이런 잡담을 하고 있으려니까 보이가 들어오더니,

“손님이 오셨습니다.”

고 한다.

“손님?…….”

상훈은 눈이 둥그래졌다. 병화가 또 오지나 않았나? 병화와 짜고서 무슨 짓을 하는 것만 같아서 공연한 겁이 더럭났다.

“들어오시라고 해주우.”

경애가 선뜻 대답을 하였다.

문간을 노려보고 앉았던 상훈은 경풍한 사람처럼 ‘어!’ 하고 소리를 치며 열없는 웃음을 커다랗게 터뜨려놓는다.

21. 세 여성

50이 넘어도 가리마 자국 하나 미어지지 않고 이드를하게 한창 기름이 오른 얼굴에는 별양 주름살도 없이 푸근한 젖빛 같은 살결을 보면, 10년은 젊어 보이는 중년 부인이다. 회색 망토를 한 팔에 걸고 의젓이 버티고 들어온 뒤에는, 날씬한 트레머리 여학생이 감색 외투를 사뿟이 입고 따라섰다. 언뜻 보기에는 대갓집 모녀분 같고, 좀더 뜯어보면 노기老妓나 대궐 퇴물인 귀인의 행차 같다.

— 흐흥, 이것이 장안의 명물 매당이군!

경애는 고개를 갸우뚱히 비꼬고 의자에 딱 젖히고 거만히 비껴 앉아서 들어오는 두 여자를 한수 내려다보듯이 한편 입귀를 빼뚜름히 다물고 눈웃음을 쳐가며 쏘아본다.

상훈이 어색하게 헤헤 웃으며 앉았자니까,

"아, 이거 무슨 난봉이 이렇게 난단 말씀요? 이왕 자리를 뜰 바에는 하다못해……."

하고 매당은 달뜬 목소리로 나무라듯이 소리를 치다가, 경애의 냉소하는 눈길과 마주치자 입을 닫아버린다. 뒤에 따른 여학생도 웃는 이빨에서 금빛이 반짝하다가 꺼지며 금시로 새침하여진다.

매당을 우선 초벌 간선한 경애의 눈길은 여학생—다음 시대에는 없어질 말이지마는 아직까지도 여학생이라는 이 말에는 좋고 나쁘고 간에 여러 가지 뜻이 포함되어 있는 것이다—에게로 옮겨갔다. 포동포동한 얇은 살갗이나 깜짝깜짝하는 옴폭한 눈이 인형을 연상하게 하는 온유한 표정이요, 치수는 작으나 날씬한 몸매가 경애의 눈에도 예쁜 아가씨로 비치었다. 이렇게 첫인상이 좋은 데에 경애는 도리어 동정이 갔으나, 이 애가 낮에는 유치원에서 천사같이 나비춤을 추고, 밤에는 술상머리에 앉는구나!고 생각하며 경애는 속으로 혀를 찼다. 그러나 그것은 이 의경을 나무라는 것인지 세상을 한탄하는 것인지, 또는 자기 자신을 혀를 차는 것인지 자기도 모르겠다.

"앉으슈."

경애는 자기 옆자리를 권하였다. 의외의 양장 미인이 앉아 있는 데에 저기沮氣가 된 의경은, 쭈뼛쭈뼛하면서도 대항적 태도로 눈은 딴 데다가 두고 고개만 까닥해 보이며 외투를 입은 채 의자에 걸터앉는다. 외투를 벗지 않고 체모를 차리는 것이 좌중을 무시한다는 경애에 대한 무언의 반항을 의미하는 기색이다.

매당이 상훈과 소곤소곤 무슨 이야기를 하는 것을 경애는 곁눈으로 거들떠보며 자기의 '큐라소' 잔을 들어 쭉 마시고, 빈 잔을 의경에게 내민다. 경애는 의경이 일부러 자기를 무시하는 기색을 보이려는 눈치에 반감이 생기어 첫눈에 가졌

던 호감이 스러지고 '아니꼬운 년!' 하고 조금 시달림을 주려
는 생각이다.

"에그 난 못 먹어요."

의경의 저편 이야기를 골독히 들으려고 정신이 팔려 앉았
다가 질색을 하면서, 시키지 않은 짓 그만두라는 듯이 손으
로 막는다.

"온, 소리 못 하는 기생, 손 못 보는 갈보는 있다구먼마는
술 못 먹는 술집 색시는 처음 보겠네!"

경애는 의경의 표정이 한층 더 아니꼬워서 이런 꼬집는 소
리를 하고 깔깔 웃으니까, 매당과 상훈이 말을 뚝 끊고 바라
다본다.

"김의경 아씨! 한잔 드우. 여기는 유치원과 달러! 염려말구
한잔 들어요. 우리 동창생 아닌가? 하하하……."

경애는 너 그럴 양이면 어디 견디어봐라 하는 반감과, 제
아무런 매당이라도 내 앞에선 꿈쩍 못 하게 납청장을 만들어
보겠다는 객기가 난 것이다.

얼굴빛이 변한 매당은 금시로 두 볼이 처지며, 눈이 실룩
거렸다. 그보다도 의경의 얼굴이 붉으락푸르락 어쩔 줄 몰라
가슴을 새가슴처럼 발랑거리며 말끔히 경애를 치어다 볼 뿐
이다. 처음에는 누군지 모르고 섣불리 쏘았으나, 술집 색시
라고 모욕을 하는 데에 발끈한 것도 한순간이요, 자기 이름
을 부르고 유치원을 쳐들고, 나중에는 동창생이 아닌가 하고
농쳐버리는 데에는 의기가 질리고 만 것이다.

"팔 떨어지겠군. 그래 이 잔을 그대루 놓을 수야 있나? 손
이 무색치 않은가?"

경애가 일부러 혀 꼬부라진 소리로 약간 쇠하는 기색을 보이자,

"어쨌든 받으렴."

하고 매당이 타이른다. 그러나 입맛이 쓴지 눈썹 새에 내천川 자를 누빈다.

의경은 마지못해 잔을 받았으나 울며 겨자 먹는 상이다.

"술투정은 한다더구먼마는 술 한잔 대접하기에 이렇게 힘이 들어서야!"

술을 따르는 경애는 의기양양하다. 장안의 여걸(?)이라는 매당이 자기의 외수 전갈에 의경을 끌고 온 것을 보고도 경애는 속으로 샐쭉 웃으며 콧날이 우뚝해진 터에, 속이 쓰리면서도 의경더러 술잔을 받으라고 똥기기까지 하는 것을 보니, 경애는 이제는 완전히 매당의 기를 꺾어놓았다는 만심도 생기는 것이다.

"아 참 두 분 인사하시지. 이분은 조선의 여걸 장매당 마마, 이분은 서울의 모던 애기씨……."

"난 술장수 홍경앱니다. 말씀은 익히 듣잡고 이렇게 뵙기가 늦었습니다."

매당은 '술장수 홍경애'라는 말이 자기를 빈정대는 것으로 들렸던지 좋지 않은 기색이었으나 만나기가 늦었다는 인사를 자기에게 가까이하려는 기미로 알아차렸던지 쓸모 있다는 생각이 들어서 여걸풍의 너털웃음으로 농쳐버리며,

"우리 집에두 놀러오세요."

하고 의미심장한 인사를 한다.

"그렇지 않아두 아까두 댁 문전까지 갔었습니다마는 나같

은 것두 붙이십니까?”
하고 냉소를 한다.
　“혜? 우리 집에를?”
하고 매당은 놀라다가,
　“난봉 영감 붙들러 다니시기에 뼛골두 빠지겠소마는, 이왕
이면 좀 들어오시지를 않구.”
　“머리에 성에가 서는 영감을 붙들어다 약에나 쓸까마는 이
아씨 앞에서 그럼 말씀 마슈.”
하고 경애는 콧날을 째긋해 보이며 의경에게,
　“영감 뺏길 염려는 없으니 마음놓슈마는 잃어버리지 않게
호패를 하나 해서 채슈.”
하고 좌충우돌이다.
　“객설 그만해!”
　상훈은 경애를 나무라며,
　“그런데 저 색시는 언제부터 그렇게 잘 알던가?”
하고 아까부터 궁금한 말을 꺼낸다.
　“장안 일 쳐놓고 나 모르는 일이 어디 있단 말씀요, 노상
안면야 많지. 우리 간동諫洞 근처서 늘 만나지 않았소?”
　이런 딴전도 불인다. 의경은 말을 탄했다가는 자기만 밑질
것 같아서 그런지 얼굴이 발개서 눈만 깜짝깜짝하고 앞에 놓
은 술잔만 노려보고 앉았다가 팔뚝시계를 보며 일어선다.
　“왜 가려우? 술잔이나 내주구 가야지 않소.”
하고 경애는 일어나서 다정히 어깨를 껴안듯이 하여 앉힌다.
매당도 일어설 생각이 없는지 가만히 앉았다. 더 앉았고 싶
은 것이 아니라 요년의 춤에 놀아서 어설피 나와가지고는 놀

림감만 되고 그대로 간대서야 여걸의 체면에 참을 수 없기 때문이다. 의경 역시 매당이나 영감이나 엉덩이를 들려고 않고 먼저 가라는 분부도 아니 내리니 주저앉는 수밖에 없지마는 물계가 아무래도 영감을 뺏길 것 같아서 지키고 앉았자는 것이다.

술잔 재촉을 또 받고서 의경은 어쩌는 수 없이 자기 앞의 잔을 '어머니'에게로 밀어놓았다. 매당은 잔을 성큼 들어 쭉 마시었다. 조선의 여걸도 브랜디, 위스키는 알지마는 이런 기린 모가지 같은 병의 술은 처음 보는 거라 호기심으로 마시기는 하였으나 술잔을 요 괘씸하고 가증스런 양장 미인에게 돌려보내고 따라 바치는 것은 한 번 더 치수가 떨어지는 것 같았다. 그러나 이것을 시초로 매당과 경애는 정종으로 달라붙어서 주거니 받거니 두 술장수가 내기를 하는지 판을 차리고 먹었다.

"이거 주류상 경음회競飮會인가? 경음회鯨飮會인가?"

상훈은 재담을 한마디 내놓았으나 술잔은 그리 들지도 않는다.

"바커스 대 매당의 초회전初會戰이라우."

"플레이, 플레이! 바커스 세다!"

이호, 삼호, 둘씩 한 자리에 앉히고, 주지포림에 세상이 찐 듯싶은지 상훈은 나이 아깝게 경애를 응원하고 앉았다.

"당신은 깃발 대신에 이거나 휘두르구 어머니 응원 좀 하우."

하고 경애는 앞에 놓인 수건을 의경에게 던진다.

이런 객담으로 재미도 없는 술이 깊어갔으나, 매당은 아무래도 이 계집애를 잠뽁 취하게 해서 자기 집으로 끌고 가고 싶은 것이다. 젊은 년이 무람없이 덤비는 것은 괘씸하나 여걸의 체면보다도 장사가 급하다. 수양딸로 삼고 싶은 것이다.

"에구, 벌써 자정 들어가네. 영감 이젠 일어섭시다."

매당은 시계를 보더니 남은 잔을 마시고 일어서려 한다.

경애는 매당의 '영감 일어섭시다' 하는 의논성스런 말씨가 그럴 듯이 들렸던지,

"걸맞는 내외분 같구려. 따님 아가씨 데리고."

하며 깔깔 웃는다. 경애는 충계를 내려오는 발씨가 위태하였으나 매당은 자기 집에서부터 전작이 상당하건마는 아직도 싱싱하였다. 문 밖에 나오니 인력거 네 대가 대령하고 있다.

"우리 함께 가서 또 한잔합시다."

매당은 경애를 부축해 태워주며 권하였다.

"그거 좋은 말씀요. 어디 하룻밤 새워보십시다요."

경애는 말없이 대찬성이었다. 상훈도 해롭지 않은 듯이 말리지도 않았다. 그러나 네 채가 의경의 인력거를 앞세우고 열을 지어 큰길을 건너서니까, 둘째로 선 경애의 차가 채를 돌리면서,

"안녕히 가 주무슈. 구경 잘 시켜줘 고맙습니다."

고 소리를 치며 빠져 달아나버린다.

인력거 위의 매당은 흥! 하고 콧소리를 내며 혀를 찼다. 동짓달 밤바람에 설취한 술도 다 깨어버렸다. 그러나 끝끝내 패에 넘어간 것이 분한지, 우연히 그물에 걸렸던 단단한 한 밑천감이 미꾸라지 새끼 빠져나가듯 놓쳐버린 것이 분한 것인지 알 수 없다. 하여간에 그런 재치 있고 색깔 다른 '수양

딸'이라면 우선은 웃돈 주고라고 사들이고 싶고, 인물로만 해도 자기 집에 드나드는 누구보다도 나을 것 같아서 허욕이 부쩍 나는 것이었다.

"영감 덕에 오늘은 욕 단단히 봤소. 그 대신에 영감 솜씨로 고년 한번 데려와야 해요. 버르장머리를 단단히 가르쳐 놔야지."

집에 들어가서 밤참으로 또 한 상 차려놓고 앉아서 매당은 상훈에게 폭백暴白을 하는 것이었다.

"재주껏 해보구려. 여간 그물에는 걸릴 것 같지도 않으니!"

상훈도 오늘 눈치로는 경애는 이젠 단념하는 수밖에 없다고 생각하는 것이다. 샘이 나서 그러나 하였더니, 결국에 그야말로 구경이 하고 싶은 객기요 보복적 조롱에 지나지 않은 것을 이제야 겨우 짐작이 난 모양이다.

의경도 이 날은 여기서 묵고 말았다. 이 집에 드나든 지가 벌써 서너 달 되어도 아직까지는 집에서 나와서 잔 일은 없으나 워낙이 늦기도 하였지만 경애 같은 강적을 만난 뒤라 내친걸음에 한층 더 대담하여졌다. 게다가 요새는 또 한 가지 걱정이 생겨서 상훈에게 아주 몸을 탁 싣는 것이다. 이달 들어서부터는 다달이 보이던 것이 없어져서 애를 쓰는 것이다. 애를 쓰면 쓸수록 점점 더 미끄러져 들어갔다.

22. 중상과 모략

조 의관은 사랑에 누워서는 모든 것이 불편하고 안심이 아니 되고 누가 자기에게 약사발이라도 안겨서 죽일 것만 같아서 야단야단 치고 안으로 옮아들어왔다. 아들이 있고 손자가 있고 증손자까지 두었건마는 그래도 수원집만은 모두 못 하였다. 수원집이 옆에 앉았기만 하면 병은 저절로 나을 것만 같았다. 그러나 절대로 안정을 시키라는 늙은이를 떼메어 들여왔으니 아무리 네 각을 떠서 들여온 것은 아니지마는 늙은이의 노끈 같은 허리가 아무래도 추슬렸을 것이다. 막 날 고비쯤 되었던 허리가 다시 물러났는지 옮아온 며칠 동안은 허리뼈가 여전히 시큰거리고 쑤시고 부기가 더 성하여 갔다.

게다가 불질이 아무래도 심하니까 병실의 온도가 알맞지 못하여 조급한 성미에 이불을 시시로 벗기라고 야단이요 그러는 대로 방문은 여닫고 하니까 감기 기운도 나을 만하다가는 다시 도지고 도지고 하여 이제는 시들부들 쇠하여버렸다. 그러는 동안에 제일 무서워하던 폐렴이 곁들었다. 한의 양의가 번갈아 들며 집 안은 약 시중에 꼭두식전부터 오밤중까지 잔칫집같이 법석이었다.

　수원집은 어쨌든 살이 더럭더럭 내렸다. 이목은 번다한데 귀찮은 내색을 보이지 않으려니만큼 속은 더 썩는 것이다.

　꼴 보니 병은 오래 끌 모양인데 앓는 어린애처럼 한시 한때 곁을 떠나지 못하게는 하고 밤이나 낮이나 똥오줌을 받아내야 하니 낮에는 남의 손을 빌리지만 밤에는 제 손으로 치워야 한다. 그럴 때마다 단잠을 깨우는 것도 죽겠지마는, 마음대로 문도 못 열어놓으니 방 안에 냄새가 탕진을 하여 몰래 향수 뿌린 비단수건으로 코를 막고야 자는 버릇이 생겼다. 그러나 이불 속에 넣은 수건은 눈에 안 보이고 냄새는 맡으니까 영감은 웬 향내가 이렇게 나느냐고 군소리를 중얼중얼하는 것이었다. 향내가 싫은 것이 아니라 자기에게서 무슨 냄새가 나니까 그게 싫어서 향수로 소독을 하거니 하고 짜증을 내는 것이다.

　그래도 수원집은 영감 앞에서는 입의 혀같이 살랑거렸다. 이번 판에 공을 들여놓아야 100석이 200석 될 것이 아닌가? 그것도 그렇지마는 이번에는 손주며느리도 먹어내야 할 필요가 있었다. 아들 내외와 그만큼 버스러졌으니까 죽을 때에도 손자 내외에게 많이 몫을 지어줄지 모를 일이니 손자 식구마저 떼어놓으면 한 뙈기라도 그리 붙일 것을 이리로 더 붙이게 될 것은 인정의 어쩌는 수 없는 약점이겠기에 말이다.

　"젊은것이 갈러빠져 못 쓰겠어요."

　조금만 영감의 눈살이 아드득 찌푸려지는 것을 보면 모든 것을 손주며느리에게로 밀어붙이는 것이다.

　"아직 어린것이 자식이 딸렸으니까 그럴 수밖에! 또 무에 들지는 않았나?"

영감은 그런 중에도 손주며느리는 물오른 가지에 달린 봉오리처럼 귀엽게 보는 것이었다.

"게다가 또 있으면 어째요. 하나를 가지고 헤나지를 못하는 치신에……."

수원집의 입은 샐룩하였다.

"그래두 있을 때가 되면 있어야지."

영감은 손자가 이번에 다녀갔으니까 있으려니 하는 것이다. 수원집 몸에 있는 것만은 못 하여도 계계승승하여 억만대에 뻗칠 XX 조씨의 손이 놀까보아 이 영감은 병중에도 걱정인가보다.

"몸은 편치 않으신데 별걱정을 다 하시우."

자기에게는 있어도 걱정이지만 시기가 나는 것이었다.

"어쨌든 시어미란 게 버려놓았어요. 네것 내것을 고렇게도 야멸치게 싹싹 가르고 요강 하나라도 이 방에서 나가는 것은 무슨 병이 붙어 나가는지 제 방것을 부시면서도 건드리기는 고사하고 보기만 하여도 더러더러 하고 눈쌀을 찌푸리니 절더러 부시라는 건 아니건마는 그게 말예요."

우선 초벌로 헐어놓는 것이다.

"그야 부실 사람이 없어 그애더러 하랄까."

영감은 그만만 해도 자기에게 피침한 일이니 듣기에 좋을 것은 없으나 이렇게 눌렀다.

"그러니 말씀이죠. 한 일을 보면 열 일을 안다고 약 달이는 것도 꼭 아랫것들에게만 맡겨두고 모른 척하니 그래 지날 결에라도 들여다보면 못쓸 게 무어예요. 아아니, 약은 그만두고라도 어른 잡숫는 찌개 한 그릇이고 숭늉 하나라도 정성이 있으면 더운가 찬가 애가 쓰이고 들여다보는 게 옳지 않아요……."

영감은 여기 와서는 잠자코 귀가 솔깃해지는 눈치다. 영감이 잠자코 말면 이제는 귀가 뚫렸구나 하고 수원집의 입은 신이 나서 입술이 더 나불거리는 판이다.

늙은이 좋다 할 사람 없고 더구나 긴 병에 효자 없다 하지마는 자여손子與孫이 남부럽지 않고, 그래도 경향간에 누구라도 손꼽을 만한 천량을 가지고 앉아서도 늙게 의탁할 사람이라곤 뜨내기로 들어온 거나 다름없는 수원집 하나요, 세상에 없는 신약을 구하여 와도 하인년의 손에 달여 먹으니 졸아붙으면 물 타올 것이요, 많으면 엎질러다 줄 것이다.

그걸 생각하면 그래도 괴롭다는 말 한마디 없이 고분고분히 시중을 드는 것이 신통하고 가상하다. 처음에 수원집을 끌어들일 때 말썽이 많고 온 집안이 반대하였지마는, 지금 생각하면 수원집이나마 없었다면 어떻게 되었을꼬? 죽을 때 물 한 모금이라도 떠넣어줄 사람은 그래도 수원집 하나뿐이라고 생각하는 것이다.

"덕기만 하더라도 제 처한테는 편지를 하면서 떠나간 뒤에 이때까지 영감께 상서는 없었지요?"

수원집은 덕기까지 쳐들었다.

"응, 도착하는 길로 한 번 오긴 왔지, 한데 언제 또 왔다고?"

"어제 또 왔나보던데요."

영감은 손주며느리를 불러들였다.

"애, 아비에게서 편지가 왔다지?"

“예.”

“그럼 날 좀 보여야지.”

영감은 젊은 애가 내외끼리 한 편지를 보자고 한다. 다른 때 그런 생각없는 소리를 아니하였겠지마는, 병석에 누운 뒤로는 신경이 흥분하여 망령난 늙은이처럼 불관한 일에까지 총찰이 하고 싶고, 앓는 어린애처럼 노염을 잘 타는데다가 수원집의 그 말을 들으니 화가 발칵 난 것이었다.

“별말 없어요. 책을 한 권 건넌방에 빠뜨린 것하고 넥타이 두고 간 걸 보내달라는 거야요.”

젊은 색시는 남편에게서 온 편지를 시조부 앞에 내놓기가 부끄러웠다.

“어쨌든 이리 가져와!”

영감의 말소리는 좀 역정스러웠다.

손주며느리는 웬 영문인지?—모른다느니보다도 또 수원집의 농간이려니 하는 생각을 하면서도 하는 수 없이 제 방으로 가서 편지를 가져다 바치었다.

편지에는 사실 그 말밖에 없었다. 그러나 할아버님 병환은 좀 차도가 계시냐고 한마디 물었을 뿐인데 어린아이에게 대하여는 감기 들리지 않게 주의를 하라는 둥, 잘 때에 젖을 물리지 마라는 둥 부인 잡지권에서 얻어들었는지 하는 주의를 자질구레히 쓴 것이 영감에게는 거슬렸다.

‘갑작스럽게 어린것이 자식 귀한 줄은 아는 게구나.’
하는 생각을 하며,

“그래 부쳐달라는 건 부쳤니?”
하고 물었다. 무슨 난데없는 호령이 내리지나 않는가 하고

조심하여 시조부의 낯빛만 내려다보고 섰던 손주며느리 마음이 죄면서,

"아직 못 부쳤어요."
하고 대답을 하였다.

"난 편지 쓸 새가 없고 하니 자세한 답장을 해주어라. 내 병 이야기도 하고 나는 이번엔 아마 다시 일어날 수 없으리라고 하여라."

조부는 이렇게 이르고서 소포 부칠 것을 어서 싸서 사랑으로 내보내어 지 주사에게 부치라고 할 것과, 집안 일에 네가 주장을 해서 잘 거두라는 것을 한참 잔소리한 뒤에는,

"약 같을 것도 그렇지 않느냐? 네가 전력을 해서 달이지 않고 부엌데기나 어린 계집애년들에게만 내맡겨두면 어쩌란 말이냐? 약은 어쨌든지 간에 네 도리로라도 그러는 게 옳지 않느냐."

영감은 좀더 단단히 말이 하고 싶으나 어린것을 그럴 수도 없어서 참는 것이었다.

그러나 손주며느리로서는 억울하였다. 다른 것은 몰라도 약 달이는 데에 자기같이 정성을 쓰는 사람이 이 집안 속에서 누굴까 그렇게 말하면 수원집이야말로 공연히 떠들고만 다녔지 이때껏 약 한 첩 자기 손으로 달이는 것을 본 일이 없지 않은가! 그러나 분하여도 하는 수 없다. 친정 부모밖에는 이 집 속에서 하소연 한마디 할 데조차 없다.

"하느라고는 합니다마는……."
겨우 이렇게 한 마디밖에는 말대답이 될까보아 입에서 나오지를 않았다.

"글쎄, 그러니까 더 주의하라는 말이다."

영감은 이렇게만 일러 내보내놓고도 손자의 편지에 자기 병 걱정은 한마디 없이 어린 자식 조심시키란 말만 한 것이 아무래도 못마땅하였다.

아침 후에 상훈이 문안을 왔다. 영감이 누운 뒤로 아침 저녁 문안만은 신통히도 궐하지 않는다. 그러나 문안이라도 병인의 방에 들어와서 잠깐 섰다가 나가는 것이건마는 그 2분이나 3분 동안이 피차에 지리한 것 같고 성이 났다.

"너 날마다 아침술을 먹고 다니니?"

부친은 앓는 아비를 주기 있는 얼굴로 와서 보나 싶어서 말하자면 공연한 트집이다. 실상은 어제 청목당으로 매당집으로 돌아다니며 술상이 벌어졌어야 모두 몇 잔 먹지는 않았다. 원체 폭음은 하는 것도 아니지마는 근자에는 그리 받지도 않는 터이다. 다만 늦게 자서 잠이 부족하여 눈알이 붉을 뿐이다.

"…… 너는 지금 앓는 아비를 보러 온 게 아니라, 해정解醒을 하려고 술친구를 찾아다니는 거냐?"

영감은 돌아누워버렸다. 상훈이 먹먹히 섰다가 나오려니까,

"다시는 오지도 말고 죽어도 알릴 리도 없으니 어서 가서 술집에고 계집의 집에고 틀어박혀 있거라."

나가는 아들의 등덜미에 찬물을 끼어얹듯이 이런 소리를 꽥 질렀다.

부친의 호령은 언제나 박박 할퀴는 것 같았다. 심장 밑이 찌르르하였다. 그럴 때마다 하속배나 어린 며느리자식 보기에도 창피한 증이 들었다. 여생이 얼마 안 남은 부친이니 그

야말로 양지養志는 못 할망정 자식된 자기로서 제 속마음으로라도 향의向意만은 정성껏 하리라고 생각하다가도 주책없는 어린애처럼 배심背心이 드는 것이었다.

　—내가 잘한 것이야 없지마는 효도 윗사람이 받아주셔야 할 것이 아닌가?

　상훈은 이런 생각도 하였다. 언제라도 부자간에 따뜻한 말 한마디 주고받은 것은 아니로되, 수원집이 들어온 후로 한층 더 심한 것을 생각하면 밤낮으로 으르렁대는 자기 마누라만 나무랄 수도 없을 것 같았다. 더구나 어제 매당집에 왔던 생각을 하면 도저히 이 집 속에 붙어둘 수 없겠건마는 부친의 일을 어찌하는 수가 없었다. 부친만 돌아가면 자식이야 있든 없든 남 될 사람이요, 또 벌써부터 뒷셈 차리느라고 그런 데를 드나드는 것이겠지마는 큰 걱정은 까닭 없이 몇백 석이고 빼앗길 일이다. 그것도 잘 지니고 자식이나 기른다면 모르겠지만 어떤 놈 좋은 일이나 시키고 말 것을 생각하면 아까운 일이다. 그것을 장을 대고 벌써 어떤 놈이 뒤에 달렸는지도 모를 일—달렸기에 병인을 내버려두고 틈틈이 매당집에를 다니는 것이다. 수원집도 제 밑 들어 남 보이기니까 어제 매당집에서 피차 만났다는 말이야 영감님께 하고 싶어도 못 하였겠지마는 오늘에 한하여 별안간 계집의 집에나 술집에 가서 틀어박혀 있으라고 부친이 역정을 내는 것은 웬일일꼬. 저는 발을 빼고 또 무어라고 헐어냈다? 정말 그렇다면 이편에서도 가만히는 안 있으련다!

　상훈은 혼잣속으로 이런 생각을 하며 아이년이 업은 손자새끼를 얼러주다가 사랑으로 나가려니까 안에서는 눈에 안 띄던 수원집이 사랑문 앞에서 들어오다가 마주쳤다.

"매당집은 언제부터 알았습니까?"

상훈은 지나쳐 들어가려는 수원집에게 순탄한 낯빛으로 물어봤다. 어제 보았다는 표시를 해서 발등을 디디고 다시는 못 다니게 하려는 생각으로이었으나 마당에 섰는 사람에게나 방 안에 들릴까보아 사폐 보아주어서 말소리만은 나직이 하였다.

"매당집요? 요전에 사귀었어요. 어제 종로까지 잠깐 무얼 사러 나갔다가 길에서 만나서 어찌 끄는지 잠깐 들렀었죠마는 나으리께서도 아셔요?"

상훈은 유산태평으로 목소리를 크게 지르는 데 우선 놀랐다. 남은 일껏 사정 보아주어서 은근히 묻는데, 저편은 한층 더 뛰어서 모두 들으라는 듯이 떠들어놓는다. 더구나 어제 마주친 것은 시치미 딱 떼어버리고 나으리께서도 아느냐고 묻는 그 담찬 소리에는 귓구멍이 막힐 노릇이다.

"알고 모르고가 없이 어제 거기서 만나지 않았소?"

상훈의 입가에는 웃음이 떠올라왔으나 눈에는 꾸짖고 위협하는 빛이 어리었다.

수원집은 속으루 코웃음을 치면서도 깜짝 놀란 듯이,

"예에, 난 설마 했더니! 그런데 나으리께서 어떻게 거기서 약주를 잡숫고 계셨에요? 그 집 주인 사내양반하고 친하세요?"

호들갑스럽게 딴청이다.

"에에, 그럭저럭 알지만……."

상훈 역시 어름어름하면서,

"그건 고사하고 매당을 언제 알았습디까?"
하고 다시 캔다.

"글쎄, 요전에 알게 되었어요. 조선극장엘 갔더니 그이두 왔는데, 데리고 온 계집년이 예전에 우리집에서 자란 종년의 딸이겠지요. 그년하고 이야기를 하게 되어서 차차 알게 되었는데 어제는 한사코 자기 집을 알아두고 가라고 끄는군요. 영감님은 저러시고 한가로이 놀라 갈 새는 없지만 뿌리치다 못해 잠깐 들러보았지요."

말이 혀끝에서 나발나발 힘 안 들이고 청산유수같이 나온다.

"하여간 그렇다면 몰라도 가까이 다니지는 마우. 남자들이 모여서 술이나 먹는, 말하자면 내외주점 비슷한 데니까……."

상훈은 수원집의 말을 열 마디를 다 곧이들을 수는 없으나 혹시 그랬을지도 모른다 하면서 이렇게 일렀다.

"예, 그런 데예요? 그럼 공연히 갔군요……. 퍽 잘사는 모양이요, 살림두 얌전한가보던데 왜 그런 영업을 할까요……. 주인 영감도 퍽 점잖은 영감이라던데요?"

수원집은 천만 뜻밖의 소리를 듣는다는 듯이 연해 고개를 갸웃거린다.

"어쨌든 나는 남자니까 상관없지마는 다시는 가지 마우"
하고 상훈이 헤어져 사랑문에 발을 들여놓으려니까 최 참봉이 뒷짐을 지고 담 밑에서 오락가락하고 있다.

상훈은 최 참봉을 보자 저절로 눈이 찌푸려졌다. 담 밑이 양지라 해서 거기서 어른거리는지도 모르겠으나 지금 자기네의 이야기를 들었을 것이 싫기도 하고 날마다 대령하는 축이 아직 안 모여서 스라소니 같은 지 주사만 지키고 들어 앉았는 이 사랑에 수원집이 나왔으면 최 참봉밖에 만날 사람이 누굴까. 최 참봉이란 늙은 오입쟁이다. 파고다 공원에 가서 천냥 만냥하는 축이나 다름없으나 어디서 생기는지 인조견으로 질질 감고 번지르르한 노랑 구두도 언제 보나 울이 성하다. 또 그만큼 차리고 다니기에 파고다 공원에는 안 가는 것이다.

어쨌든 이 사람은 수원집을 이 집에 들여앉힌 사람이니 주인 영감에게는 유공한 병정이다. 천냥 만냥이 본업이요 그런 일이 부업인지, 뚜쟁이 계집 거간이 전업이요 땅 중개가 부업인지 그것은 닥치는 대로니까 당자도 분간하기가 좀 어려우리라.

하여간 요전에 들어온 이 댁 어멈인가 안잠자기인가도 이 사람의 진권進勸이라 하니 자기 말마따나 이 세 사람이 한통속은 한통속일 것이라고 상훈도 짐작은 없는 바 아니다. 일전 파제삿날에 수원집과 싸우고 온 마누라를 나무랄 때 마누라 입에서 들은 말이지마는, 제삿날도 문간에서 최 참봉과 쑤군거리다가 어딘지 갔다 왔다 하지 않는가. 소문에는 원체 최 참봉과 그렇지 않은 새이나 살 수가 없어서 이리 들여앉힌 것이라는 말도 귓결에 떠들어온 것을 기억하고 있다. 어쨌든지 상훈은 최 참봉만 보면 달라는 것 없이 미웠다. 미운 사람은 또 한 사람 있다. 제삿날 저녁에 말다툼하던 재종형인 창훈이다. 이 두 사람을 꼼짝 못 하게 만들어놓아야 하겠다고 벼르는 것이나 이편이 싫어하면 저편도 좋아할 리 없다. 상훈이 밖에 나가서 하는 일거일동을 영감에게 아뢰어

바치는 사람은 이 두 사람이다.

“요새 어떠슈? 살살 혼자만 다니지 말고, 어떻게 나 같은 놈도 데리고 다녀보구려? 과히 해로울 건 없으리라.”

최 참봉은 이런 소리를 하고 껄껄 웃는다. 나이는 상훈보다 6,7년 위나 말은 좀 높인다.

“어디를 가잔 말요?”

상훈은 핀잔을 주며 냉소한다.

어젯밤 일이 벌써 이 놈팡이에게 보고가 들어갔구나 하니 더욱 불쾌하다.

“매당집에 자주 간답디다그려? 거기나 가볼까?”

상훈은 고쳐 생각하고 앞질러 떠보았다.

“그거 좋지! 매당이란 말은 들었어도 이때껏 가보지는 못했어.”

“수원댁이 다 가는 데를 못 가봤어? 퍽 고루하군! 서울 오입쟁이 아니로군?”

“이 늙은 놈을 가지고 그 무슨 말씀요. 허허허……. 그런데 수원댁이 그런 데를 가다니? 누가 그런 소리를 합디까?”

하며 최 참봉은 자기 딸의 말이나 나온 듯이 놀란다.

“지금 못 들었소?”

상훈은 여전히 코웃음을 친다.

“무얼 들었단 말씀요?”

이 사람도 딴전이다.

“모르면 모르고…….”

상훈이 툭 뿌리치는 소리를 하고 휘죽 나가려니까 최 참봉은 헤헤 웃고 바라보다가,

"이따 만납시다요. 나는 약조를 어기는 법은 없으니까."
하고 소리를 친다.

안방에서는 영감이 들어와 앉는 수원집더러 상훈과 무슨 이야기를 하였느냐고 묻는다.

"어제 갔던 집 이야기예요. 나으리도 그 집 영감하고 친하다나요. 어쩌면 벌써 아셨어!"

수원집은 어제 다녀 들어와서 지금 상훈에게 한 말대로 영감에게 벌써 이야기를 해두었던 것이다.

"그 집 주인은 무엇하는 사람인데?"

영감은 의심쩍어 묻는 것이 아니었다. 의심쩍은 일이 있으면야 당자가 애초에 알려 바칠 리도 없으려니 하는 생각이거니와 다만 아들과 친한 사람의 집이라니까 자기도 혹 짐작할 사람인가 하고 묻는 것이다.

"모르겠어요. 아마 같은 교회 사람인지도 모르겠어요."

수원집은 영감에게 매당이란 매梅자도 입 밖에 아니 내었지마는, 매당에게 영감이 있다면 죽으로 있을지 몰라도 왠놈의 그런 남편이 있으랴. 그러나 상훈에게나 영감에게나 이렇게 발라맞추는 것이다.

"상훈이 친구면야 모두 그따위들이겠지마는 아무튼지 친구를 잘 사귀어야 하는 거야. 여편네가 요새 세상에 까딱하면 타락하는 것은 모두 못된 년의 꾐에 넘어가는 것이니까……. 저만 봉변을 하는 게 아니라 남편의 얼굴에 똥칠을 하게 되고 가문을 더럽히고……."

영감이 또 잔소리를 꺼내니까 수원집은,

"염려 마세요. 한두 살 먹은 어린애니 걱정이십니까? 누구고 누구고 안 사귀면 그만 아닙니까?"
하고 말을 막아올린다.

23. 활 동

경애가 바커스에서 자정이나 되어 집에 돌아와보니 병화
는 조금 전에 갔다 하고 건넌방의 피혁군은 자는지 문을 첩
첩이 닫고 감감하다.

"주무세요?"

하고 소리를 쳐보았으나 대답이 없었다.

혹시 병화와 길이 어긋나지나 않았을까 하는 생각이 없지
않았으나 그대로 들어와 자버렸다.

이튿날 이른 아침에 문도 안 열어놓아서 문을 흔드는 소리
에 부엌에서 불을 지피고 있던 모친이 나가 보니 얌전한 처
녀애가 보따리를 끼고 덮어놓고 들어서면서,

"홍경애씨 계시죠?"

하고 묻는다. 모친은 멀뚱히 치어다보다가,

"들어가보우."

하고 문을 지치고 들어왔다.

"애, 내다봐라."

모친이 안방에다 대고 소리를 칠 새도 없이 건넌방에서 먼

저 덧문이 펄쩍 열리더니 피혁군이 중대강이 같은 시퍼런 머리를 쑥 내밀며,

"새문 밖에서 오셨소? 이리 주슈."

하고 보따리를 냉큼 받으면서,

"춘데 애쓰셨소이다."

하며 인사를 한다.

그러나 처녀애는 아무 대답도 없이 머뭇머뭇하고 섰는 양이 주인을 좀 만나보고 가려는 눈치다.

"애, 그저 자니? 손님 왔다."

모친이 또 한 번 소리를 치니까 그제야 머리맡 미닫이를 밀치고 경애가 잠이 어린 눈으로 내다본다.

"어디서 오셨소?"

경애는 머리를 쓰다듬으면서 묻다가,

"새문 밖에서……. 저 김병화씨께서……."

하고 필순이 어름어름하는 것을 듣고는 반색을 하면서,

"예, 예, 어서 들어오슈."

하고 부리나케 자리 속에서 나온다.

필순은 곧 가겠다지도 않고 옷입는 동안을 지체하여 안방문을 열기를 기다려 들어왔다.

이 처녀는 병화의 부탁도 부탁이려니와 덕기의 편지를 본 후로 경애를 한 번 보았으면 하는 호기심이 잔뜩 있던 터인데 이렇게 속히 만나게 될 줄은 의외이었다. 필순은 첫눈에 예쁜 얼굴이라고 생각한 외에 별로 깊은 인상은 갖지 못하였으나, 누구나 자고 난 얼굴이란 볼 수가 없겠건마는 이 여자는 갖추지 않은 얼굴이 그대로도 남의 눈을 끄는 데에 필순

은 약간 친숙한 마음까지 일어났다. 방에 들어선 필순은, 방 치장이 으리으리하고 경애가 남자의 고의적삼 같기도 하고 청인의 옷 같기도 한 서양 자리옷을 입은 양이, 눈 서투르면서도 더 예뻐 보이는 데에 잠깐 일없이 섰었다.

그러나 자기 집 방 속을 머리에 그려보고는 너무나 동떨어진 데에 불쾌해 반감도 생기는 것을 깨달았다.

— 하지만 카페 같은 데 가서 벌어서 이렇게 살면 무얼하는 건구! 기생이나 다를 게 없지!

이런 생각을 하니 필순은 도리어 더러운 것 같고 경멸하는 마음이 생긴다. 경멸하느니보다도 애를 써 경멸하는 마음을 먹어서 자기를 위로하고 부러운 생각을 누르려 하였다.

"김 선생님, 잘 가 주무셨수?"

경애는 자기에게 병화 심부름을 온 줄 알고 물었다.

"예, 그런데 조선옷을 가지고 왔에요."

경애도 어떤 영문인지를 몰랐다.

"무슨 옷요? 어디 두었수?"

"건넌방에요……."

경애도 필순의 대답을 듣기 전에 그러려니—하는 짐작은 있었던 것이다.

경애는 다시 한 번 고개를 끄덕여 보이고 무슨 생각을 하는 눈치더니, 발딱 일어나서 벽에 걸린 외투를 떼어 파자마 (자리옷) 위에다 들쓰며,

"김 선생님 언제 오신대요?"

"이제 뒤미처 오실 걸요."

경애가 잠깐 앉았느라 하고 급히 방문을 열고 나가려니까

필순도 따라 일어서며,

"두루마기가 짜르면 내가 예서 고쳐드리고 갈 테니 잠깐 입어보시라고 하세요."

하고 소곤소곤 이른다.

"뉘 건데요?"

"집의 아버님 건데 짧을 듯하다세요. 대중을 봐서, 절더러 고쳐놓고 오라고 하셨으니까 짧건 가지고 오셔요."

경애는 고개만 끄덕여 보이고 건넌방으로 건너갔다.

경애가 건넌방에 들어서며 눈을 크게 뜨고 깔깔 웃으니까,

"왜? 이상스러워?"

하고 피혁도 웃으며 빤빤한 머리를 쓱쓱 쓰다듬는다.

"아주 젊으셨는데. 다른 양반 같애요."

"그럴까?"

하고 머리맡 석경을 들어 본다.

"어디서 깎으셨에요?"

"수염은 여기서 밀어버렸지마는, 하는 수가 있나. 현저동으로 가서 큰애더러 이발기계를 빌려볼 수 있느냐고 하니까, 얼른 제 동무에게 가서 빌려가지고 와서 제법 깎아놓겠지."

"그 대신 이발료가 일금 1원이면 싼 셈이랄까 비싼 셈이랄까."

피혁은 픽 웃어버린다. 현저동이란 경애의 외삼촌 집 말이다.

"1원 아니라 10원이라도 싸지요. 뭇사람이 드나드는 이발소에 가서 별안간 발갛게 깍다가 운수가 사나우려면 그 중에 무에 있을지 누가 안다구……. 그래 어젠 어떻게 됐에요?"

"응, 잘 되었어."

피혁은 간단히 이렇게만 대답을 하고 한참 무슨 생각을 하다가,

"거기서 우수리만 날 주고, 나머지는 그대로 저 사람이 달랄 때 내주우."

하고 이른다.

경애는 더 캐어 묻지도 않고 잠자코 듣고만 있다.

"이따, 언제든지 떠날 테니 안 들어오건 떠났나보다 하우. 어머니께는 집으로 내려간다고 할 게니 그렇게 알아두고 잘 지내우. 언제 또 만날지 모르지마는 지금 같은 그런 생활은 어서 집어치우고 저 사람을 좀 도와주도록 하우. 감독을 한다든지 감시를 할 수야 없지마는 옆에서 내용 아는 사람이 바라보고 있으면 행동이나 금전에 대해서 한만히 못하게 될 것이요, 또 그런 사람한테 적당한 여성이 있어서 위안도 해주고 격려도 해주면 용기가 나는 수도 있으니까, 말하자면 저 사람을 못 믿는 것은 아니나 반은 경애를 믿고 가는 것이오."

경애는 고개를 끄덕여 보였다.

"그렇다고 둘이 너무 깊어져버려서 일이고 무어고 집어치워버리고 술이나 먹고 떠돌아다니면 큰일이야! 밖에서도 그런 소문은 빠르고 사실이라면 그때는 참 정말 큰일이니까!"

피혁은 이런 부탁과 어르는 수작을 찬찬히 일렀다.

"에이 별걱정 다 하시는군! 그렇게 못 믿으실 지경이면야 어떻게 부탁을 하셨에요."

하고 경애는 핀잔을 주듯이 웃는다.

"그야 못 믿는 것은 아니지마는……. 깊이 사귀어보지는

못했지마는, 아이 딴은 쓸만하기에 부탁한 게 아닌가. 일이란 성패간에 한 번 믿으면 딱 맡겨버리는 것이니까. 하루 이틀 새에 다른 사람 같으면 경솔하달 만큼 쓸어 맡기고 가나 그래도 모든 게 염려 안 된달 수야 있나.”

피혁의 말도 무리하지 않다고 생각하였다.

“아무려니 그까짓 돈 얼마에 타락할 사람도 아니요, 낸들 돈을 먹자면 먹을 데가 없어서 그까짓 것에 허욕이 동해서 일에 방해가 되게 할까요.”

경애 말도 그럴 듯하다고 피혁은 속으로 웃었다.

피혁의 말을 들으면 어제 병화와의 교섭이라는 것은 간단히 끝났던 모양이다.

피혁이란 이름도 물론 본성명은 아니지만 저기로 나가서 처음에 쓰던 이우삼李友三이라는 이름을 듣자 병화도 그가 누구인 것을 알고 탁 믿는 것이었다. 이우삼이란 이름은 경찰의 ‘블랙 리스트’에는 물론이요, 그동안 몇몇 사람 공판 때마다 재판소 기록에 오르내리던 이름이니만큼 바깥에 있는 사람 중에서는 한 모퉁이의 두목인 것은 사실이요, 따라서 여기 있는 동지간에도 본인이 누군지는 몰라도 이름만은 잘 아는 것이었다. 어쨌든 그런 관계로 병화는 절대 신임을 하고 앞질러서 무슨 일이든지 맡으마고 나선 것이었다. 피혁이만 하여도 경계가 점점 심해가는 판에 머뭇거리고 있을 형편이 못 되었다. 자기가 맡아가지고 온 두 가지 일 중에 한편 일은 쉽사리 끝나고, 이편 일이 이때껏 미루미루 끌려 내려온 것이었다. 물론 속을 알고 보면 한 계통의 한 종류 사람들에게 부탁을 하는 것이요, 후일 일이 탄로가 되는 날이면 너도 그런 일을 맡았던? 나도 이런 일을 맡았었다고 저희끼리 놀랄지 모르지마는 지금은 설사 한자리에 자는 내외간일지라도 서로 각각 비밀히 일을 안기고 가려니까 피혁으로서는 힘이 몹시 드는 것이었다.

하여간 일이 이만큼 무사히 낙착되었으니까 피혁은 피혁대로 불이시각하고 들고빼려는 것이다. 여기에 대하여는 피혁 자신도 그렇게 생각하였지마는, 병화의 의견대로 조선옷을 입고 떠나기로 하였다. 그래서 병화는 어젯밤으로 필순의 부친과 의논을 하고 그이의 단벌 출입건을 내놓게 하고 필순의 모친은 밤을 도와서 버선 한 켤레까지 짓게 하여 지금 필순을 시켜 주어 보낸 것이다.

필순의 부친의 키도 그리 작은 키는 아니나 그래도 두루마기가 작았다. 바지저고리는 그대로 입을 수 있어도 두루마기의 화장과 길이가 껑충한 것은 흉하였다. 흉하다기보다도 남에게 얻어 입은 것이 뻔하여 급히 변장한 것이 눈치채어질까 보아 안 되었다.

피혁은 그래도 관계없다고 하였으나, 경애가 가지고 안방으로 건너왔다.

"시골 사람들은 정갱이에 올라오는 것도 입는데 길이야 괜찮겠지. 화장만 좀 늘였으면 좋겠는데 그대로 두우. 어머니께 고쳐줍시사 하지."

경애는 필순에게 보이기만 하고 그대로 못에 걸려 하였으나 필순은 예서 펴놓고 고치기가 어려우니 가지고 가서 고쳐 오마고 빼앗아서 싸려 한다. 싸겠다거니 말라거니 하며 실랑이를 하는 판에 병화가 후닥닥 뛰어들어온다.

전신의 신경을 달팽이의 촉각같이 예민하게 하고 앉았던 피혁은 병화의 기색이 좀 다른 것을 보고 병화의 입만 치어다보았다.

병화는 안방으로 경애를 따라 들어가서 잠깐 수군수군하더니 피혁을 불러들여 갔다. 또 조금 있다가 경애가 나와서 아이 보는 년을 불러서 부엌 뒤로 끌고 나가더니 현저동 집에 가서 주인 아씨께 잠깐 오시라고 전갈을 해서 뒷문을 열어주어 내보냈다. 뒷문은 그 전에 누렁물을 쓸 때에는 열어놓고 썼었지마는, 뒤에 병원이 서게 되자 우물은 병원 안으로 들어가버리고 병원 담과 이 집 사이에 토시짝 같은 골짜기가 생긴 뒤부터는 이 뒷문을 열어본 적이 1년에 한두 번 청결 때나 있을까말까한 터이다. 그러나 경애가 이 집에 온 뒤에 꼭 한 번 이 문을 긴하게 쓴 일이 있었다. 그것도 상훈과 헤어진 뒤에 한창 달떠 다닐 때 일이었다. 지금 생각하면 까만 옛날 일이다. 그 남자도 경애 앞에서 스러진 지 오래다. 하여간에 아이 보는 년은 생전 여는 것을 보지 못하던 이 문을 열어주고 이리로 나가라는데에 좀 이상한 듯이 주인 아씨의 얼굴을 치어다보았으나 하라는 대로 그리 나와서 전찻길로 빠져 염천교다리로 향하여 꼬불꼬불 걸어갔다.

뒤미처서 피혁도 이 문으로 빠져나가버렸다. 셋째로는 필순이 가지고 온 것보다도 더 큰 보따리를 끼고 나갔다. 그동안이 10분, 5분씩 격을 두어서 20분밖에는 걸리지 않았을 것이다.

피혁은 병화가 서두르는 바람에 줄이느니 늘이느니 하던 두루마기를 급히 꿰고 병화가 옷과 함께 사보낸 고무신을 신고 나선 것이다. 그러나 만일 무슨 일이 있다면 다른 사람은 상관없으나 어린 계집애년의 눈에 띄어서는 큰일이다. 계집애년만 붙들어 가면 그린 듯이 보고 들은 대로 아뢰어바칠 것이요, 또 만일 잠깐 이년을 치운다 해도 앞문으로 내보냈다가 동구에서 서성대고 있는 사람이 정말 형사일 지경이면,

"애, 애, 너의 집에 지금 누구누구 있던?"

하고 물어본다든지 하여 일은 단통 당하고 말 것이다. 그래서 창졸간에 생각난 것이 급한 대로 현저동에나 쫓아보내자는 것이었다.

피혁은 두루마기 위로 속적삼이 허옇게 나오는 두 팔을 귀에 찌르고 정처없이 나섰다. '그 돈의 우수리'라는 300원을 주머니에 넣었더니 가려면 어디든지 갈 것이나 동으로 가나 서로 가나 세상 사람의 눈은 모두 자기의 얼굴만 바라보는 것 같다.

경애와 병화는 300원을 떼내고 남은 2,000원을 신문에 싸서 피혁이 벗어놓은 양복 외투와 함께 단단히 뭉쳐서 급한대로 필순에게 주어서 '바커스'로 보내놓고 모친더러는 뒤미처 또 현저동으로 쫓아가서 아이년을 거기 그대로 붙들어두라고 이르게 하였다. 아이년이 오다가 붙들려도 아니 될 것이요, 얼마 동안은 그 집에 보내두는 수밖에 없었다.

모친은 어쩐 영문인지를 분명히는 몰랐으나, 외국에서 들어온 조카의 신상에 급한 일이 생긴 것인 줄만은 짐작 못하는 게 아니니까 하라는 대로 부리나케 옷을 갈아입고 나섰다. 나서면서도 병화와 젊은것들만 남겨두고 가는 것은 마음에 꺼림칙하지 않은 것도 아니었다.

경애와 병화는 우선 한숨 돌리고 마주 앉았으나 모든 것이 애가 쓰이고 문간 쪽으로만 눈이 갔다.

그는 고사하고 돈과 피혁의 양복을 필순의 집으로 가지고 가게 하였다가 거기도 위태할지 몰라서 바커스로 가서 기다리라고 집을 잘 일러주기는 하였는데, 거기 역시 또 어떨지 겁이 난다.

경애는 이때까지 파자마에 외투를 입은 채 옷도 갈아입을 새가 없었다. 세수도 하기 싫었다. 그대로 병화와 마주 앉아서 담배만 빡빡 피우고 있다. 아무도 입을 벌리는 사람은 없으나 똑같은 불안과 그 불안을 어떻게 모면할까를 궁리하고 앉았는 것이다. 그러나 만일의 경우에 어떻게 대답을 하겠다는 것을 공론하지 않아도 피차의 생각은 똑같았다.

"제발 덕분에 무사히 넘어서야지. 붙들리는 날이면 우리도 납작해지는 판이로구려."

경애는 아직도 남의 일처럼 웃는다.

"하는 수 있나. 그건 고사하고 바커스에 어서 가보아야 할 텐데, 내가 나가다가는 뒤를 밟히지 않을까? 나두 뒷문으로나 빠져나갈까."

하며 병화는 웃는다.

"큰일날 소리! 그랬다가는 정말 야단나게! 앞으로 버티고 나가다가 붙들리면 붙들리구 말면 말지 그야말로 하는 수 있나."

경애 말을 듣지 않아도 그렇기는 그렇다. 뒷문으로 새어 나갈 줄을 알기만 하면 의혹을 더 낼 것이니 달아난 사람도 곧 뒤쫓기게 될 것이다.

"그런데 정말 형사를 가지구 그러는지? 제 방귀에 놀라서 그러는 것은 아니오?"

"제 방귀에 어째요? 말버릇 얌전하다!"

병화는 커닿게 탄하면서,

"궁금하거든 좀 나가보구려."

하고 핀잔을 준다.

경애는 발딱 일어나서 나간다. 반쯤 열린 문을 닫는 척하고 내다보니 아닌게아니라 골목 모퉁이에 양복쟁이 하나가 비스듬히 섰다가 여기서 문소리가 씩걱씩걱 나니까 고개를 이리로 휙 돌리더니 다시 외면을 하고 누구를 기다리는 것처럼 길 밖을 내다보고 섰다.

경애는 말만 듣던 것과 달라서 딱 마주 바라보니 가슴이 뜨끔하다.

"있어, 있어! 어떡하면 좋아요?"

나갈 때까지와 들어와서가 다르다.

"왜, 보니까 겁이 나지!"

"겁은 무슨, 죄졌나! 당신이나 벌벌 떨지 마우."

피차에 이런 실없는 소리나 하여 목줄띠에 닥친 불안과 공포를 서로 위로하려 하였다.

"이로너라……."

잠깐 있으려니 밖에서 소리를 치며 꼭 지친 문을 밀치고 우중우중 들어오는 구둣소리가 난다. 경애와 병화는 가슴이 덜컥하는 한순간이 지나니까 숨이 저절로 돌아나오며 마음이 제대로 가라앉는다. 머리끝까지 화끈 솟아올랐던 피가 쭉 내려앉는 것 같다. 중문간에서 환도가 절그럭하고 부딪치는

소리가 나면서,

"주인 있소?"

하고 소리를 친다.

경애가 마루 끝으로 나섰다.

"호구조사요. 홍경애가 누구요?"

장부를 손에 펴든 순사는 마룻가에 와서 서며 집 안을 휙 돌려다본다.

"나예요."

"이소사는?"

순사는 장부를 다시 들여다보며 묻는다.

"우리 어머님이세요."

"정례는?"

"딸년이에요."

"애 아버지는 없소?"

"없에요."

"어디 갔단 말요?"

"돌아갔에요."

"그래 세 식구뿐이란 말요?"

"예……."

순사는 장부를 접어 들고 또 한번 이리저리 휘휘 둘러보다가,

"이 구두는 뉘거요?"

하고 축대에 놓인 허술한 구두를 가리킨다.

"손님의 것예요."

"방문 좀 열어보슈."

경애는 깔깔 웃으면서,

"호구조사하시는 데 손님 선도 보세요?"

하고 안방 문을 열어젖뜨리니까 병화가 모자를 쓴 채 앉았다가 헤헤 웃어 보이며 일어나 나온다. 순사는 병화의 얼굴을 뚫어지게 보면서,

"호구조사는 유행병 때문에 하는 거니까요."

하고 변명을 하면서 건건방을 열어보아도 좋으냐고 묻는다.

"아무도 없에요. 열어보세요."

순사는 건넌방 앞창을 열고 두리번두리번 자세히 본다. 그러나 거기에는 낡은 구식 이층장과 자리가 쌓여 있고, 반질고리니 다듬잇돌이니 요강이니 하는 모친의 세간이 깨끗이 치워놓였을 뿐이다. 순사는 다시 부엌으로 가서 기웃하면서,

"어머니는 안 계시우?"

하고 묻는다.

"요 앞에 나가셨어요. 장안에 무어 사려구……. 그런데 이 겨울에 유행감기도 전염병처럼 취체를 하나요?"

경애는 생글생글 웃으며 오금 박듯이 물었다.

"누가 압니까. 하라니까 할 뿐이지요. 그런데 댁에는 이 외에 다른 식구는 없소? 부리는 아이년이구 행랑 사람이구?"

순사는 웬일인지 비로소 얼굴빛을 펴며 좋은 낯으로 묻는다.

"아무도 없에요."

"조용해 좋소그려. 방해되어 미안하우."

순사는 젊은 남녀만 있는 것을 빈정대듯이 이런 소리를 하고 싱긋하며 나가버렸다.

병화의 뒤를 쫓던 그 형사가 앞 파출소의 순사를 들여보낸 모양이었다. 그것도 병화의 얼굴을 아는 형사가 이 근처를 아침 저녁으로 순행을 하다가 어제 깊은 밤에 병화가 무심히 파출소 앞을 지나는 것을 보았는데 오늘도 이른 아침에 이 근처에서 눈에 띄니까 뒤를 밟아 온 것이다. 저희의 소굴이 이리로 옮겨 왔나? 혹은 병화의 집이 자기 관내로 떠나왔나 하여 다만 그런 단순한 의미로 쫓아본 것이었으나 문패도 똑똑히 붙이지 않고 국세조사 때에 붙인 쪽지에 이소사라고만 쓰인 것을 보고 한참 동정을 보다가 파출소로 가서 순사에게 물어보고는 대신 들여보낸 것이다. 아까 경애가 문간에 나가서 본 사람은 형사는 아니었다. 제 방귀에 놀란 사람은 실상 경애이었다.

경애와 병화도 그만 짐작을 못 하는 것은 아니다. 정복 순사를 들여보낸 것을 보면 피혁을 노리고 있는 것이 아닌 듯도 싶다. 만일 그렇다면 형사가 언제든지 달려들 것이 아닌가? 혹은 새벽녘에 자는 것을 에워싸고 들어와서 잡았을 것이다.

그러나 어쨌든 아슬아슬하였다. 이렇게 된 다음에는 어차피 경애도 주의 인물이 되기는 하였지마는, 그들이 둘의 연애 관계로만 생각한다면 다행한 일이다. 그러나 또 어느 때 정말 형사가 달려들지 피차에 내놓고 말은 안 하나 마음이 놓이지를 않아서 바늘방석에 앉았는 것 같다. 어쨌든 우선 병화라도 나가보고 싶었다.

나중에 바커스에서 만나기로 하고 병화는 필순을 만나러 바커스로 갔다. 길을 돌아서 아무쪼록 호젓한 데로만 골라갔다. 뒤에서 따르나 안 따르나를 보려는 것이었다.

결국 따르는 사람은 없었다. 도리어 이상하다는 불안을 느끼면서 앞에서 또 한 번 주의를 해보고 들어섰다.

우중충한 속에 덩그러니 혼자 앉았던 필순은 반기며 일어선다. 얼었다 녹은 얼굴이 발갛게 피었으나 난롯불은 이제야 반짝거린다.

"퍽 기다렸지?"

"별일 없었에요?"

"응, 복장 입은 놈이 하나 다녀갔지만 상관없어. 어서 집으로 가지."

하고 병화는 필순을 재촉해 보내려다가,

"잠깐 가만 있어."

하고 양복을 훌훌 벗고 갈아입은 후에 보자기에는 자기 양복만 다시 싸서 준다.

"가다가 종로로 돌아서 아무 양복집에나 갖다두고 뜯어진 것을 말짱히 꿰매고 고쳐노라고 해주게. 조금 비싸더라도 그대로 맡겨두고 가요. 영수증은 받고……. 혹시 집에도 누가 와 있으면 안 될 거니까 어디 다녀오느냐거든 공장에 가다가 배가 아파 다시 왔다고 하든지 말 잘해요."

병화는 이렇게 이르고 뒤로 빠지는 문을 열어주었다.

피혁의 양복을 그대로 자기 방에 갖다두면 혹시 가택수색을 당할지 모르니까 아주 자기가 입어버린 것이요, 자기 양복도 필순이 가지고 돌아가다가 어찌 될지 몰라서 처치를 하고 가게 한 것이었다.

주인 방은 그저 잘 리도 없는데 여전히 조용하다.

남은 외투를 쌀 신문지를 한 장 얻으려고 소리를 쳐보아야 감감하다. 방문을 두드리다가 열려니까 주부는 그제야 밖에서 뒷문으로 들어온다. 손에는 반찬거리를 사들었다.

"왠일예요. 이렇게 일찍들……."

하고 주부는 인사를 하다가,

"그 색시는 갔습니다그려?"

하고 홀 안을 돌아다본다.

"내 누이라우. 양복을 이리 갖다놔두라고 했는데……. 너무 일찍이 미안하외다. 한데 이거 좀 맡아두슈."

하고 외투를 들어서 주부에게 준다.

그 속에는 2,000원을 10원짜리와 100원짜리로 섞어 싼 뭉치가 들어 있다.

주부는 받아들다가 주머니 속에 무엇이 묵직하고 처지는 것 같으니까,

"여기 무에 들었기에 이렇게 무거워요? 벤또바꼬?"

하고 웃는다.

"에, 벤또. 그대로 넣어두슈."

병화는 대수롭지 않은 것처럼 대꾸를 하여두고 물이 더워졌거든 술이나 좀 데워달라고 청한다.

주부는 외투를 자기 방에 갖다가 걸어놓고 술부터 데울 차비를 한다.

외투도 여기 두어서는 안 되겠다고 생각하기 때문에 이왕이면 지금이라도 곧 화개동으로 가지고 가서 원삼을 주고 싶으나 바깥이 어떤지를 분명히 몰라서 아직은 여기 앉아서 경애를 기다리자는 것이다.

두 시간이나 넘은 뒤에 경애가 겨우 왔다. 물론 별일은 없으나 모친이 돌아와서 아침을 차리고 나오느라고 그렇게 늦은 모양이다.

"오늘 일은 어떻게 그럭저럭 넘어갔다지마는 이젠 주의해요. 여기마저 발이 달려왔다가는 큰일이니까. 이젠 만날 것도 없고 좀 떨어져 지냅시다."

경애는 이런 소리를 하였다.

"그야 그렇지만 이젠 볼일 다 봤다는 말씀이시군? 무슨 말을 그렇게 야멸치게 하누? 하루 한 번씩이라도 안 만나고야 견디나."

병화는 비로소 바짝 죄었던 마음이 풀린 듯이 유쾌한 웃음을 터뜨려놓는다.

"만나서는 무얼 해요. 이젠 당신이 형사 같구 형사가 당신 같구……."

하며 경애도 웃는다.

"유일한 동지요. 유일한……."

병화는 말끝을 끊고 또 웃어버린다.

"으응……."

하고 경애는 눈을 흘기다가 또 같이 웃어버렸다. 당면한 걱정이 덜리니까 새삼스러이 더 가까워진 것 같고 행복스러운 애욕이 부쩍 머리를 드는 것이었다. 경애도 내심으로는 마찬가지였다.

"어쨌든 이동 좌담회를 하루 두어 번씩만 열어봅시다."

병화의 발론이다.

"이동 좌담회구 뭐구 술두 이제 그만해요. 그이도 가면서 퍽 염려를 합디다.”

“무어라구? 술 때문에?”

“술도 술이지마는 돈을 객쩍게 쓸 것도 걱정이요, 우리가 너무 친할까보아서도 걱정이요…….”

“허허허…… 너무 친하면 어떻게 친한 건구?”

병화는 커다랗게 웃고 만다. 그 웃음이 무엇을 의미하는지 경애는 좀 알 수 없어서 한참 남자의 얼굴을 바라보다가 고개를 떨어뜨렸다. 그러나 병화는 아직 세상에 물들지 않은 새파란 젊은 의기에 그까짓 돈 몇천 원에 욕기가 난다든지 일에 비겁하기야 하랴 — 하는 생각을 한 것이었다.

“참 그런데, 이때껏 잊어버린 게 있군.”

병화도 무슨 생각을 하다가 별안간 눈을 번쩍이며 말을 꺼낸다.

“조군이 떠날 때 이 집 주인이 알아봐달라구 부탁하던 오정자라나 하는 일본 여자, 지금 감옥에 들어가 있다더군.”

“그렇다나봐요. 그런데 덕기한테서 그런 말은 왜 당신한테루 기별을 해왔어요?”

“삼단논법으로 당신두 빨갱이가 되었을까봐 애가 쓰인다구…….”

하며 병화는 웃어버리다가,

“주인은 아마 빨갱이인 모양이지?”

하고 묻는다.

“한 서너 잔 먹으면 발개질 때도 있지만 워낙 안 먹으니까 늘 하얗지.”

경애는 웃지도 않고 시치미 뗀다.

"어쨌든 이 집 주인이 주목을 받지는 않겠지?"
하고 다진다.

"아아니 왜?"

"주목을 받으면야 나두 올 수 없고 당신도 얼른 그만두어버리는 게 좋으니까 말이지. 당분간은 대근신을 해야지 않소."

경애는 그렇다고 생각하였다. 그러나 여기에서 별안간 발을 빼는 것도 문제이었다.

"어쨌든 돈을 쓰고 다니거나 하면 그것도 의심받기 쉬우니까 주의를 해야 해요."

경애는 병화가 요새 유행하는 마르크스 보이처럼 돈푼 생기면 금시로 헌털뱅이를 벗어버리고 말쑥이 거들고 다닐 그런 사람이라고 생각지 않으나 또 한 번 주의를 해두는 것이었다.

"별걱정 다 하는군! 그런데 그 돈을 얻다 맡기면 좋겠소?"

"참 얻다 두겠소? 날 주슈. 내 처치를 해놓고 보고만 할게. 당신이 가지고 있으면 당장 발각되어요."

"외투 속에 넣어서 주인 방에 걸어놓았는데 어떡하든지 하구려."

"잘됐군, 그대루 둬요. 자세한 이야기는 나중에 말하지."

병화는 조금 더 앉았다가 간밤에 잠을 잘못 자서 좀 가서 눕겠다고 하품을 연발하면서 일어나버렸다.

24. 답장

"홍경애란 카페의 그런 여자인 줄만 알았더니 퍽 얌전하고 좋은 사람이던데요?"

"어떻게 좋아?"

"모던 걸은 모던 걸이지마는, 얌전하고 싹싹해 보이지 않아요?"

병화도 필순이 경애를 칭찬하는 것이 반갑기는 하나 단순히 싹싹하고 얌전하다고만 칭찬하는 것은 미흡하였다. 그보다도 경애가 자기네 일을 용감하게 도와주는 점을 칭찬하여 주었다면 더 좋았을 것이다.

"카페 계집애려니 하는 생각은 어떻게 해보았어? 뉘게 들었어?"

필순은 대답이 딱 막혔다. 덕기의 편지를 몰래 보고 알았다는 말을 해도 좋을 것 같기는 하나 그만두어버렸다.

"진고개 그 집에 다니지 않아요? 어쨌든 선생님 행복이십니다. 그런 좋은 데가 있는데 왜 여기서 이 고생을 하셔요. 어서 떠나가셔요."

필순은 놀린다.

"당치않은 소리 말어! 그런데 참 여기 좀 앉어요, 할말이 있으니."

병화는 벽에 기대어 섰는 필순이 가까이 앉기를 기다려서 은근히 말을 꺼낸다.

"공장도 이제는 멀미가 나지?"

그저 그렇지요."

"흠……."

하고 병화는 잠깐 침음沈吟 하다가,

"아니, 이젠 음력설도 얼마 아니 남았으니까 필순이도 열아홉 살이 되나? 스물이 되나?"

"그건 왜 물으세요?"

하고 필순은 얼굴이 살짝 발개진다.

"아니, 내가 중매를 하나 들어보려고. 허허허 얌전한 신랑이 하나 있는데……."

병화는 또 금시로 실없는 소리를 꺼냈다.

"몰라요, 몰라요."

하며 필순이 일어서려니까,

"잘못했어. 다시는 그런 소리 안 할게 앉어요."

하고 병화는 빌어서 앉히고 그런 실없는 소리는 안 하리라고 생각하였다.

"그러니 지금 새삼스럽게 공부를 다시 시작할 수도 없고 언제까지 공장엘 다닌달 수도 없고 시집은 가기 싫다고. 어떻게 하면 좋담? 그야 내가 걱정을 안 해도 아버지 어머니께서 더 걱정을 하실 것이요, 필순이도 생각이 있겠지마는……."

“무에 걱정예요. 귀찮은 세상 죽어버리면 그만이지요. 무에 알뜰한 세상이라구⋯⋯.”

필순은 이런 소리를 잘하였다. 이맘때 계집애는 이런 말이 입에서 저절로 나오는가 싶었으나 어쨌든 가엾은 일이라고 병화는 생각하였다. 일전에 받은 덕기의 편지가 생각났다 — 청춘의 꿈을 아름답게 꾸게 해주어라⋯⋯.

병화는 코웃음을 무심코 쳤다.

필순은 병화가 혼자 실소를 하는 것을 말끔히 치어다보다가,

“왜 웃으세요?”

하고 시비조로 묻는다.

“아니— 죽는다니 말야. 죽기는 그렇게 쉰 줄 아나? 아예 그런 소리는 해버릇 말어.”

하고 병화는 덕기의 말을 냉소한 것이나 딴청을 하고 나서,

“그래 공부를 해보고 싶어?”

하고 물었다. 그러나 덕기의 말을 전하려는 것은 아니었다.

“왜요? 무슨 도리가 있어요?”

필순은 덕기의 말이 나오고 마는 게다 하며 반색을 아니할 수 없었다.

“어쨌든 할 수 있다면 해보겠어?”

“글쎄, 어떻게 해요? 제일 집안 때문에?”

“집안 일은 어떻게 되었든 간에.

“집안 일만 되면 열아홉 아니라 스물아홉 되기로 못 할 게 있어요?”

필순은 덕기가 자기 집 생활까지 돌보아주마 하지나 않았

나 하는 공상을 해보고는 고마운 생각과 그 사람이 왜 그처럼 열심일까 하는 의혹과 겁이 뒤섞여 났다.

"그래 공부를 하려면 무얼 하겠누?"

"아무거나 하죠."

사실 이것을 하겠다고 결정한 것은 없다. 그러나 장래 취직할 수 있는 점을 첫째 조건으로 생각하는 것이다.

"그러면 말야. 좀 멀리 떨어져 가야 공부할 길이 생긴다면 어떻게 할꾸?"

병화는 한참 주저하는 눈치더니 딱 결단했다는 표정으로 묻고 필순의 얼굴을 바라본다.

"멀리 어디요? 일본요?"

필순은 덕기가 있다는 교토(京都)를 생각하였다.

"아니, 그런 데는 아니고, 좀 가기 어려운 데야."

병화의 말에 필순은 자기의 공상이 깨어진 듯이 얼굴빛이 차차 변하여간다.

붉은 나라 서울 모스크바로 공부하러 가지 않겠느냐는 말에 필순은 놀라움과 실망을 느끼지 않을 수 없었다.

"그런 데를 내가 어떻게 가요? 단 세 식구에서 내가 빠지면 어머니 아버지는 어떻게 사시게요?"

필순은 그런 일은 생각만 하여도 눈물이 날 것 같다. 굶으나 먹으나 따뜻한 부모의 사랑에 싸여 있고 싶은 것이다.

예전에 잘 살 때 집에 둔 개가, 새끼 하나가 축이 난 것을 보고 먹지도 않고 온종일을 들락날락거리던 것이 생각난다.

필순은 그 생각만 하고도 눈물이 핀다. 노서아(러시아)라면 첫대바기에 머리에 떠오르는 것이 서백리아(시베리아)다. 망망무제한 저물어가는 벌판에 다만 하나 어린 계집애가 가는 듯 마는 듯 타박거리며 가는 조그만 뒷모양이 원경遠景으로 눈앞에 떠오른다. 그것이 자기라고 생각할 제 또 눈물이 솟을 것 같다.

"왜, 싫어? 어머니 치맛고리에서 떨어질 수가 없어? 이런 속에 들어앉았으면 별 수 있나? 시원하게 몇 해 동안 나돌아다니며 공부도 하고 구경도 하고 오면 좋지 않어? 이 좁은 천지에 들어앉았으려야 나는 싫어! 나도 뒤쫓아갈테니까 적적하다거나 염려될 거야 없지. 가보기로 하는 게 어때?"

병화는 열심으로 권한다. 그러나 필순에게는 귓가로 들렸다. 덕기가 아무쪼록 그러한 데로 끌어넣지 못하게 하는 것과는 정반대로 자기 집 사정을 보다시피 뻔히 알면서 이렇게 강권하는 것이 한편으로는 무정한 것 같이도 생각되었다. 그러나 자기가 나가면 뒤미처서 쫓아오겠다는 말을 듣자 필순은 눈이 반짝 뜨이는 것 같았다.

일도 일이거니와 둘의 세계를 찾아 모스크바에 가자는 말인가? 그러면 이 사람이 이때까지 내게 대해서 유다른 생각을 가지고 있었던 것인가? 꿈에도 생각지 않았던 일이나 그렇다고 놀라지는 않았다. 그러나 덕기의 편지로 보거나 이때까지 서로 지낸 것으로 보거나 친하다는 남매간 같고 친구 같고 사제간 같았을 뿐인데 저에게는 그렇게 말을 하여도 그것은 공연한 소리요, 자기 속생각은 따로 있었던가? 만일 그렇다면 홍경애와의 관계는 어떠한 것인가?

그것은 또 그만두고라도 정작 공부를 시키겠다는 덕기의 말은 지난 결에도 꺼내지 않으니 그것은 웬일일꾸? 혹시는 어제 달아난 피혁이라는가 하는 사람을 쫓아가라는 말인가? 그렇다면 피혁의 일을 도우라는 말인가? 혹은 아까 중매를 서마느니 신랑감이 있다느니 한 것으로 보아서 피혁을 쫓아가면 자연히 공부도 되고 결혼도 하게 되리라는 계책으로인가?……

필순의 공상은 끝간 데를 몰랐다.

"부모가 안 계시면 아무렇게도 좋겠지마는……. 그것도 남같이 동기가 많으면 먼 데라도 가겠지마는 내가 없으면 어머니 아버지는 어떡허시라구!"

필순은 또 한 번 같은 말을 탄식하듯이 뇌었다.

"만일 어머니 아버지께서 허락하신다면 어떡헐 텐가?"

"허락하실 리두 없구 또 그렇게까지 해서 공부하긴 싫어요. 나 같은 여자가 필요하다면 홍경애를 보내시면 어때요? 아무것도 모르는 나 같은 것이 그런 데를 가서야 공부도 안 될 것이요, 일도 안 될 게 아닙니까."

필순은 아무래도 그런 일생의 무거운 짐을 지고 유랑의 생애를 보낼 생각은 없었다. 부잣집 며느리가 되어가지고 호강하자는 것은 아니나, 벌어서 부모나 봉양하다가 시집을 가게 되면 가리라는 생각밖에 그리 큰 생각은 없는 것이다.

공부를 하겠다는 것도 직공 생활보다는 좀더 수입 있는 직업을 얻자는 수단이다. 평소에 부친이나 병화에게 감화를 받기는 받았으나 그렇다고 가정을 버리고 부모를 떠나서 무슨 일을 해보겠다는 것은 아니요, 결혼이나 일생의 행복까지 바친다는 것은 아니다.

"글쎄 말이야. 홍경애도 나갈 것이니 더욱 좋지 않은가. 내가 먼저 나가든 홍경애가 먼저 나가든 할 게니까 우리 모두 함께 나가서 마음놓고 살아보자는 말이지."

이 말에 필순은 다시 의심이 든다. 아까 말눈치로 보아서는 둘이만 나가자는 것 같더니 홍경애까지 데리고 가면 자기에게 무슨 애욕을 가지고 권하는 것이 아닌 것은 분명하다. 그렇다면 다만 일을 위하여서인 듯싶기도 하다. 그러나 그리 깊은 뜻은 없었다.

병화가 피혁한테 맡은 일 가운데 남녀 학생을 수삼인 골라 보낼 것도 하나인 때문에 필순의 사정은 모르는 바 아니나 공부하지 못해 애를 쓰는 판이니 어쩌면 나설 듯싶어서 물어본 것이나, 외외로 가정적 보통 여자와 다름없는 것을 보고 실망하였다. 경애도 가리라는 말은 실상 의논해본 일도 아니거니와 경애에게는 자식이 매달렸으니까 더욱 어려울 것이다. 그러고 보면 자기 아는 여자 가운데에서는 별로 고를 만한 사람이 없다. 어쨌든 병화는 자기 맡은 일을 엉구어놓고서는 뛰어나가고 싶으나 그 전에 내보낼 사람을 내보내놓아야 할 것이요, 또 이왕이면 필순이나 경애 같은 잘 아는 여성하나를 내보내두고 싶은 것이다.

"공부는 하고 싶어도 일본 같은 데 가서 편안히 대어주는 학비나 받아 쓰고 할 자국을 구하자니 어디 그런 입에 맞는 떡이 있을라구."

병화는 웃는다. 그러나 그 웃음이 비웃는 것 같은 데에 필순은 깜짝 놀라서 얼굴이 붉어지면서 심사가 나서 잠자코 있다.

"그런 자국을 얻자면 돈 있는 늙은 놈의 첩노릇이나 할 생각이 있으면 모르지마는 지금 세상에……."

병화의 불뚝심지는 또 이런 듣기 싫은 소리를 거침없이 하는 것이다. 필순은 듣기가 분하였다. 그러면서도 덕기의 말은 여전히 털끝만큼도 꺼내지 않는 것이 이상하다느니보다도 미웠다. 만일 덕기에게 시기를 해서 그런다면 더러운 일이라는 생각도 든다.

"아무러면 몸 팔아가며 공부하자나요."

필순은 울고 싶은 감정으로 한마디하였다.

"그렇게 노할 게 아니라 지금 세상이 그렇다는 말이지. 지금 세상은 교육이라든지 학문이라는 것이 직업을 얻기 위한 수단이라는 데서 또 한 걸음 더 타락해서 결혼 조건이나 여자의 몸치장의 하나가 되었으니까 말이지. 여학생이라면 계집 자식 버리구 두 번 장가 들려는 이런 세상이 아닌가. 허허허."

"그런 것도 있고 그렇지 않은 것도 있겠지요."

필순은 앙하는 소리로 대꾸를 한다.

"그렇지 않은 사람은 누구야?"

병화는 덕기를 생각하며 들었으나 필순은 대답을 주저한다.

"그래 그렇지 않은 사람이 공부를 하라면 할 텐가?"

필순은 역시 대답이 없다. 대답이 없는 것은 그렇게 하겠다는 말 같다.

"조덕기군이 공부나 시켰으면 좋겠다고는 하지마는 남의 은혜란 무서운 것이요, 받으면 받으니만큼 갚아야 할 것이니 무엇으로 갚을 텐가? 갚기를 바라지 않는 사람이 이 세상에 얼마나 있을까?"

필순은 그도 그렇기는 하다고 생각하였다.

"만일 조군이 독신이라면 나도 구태여 불찬성은 아니지마는 처자가 있지 않은가, 게다가 나이가 어리지 않은가?……."

필순은 고개를 떨어뜨리고 앉았을 뿐이다. 그 말도 옳은 말이라고 생각하는 것이다.

병화는 말을 끊어버리고 필순을 내보낸 뒤에 버둥버둥 누웠다가 일전에 받은 덕기의 편지를 생각하고는 오늘은 답장을 써볼까 하여 책상 앞으로 다가앉았다.

서랍을 우선 여니 덕기의 찢어진 편지가 나온다. 일전에 피혁과 만나게 되던 날 나갈 제 또 무슨 일이 있을까보아 휴지를 모두 찢어버리는 길에 이 편지도 찢어버리려다가 답장을 쓰고서 버리려고 아직은 둔 것이다.

혹시 필순이 이 편지를 꺼내 보지나 않았을까 하는 생각을 하니 이렇게 눈에 띌 데에 넣어둔 것이 안 되었다는 생각도 하면서 두 쪽에 난 봉투에서 꺼내서 맞붙여가며 다시 한 번 훑어보려니까 한편에는 제 차례대로 넣었으나 한 토막 편은 중간에 차례가 바뀌었다. 두 동강에 쭉 찢었다가 넣어둔 것이니 바뀌면 두 편이 다 바뀔 것이다.

"흐응, 꺼내 봤구나."

하며 병화는 하는 수 없다는 생각을 하였다.

무료한 세월이 고치에서 실 풀리듯이 지리하게도 질질 끌려 나가네. 우리 나쎄에 인생이 무료하대서야 나도 벌써 쓰레기통에 들어갈 인생일세마는 좀더 긴장한 그날그날을 못 보내게 될지? 도리어 감옥에 들어가 있는 사람은 긴장한 저항력과 풀려나갈 희

망을 가지고 있을 터이니만큼 이따위로 죽지 못해 사는 생명보다
는 훨씬 값이 있을 것일세. 사실 내게는 시간과 생명은 군더더길
지. 할일이 무언가? 그러나 이 시대의 조선 청년 쳐놓고 시간과
생명을 주체못하는 사람이 나뿐이겠나? 나뿐이 아니라고 결코
위로가 될 것도 아니지마는…….

피혁을 떠나보낸 뒤로는 부쩍 신경이 더 날카로워지고 늘
신변에 검은 그림자가 쫓아다니는 것 같아서 앞뒤를 더욱 경
계하고 조심조심하는 터이거니와 차차 본격적으로 활동을
개시할 터이니까 이 편지도 경찰에서 검열할지도 모르겠다
는 짐작으로 일부러 이 말부터 쓴 것이다.

이런 편지도 실상은 한가로우니까 소견삼아 쓰는 것일세마는
이제는 그만두어야 할까보이. 바빠져서 그런 게 아니라 결국 소
용이 무어냐는 말일세. 자네가 아무리 나와 같은 시대에 숨을 쉬
기로 자네야 미구에 할아버님이 그 유산과 함께 물려주실 시대의
꼬리에 매달려갈 사람 아닌가. 매달려간다기보다도 시대의 꼬리
를 붙들고 늘어붙어 앉을 거 아닌가? 금고를 맡아보게, 돈을 만
져보게, 지금 생각으로는 뻗어가는 시대의 큰 수레에 탈 것 같을
듯싶지마는 그 육중한 금고를 안고 탈 수야 없으니 시대의 꼬리
나 붙들고 늘어질 수밖에 더 있겠나. 시대를 붙들어노려는 엉뚱
한 생각은 다만 보수적일 뿐 아니라 당랑거철螳螂拒轍인 줄을 모
르는 게 아니면서, 그 밖에 갈길이 없을 거니 내 설교쯤 마이동풍
아닌가? 쓸데없는 한문자의 유희는 해서 무얼 하겠나. 몇 해를
두고 길러내다시피한 필순이도 실망일세마는 필순이 역시 결국

에 시대의 꼬리를 붙들고 주저앉을 위인밖에 아니 되네. 여자란 원체 보수적이요, 새 시대의 선도자가 되기를 기대할 수는 없는 것이며 나이나 성격 관계도 없지 않겠지마는 필순이 하나도 내 힘으로는 시대의 수레에 집어올릴 수 없는 것을 생각할 제, 자네 게 내가 천만 언급을 하면 무엇하겠나. 자기가 무력한 탓인지? 나 닮으라고 설교를 하거나 강요하는 것이 근본적으로 틀렸는지? 그것은 자네 판단에 맡기네마는 그러나 아직도 한가지 믿는 것은 아무리 베돌던 닭도 때가 되면 홰 안에 제풀에 찾아들리라는 것 일세. 필순이나 자네나 길을 돌아서라도 다시 만날 날이 있으리라 는 말일세.

필순이는 지금 자네의 소원대로 그 소위 청춘의 꿈에 감잡혀 들어가는 판일세마는 여기에 안 된 것은 자네의 편지를 골독히 쑤셔보았다는 사실이었네. 이러한 객쩍은 편지는 고만두자고 한 동기도 거기에 있거니와, 내 시대로 걸어나오다가 자네의 시대에 주저앉아버린 중요한 암시를 준 것은 확실히 자네의 편지들이요, 자네의 그 값싼 동정인 것이 분명하이. 일이 이렇게 되고 보니, 그만 때 아이들로는 무리치도 않은 일이나 하여간 이제는 난 모 르네. 필순이의 일은 자네가 알아 하게. 나를 중간에 세우지 말고 자네네 뜻대로 자네 힘대로 하게. 그러나 꿈이 깰 때, 현실로 돌 아오면 반드시 또다시 나를 찾을 것을 믿네. 또한 자네만 하더라 도 미구 불원에 자네 할아버니께서 지키시던 모든 범절과 가규와 범도는 그 유산 목록에 함께 끼여서 자네가 상속할 모양일세마 는, 자네로 생각하면 땅문서만이 필요할 것일세. 그러나 그 땅문 서까지가 가규나 범절처럼 대수롭지 않게 생각될 날이 올 것일 세. 자네게는 시대에 대한 민감과 양심이 있는 것을 내가 잘 아니까 말일세.

　자네 부친 — 그이는 자네 조부에게는 기독교도로서 이단이었지마는, 자네에게도 시대 의식으로서 이단일 것일세. 그에게는 얼마 동안 술잔과 19세기의 인형의 무릎을 맡겨두는 것도 좋은 일이나 아편을 정말 자시지나 않게 주의를 하게.

　그리고 홍경애? — 이 여자는 아마 자네 부친의 것이라느니보다도 내 것이 되기 쉬울 가능성이 충분하이마는 그는 19세기가 아니라 20세기의 인형일세. 그 정도로 나는 사랑할지 모르네. 그만쯤 알아두게. 더 쓸 것도 없고 쓰기도 싫으니 부득요령의 잔소리가 되었네. 그러나 요령 있는 말을 하다가는 감수減壽가 될 것이 아닌가…….

25. 전 보

영감의 병은 차차 눈에 안 띄게 침중하여 들어갔다. 따라서 지 주사, 창훈, 최 참봉 들 사랑 사람은 밤중까지 안방에 들어와 살다시피 되었다. 그러나 영감은 병이 더하여 갈수록 아들과는 점점 더 대면도 하기를 싫어하였다. 상훈은 인사를 차려서라도 아침부터 와서 밤에나 자러 가지마는, 사랑에서 빙빙 돌 뿐이다. 영감이 요새로 부쩍 더 그러는데는 이유가 아주 없는 것은 아니다.

돌아갈 때가 가까워서 그런지 덕기를 보고 싶다고 몇 번이나 편지를 띄우고 전보를 치게 하였다. 그러나 아무런 회답이 없어서 영감은 가뜩이나 손자놈을 못마땅하게 생각은 하면서도 날마다 아침 저녁 차 시간만 되면 기다리는 터인데, 상훈은 그런 줄은 모르고 시키지 않게 한다는 소리가,

"아버니 병환이 그렇게 침중한 터도 아니요, 그애는 졸업 시험이 며칠 안 남았으니 아직 그대로 내버려두시지요."
하고 서두를 필요가 없다는 듯이 말리었다. 물론 그것은 앓는 부친이 자기 병에 겁을 내는 듯하여 안심을 시키느라고

한 말이요, 또 사실 덕기를 그렇게 시급히 불러낼 필요가 없어서 그렇게 한 말이나 부친의 불호령이 당장 떨어졌다. 전보를 치고 편지를 해도 답장조차 없는 것은 아비놈이 중간에서 오지 못하도록 가로막기 때문이라고 야단을 하는 것이다.

영감이 덕기를 어서 불러다 보려는 것은 귀여운 생각에 애정으로 그렇지마는, 한가지 중대한 것은 재산 처리를 손자를 앞에 앉히고 하려는 생각이기 때문이었다. 물론 아들을 쏙 빼놓고 하려는 것은 아니나, 어쨌든 손자까지 앞에 앉히고서 유언을 하자는 생각이다. 그것도 자기가 이번에 죽으리라는 생각은 아니나, 사람의 일을 모르겠고 어차어피에 언제든지 할 일이니까 나중 자기가 일어나서 또 하더라도 어쨌든 간에 이 기회에 대강만이라도 처리를 하여놓으려는 생각이 있느니만큼, 손자를 성화같이 기다리는 것이요, 따라서 상훈이 덕기를 못 오게 방망이를 드는 것이라고 넘겨짚고 아들에게 준금치산 선고까지라도 시키겠다고 야단을치는 것이다. 그러나 상훈으로서는 부친의 그런 속셈이야 알 리가 없다. 하여간에 부친이 그렇게까지 하니까 자기라도 편지를 하든 전보를 놓겠으나, 창훈이 전보를 연거푸 세 번씩이나 놓았으니 다시 놀 필요는 없다고 한사코 말리기도 하고, 또 그만하면 저기서 벌써 떠났을 듯하여 오늘 내일 새로는 들어오려니 하고 기다리는 터이다. 그러나 며칠이 지나도 감감 무소식이다. 창훈도 참다못해 또 한 번 전보를 영감 앞에서 써서 제 손으로 부치러 나갔다. 그러나 그 이튿날도 역시 답장은 없다.

"어머니, 그 웬일인지 알 수가 없습니다그려. 병이 났는지? 떠나서 오는 중인지? 그러기루 온다 못 온다 무슨 말이 있을 게 아닙니까? 제가 한번 다시 놓아 볼까요?"

손주며느리는 하도 답답하여 시어머니에게 이런 의논을 하였다. 시어머니도 요새는 날마다 오는 것이다. 자는 날도 있다. 그러나 안방에는 하루 한 번씩밖에는 못 들어간다. 시아버님의 노염이 풀리지 않은데다가 덕기가 안 오는 탓이 건넌방 고식姑媳에게까지 간 것이었다.

"글쎄 말이다. 설마 전보를 중간에서 챌 놈이야 있겠니마는."

시어머니도 의아해 하였다.

"누가 압니까. 무슨 요변들을 부리는지. 겁이 더럭 납니다 그려."

고식은 이런 의논을 하다가 시누이가 학교에서 오기를 기다려 직접 나가서 전보를 놓고 들어오게 하였다.

경도에서 떠난다는 전보가 밤 열한 시에 배달되었다. 덕희의 이름으로 띄웠으니까 답전도 덕희에게 왔다. 노영감은 일본말은 몰라도 가나 글자를 볼 줄은 알았다. 손주며느리가 가지고 온 전보를 받아들고,

"온 자식두……."

하며 안심한 듯이 반가운 기색이 돌다가 주소씨명을 한참 들여다보더니,

"이게 뉘게로 온 것이냐?"

하고 묻는다.

"아가씨한테로 왔에요."

"응? 아가씨? 덕희에게로?"

영감은 좀 의외이었다. 이 집으로 오는 편지는 조덕기 본

제본第라 하고, 전보 같으면 어린 자식놈의 이름으로 하는 버릇이었을 뿐 아니라 이번에는 창훈이 전보를 여러 번 띄운 터이니, 창훈에게로 보내지 않으면 역시 자식놈의 이름으로 놓았을 터인데 어째 누이에게로 쳤을까? 영감은 또 의아하였다.

"아가씨가 아까 전보를 띄웠에요."

손주 며느리 말에 영감은,

"그 웬일일꼬?"

하고 뒤로 가라앉은 눈이 더 커진다.

손주며느리는 조부의 말을 알 수가 없었다. 웬일이라니 웬일 될 것이 없다.

"예서 아무 소리를 해야 그건 곧이들을 수 없어도 제 누이의 전보니까 그 무겁던 엉덩이가 이제야 떨어진 것인 게지요."

수원집이 옆에서 이렇게 씹는다.

"덕희더러는 누가 전보를 노라고 하던?"

조부가 못마땅한 듯이 묻는다.

"하두 답답하기에 제가 또 놓아보라 했어요."

"하여간 온댔으니 좋다마는 어째 너희들의 전보를 보고서야 떠날 생각이 났단 말이냐?"

일은 간단하다. 그러나 그 간단한 일이 영감에게는 간단하지가 않았다.

"그동안 놓은 전보는 주소가 틀렸는가? 하숙을 옮겼다던?"

영감은 하숙을 옮긴 것을 자기에게는 알리지 않았던가 하는 의혹도 들었다.

"아녜요. 그대로 있나봐요."

"그럼 웬일이냐? 시험으로 바쁘다는 아이가 그동안 어디를 갔었을 리도 없고……. 너희들이 다른 사람의 전보나 편지가 아무리 가더라도 떠나지 말고 너희가 기별하거든 오라고 일러둔 게 아니냐?"

영감은 자기 추측이 조금도 틀림없다는 듯이 역정을 낸다.

"그럴 리가 어디 있겠어요. 번지수가 틀렸던지 해서 안 들어갔던지 한 게지요."

손주며느리의 말도 그럴 듯하기는 하였으나 영감은 그대로는 그렇게 믿어서 집어치우고는 아니하였다.

"그럼 전보가 아니 들어갔으면 돌아오기라도 하지 않겠니? 그만두어라. 그 애가 오면 알겠지."

당자가 돌아오면 알리라고 벼르기로 말하면 영감보다도 건넌방 속에서 더 벼르고 기다리는 터이다.

이튿날 저녁에는 덕기가 부산에 내려서 전보를 쳤다. 이때까지 시치미 떼고 있던 것과는 딴판으로 부산에 와서까지 병환이 어떠냐고 전보를 친 것을 보면 조바심을 하는 모양이다. 영감은 내심으로 기뻐하였다.

하룻밤을 새워서는 겨울날이 막 밝아서 덕기가 들어왔다.

정거장에는 창훈과 지 주사가 마중을 나가 데리고 들어왔다.

창훈은 덕기가 그저께 덕희의 전보밖에는 받아 본 일이 없다고 하는 데에 펄쩍 뛰며, 그게 웬일이냐고 덕기가 속이기나 하는 듯싶게 서둘러댄다.

"낸들 알 수 있에요. 하지만 이상하군요. 아저씨의 그 서투른 일본말로 번지수를 썼으니까 그렇지 않을라구."

덕기는 신지무의信之無疑하고 이렇게 웃어만 버렸다.

어쨌든 조부가 그만하다는 데에 마음이 놓였다.

"이것 봐. 할아버지께서 무어라고 하시거든 전보봤다고 얼쯤얼쯤해두어라. 전보 하나 똑똑히 못 놓는다고 또 꾸중이 내릴 테니, 학교에서 여행을 갔다가 와서 비로소 전보를 보고 마침 떠나려는데 덕희의 전보가 또 왔더라고 하든지, 무어라든지 잘 여쭈어야 한다. 그동안 전보 사단으로 얼마나 야단이 났었던지……."

창훈은 타고 오는 택시 속에서 연해 이런 당부를 하였다.

"그게 다 무슨 걱정이에요. 어쨌든 애들 쓰셨습니다. 그러나 다행히 그만하시다니 이 고비를 놓치지 말고 약을 바짝 잘 쓸 도리를 해야지요."

덕기는 창훈이 병환의 경과 이야기는 안 하고 어느 때까지 전보 논래만 하는 것이 못 마땅하여 치사는 하면서도 핀잔을 주었다.

병실에 들어서니 조부는 일어나 앉자고 하여 앞뒤에서 부축을 하고 손자의 절을 받았다. 허리만은 조금 거동할 수 있게 되었지마는 죽은 사람이나 누워서 절을 받는다는 미신이 기어코 일어앉히게 한 것이다. 병인은 죽을 사死자만 눈에 띄어도 '사자' 가 앞에 와서 막아선 것같이 질색을 하는 것이었다.

영감의 입에는 웃음이 어리었으나 보기에도 무서운 깔딱 젖혀진 두 눈은 노염과 의혹의 빛에 잠겼다.

"사람의 자식이 어디 그런……. 그런 법이 있니?"

영감은 말 한마디에 세 번 네 번씩 숨을 돌려야 한다. 일어앉혔다가 뉘니까 담이 더 끓어오르고 기운이 폭 빠진 것 같다.

덕기는 조부가 허리를 쓰고 일어앉는 것을 보고 속으로 반기었으나 다시 누운 얼굴을 보고는 고개를 비꼬지 않을 수 없었다. 그렇게 혈색 좋던 조부의 얼굴이 불과 한 달지 내에 저렇게도 변하였을까 싶다. 누렇게 뜨고 꺼먼 진이 더께로 앉은 것은 고사하고 그 멀겋게 누런 빛이 살 속으로 점점 처져 들어가는 것 같은 것이 심상하지 않아 보였다. 여러 해 속병에 녹은 사람 같다.

"전보를 그렇게 치고 법석을 해야 편지 한 장은 고사하고 죽었다가 살아왔단 말이냐. 돈 30전이 없더란 말이냐?"

담이 글겅거리면서도 급한 성미에 말을 빨리 죄어치려니 숨이 턱에 받쳐서 듣는 사람이 더 답답하다.

"전보를 못 봤에요."

"전보를 못 보다니? 그럼 노자는 어떻게 해가지고 왔단 말이냐?"

영감은 펄쩍 뛴다.

"주인에게 취해가지고 왔어요……."

덕기가 또 무슨 말을 하려는데, 창훈이 옆에서 눈짓을 하는 바람에 말을 얼른 돌려서,

"그동안 스키를 하러 갔다가 한꺼번에 전보를 받고 곧 떠났지요."

하고 꾸며대었다. 덕기 역시 창훈을 좋게 생각하는 터도 아니요, 또 조부를 속여가면서 구차스럽게 변명을 하기가 귀찮아 이실직고를 하려다가 흥분된 조부가 그 위에 큰 소리를

내게 되면 모두가 재미없을 것 같아서 창훈이 눈짓을 하는
대로 말을 돌려대어버린 것이다.

"스키란 무엇이냐?"

"산에 올라가서 얼음지치는 거예요."

"산에 가 얼음을 지치다니 강에 가서 지친다면 몰라도!"

"일본에는 그런 게 있에요."

"일본이고 조선이고 얼음지치는 것은 매한가지겠지. 그만
두어라. 그런 얼토당토않은 거짓말을 듣자는 게 아니다."

조부는 역정을 내었다.

"허, 일본에 그런 게 새로 났니? 여기로 말하면 한강에서
얼음을 지치더라마는 시험 안 보고 얼음을 지치러 다녀?"

창훈이 옆에서 이런 밉살맞은 소리를 하니까 수원집도 생
글하고 비웃어 보인다.

조부가 거짓말로만 밀어붙이는 것이 다행하여 옆에서 부
채질을 하는 것이지마는, 덕기는 일이야 어찌 된 것이든지
간에 일껏 자기 사폐 보아주느라고 꾸며대는 것인데 이 편을
거들지는 못할망정 그런 공 없는 소리를 하는 것을 듣고는,
심사나는 대로 하면 확 쏟아놔버리고 싶었지마는, 이 자리에
서 큰 소리를 내서는 안 되겠다고 잠자코 말았다.

"그래 전보환으로 보낸 돈은 어떻게 했단 말이냐?"

"못 받았에요."

학비인 줄 알고 받아서 주인을 주었다가 다시 취해가지고
왔다든지 무어라고 꾸며대고 싶었으나 심사가 틀려서 그대
로 내뻗어버렸다.

"아니, 그게 웬일일까? 자네 부치긴 분명히 부쳤나?"

“부치다 뿐입니까. 영수증이 여기 있는데요. 참 드릴 것을 잊었습니다.”

하며 창훈은 지갑을 꺼내서 한참 뒤적뒤적하더니,

“아마 집에 두고 왔나봅니다. 제 손으로 부치지는 못하고 큰 놈을 시켰습니다마는 영수증이 있으니까 갈 데 있겠습니까?”

“그럼 이따가 가져오게.”

영감은 어쩐 영문인지를 알 수가 없어서 갑갑하였다.

모든 것을 자기 손으로 또박또박히 하지 않으면 마음이 안 놓이는 이 노인의 성미로, 이렇게 오래 누웠는 것도 화가 나는데, 일마다 모두 외착이 나는 것을 보고는 한층 더 화에 뜨는 것이다.

“영수증만 있으면 나중에 찾기라도 하지요. 잘 알아보지요.”

덕기는 조부를 안정시키려고 더 길게 말을 하려 하지 않았다. 그러나 덕기가 시원스럽게 말을 안 하는 것이 조부가 보기에는 모두 속임수로 얼쯤얼쯤 묵주머니를 만들려는 것 같아 또 화가 나나 멀리 온 귀여운 손주라 참는 수밖에 없었다.

26. 열쇠 꾸러미

덕기는 한나절을 들어앉았는 동안에 머리가 지끈지끈하는 것은 고사하고 어쩐지 집 안에 무슨 이상한 공기가 떠도는 것 같은 감촉을 얻었다. 모든 사람의 얼굴에 나타난 떠들썩한 기분과, 서로 속을 엿보려는 듯한 시기와 의혹과 모색摸索의 빛이 덕기에게까지 전염되어 오는 것을 부지중에 깨달았다. 언제라도 서로 마음 주고 깔깔 웃는다거나 얼굴을 제대로 가지고 순편히 말 한마디라도 하는 사람들은 아니지마는 이번에 와서는 더욱이 거친 저기압이 집 안의 어느 구석을 들여다보아도 자욱하다. 그것이 무슨 까닭인지, 어디에 원인이 있는지 덕기는 알 수가 없었다. 초상이 나려며는 까마귀가 깍깍 짖는다더니 조부가 참 정말 돌아가느라고 죽음의 음기가 솟아나서 그런지? 어른의 병환이 침중하니까 수심에 싸여서들 그런지? 그런 열녀 효부는 가문에도 없으니 그럴 리도 없다. 그러면 그동안에 또 무슨 대풍파가 있었던가? 덕기 자신이 늦게 왔다 하여 그러는 것인가? 그렇다면 죄는 창훈에게 있는 것이다. 세 번 씩이나 쳤다는 전보가 왜 안 왔을

꼬? 돈은 어디로 떠날아갔는고? 알 수 없는 일이다.

아내의 말을 들으면 안방으로, 사랑으로 밤낮 몰려서 틈틈이 수군거리는 것들이 무엇인지, 그 중간에 무슨 요변, 무슨 동티가 있을 법하다더니, 과시 아주 터무니없는 말은 아닐 것 같다.

이 음산한 공기가 모두 안방에서만 흘러나오는 것이 아니라 사랑이고 뒤꼍이고 그 몇 연놈들의 몸뚱어리가 쓸적하는 데서면 풍기어나오는 것 같기도 하다. 웬일일꼬? 돈? 돈 때문에? 돈 동록 냄새가 욕기의 입김에 서려서 쉬고 썩고 하여 나오는 냄새 같기도 하다. 그러나 돈을 어떻게 하겠다는 것인고……?

생각하면 뉘 집에서나 열쇠 임자의 숨이 깔딱깔딱할 때가 닥쳐오면 한 번은 겪고 마는 풍파가 이 집에서도 일어나려고 뭉싯뭉싯 검부잿불처럼 보이지 않는 데서 타오르는 것일지도 모른다. 덕기는 정신을 바짝 차려야 하겠다고 생각하였다.

수원집의 태도도 퍽 이상하여졌다. 온종일을 두고 보아야 모친과는 으레 그러려니 하더라도 건넌방 식구와는 잇새도 어우르지를 않고 영감 옆에 꼭 붙어앉았다. 그래도 예전에는 덕기에게만은 거죽으로라도 좋게 대하더니 이번에는 덕기가 무슨 말을 걸어도 귀먹은 사람처럼 모른 척하다가 두번 세번 재쳐야만 마지못해 대꾸를 한다. 더구나 못된 짓은 덕기가 안방에 들어가는 것을 몹시 싫어하는 눈치인 것이다. 낮이고 저녁결에 사람이 좀 비었을 때 혼자 누운 조부가 심심할까도 싶고 이야기할 것도 있어서 안방에를 들어서면 더욱 그런 내색을 보이나, 그렇게 못마땅하고 보기 싫으면야 앉았다가도 저만 휙 일어서 나가버리면 그만일 터인데 나가지도 않고 턱살을 치받치고 앉았다. 나가기는커녕 마루에나 뜰에 있다가도 덕기가 안방으로 들어가는 것만 보면 쪼르르 쫓아들어와 지키고 앉았는 것이다. 자위가 폭 가라앉은 무서운 두 눈만 껌벅거리고 누웠는 조부와 무슨 비밀한 이야기나 할 줄 알고 그 안달을 하는 것인지? 덕기는 눈살이 한층 더 찌푸려지건마는 내가 이제는 이 집의 대다! 하는 생각을 하면 얼굴빛 하나 말 한마디라도 한만히 할 수는 없었다. 어쨌든 모든 사람의 입을 틀어막고 쉬쉬하여가며 건드리면 터질 듯한 큰 소리가 나오지 않게 주의를 해야 할 것이라고 생각하였다.

그러나저러나 대관절 사랑축들이 안방에를 왜 이렇게 꾀어드는지 알 수가 없는 일이다. 지 주사는 한집 식구요, 약을 자기 손으로 지으니까 말 말고라도 제일 눈에 거슬리는 것은 최 참봉과 창훈이다. 어떤 때는 일가의 아저씨니 형님 아우니 말이 위문 옵네 하고 몰려들어서는 잔칫집 모양으로 떠들썩하니 안에서도 거기 따라서 더운 점심을 짓네 어쩌네 하고 한층 더 부산한 것은 고사하고라도 사랑에들만 몰려서 뒤집어엎는 데는 머리가 빠질 일이다. 그러나 당자인 병인이 그렇게 떠들썩한 것을 좋아하니 어찌하는 수도 없다. 그래야 너나 할 것 없이 모두 벌제위명伐齊爲名으로 큰 일이나 보아주는 듯시피 입으로만 떠들어대고 수군거렸지 누구 하나 똑똑히 다잡아서 약 한 첩 조리 있게 쓰는 것도 아니다.

이런 때마다 덕기는 부친이 좀 다잡아서 엄숙하게 집안을 휘둘러놓았으면 하는 생각이 간절은 하나 역시 하는 수 없는 일이다. 그렇다고 어린 자기는 성검도 안 서고 공부하는 애가 무얼 하느냐는 듯이 도리어 휘두르려고만 든다.

"아저씨, 그 영수증 가져오셨나요?"

덕기는 안방으로 건너가서, 저녁 먹고 와서 앉았는 창훈에게 전보환 부친 표를 채근하여보았다. 세 번씩 놓았다는 전보가 한 장도 들어오지 않은 것도 이상하거니와, 돈 부친 것까지 중간에서 횡령을 당하지 않았나 의심이 드는 것이었다.

"응, 여기 가져왔는데 그애가 잘못 부치지나 않았는지 문기가 들어오면 자세히 물어보고 오려 했더니 아직 안 들어왔어."

창훈은 눈에 잠이 어린 듯이 어름어름하며 지갑을 꺼내서 훔척거리더니, 착착 종이를 꺼낸다. 등을 주황빛으로 인쇄한 것이 분명히 우편국에서 받은 돈 부친 표이기는 하다.

덕기는 받아서 펴면서,

"이게 웬일예요?"

하고 놀라며 웃는다.

"왜 그러나?"

"이건 바로 돈표가 아닙니까. 이것을 보내야 돈을 찾아쓰는 게 아닙니까."

"응? 그럼 영수증하고 바꾸어보냈단 말야?"

"그렇지요. 그건 그렇고, 전보환으로 보냈다면서 이것은 통상위체通常爲替가 아닙니까?"

"무어? 통상위체? 통상위체란 어떤 건가?"

"통상위체면야 편지함에 넣어서 보내는 게 아닙니까?"

“엉…….”

하고 창훈은 금시초문이라는 듯이 눈이 뚱그래지다가,

“온 자식두, 빙충맞은 못생긴 자식도 다 보겠군.”

하며 아들을 혼자 나무란다.

“이리…… 이리 다오.”

조부는 눈을 감고 누워서 삼종 숙질간의 수작을 듣다가 눈을 뜨고 손을 내밀어 돈표를 받아들고,

“그 왜 (에구에구) 얼빠진 그애를 (에구에구) 시켰더란 말인가? (에구구) 그앤 그렇다 하기로 (에구) 자네…… 자네두 이때껏 그런, 분간이 없다…… 없단 말인가?”

하며 당질을 나무란다.

“할아버니 돈은 여기 이렇게 표가 있으니 염려 마시고 어서 주무세요. 숨이 더 차신가 뵈온데!”

덕기는 조부의 앓는 소리가 듣기에 애처로웠다.

“그러니까 돈하고 네게서 온 편지 겉봉을 안동해주고 전보환을 부치라 했더니 이른 말은 까먹고 아무거나 돈표면 되는 줄 알고 받아서 그거나마 영수증 쪽을 찢어서 봉투에다가 부친 게로구나.”

창훈은 이런 변명을 하고 웃는다.

영감은 몸이 덜 아프면 좀더 따졌을 것이나, 오늘은 저녁 때부터 점점 더 기함氣陷이 되어가는지 다시는 말이 없이 돈표를 덕기 앞으로 던지고 다시 눈을 감아버린다.

그것을 보다 덕기는 이 판에 그까짓 논래를 더할 경황도 없어서 잠자코 돈표만 주머니에 집어넣고 창훈에게도 나가자고 눈짓을 하여 가만히 나와버렸다. 밤 열 시 — 정한 시간

에 또 한번 온 의사는 더하지도 않고 덜하지도 않으나 영양
이 없는데다가 오늘은 조금 흥분이 되어서 열이 생긴 것이니
그대로 안정하여 자는 대로 두라 이르고 갔다.

이튿날 아침에는 문기가 와서 안방에 건성으로 잠깐 다녀
나오더니 건넌방에서 내다보는 덕기를 보고,

"아버니께 들으니까 무어 돈을 잘못 부쳤다구? 난 그런게
처음이라 무언지를 알겠던가? 일본놈이 돈표를 해주기에 급
하기는 하고 어떻게 부칠지를 몰라서 우편국에서 봉투를 사
다가 넣어서 등기로 부쳤네그려. 여기 이렇게 등기 부친 표
가 있지 않은가."

하며 서류書類 부친 쪽지를 내어주고 열없는 듯이 웃는다.

"상관있소. 이왕지사 그렇게 된 것을…….

하며 덕기도 좋은 낯으로 웃어버렸으나 아무리 시골 생장이
기로 그런 반편일 수야 있을까? 암만 해도 곧이들리지를 않
았다.

"너 아범은 내가 어서 죽었으면 시원할 것이다. 너도 못 오
게 하느라고 저희끼리 짜고 전보까지 새에서 못 치게 한 게
아니냐?"

조부가 이런 소리를 할 제 덕기는,

"그럴 리가 있겠습니까?"

고 하기는 하였지마는 덕기도 의아는 하였다. 부친이 설마
그렇게까지 하랴 싶으나 창훈 아저씨라든지 최 참봉이 부친
에게 되돌아붙어서 무슨 일을 하는 것인지 그도 모를 일이라
고 의심도 난다.

그러나 아무래도 수원집과 부친이 한편이 될 리는 없고 창

훈과 부친의 새가 금시로 풀렸을 리도 없으니 십중 팔구는 수원집이 중심이 되어서 무슨 농간이 있을 것이라는 짐작이 든다.

"제아무리 그래야 밥이나 안 굶게 하여주지, 그외에는 막무가내다."

조부는 이런 소리도 하였다.

"왜 그런 말씀을 하셔요. 그까짓 재산이 무업니까. 그런 걱정은 모두 병환중이시니까 신경이 피로하셔서 안하실 걱정을 하십니다. 얼마 있으면 꼭 일어나십니다."

덕기는 조부를 안위시키려고 애썼다.

"네 말대로 되었으면 작히나 좋으랴만 다시 일어난대도 나는 폐인이나 다름없을 것이다. 어쨌든 이 금고 열쇠를 맡아라. 어떤 놈이 무어라고 하든지 소용 없다. 이 열쇠 하나를 네게 맡기려고 그렇게 급히 부른 것이다. 이것만 맡겨노면 이제는 나도 마음놓고 눈을 감겠다. 그러나 내가 죽기까지는 네 마음대로 한만히 열어보아서는 아니 된다. 금고 속에는 네 도장까지 있다마는 내가 눈을 감기 전에는 네 도장이라도 네 손으로 써서는 아니 된다. 이 열쇠는 맡아두었다가 내가 천행으로 일어나면 그대로 내게 다시 다오."

조부는 수원집까지 내보내놓고 머리맡의 조그만 손금고를 열라고 하며 열쇠 꾸러미를 꺼내 맡기고 이렇게 일러놓았다.

"아직 제가 맡을 것이야 있습니까? 저는 할아버니 병환만 웬만하시면 곧 다시 가야 할 텐데요? 그리고 아범을 제쳐놓고 제가 어떻게 맡겠습니까?"

덕기로서는 도리로 보아도 그렇지마는 공부를 집어치우고

살림꾼으로 들어앉을 수도 없는 일이었다.

"다시 간다고?……. 못 간다. 내가 살아난대도 다시 못 간다. 잔소리 말고 나 하라는 대로 할 뿐이다."

하고 조부는 절대 엄명이었다.

"하던 공부를 그만둘 수야 있겠습니까. 불과 한 달이면 졸업인데요."

"공부가 중하냐? 집안 일이 중하냐? 그것도 네가 없어도 상관없는 일이면 모르겠지마는 나만 눈 감으면 이 집 속이 어떻게 될지 너도 아무리 어린애다만 생각해 봐라. 졸업이고 무엇이고 다 단념하고 그 열쇠를 맡아야 한다. 그 열쇠 하나에 네 평생의 운명이 달렸고 이 집안 가운이 달렸다. 너는 그 열쇠를 붙들고 사당을 지켜야 한다. 네게 맡기고 가는 것은 사당과 그 열쇠 — 두 가지 뿐이다. 그 외에는 유언이고 뭐고 다 쓸데없다. 이때까지 공부를 시킨 것도 그 두 가지를 잘 모시고 지키게 하자는 것이니까 그 두 가지를 버리고도 공부를 한다면 그것은 송장 내놓고 장사 지내는 것이다. 또 공부는 그만큼 했으면 지금 세상에 행세도 넉넉히 할 게 아니냐."

조부는 이만큼 이야기하기에도 기운이 푹 빠졌다. 이마에는 허한이 쭉 솟고 숨이 차서 가슴을 헤치려고 한다.

"살림은 아직 아범더러 맡으라고 하시지요."

덕기는 그래도 간하여는 보았다.

"쓸데없는 소리 마라! 싫거든 이리 다오. 너 아니면 맡길 사람이 없겠니. 그 대신 내일부터 문전걸식을 하든 어쩌든 나는 모른다."

조부는 이렇게 화를 내면서도 그 열쇠를 다시 넣어버리려고 아니하였다.

덕기는 병인을 거슬려서는 아니 되겠기에 추후로 다시 어떻게 하든지 아직은 순종하리라고 가만히 고개를 떨어뜨리고 있으려니까 밖에서 버석버석 옷 스치는 소리가 나더니 수원집이 얼굴이 발개서 들어온다. 이때까지 영창 밑에 바짝 붙어앉아서 방 안의 수작을 한마디도 놓치지 않고 엿듣고 앉았던 것이다.

"애아범, 잠깐 거기 앉게."

수원집의 얼굴에는 살기가 돌면서 나가려는 덕기를 붙든다.

수원집은 열쇠가 놓였으면 우선 그것부터 집어놓고서 따지려는 것이라서 덕기가 성큼 넣어버리는 것을 보니 이제는 절망이다. 영감이 좀더 혼돈 천지로 앓거나 덕기가 이 집에서 초혼招魂 소리가 난 뒤에 오거나 하였더라면 머리맡 철궤 안의 열쇠를 한 번은 만져볼 수가 있었을 것이다. 금고 열쇠를 한 번만 만져볼 틈을 타면 일은 피는 것이었다. 그러나 그 틈을 탈 새가 없이 이 집에서 사자가 다녀 나가기 전에 덕기가 먼저 온 것이다. 덕기의 옴이 빨랐든지 저희가 굼된 탓이었든지? 어쨌든 이제는 만사휴의다!

"이 댁 살림은 누가 맡든지 그거야 내 아랑곳 있나요. 하지만 지금 말씀 눈치로 보면 살림을 아주 내맡기시는 모양이니 이왕이면 나더러는 어떻게 하라시는지 이 자리에서 아주 분명히 말씀을 해주시죠."

수원집은 암상이 발끈 난 것을 참느라고 발갛던 얼굴이 파랗게 죽는다.

"무엇을 어떻게 해달라는 말인가?"

영감은 가슴이 벌렁벌렁하며 입을 딱 벌리고 누웠다가 간신히 대꾸를 한다.

"지금이라도 이 댁에서 나가라면 그야 하는 수 없이 나가지요. 그렇지마는 영감께선 안 할 말씀으로 내일이 어떠실지 모르는데 영감만 먼저 가시는 날이면 저는 이 집에 한시를 머물 수 없을 게 아닙니까. 저년만 없으면야 영감이 가시면 나도 뒤쫓아가기로 원통할 게 무에 있습니까마는 요 알뜰한 세상에 무얼 바라고 누구를 믿고 더 살려 하겠습니까마는 이럴 수도 없고 저럴 수도 없는 제 사정도 생각해봐주셔야 아니합니까!"

수원집의 목소리는 벌써 울음에 젖었다.

"그 왜 무슨 말씀을 그렇게 하슈?"

덕기가 탄하였다.

"내 말이 그른가? 자네도 생각을 해보게. 할아버니만 돌아가시면 이 집안에서 나를 누가 끔찍이 알아줄 사람이 있겠나?"

수원집은 코멘소리를 하며 눈물을 씻는다. 덕기도 아닌게 아니라 그렇기도 하다는 생각을 하였으나 어쩌면 눈물이 마침 대령하고 있었던 것처럼 저렇게도 나올까 싶었다. 그러나 지어 우는 것이 아니라 계획이 틀린데에 분통이 터져 나오는 진짜 울음이다.

"하지만 지금 할아버니께서 돌아가시는 거요? 또 내가 살림을 떠맡는 자국인가요? 이 자리에서 그런 소리는 도무지 할 게 아니에요."

그래도 덕기는 타이르듯 달래었다.

“쓸데없는 소리들 말고 어서들 나가거라. 무슨 소리를 어디서 듣고 공연한 잔말이야?”

영감은 기운도 없거니와 수원집의 말을 듣고 보니 측은한 생각이 들어서 눈을 감고 듣기만 하다가 한마디 순탄히 나무란다.

“이렇게 말씀하면 엿들은 거 같습니다마는 지금 애아범에게 모두 살림을 내맡기시지 않으셨습니까? 그러면 애아범 듣는 데라도 제 일까지를 분명히 말씀해두셔야 하지 않습니까? 실상은 집안 사람을 다 모아놓고 이러두셔야 할 게 아닙니까?”

“글쎄, 딱한 소리도 퍽 하슈. 지금 할아버니께서 돌아가시니 걱정이슈? 또 설사 할아버니께서……..”

덕기는 돌아간다는 말을 입 밖에 내긴 싫어서 멈칫하다가 다시 말을 돌린다.

“…… 할아버니께선들 어련하실 게 아니오. 내나 아버지께서나 무엇으로 생각하든지 조금치라도 부족하게야 할 리가 없지 않소. 사람을 지내보았으면 아실 거 아니겠소?”

덕기는 조용조용히 일렀다.

“내가 무슨 욕기가 나서 이런 소리를 하면 이 자리에서 벼락이라도 맞고, 우리 어머니 뱃속에서 아니 나왔네. 다만 하나 이것 하나(발치께서 자는 딸년을 눈으로 또 가리킨다) 때문에 앞일을 생각하면 캄캄하니까 그러는 게 아닌가.”

영감은 깜박하고 들려던 혼곤한 잠에서 깨인 듯 몸을 틀며 눈을 번쩍 뜨더니 푹 꺼진 그 무서운 눈으로 휘휘 돌려다보고 나서,

"그저 잔소리야? 떠들지들 마라. 어서들 자거라."

맥 없는 소리를 잠꼬대같이 하고 또다시 눈을 스르르 감다가, 세번째 눈을 번쩍 뜨고 안간힘을 쓰며 말을 잇는다.

"염려들 마라. 내가 내 생전에 이런 꼴을 볼까보아 다 마련해놓았다. 옷 마르듯이 다 공평히 나눠놓았다. 누가 뭐라든지 소용 없다. 우리 아버니께서 살아오셔도 할 수 없다. 치수에 맞추어서 말라논 옷감을 누가 늘이고 줄일 수 있겠니! 내 앞에서 다시 누가 그댓말을 꺼내면 내 손으로 불질러버리고 죽는다."

영감의 입에서는 긴 한숨이 흘러나왔다. 덕기가 나온 뒤에도 안방에서는 수원집의 흑흑 느끼며 종알종알 암상맞은 말소리가 어느 때까지 그치지 않았다. 제 말마따나 이따 어떨지 내일 어떨지 모르는 등신만 남은 영감을 조르는 것이나, 조르는 것이 아니라 숨이 넘어가는 사람을 들볶는 것이다.

제 생각에는 한 반이나 내주었으면 좋을 듯싶은 터이나 정이야 있든 없든 남편이라 이름진 사람이 숨을 모는 그 자리에서까지 빚쟁이보다 더하고 물건 흥정보다 더하게 조르다니 — 그야 자식이 못되면 운명하는 아비를 내던져두고 형제끼리도 게걸거리며 싸우는 세상이지마는 — 하는 생각을 하다가 덕기는 다시 건너가서 수원집을 몰아대고 싶은 것을 참고 뒷일은 아내에게 일러놓고 훌쩍 밖으로 나와버렸다. 돌아온 후 이틀 만에 처음으로 문 밖에 나서는 것이다.

27. 변한 병화

어둔 지는 오래나 아직도 초저녁이다. 음력 섣달 그믐이 내일 모레라서 그런지 그래도 이 동네 부촌이라 이집 저집에서 떡치는 소리가 들리고 거리가 질번질번한 것 같다. 떡도 안 치고 설이란 잊어버린 듯이 쓸쓸한 집 안에 있다가 나오니 딴 세상 같다. 덕기는 전차에 올라탔다. 오는 길로 병화에게 엽서라도 띄울까 하다가, 분잡통에 와도 변변히 놀고 이야기할 경황이 없을 것 같아 틈나면 가보지 하고 그대로 두었었다. 지금도 새문 밖으로 갈까, 경애를 찾아서 바커스로 갈까 망설이며 그대로 전차에 올라탄 것이다.

전차가 조선은행 앞을 오니 경성 우편국이 차창 밖으로 내어다보인다. 불을 환히 켠 유리창 안에 사람이 어른거리는 것을 보자 덕기는 속으로 내릴까말까하며 그대로 앉았다가 사람이 와짝 몰려들어오며 막 떠나려 할 제 뒤로 비집고 획 내려버렸다.

우편국 옥상 시계를 치어다보니 아직 여덟 시가 조금 지났을 뿐이다. 덕기는 그대로 우편국으로 들어섰다. 창훈의 말이 자기 손으로 경성 우편국에서 전보를 놓았다 하니 물어보면 알리라는 생각을 하였던 터에 지금 이 앞을 지나니 생각이 다시 난 것이다. 우편국에서는 귀치않아하였으나 좀 한가한 때라 그런지 그래도 돈 부쳤다는 날짜에서 전후로 1주일간이나 경도로 띄운 전보지 축을 뒤져보아주었다. 그러나 짐작과 같이 경성 우편국에서 놓은 전보라고는 덕희가 친 것밖에는 없었다.

덕기는 분한 생각이 들었다. 내일이라도 단단히 족쳐서 이제는 꼼짝을 못 하게 만들리라고 단단히 별렀다. 조부는 부친만 가지고 의혹을 하나 창훈이 앞장을 서고 최 참봉은 수원집을 충동이고 하여 무슨 짓이든지 꾸미려다가 제패에 떨어진 것이 이제는 의심할 나위 없다고 생각하였다. 어지중간에 부친만 가엾다. 조부가 그대로 돌아가면 조부는 영원히 부친을 오해한 대로 돌아갈 것이요, 부친은 아무 영문도 모르고 이 집안의 객식구처럼 베도는 양을 생각하면 더 딱하다. 하여간에 시험은 못 보게 되더라도 잘 왔기도 왔고 수원집이나 부친에게 얼마씩 떼어놓았는지는 모르겠지마는 조부의 처사도 옳다고 생각하였다. 부친에게 전부 상속을 안 하는 것은 자기로서는 죄송스러웠으나 요즈음의 부친 같아서는 역시 자기가 맡아놓고 부친이 돈에 군색치 않게만 하여드리는 편이 부친의 신상을 위하여나 집안을 위하여 도리어 다행하다고 생각하는 것이다.

덕기는 병화를 찾아서 새문 밖까지 나가기는 좀 늦고 집에도 열 시에 의사가 오기 전에 대어서 들어가야 하겠기에 거기는 단념하고 잠깐 경애에게나 들러보려고 본정통으로 들어섰다.

바커스에는 경애는 없고 전에 보지 못하던 미인이 하나 늘었다. 얼른 보기에도 일본 여자 같다. 주부는 반색을 하며 자기 방으로 데리고 들어갔다.

"아이상요? 요새 좀 난봉이 났지마는 이제 오겠지요."

주부는 이렇게 웃으면서 정다이 군다. 덕기는 너무 그런데에 도리어 얼떨떨하였지마는, 오정자의 소식을 알아 기별해 주고 한 일이 있어 그러려니 하였다. 주부의 말을 들으면 경애는 요새 이 집에 전같이 육장 붙어 있지도 않고 놀러다니는 눈치다. 병화도 가끔은 오나 그리 자주 오지는 않는다 한다.

어쨌든 경애도 기다릴 겸하여 잠깐 불을 쬐며 오정자 이야기를 하여 들려주기도 하고 오정자의 내력도 듣고 앉았으려니까 경애가 소리를 치며 들어온다.

"아, 이거 누구라구! 언제 왔소?"

경애는 반가이 인사는 하였으나 속으로는 그리 반가운 것도 아닌 기색이었다.

덕기가 가까이 있다고 병화의 일에 쌩이질을 할 것도 아니요, 또 병화에게 마음이 쏠렸기로 둘의 행동을 감시한다거나 방망이를 놀 것은 아니겠지마는 그래도 전번과 달라서 상훈이 뒤를 쫓게 된 오늘날에는 덕기마저 한축에 어울리게 된다는 것이 이편에나 저편에나 창피하고 성이 가신 일이다.

"응, 할아버지께서 그렇게 위중하셔?"

'내 어쩐지 상훈이를 요새 며칠 볼 수가 없더라니!'

하는 생각을 하며 경애는,

—나두 머리 풀 일 났군! 하고, 속으로 웃었다.

"김군을 좀 만나야 하겠는데, 오늘 여기 오지 않을까?"

덕기는 말을 돌리고 눈치를 슬쩍 보았다.

"그이두 요새는 별로 볼 수 없습니다. 머리나 좀 깎구 다니는지."

경애는 지금 당장 만나고 헤어져 오는 길이나 딴전을 해버렸다.

"그래, 아이는 이젠 몸 성하우?"

"에, 이젠 괜찮아."

덕기는 금고 속을 잠깐 생각해보았다. 같은 조가건마는 그 속에는 그애의 몫으로는 오리 동록도 없을 것이라고 생각하였다. 그걸 보면 수원집 소생이 얼마나 팔자 좋을지 모르나 나중에 어찌 될는지는 자라봐야 알 것이 아닌가도 싶다.

아까 홀에서 보던 계집애가 들어오더니 경애에게 소곤소곤하니까 웬일일까? 하는 듯이 고개를 비꼬다가 생글 웃으며,

"잘 되었군! 당신이 만나시겠다는 친구 양반이 왔다는데." 하고 덕기더러 먼저 나가보라고 한다.

경애는 조금 아까 참닿게 헤어져 가던 사람이 왜 또 왔누? 하고 의아도 하였지마는 별일이 있겠니 술이 못 잊어서 그렇겠지 하고 속으로 웃었으나, 병화 역시 요새로 부쩍 몸이 달아서 아우 타는 젖먹이처럼 한시 한때를 안 떨어지려고 하는 눈치를 생각하면 나무랄 수만도 없는 것 같다. 그러나 좀더 삼가주었으면 좋을 것 같기는 하다.

"야아……."

"야아, 여전하이그려?"

"난 자네가 여기 온 줄 알고 찾아왔네."

밖에서는 두 청년이 인사를 하느라고 떠들썩하다. 병화는 덕기가 뛰어나올 줄은 천만 뜻밖이나 이렇게 인사를 하는 것이다.

"내가 온 줄 어떻게 알았나? 우리 집에 들렀던가?"

"내 귀를 보게. 좀 큰가. 한데 아주 위중하신가?"

"그저 그만하시지만……. 참 자네 편지 보구 왔네. 그 무슨 잔소린가? 다시는 안 만날 것같이 서둘러대더니, 두었다가 만날 것을 괜히 만났네그려!"

그러나 덕기는 필순의 이야기는 건드리지 않았다. 병화도 픽 웃고만 만다. 무엇에 정신이 팔린 사람 같다.

"헌데 자네 웬일인가? 무슨 수가 있나?"

"왜?"

하며 병화는 머리를 쓰다듬는다.

"머리가 말쑥하고, 양복이 보지 못하던 거요, 아마 크림도 바른 모양이지? 하하하……."

"응, 크림도 바르기는 발랐네마는 보지 못하던 양복이라니 고물상에서 사입은 양복인 줄 아나?"

병화도 껄껄 웃는다.

"그러나 크림 값은 대관절 어디서 났나?"

"허, 별걸 다 묻는군."

"이로오도코(미남자)! 축배나 한잔 올리고 싶으이마는 곧 가야겠어. 섭섭하이."

덕기는 앉지도 않고 가려 한다. 병화도 잡을 생각은 없으나 어쨌든 잠깐 앉으라고 붙들었다.

덕기는 병화가 감정으로나 기분으로나 퍽 멀어진 것같이

보였다. 동문수학하던 사람이 몇십 년 후에 만난 것처럼 무관하면서도, 서운한 그런 감정이었다. 어째 그럴까? 덕기는 생각하였다. 돈에 꿀리지 않는 모양이기 때문인지 버젓하게 응대하는 그런 기색도 전에 못 보던 것이지마는 전과 같은 두덜대면서도 침착한 그런 기분이 없이 무엇에 달뜬 사람처럼 건정건정 수작을 하는 양도 이상하다. 궁하던 사람이 금시로 피면 기죽을 펴는 바람에, 너무 지나쳐서 있는 사람보다도 주짜를 빼는 수도 없지 않지마는 꼭 그런 것도 아니요, 그저 서성대는 것이다. 경애도 나와서 서로 변변히 인사도 아니하고 무슨 말끝에인지, 서로 눈짓을 하는 것을 보니 그것도 전과는 다른 눈치다. 그러고 보면 달뜬 기분은 연애를 하느라고 그렇다고나 하려니와 돈도 경애에게서 나온 것인가? 덕기는 모든 것을 경애와의 연애에 밀어붙이려하였다.

그러나 사실 그렇다면 덕기의 처지는 대단 우스웠다. 경도에 앉아서 편지로 실없는 말을 들을 때와 달라서, 이렇게 둘의 새가 좋은 꼴을 면대해놓고 보니, 속이 느글느글하기도 하고 창피스럽기도 하다. 저희끼리 좋아하면 했지, 내야 어쩌는 수 있나 하는 생각을 하면서도 부친을 생각하면 — 더구나 딸아이를 생각하면 이 현상을 무어라고 설명하면 좋을지 몰랐다. 어쨌든 자기로서는 눈감아버리고 영영 모르는 척하는 것이 상책이요, 금후로는 경애와 만나지 말 일이요, 더욱이 두 남녀가 마주 앉은 자리에 끼이지 않도록 기회를 피하여야 하겠다고 생각하였다.

이야기가 자연히 벗버스름하여지고, 저희끼리 무슨 의논이 있어 온 눈치 같기도 하여 덕기는 자리를 뜨며,

"내일이라두 놀러 좀 오게."

하니까,

"응, 틈나면 가지."

하고 탐탁치 않은 대답이다. 말눈치가 요새는 매우 바쁜 모
양이나 전 같으면 몇 시에 온다든지 꼭 기다려 달라든지 하
며, 긴하게 대답이 나올 텐데 이제는 잔돈에 꿀리지 않아서
그런가? 하는 생각을 하며, 덕기는 조그만 불만과 함께 혼자
냉소를 하였다.

28. 금 고

　이튿날 영감은 대학병원에 입원을 하였다. 덕기 부자는 수술을 할 병도 아니니 그만두자고 하였고, 의사도 고개를 비꼬았으나 수원집은 시중들기가 싫어 그랬던지 앞장을 서서 찬성이었고, 병인도 그리 탐탁치는 않은 말눈치면서도 그래 보았으면 좋을 것 같은 의견이기 때문에 저녁때 입원을 하게 된 것이다.

　그러나 이 추위에 숨이 넘어갈 듯한 노인을 끌어다가 병원에 둔다는 것은 마음에 실죽들 하였고 병원 구석에서 객사나 시키지 않을까 애가 씌었으나, 덕기 부자는 반대할 수도 없었다. 병원에 쫓아갔다가 온 수원집은 손주며느리에게 상냥스런 웃음을 띄워가며 병원 이야기를 들려주었다. 삼동을 두고 양미간에 누벼놓았던 내천川자도 오늘은 스러졌다.

　"너두 내일 아침결에 한번 가뵈어야지."

　"예에."

　"그 길에 아주 친정댁에도 묵은 세배 겸 좀 다녀와야 하지 않겠니?"

“예에.”

손주며느리는 편찮으신 할아버니께서 안 계신다고 어쩌면 저렇게도 금시로 변할 수가 있을라구? 하구 얄밉기는 하였으나 친정에 묵은 세배까지 하고 오라는 말은 반갑지 않은 것도 아니었다.

안방이 금시로 환하여진 것이 수원집을 또 웃겼다. 얼굴이 피었을 뿐 아니라 몸도 가벼워졌다. 평생에 들어보지 못하던 빗자루도 들고 나고, 걸레질까지 손수 치는 것이었다.

“이런 구살머리 적은 속에 누우신 것보다 얼마나 좋은지 모르겠더라. 모두 정하고 조용하고 수증기 난로를 훈훈히 피워서 안방은 후끈거리구 예쁜 색시들이 오락가락하구……”

늙은 병인에게 예쁜 색시가 무슨 아랑곳이냐고 어멈은 깔깔 웃었다. 어멈도 안방마마에 못지않게 낄낄대고 좋아한다. 그러나 손주며느리만은 너무나 속이 빤히 보이는 데 눈살이 찌푸려지지 않을 수 없었다.

“병이 안 나으려야 안 나으실 수 없겠더라. 설두 못 차려 먹고 하였으니, 정월 보름 안으로 나으셔서 잔치를 한번 하면 오죽 좋겠니.”

수원집은 이런 소리도 하였다. 저녁도 안방에서 모여서 먹었다. 수원집만 아니라 집안 식구 누구나 무거운 짐을 내려 논 것같이 한숨을 돌릴 것 같고, 침울한 기분이 확 풀려나간 것 같기는 하다. 그러나 수원집처럼 요렇게도 앓던이 빠진 것처럼 시원해할 수야 있나. 대보름 안으로 나아서 이 집에 들어오기는커녕 그 안에 이 집 문전에 발등거리를 내어달고 곡성이 났으면 춤출 것같이 서둔다.

그래도 수원집은 저녁 후에 병원 간다고 어멈을 데리고 나
갔다. 덕기가 병원에서 묵으려다가 자리도 만만하지 않고 하
여 창훈과 상노놈을 남겨두고 자정에나 서모를 데리고 돌아
왔다. 덕기의 말을 들으면 집에서는 저녁 일곱 시에 나간 서
조모가 병원에는 열 시가 가까이 나왔더라 한다.

"그동안 어디를 갔었더라?"
하고 아내가 물으니까,

"낸들 아나!"
하고 덕기는 코웃음을 칠 뿐이었다. 하지만 최 참봉이 병원
에 한 30분 먼저 오고 서모가 나중 들어온 것으로 보아도 저
희끼리 모여서 무슨 의논을 분주히 하고 다니는 눈치다.

이튿날 개동開東에 덕기는 병원으로 달아났다. 수원집도
아침 전에 잠깐 다녀오마 하고 병원으로 갔다.

"너두 친정댁에까지 다녀오려면 일찍 서둘러야 할 것이니내
다녀올 동안에 얼른 밥을 해치우고 차비를 차리고 있거라."
고 일러놓고 나갔다.

손주며느리는 별안간 왜 저렇게 인심이 좋아졌누 하는 생
각을 하면서도 하라는 대로 치장을 차리고 있었다.

열 시나 가까워 수원집은 돌아와서,

"서방님은 거기서 아침을 사먹었다. 어서 가보아라. 어쩌
면 오늘 저녁때나 내일엔 수술을 하시게 된다더라."
고 하며, 손주며느리를 늦는다고 재촉하여 내보냈다.

"무어 이번에는 어른도 안 계시고 다례도 안 지내실 모양
이니 아주 설을 쇠고 와도 좋다만……. 병원에 가건 서방님
더러 물어보렴."

대관절 수원집이 무엇 때문에 이렇게도 마음이 내켰는지 덕기댁은 도리어 의심이 들어갔다.

덕기 처가 병원에 가보니 오늘이 섣달 그믐이라 묵은 세배꾼이 입원한 문안을 겹쳐서 아침결부터 몰려들어 생사람도 조금만 앉았으면 머리가 내둘릴 지경이다. 그러나 어른들은 계시고 한데 별로 할 일은 없다 하여도 곧 빠져나오기가 어려워서 손님들이 모여 있는 곁방에 잠깐 앉았으려니까 남편이 오더니 어서 집으로 가자고 한다.

"다례를 잡숫게 하라시는데 어떻게 하나. 얼른 가서 간단히 차려 지내야지."

덕기 내외는 모친을 모시고 나서면서 지 주사에게 돈을 내주어서 배우개 장으로 흥정을 하러 보냈다. 창훈 아저씨와 같이 보내려고 찾아보았으나 어디를 갔는지 눈에 띄지를 않았다.

별안간 다례를 지내게 된 것은 일전에 시골서 올라온 당숙 때문이었다. 오늘 아침에 와서 병 위문을 하고 섣달 그믐날 수술을 하는 것은 아니 되었으니, 오늘 내일 이틀을 연기하여 초하루나 지낸 뒤에 하는 것이 좋겠다고 병인 앞에서 발론을 한 것이었다. 그러나 영감은 오늘이 그믐날이라는 말을 듣자 자기 병 이야기는 고사하고 손자를 돌려다보며,

"응? 오늘이 벌써 그믐이냐? 그럼 내일 다례 지낼 분별은 해놓았니?"

하고 놀라서 물었다.

"이 우환중에 올해만은 안 잡숫기로 어떻겠습니까?"

덕기가 이런 소리를 하니까 조부는 소리를 지르고, 내가

살아서도 이럴 제야 죽은 뒤에도 어쩌려느냐고 야단을 치는
바람에 예예 하고 나온 것이다.

세 식구가 애 업은 년을 앞세우고 꼭 지친 대문 안을 들어
서니 행랑에서 "누구요?" 소리를 경풍을 하도록 치며 뛰어나
온다.

"에구, 어떻게 이렇게들 오세요. 안방마님은 출입을 하시
나보던데요."

어멈은 무슨 반가운 손님이나 — 반가운 손님이라느니보
다도 이 집 주인이 따버리라고나 한 불길한 손님이 들어오는
것을 못 들어오게 하느라고 막아내려는 듯이 앞장을 서서 허
둥지둥 뛰어들어간다.

— 미친년두 다 많다. 제가 어째 앞장을 서누?

누구나 이런 생각을 하고 쫓아들어가니 대청이 텅 빈 것
같이 인기척 하나 없고, 금방 뛰어들어온 어멈도 어디로 갔
는지 눈에 안 띈다.

수상하다는 생각에, 마치 도둑이 들어와서 집 안을 돌아다
닐 때 느끼는 것과 같이 선뜻한 마음이 들며 마주들 치어다
보았다.

"모두들 나갔나?"

덕기는 모친이나 아내가 무슨 기미를 챌까보아 아무 일 없
다는 듯이 목소리를 크게 내며 마루로 앞장을 서 올라왔다.

그러나 여자들도 마루로 올라오려니까, 수원집이 사랑편
에서 고무신을 끌고 나릇나릇이 놀란 기색도 없이 들어오며
가라앉은 목소리로,

"어째들 이렇게 함께 몰려왔누? 너는 안 가니?"

하고 방에 들어가려다 말고 마루 위에 섰는 손주며느리를 치어다보며 올라온다.

— 웬일일꾸?……

누구나 이런 의심이 들어서 말문이 막혀버렸다.

"사랑에 아무도 없어요?"

덕기가 건넌방에서 모자를 벗고 나오며 말을 걸었다.

"아무도 없더군. 무얼 좀 가지러 나갔더니 얻다 두셨는지 눈에 안 띄어."

수원집은 여전히 심상하고 침착하다.

"무언데요?"

"응. 할아버니 잘두루마기가 눈에 안 띄게 사랑에 그저 걸어두기나 하구……."

"할아버니 잘두루마긴 병원에 입고 가시지 않았나요?"

덕기 처가 대꾸를 하였다.

"응. 참 내 정신두."

하며 수원집은 풀없이 웃어버린다. 어제 침대차로 영감을 모실 때 담요를 덮다가 잘두루마기를 내오라고 할 제 의걸이 속에 있다고 자기 입으로 해서, 손주며느리가 꺼내다가 병인 위에 덮고, 그 위에 또 담요를 덮던 것을 그렇게 잊어 버렸을까? 사실 그렇다면야 어째서 어멈이 곤두박질을 해서 뛰어들어갔던 것인가? 그건 그렇다 하고, 지금 어멈은 쥐구멍으로 안 들어간 다음에야 어디서 무얼 하고 있는가?

덕기는 사랑으로 나갔다. 사랑에는 금고가 놓였다…….

사랑에 아무도 없다는 말은 또 웬말인가?

사랑에 과시 아무도 없었다. 그러나 사랑문을 지쳐만 둔 것은 웬일인가?

덕기가 사랑 앞문을 열고 소리를 치니까 어멈이 이번에는 안에서 긴 대답을 하며 안쪽 문으로 나온다. 숨바꼭질을 하는 것이다.

"아무도 없는데 문을 이렇게 열어두면 어떻게 하나?"

"제 방에 잠깐 나가느라고 열고 나갔에요."

덕기는 문을 걸라고 하고는 큰사랑방으로 들어갔다.

주머니의 열쇠를 꺼내서 다락문을 열었다. 문을 열면서 내닫듯이 마주치는 것은 금고다. 이 집을 사서 들 제 금고를 들여놓느라고 다락틀 뜯어고치고 밑바닥에 기와집 서까래 같은 강철 기둥을 세우고 하던 것이 엊그제 같은데 벌써 열 몇 해가 지나갔다. 그리고 이 금고지기는 세상을 하직하려 한다. 조부의 일생은 말하자면 이 금고를 지키기에 소모되고만 것이다. 언젠가 일고여덟 살 적에 조부는 금고를 열고 무슨 일을 하다가,

"덕기야, 너 이 속에 들어가보고 싶으냐? 말 안 들으면 이 속에 넣고 딱 잠가버린다."

고 실없는 소리를 하며 웃던 것이 생각난다. 이제는 키가 곱절이나 되었으니 이 속에 들어가 갇히지는 않겠지마는 조부는 역시 자기를 속에 가두고 가려 한다. 덕기의 일생은 이 금고 앞에서 떨어져서는 안 될 것을 엄명하였다. 그리고 이 금고지기의 생애는 지금 이 순간부터 시작되는 것이다. 왜 의심이 부쩍 들었나? 왜 지금 이 금고를 보살피러 나왔는가?

— 내 일생에 하지 않으면 안 될 가장 중대한 일은 이 금고 여닫는 것과 사당 문을 여닫는 것 두 가지밖에 없단 말인가?

마치 간수가 방을 여닫듯이. 그리고 그리 중대(?)한 사업이 오늘 이 자리에서부터 시작되는 것이다. 덕기는 금고가 전에 어떻게 놓여졌던지는 모르나 누가 건드렸다 하여도 놓인 그대로 있을 것이요, 열쇠를 목에 지니고 있는 다음에야 누가 손을 댄대야 별수도 없을 것이다. 그러나 속에 무엇무엇이 들어 있는지 궁금증이 더 난다. '판도라'의 비밀 상자도 아니니, 조부의 엄명을 어길지라도 잠깐 열어보고 싶은 생각이 들어서 전에 조부에게 배워둔 대로 호수를 맞춰서 열어보려 하였다. 조부는 집안 중에서 덕기에게만 금고 여는 비밀을 가르쳐두었던 것이다.

덕기는 묵은 기억을 더듬어 가며 금고의 배꼽을 뱅뱅 돌리다가 문턱에 부연 재가 떨어진 것이 눈에 힐끔 띄자,

— 웬일일까?

하며 자세히 보았다. 문 닫는 바람에 올크러졌기는 하나 분명 담뱃재다. 조부가 떨어뜨린 것일까? 조부가 누운 지가 벌써 한 달이 넘었는데 이 재가 한 달 묵은 재일까? 그러나 조부는 담뱃대 외에는 궐련을 아니 피운다. 조부가 담뱃대를 물고 금고 문을 열었을까? 이 재가 담뱃대의 재일까?…….

아무래도 믿을 수 없는 일이다. 어멈의 행동부터 수상하였다. 집안 식구를 어디로 내쫓았는지 안방 애보기년까지 눈에 안 띄는 것도 이상하거니와, 사랑문이 열려 있는 것이 의아하였다. 어멈이 제 방에 불이 붙기로서니 안으로 돌아나가지 않고 닫은 사랑문을 열고 나갈 필요가 무언가? 잘두루마기를 가지러 나왔더란 말도 어설프지마는 서조모가 무슨 인심이 뻗쳤다고 자기 처더러, 본가에 묵은 세배를 다녀오라고 하였

던고? 다른 때 같으면 병원에 가 묵는 것도 바쁜데 어디를 나가느냐고 핀잔을 주었을 터인데 핑계 좋겠다 제가 간다 하여도 못 가게 하였을 것이 아닌가? 결국에 집안 식구를 다 내쫓고 집 지킨다는 핑계로 혼자 들어앉아서 무슨 짓을 하려던 것이 분명하다. 그렇게 생각하니 창훈 아저씨가 아까 병원에서 눈에 안 띄던 것도 다시 의심이 난다. 최 참봉 역시 아침에만 잠깐 보이더니 없어졌었다.

— 흥! 저희들이 나를 옆에 두고 무슨 짓을 할 것 같은구? 다락문을 맞은 쇠질을 할지 모르지만, 금고까지 맞은 쇠질을 할 재주가 있더람! 또 열어보면 어쩌려던 건고? 도둑질을 못 할 게 아니지마는, 그런 섣부른 짓이야 할 리 없고 은행 통장을 꺼낸다면 당장 발각될 것이요……. 땅문서의 명의를 고쳐서 감쪽같이 넣자는 것인가? 유서 같은 것이 들었으면 변작을 해놓자는 것인가? 그랬다가 만일 할아버니께서 살아나신다면 어쩔 텐구…….

얼굴이 비칠 듯이 어른거리는 금고 문에 손자국이 몹시 난 것을 자세자세 들여다보다가 덕기는 별안간 겁이 버쩍났다.

사랑문이 열린 것을 보면 어떤 놈이든지 뺑소니를 쳤을 것 같기는 하나, 이 넓은 속에 또 누가 어디 숨어서 엿보고 있는지도 모를 것 같다. 뒤로 달려들어서 꽥 소리도 못 치게 하고 나면 금고만이 멀뚱히 서서 모든 사실, 모든 비밀을 알 것이다. 돈이란 — 재산이란 이렇게도 무서운 것이요, 더러운 것인 줄을 덕기는 비로소 깨달은 것 같다. 금고문이 유착스럽게 뻐끗이 열리자 덕기는 차근차근히 뒤지기 시작하였다.

첫번째 손에 잡히는 것은 유서 — 유서라느니보다도 발기를 적은 것이었다. 그 속에는 집안 식구의 이름이 거의 다 씌어져 있었다. 그리고 여남은 개가 되는 봉투에는 각각 임자의 이름을 써서 단단히 봉하여두었다. 덕기는 급한 대로 그 발기에 씌어진 이름과 봉투를 대조하여보니 축난 것은 없다. 수원집의 몫과 덕기 자신의 몫도 그대로 있고, 봉투를 뜯었던 자국도 없다. 그 외에 은행 통장이라고 씌어진 봉투도 그대로 있고, 덕기와 조부의 큰 도장도 있다. 결국 저희들이 금고를 못 연 것이다.

덕기는 가슴이 뻐근하면서도 후련한 것을 깨달으면서 그 발기를 자세자세 들여다보고 앉았다……

필자는 여기에 조씨집 재산이 어떻게 분배되었는가를 잠깐 공개할 필요가 있다.

귀순이 (수원집 소생) 50석

수원집 200석

덕희(덕기 누이) 50석

덕희 모(며느리) 100석

덕기 처 50석

상훈 300석

덕기 1,500석

창훈 현금 500원

지 주사 현금 500원

최 참봉 현금 300원

이것은 물론 대략 쳐서 그렇다는 것이니, 그 중에 수원집

한 사람 몫이 200석 같은 것은 실상 상훈의 300석의 거의 3곱절 폭이나 될 것이요, 또 덕기의 1,500석이라는 것도 나머지는 다 쓸어 맡긴 것이니 실상은 2,000석까지는 못 가더라도 1,700~800석은 될 것이다.

그 외에 은행 예금 중 큰 것으로 1만 원과 지금 들어 있는 집이 덕기 차지요, 수원집은 태평통에 있는 열다섯 간 집을 줄 것이요, 북미창정 집은 상훈의 소생이 있다 하니 그에게 내줄 것이며, 현재 자기가 수중에 넣고 쓰는 예금 통장에는 얼마가 남든지 장비를 쓴 뒤에 남는 것으로 창훈과 지 주사들의 상급을 주고, 나머지는 두 집의 용으로 쓰라고 하였다. 그것도 한 1만 원 가량 되었다. 그러나 남대문 안 정미소를 어떻게 처치하라는 말이 별로이 없는 것은 영감이 깜박 잊었는지, 대소가의 생활비를 그것으로 충용할 것인즉 특별히 몫을 짓지 않은 것인지 좀 모호하다.

그 외에 주의 사항으로는 미성년자의 소유와 덕기 모친과 덕기 처의 몫은 두 계집애 귀순과 덕희가 자라서 시집갈 때까지, 또 모친과 처는 죽을 때까지 덕기가 감독하고 보관할 것을 써놓았다. 이것으로 보면 수원집이 이 집에서 죽지 않을 것을 생각하고 귀순의 장래를 덕기에게 부탁한 것이요, 또 며느리나 손주며느리의 몫을 따로 정한 것은 장래 이혼을 한다든지 무슨 풍파가 있을 경우까지를 염려하고 한 것 같았다.

산産을 남겨줌이 도리어 후손에 화를 끼치는 수도 없지 않기로, 내 생전에 이처럼 분배하여 놓은 것이니, 이는 나의 절대 의사라 다시는 변통하지 못할지며, 지어 덕기 하여는 장래 조씨집의 문장門長이라, 덕기 자신에게 줌이 아니라 조씨 일문에 대대로 물려내려갈 생활의 자료를 위탁함이니 덕기된 제 모름지기 푼전이라도 소홀히 하지 못할지니라…….

운운한 유언도 끝에 쓰여 있다.

그리고 이 재산 처분은 자기가 죽은 뒤 안장을 마치고 여러 사람 앞에 공개하여 분배해주되 특히 여자들의 몫만은 3년상을 마친 뒤에 내줄 것도 자세히 기록되어 있다. 이것은 수원집 하나를 특히 구속하려는 뜻인 모양이다. 수원집이 딴 남편을 해갈지라도 3년이나 마치고 가게 하자는 것이요, 그러느라면 네 살 먹은 귀순이도 학교에 갈 나이도 될 것이니 아무의 손으로나 기르게 될 것이니까, 그것을 생각하고 한 것인 듯하다.

유서에 쓰여진 날짜는 불과 10여 일 전, 즉 방 안으로 들어오기 전이니, 그 침중한 가운데서도 만일을 염려하여 오밤중에 혼자 일어나 엉금엉금 금고에 매달려서 꺼내고 넣고 하였을 것을 생각하니, 덕기는 조부가 가엾고 감격한 눈물까지 날 것 같다. 조부의 성미와 고루한 사상에 대하여서나, 부자간에 그처럼 반목하는 것은 덕기로서도 불만이 없지 않으나 자손을 위하여 그렇게 다심하게도 염려하는 것을 생각하면 고맙기 그지없다. 분배해논 것이야 일조일석에 한 것이 아니요, 몸이 편할 때에 시름시름하여 두었겠지마는, 늙은이가 아무도 모르게 혼자서 죽은 뒤의 마련을 하던 그 쓸쓸한 심정이나 거동을 상상하여보면 또 눈물이 스민다. 남들은 노래老來에 수원집에게 홀깍 빠졌으니 그 재산이 성할 수야 있겠느냐고, 덕기가 듣는 데서까지 내놓고 뒷공론들을 하였지마는 결국 수원집 모녀 편으로는 250석이니, 상훈의 단 300석밖에 차례에 안 간 것을 생각하면 많은 편이나, 적은 셈이다. 원체 상훈에게 300석이라는 것은 너무나 가엾고 이것이 모두 영감의 고집불통 때문이지마는, 봉제사 안하는 예수교 동티다. 결국 영감의 봉건사상이 마지막으로 승리의 개가를 불러보는 것이다. 그러나 덕기가 재산은 상속하였을망정 조부의 유지도 계승할 것인가? 그는 금고 문지기는 될 수 있을지언정 사당 문지기로서도 조부가 믿듯이 그처럼 충실할 것인가 의문이다.

29. 단서

덕기가 서류를 금고에 다시 집어넣고 섰으려니까 수원집이 어느 틈에 나왔었던지 축대 위에서 유리 구멍으로 들여다보며,

"병원에 가는데, 무어 가져오라시는 거 없던가?"
하고 소리를 치다가 채 고무신을 벗을 새도 없어 툇마루로 올라서며 미닫이를 와락 연다. 병원 간다는 이야기를 하려는 것이 아니라 금고가 머리에서 떠나지를 않은 것이요, 아까 후닥닥 뛰어나온 뒤가 애가 씌어서 눈치를 보러 나왔던 차에, 금고 문이 열린 것을 보고 눈에 쌍심지가 올라서 뛰어들려는 것이다.

덕기가 금고 문을 땅 잠그며 뒤를 돌아다보니 수원집은 회색 외투에 두 손을 찌르고 매서운 눈치로 노려보는 것이 싸우려는 사람 같다.

"흥, 좋구먼! 이젠 맘대루 금고를 여닫구!"
이렇게 비아냥거리는 수원집은 금고 열쇠 구멍에서 제그럭하고 빼어내는 열쇠 꿰미를 독살스러운 눈초리로 노려보

는 것이었다. 그 눈과 마주치자 덕기는,

　'이 열쇠 때문에 내 명에 못 죽겠다!'

는 생각을 또 한 번 하며 저그럭하고 포켓에 넣고서,

　"병원엔 잘두루마기 가져갔것다, 무어 다른 것은 없어요."

하며 비꼬듯이 코대답을 하였다.

　"그래 금고 속은 어떻게 됐어?"

　금시로 낯빛이 달라지며 빌붙듯이 교활한 웃음이 입가에 떠오른다.

　"무에 어떻게 돼요?"

　덕기가 성을 내며 후뿌리는 소리를 하니까 수원집은 자기의 말이 어색하였던 것이 분하기도 하고, 이 젊은 애의 위압적 태도에 반발적으로 다시 입이 뾰족해지며,

　"대관절 내 몫은 얼마를 떼노셨는지 그걸 알잔 말야."

하고 덤벼드는 기세다.

　"그래 지금 그런 말을 또 꺼낼 땐가 생각을 해보슈."

　"애아범은 꺼낼 때가 돼서 꺼내보았던가……. 이때고 저때고 간에 나두 살려니까 그러는 거지. 지금 멀거니 앉았다가 돌아가신 뒤에야 입이 열이 있으면 무얼 하누. 보따리까지 뺏구 내몰기루 별 수 있겠던감!"

　"당장 용돈을 꺼내쓰려구 열어봤지마는 그래 몫이 얼만줄 알면 수술을 하시는 양반께 가서 덧거리질을 하시려우?"

　"못할 건 뭐야?"

하고 점점 포달을 부리다가,

　"난 몰라! 어쨌든 500석은 줘야 해! 나두 어린 자식하구 살아야지! 젊으나 젊은 년이 이 집 들어와서 기죽을 못 펴구 갖

은 고생 다할 제야……."

하며 말을 채 맺지도 않고 축대로 내려서려니까 장에 흥정갔던 지 주사가 치룽을 멘 아범은 안으로 들여보내고 자기도 무엇인지 종이 봉지를 들고 들어온다. 수원집의 심상치 않은 기색을 힐끔 치어다보고 눈살을 찌푸리며 마루로 올라 오다가,

"참 병원에 지금 가슈?"

하고 뜰로 내려서는 수원집에게 말을 건다.

"왜요?"

하고 돌쳐서는 수원집은 포달을 부리던 끝이기는 하지마는 아무 죄 없는 지 주사에게도 쏘는 소리를 한다. 지 주사가 제 편이 아니요, 매사에 이 등신 같은 영감의 눈까지 기이어야 하는 것이 평소에 성이 가시고 못마땅도 하기는 하였던 것이다.

"지금 장에 보니까 귤이 하두 탐스럽고 먹음직스럽더라니 영감님 좀 갖다드릴까 하구 샀는데, 난 여기 일 땜에 지금 갈 새가 없으니……."

하고 지 주사는 손에 든 봉지를 추켜들어다가 방에서 마루로 나서는 덕기를 건너다보며,

"그러나 여보게, 이것은 내 돈으루 산 걸세."

하고 한마디하니까,

"온 천만에, 아무 돈으로 사셨거나 어떻습니까? 잘 사셨습니다."

하고 덕기는 말을 가로막는다.

"아냐. 셈은 셈대루 해야지. 하여튼 이것은 내가 특별히 마음먹고 산 건데, 내가 오늘 또 가게 될지 모르니."

“무얼 그러세요. 귤을 잡숫구 싶으시다면 지금 가다가 사 가지구 갈 테니 그건 영감님이나 두구두구 잡수세요.”

수원집은 말을 채 다 듣지도 않고, 구살머리적다는 듯이 퐁퐁 쏘고 나가려 한다.

“아냐. 그야 돈이 없나, 물건이 없겠나마는 이건 내가 사보 내는 것이라니까 그래!”

하고 그렇게 유순하고 꿈 속 같던 지 주사도 ‘늙은이의 역정’ 으로 며느리나 나무라듯이 강강한 소리를 꽥 지르며,

“20년 가까이 노영감님 옆에 있다가 입원까지 하신 걸 보 니…… 허어, 내가 먼저 가야 할걸.”

하고 금시로 눈 속이 뜨거워지는지 안경 속의 눈을 꿈벅꿈벅 하며,

“보자기에 싸드릴 거니 가시는 길로 컬컬한데 벗겨드리 시교.”

하고 지 주사는 저편이 듣거나 말거나 모른 척하고 방으로 들어간다. 수원집은 눈살을 아드등 찌푸리고 섰으나 덕기는 지 주사의 그 말에 콧날이 시큰하는 것을 깨달았다. 지 주사 의 그 ‘마음먹고……’ 라는 말이 고맙고도 가여웠다.

　— 할머니가 사셨더면?…….

하는 생각도 난다.

방으로 들어간 지 주사는 귤봉지 대신에 누르스름한 목도 리를 창 밖으로 내밀며,

“이게 어째 여기 떨어졌나? 창훈이 목도리 같은데 이 추운 겨울날 목도릴 왜 두고 다니누?”

하고 혼잣소리를 한다. 수원집은 그 목도리를 보고 깜짝 놀

라는 기색이더니,

"주실 테건 어서 싸주세요."

하고 방에다가 소리를 친다.

"아까 아저씨 왔습디까?"

아침에 창훈이 병원에 목도리로 얼굴을 푹 싸고 왔던 것을 보았던 바에야 물어볼 필요도 없지마는 수원집의 망단해 하는 기색이 수상쩍어서 물어본 것이다.

"몰라"

수원집의 대답이 떨어지자 사랑문이 삐걱하고 마침 대령하고 있었던 것처럼 창훈이 들어선다. 아닌게아니라 시퍼렇게 언 턱밑에는 목도리가 감겨 있지 않다.

"웬일들인가?"

우중우중 나선 것을 보고 먼저 말을 붙인다.

"어디를 가셨었나요?"

덕기는 좋은 낯으로 대꾸를 해주었다.

"응, 집을 내몰리게 되어서 좀 돌아다녔으나 어디 있어야지. 사글셋집이라곤 여간 몇백 원 보증금을 준대도 구하는 도리가 없고……. 그 큰일났어."

창훈은 혀를 찬다. 별안간 집 논래는 금시초문이다.

"지금 댁도 사글셋집이던가요?"

"그럼 별 수 있나, 하여간 과동過冬이나 한 뒤에 내쫓겼으면 좋으련마는 주인이 일본놈이라 김장해논 뒤고 섣달 대목이요 한, 그런 조선 사람의 사정이야 알아주나."

"그러기로 음력 섣달 그믐인, 정초에 내쫓을라구."

별안간 집 논래를 꺼내는 것도 역시 까닭이 있어 그러는

게 아닌가 싶었다. 이 사람도 할아버지 생전을 노리는 모양
이다.

"압다. 시원한 소리두 또 한다. 일본놈이 우리 구력 설이야
생각한다던가?"

창훈은 덕기가 차차 이 집 주인이 될 테니까 그런지 별안
간 '하게'를 붙이면서,

"이런 때 자네 할아버니께서 어떻게 집이나 한 채 내주셨
으면……. 더두 말고 조그마한 오막살이라도 한 채 주셨으면
사람을 살리시는 일체이겠건만……."
하고 혼잣소리처럼 껄껄 웃는다.

"할아버지께서 웬걸 집을 사 두신 게 있을라구요."

"흥. 자네는 한층 더하이그려. 허허……. 이제 자네두 살림
을 맡을 테니까 그두 그렇겠지마는 지금 할아버니께서 척 맡
으신 것만 해두 서울 안에 5,6채는 될 것일세. 이 집이나 화
개동 집, 북미창정, 태평동 그런 것까지 합하면 10여 채일세.
아무러면 자네가 더 잘 알겠나."

"그건 고사하고, 그래 정말 섣달 그믐날 집을 보러 다니시
니 보여드리는 데도 있던가요?"

덕기는 웃어버렸다.

"그럼 내가 거짓말인 줄 아나? 무엇하자고 거짓말을 하고
또 병원은 내버려두고 온 식전 이 추위에 나돌아다니겠나?
틀렸군! 다 틀렸어! 나는 자네게 청이나 해서 할아버니께 말
씀을 좀 해달라렸더니……."

덕기는 아무래도 창훈의 말이 곧이들리지 않았다.

"섣달 그믐날 집 보러 다니다니 그 말 같지 않은 소리 그만

하게. 그따위 얼뜬 짓 하러 다니느라구 이 추위에 목도리까지 빠뜨리구 다니나?"

지 주사는 과일 봉지를 꽁꽁 뭉쳐가지고 나오면서 핀잔을 준다.

"어참, 목도리가 여기 떨어졌던가?"

창훈은 좀 어색한 낯빛이다.

"집을 두 번만 보러 다녔다면 목까지 빼놓고 다녔겠네 그려."

지 주사는 또 비꼬며 그동안 안으로 들어간 수원집이 나오기를 기다리고 섰다. 덕기는 픽 웃고 말았다.

말눈치가 지 주사 역시 무슨 낌새를 챈 모양인가 싶어 덕기는 통쾌도 하다.

"하여간 올라오십쇼. 내일 대례를 지낼 텐데 좀 분별을 해주십쇼."

지 주사 말에 머쓱해서 어름더듬하던 창훈은 이 말에 기운을 얻은 듯이,

"그것 보게, 할아버니께서 안 계시니까 벌써 이렇지 않은가. 집안에는 아무래도 늙은 사람이 있어야 하는 거야."
하고 자기 아니면 못 할 소임이나 맡은 듯이 입찬 소리를 하면서 들어오는 길에 방문 밑에 내던져둔 목도리를 얼른 집어 목에 걸고 모자는 벗어 못에 건다.

안으로 흥정해 온 것을 보러 들어갔던 수원집이 나오니까, 지 주사는 과일 봉지를 내어주고 방으로 들어와서 창훈과 마주 앉아 부시쌈지를 꺼내놓고 곰방대에 한 대 담는다. 담뱃대를 문 지 주사는 성냥불을 그으려다가 말고 마주 붙은 커

다란 유리창 밖을 멀끔히 내다보더니 물었던 담뱃대를 빼고 혀를 끌끌 찬다. 혀를 차기 위해서 일부러 담뱃대를 뺀 것이다. 덕기와 창훈도 무언가 하고 내다보니 수원집이 나가다가 문턱에서 만난 아이년의 등에 업힌 딸년에게 귤봉지를 뜯고 꺼내서 좌우 손에 쥐여주고 아이 보는 년도 한 개 주고 섰는 것이었다.

"영감은 그거 무얼 그렇게 역정을 내나?"

창훈은 집은 몰린다면서 그래도 피존갑을 꺼내서 한 개 붙인다. 늙은이로는 좀 어울리지 않는다.

"요새 젊은 사람은 너무 늙은이를 공궤할 줄을 모르니 말야. 정성이 있어야 하는 거야."

지 주사는 자기가 침이 넘어가는 것을 한 개도 축을 내지 않고 정성껏 보내는 것인데, 그것을 자식새끼나 애보기년에게까지 봉지를 찢고, 숫으로 축을 내는 것이 분해 못 견디겠다는 기색이다.

"상관있나. 영감 자실 것 귀한 따님이 먼저 맛보기로."

아까 목도리의 보복을 예서 하려는지 창훈이 추근추근히 대꾸를 한다. 지 주사는 못마땅한 것을 꽁꽁 참고 앉았다가 창훈의 목에 두른 목도리로 눈이 가더니,

"그래, 방 속에서까지 두르고 앉았는 목도리를 무엇에 몰려서 떨어뜨리고 다녔던가?"
하고 또 목도리 논래를 꺼내며 실소를 한다.

"글쎄 집에 몰린다지 않던가……."

창훈은 농쳐버린다.

"난 조금 전에 병원에서 본 목도리가 여기 떨어져 있기에

어느 틈에 목도리가 제 발로 걸어왔는가 했지."

"허허, 목도리 목도리 하니 그렇게 탐이 나면 후무려 넣을 일이지, 세찬으로 줄까?"

하고 창훈은 목도리를 벗으려는 듯이 손이 올라간다.

"후무려 넣다니? 그따위 말버릇은 자네끼리나 통하는 말이겠지."

지 주사는 점잖게 냉소를 한다. 걸불병행乞不竝行이라 하지마는 남의 집에서 신세지고 사는 사람들이란 공연히 서로 못 먹어서 하는 버릇이 있는 모양이다. 더구나 주인 영감에게 거의 반생을 바치고 충직할 대로 충직한 이 영감으로서 보면, 창훈이나 최 참봉 따위는 사람 값에도 아니 가는 것이다. 그러나 또 창훈은 창훈대로 지 주사쯤은 이 조씨집 마루 구멍의 늙은 개새끼만도 여기지를 않는 것이다.

"허어, 오늘 욕보는군. 아까 하두 춥기에 선술 한잔 하구 잠깐 들어와 누웠다가 나갔는데, 얼한 김에 떨어뜨렸더니만……."

창훈은 조카를 돌아보며 변명삼아 묻지도 않은 말을 한다.

"참 그런데 종용하니 여쭈어봅니다마는 전보는 누구를 시켜 쳤기에 한 장도 안 들어왔에요?"

덕기는 지 주사와의 말다툼을 막으려는 듯이 말을 돌렸으나 실상은 덕기대로 생각이 따로 있는 것이었다.

"아이들을 시키구 한번은 바로 내가 가서 쳤는데……."

"그거 이상한 노릇이지, 지나는 길에 경성 우체국에서 노셨다기에 가서 물어보니까 전부 뒤져봐두 없던데요."

"그럴 리가 있나. 하루 수백 장 수천 장 되는 것을 어떻게 일일이 뒤져보고 안다던가?”

“배달이 안 되어서 되돌아온 것을 조사해보면 알거든요. 경도에 가면 또 한 번 알아보겠지마는, 하도 이상하기에 말씀예요.”

“글쎄 말일세.”

창훈은 덤덤히 앉았다.

“전보구 전보환이구 분명한 사람한테 시켜야지! 전보지를 우편국 속 편지통에다 넣구 부쳤다는 건 아닌가?”

지 주사가 이런 소리를 하니까 덕기는 실소를 하였다. 창훈은 눈을 흘기며 일어나서,

“집에 잠깐 다녀옴세.”

하고 모자를 떼어 쓰고 나간다. 좌우 협격을 받자니 성이 가서서 삼십육계 줄행랑을 치는 모양이다.

“하여간 이번에 잘 왔네. 허나 조심하게. 앞뒤에 믿을 만한 사람이 있어야 말이지.”

창훈이 나간 뒤에 젊은 주인 앞에 덤덤히 앉았던 지 주사는 무슨 생각을 하였던지 이런 소리를 한다.

“왜들 그래요? 쳤다는 전보두 안 오구.”

“별거 있나? 모두들 눈이 벌게서 노리는 게 저거지?”

하고 지 주사는 눈으로 다락을 가리킨다.

“그래야 별 수 있나! 공연한 허욕이지마는, 아까들두 필시 그자들이 여기 모여서 쑥덕거렸던 게지.”

“누구 누구들예요?”

“뻔하지 않은가. 최가, 창훈이, 수원집, 게다가 바깥것 내외……. 지금 내가 저이들의 눈엣가시로 소리 없는 총이 있

으면 쏘아 죽이고 싶으리마는, 내가 아무리 늙어두 그런 어리배긴가?"

지 주사는 한번 뽐내본다.

"창훈 아저씨두요?"

덕기는 일부러 놀라는 기색을 보인다.

"최가나 수원집과는 또 다른 배포일 거요, 서로 이용하는 것이겠지마는, 제일 무서운 것이…… 내 입으로 이런 말 하기는 거북하이마는, 수원집 아닌가보이. 주의하게."

"그래 어떻게 하겠다는 거예요?"

"만일 자네가 오기 전에 돌아가셨다면 저 속을 뒤집어놓고, 송두리째 훔쳐낼 수야 있겠나마는, 유서든지 무슨 문서든지 뒤집어 꾸며놓고……. 큰 변 날 뻔하였네. 물론 아버니께서두 눈치는 채셨나보데마는, 누가 있나. 나 혼자 애도 좋이 썼네."

지 주사는 공치사는 아니겠지마는, 자기의 노심勞心을 자랑하고 싶지 않은 것도 아니었다.

"애쓰셨습니다."

"애랄 거 무어 있나마는, 아까만 해두 병원에서 흥정 가는 길에 아범을 데리러 왔더니, 사랑문이 안으로 걸려는 있는데, 들어가려니까 아범이 들어가실 건 무엇 있습니까, 곧 차리고 나옵니다 하고 가로막는 듯한 거동이 수상쩍기에, 아범이 나올 동안에 문틈으로 들여다보니 암만 해두 방 속에 인기척이 있던 거 같애."

"설마……. 그러면야 밖에 신발이라두 있었겠지요."

"그러기에 말이지. 또드락 소리도 없는데 유리 구멍으로는

다락 앞에 사람 그림자가 얼찐거리니, 간데 없이 불한당이
든 셈 아닌가. 암만 생각해두 애가 쓰이더니 들어와 본 즉,
목도리가 윗간방 문턱에 떨어져 있데그려. 그래 목도리 논래
를 안 하려 하겠나? 하여튼 창훈이가 그 틈에 끼였다는 것은
한편으로 생각하면 최 참봉보다도 괘씸하지 않은가?"

"그야 그렇죠마는 또 한편으로 생각하면, 난봉꾼이나 있었
더면 그 이상 별의별 일이 다 나지 않았겠습니까."

덕기는 태연히 웃는다.

"허어……."

하고 지 주사는 김단히는 기색으로 덕기를 한참 치어다보
다가,

"자네 생각이 그렇게 드는 것을 보니, 조씨 댁 염려없
네……. 흠, 자네 그런 줄 몰랐네!"

하며 지 주사는 별안간 덕기를 극구 칭찬하였다.

"별말씀을 다 하십니다. 나두 불시에 이런 큰 살림을 맡게
되어 어리둥절합니다마는 잘 보살펴주십쇼."

덕기는 부친에게도 말 못 하던 고독하고 불안하던 심중을
이 여생이 며칠 안 남은 노인에게 피력하는 것이었다.

"그야 내가 이 댁에 신세진 것으로 생각하기로 여부가 있
나마는 내야 뭘 아나! 그럴 기력두 없구."

지 주사는 이렇게 겸사하면서도 이 어린 청년과 주객主客
이 간담상조肝膽相照 하게 된 것을, 그리고 틈이 벌어가고 한
모퉁이가 이지러져가는 이 집을 바로 붙드는 데 자기가 한몫
거들어야 하게 된 것에 깊은 감격과 자랑을 느끼는 것이었다.

"그 외에 무어 들으신 말씀 없에요?"

덕기는 이 노인의 입에서 좀더 무슨 자세한 말을 끌어내고 싶었다.

"들은 게 있나마는, 그 뒤에는 매당집이라는 무슨 고등 밀가루라고 한다던가? 하는 년이 또 있다네 그려. 자네 어르신네도 거기 가서 술잔이나 자시고, 수원집과 맞장구를 친 일도 있다데!……."

이 말에 덕기는 귀가 번쩍 띄는 눈치다.

"……하여간 그년의 집이 저의 패가 모이는 웅덩인 눈친데, 여기서 쑥덕거리지 않으면 틈틈이 거기로 모여 갖은 흉계를 꾸며가지곤 모든 일을 잡질러놓는가보데."

"매당집이란 어디기에 아버니도 그런 축에 끼실까요? 같이 어울려 다니시지는 않나요?"

덕기는 부친을 그렇게까지 의심하는 것이 못내 죄가 되겠다고는 생각하였으나 그래도 못미더웠다.

"아냐. 자세는 몰라도 그럴 리는 없지. 그러나 매당이란 위인이, 나는 보진 못했지만, 은군자隱君子의 주름을 잡고 앉아서 남의 등쳐먹기로 장안에 유명짜한 년이라니까, 자네 어른과 수원집을 좌우로 끼고 안팎 벽을 치는 것인가보데그려. 두 군데서 다 얻어먹든지 그렇지 못하면 어디든지 한쪽 등이라도 쳐먹자는 게지."

"응! 그래요?"

덕기는 자기의 이해 관계보다도 세상 물정을 또 하나 알게 된 것에 호기심을 느끼는 것이었다.

"그건 고사하고 이런 말은 자네만 알아두게마는, 애초에 최 참봉이라는 자가 수원집과 한통이 되어서 한 박 먹어보자고 계획적으로 수원집을 들여앉혔나보데. 거기에 창훈이가 툭 튀어든 것이나, 그놈들이 헉하고 나가자빠질 날이 있을 것이지."

지 주사는 고지식한 마음에 절치부심이다.

"그런 사람들에게 시탕侍湯을 내맡겨두었으니 병환이 나으시려야 나으실 수가 있겠어요."

"여부가 있나!……."

약시시를 잘못하였으리라는 말에 지 주사가 신이 나서 여부가 있느냐고 대답하는 것을 들으니 덕기는 가슴이 다 찌르르하며 놀랐다. 그러나 시 주사는 거기에 대하여 구체적으로 예를 드는 것은 모피하는 눈치였다. 그러나 덕기는 어제 무심결에 들었던 아내의 말이 다시 머리에 떠오른다. 약은 다른 사람은 건드리지도 못하게 하고 꼭 행랑어멈만 맡아 달이라 해서 안방에 들어가는 시중만은 자기(덕기의 아내)에게 시키는데, 그나마 조부가 듣는 데서 손주며느리가 약을 안 달이느니 정성이 없느니 하고 들컹거리지나 않았으면 좋으련마는 사람을 미치게만 만드니 이럴 수도 없고 저럴 수도 없다고 아내가 하소연할 제 수원집의 예증이거니 하고 들어만 두었으나, 지금 생각하니 그것도 의심이 난다.

어멈이란 위인이 너름새 좋게 뉘게나 굽실대고 일도 시원스럽게 하여주는 바람에, 처음에는 모두 좋아하였으나 두고 볼수록 뚜쟁잇감이나 기생집 어멈같이 능글능글하고 수다스러운 점이 뉘게나 밉살맞게 보여왔다. 어쨌든 그 어멈에게 약을 맡겨 달이게 하였다는 것이 덕기에게는 실쭉하다.

— 두고 보면 알리라!

이미 입원한 뒤니까 이런 청처짐한 생각이겠으나 덕기는
속으로 눈을 흡떴다.

30. 일대의 영결

　여편네들만 빼놓고 남자들은 병원에 모여서 과세過歲를 하였다. 낮 전에는 번하던 병인이 저녁때부터 혼수 상태에 빠지면 새벽녘에나 조금 정신을 차리는 것이었다.

　의사는 어차어피에 원기가 돌아야 수술을 할 것이니까 며칠 연기하는 것이 도리어 좋겠다는 의견이었다. 수술이래야 큰 절개수술을 하는 것도 아니요, 좌우쪽 갈빗대 사이에 물이 든 것을 뽑아낸다는 것이나, 원체 허약해져서 선뜻 손을 대기가 어렵다는 것이다.

　의사도 왜 이렇게 탈진을 했는지 알 수가 없다고 의아해하였다. 돈 있는 사람이니 아무리 노쇠는 하였더라도, 보약도 상당히 먹었을 것이고 한데 이렇게까지 의식이 혼몽하도록 몸이 몹시 깎였다는 점을 의아해했다.

　초하룻날 차례도 지내고 3,4일은 무사히 넘어갔다. 그래도 의사는 수술에 착수를 못 하고 있었다. 병인이 어디가 어떤지를 모르게 까부라져 들어가기 때문이었다. 영양분이라고는 들어가기가 무섭게 되받아 나왔다.

― 중독인가? 그렇다면 무슨 중독일까?……. 비소 중독砒素中毒?

의사는 우연히 이런 의문이 떠오르며 고개를 기웃하였다.

"암만 해도 알 수가 없는데……. 아마 무슨 중독이 되셨나 보외다."

의사는 고개를 기울였다.

"무슨 중독이실까요?"

덕기는 눈이 뚱그래져서 바짝 채쳐보았다.

"글쎄. 그야 좀더 두고 증상을 파야 알겠지만요."

의사의 대답은 그밖에 없었다. 주사가 하루에도 몇 차례씩 딴딴히 굳어진 노인의 혈관 속으로 빨려들어갔다. 영양분 대신에 주사로 명맥을 버티어가는 것이다.

덕기는 위보危報를 듣고 위문 겸 병원으로 찾아온 이때까지의 주치의와 병원의 박사를 대면시켰다. 될 수 있으면 입회 진단을 하여달라는 것이다.

두 의사는 피차의 경과를 보고하고 각기 그동안 투약한 처방전處方箋(약방문)을 가져다가 서로 바꾸어 보았다.

진단이 틀렸으면 틀렸지 처방으로 보아서는 결코 중독될 여지가 없다. 그러나 배설물을 검사한 결과를 전의 주치의에게 보이니까 주치의는,

"허―?"

하고 놀라며 고개를 비꼬았다.

이렇게 되니 남은 의문은 한방의漢方醫에게로 돌아갔다. 두 의사는 한참 상의한 결과 덕기에게 한약방문과 약 찌끼가 있으면 그것을 가져다달라고 하였다. 의사들은 한약에 유의하

느니만큼, 한약재의 연구에 대하여 흥미를 더 가지고 있는 것이었다.

덕기도 여기서 무슨 단서가 나올까 하는 생각으로 아무도 시키지 않고 자기가 한방의에게로 갔다. 약 찌끼도 그대로 있다면 자기 손으로 긁어모아 가지고 올 생각이다.

한방의는 덕기를 따라 병원에 가서 양의들에게 자기의 진단을 개진開陳하고 방문을 내보였다. 한방의가 내상외한內傷外寒으로 집중을 하여 다스려 나왔다는 것은 그럴 듯하나, 신열이 보통 감기의 열이 아니요 폐렴으로 해서 내발하는 열인 것은 미처 몰랐던 모양이다. 하여간에 한약에서도 중독될 만한 의점疑點을 발견할 수 없었다. 더구나 약 찌끼라는 것은 찾으려야 찾을 수 없었다.

하여간에 병인은 해독제로 완화는 시켜놓았으나, 이 때문에 신장염과 위장카타르가 병발하고 시력이 점점 쇠약하여 갔다. 이만하면 비소 중독이란 진단은 결코 오진이 아닌 결정적 사실이요, 또 이것은 의학상 귀중한 연구 재료로 아직 보류하려니와 당장 어디서부터 손을 대어야 할지 의사는 거진 절망이었다.

이 법석통에 수원집은 감기 몸살이라 하여 꼼짝을 안 하고 드러누워서 병원에도 사흘이나 아니 갔다. 그래도 수술을 한다는 날에는 수원집도 깽깽 일어나서 병원에 나왔다. 그러나 그 앓는 소리는 옆의 사람이 듣기에도 송구스러웠다. 앓는 소리만 들으면 영감보다도 이 젊은 마누라가 먼저 갈 것 같았다.

"하두 오래 병구완하시느라고 저렇게 지쳤구려. 병구완하다가 먼저 돌아가리다.”

일갓집 아낙네들은 이렇게, 인사를 하는 게 아니라 놀렸다.

“대신 나를 잡아갔으면 작히나 좋겠습니까.”

수원집은 숨이 턱에 닿는 소리로 이런 대답을 해서 여러 사람을 웃겼다.

하여간에 수술은 하였다. 수술이래야 가슴의 물을 빼내는 것이다. 그 덕으로 병인은 신열이 쑥 내려갔으나 그 대신에 기함氣陷이 심하여 혼수 상태에 빠져버렸다.

이틀 동안을 눈을 한 번도 못 떠보고 그대로 자지러져 들어가던 숨을 마지막 들이걷고 말았다.

의사는 이해 못 하는 가족들이 수술을 잘못하였다고 청원할까보아 비소 중독을 앞장세우고 또 누구나 의사의 말을 믿었으나, 그 정통 원인이 어디 있었느냐는 점에 이르러서는 의사가 말 못 하는 거와는 딴 의미로 아무도 개구開口를 못 하였다. 의사는 다만 의학상 과학적 문제로만 생각하나, 친근한 여러 사람은 법률문제 — 형사 문제로밖에 아니 보이는 것이었다. 그러나 누구나 입을 봉하였다.

의사가 연구 재료로 해부를 해보아도 좋을 듯이 말을 꺼낼 제 맨 먼저 찬동의 뜻을 표시한 사람은 상제인 상훈이었다. 덕기는 실상은 그렇게 하자고 하고 싶었으나 일가의 시비가 무서워서 대담히 입을 벌리지는 못하였다.

과연 당장에 우박이 상훈의 머리 위에 쏟아졌다.

“자네 환장을 했나? 자네 이제는 기를 쓰나? 조가의 집에 이제는 마지막으로 똥칠을 하려는 건가?”

첫 우박이 창훈의 입에서 쏟아졌다.

나이 50이나 된 놈이 지각 반푼 어치 없이 어서 분별을 해서 빈소에 모시고 발상을 할 생각을 하는 게 아니라 황송한 말씀이나 푸줏간에서 소 잡듯이 부모의 신체를 갈가리 찢어발기려는 그런 놈이, 집안 망할 자식이, 천지개벽 이후에 있겠느냐고, 욕설이 빗발치듯 하고 구석구석이 모여서는 대격론이 일어나는 것이었다.

부모가 아니라 원수더란 말인가? 생전에 뼈진 소리를 좀 하셨다고 돌아가시기가 무섭게 칼질을 해서 부모를 욕을 보이자 하니 성한 놈이면 육시처참을 할 일이요, 미쳤다면 그 놈부터 오리간을 짓고 가두어두든지, 아주 조씨 문중에서 때려잡아버려야 할 일이라고 은근히 떠들어놓은 사람은 창훈이었다.

그런 놈이니 제 아비에게 비상이라도 족히 먹였을 것이요, 제 죄가 무서우니까 시신도 안 남게 갈가리 찢어발겨 없애서, 증거가 안 남게 만들어가지고 불에 살라버리든지, 약병에 채워서 우물주물 만들려는 그런 무도한 생각도 하는 것이라고, 봉인첩설逢人輒設을 하는 것도 최 참봉과 창훈이다. 누구나 또 그럴 듯이 듣는 것이다. 이러느라니 수원집은 정신을 차리지 못하고 병실에서 울어젖히고 수십 명 몰려든 사람들은 제각기 한마디씩 떠들어놓고 병원은 한 귀퉁이가 떠나갈 지경이다. 상훈은 주먹 맞은 감투가 되어서 잠깐은 우선 물러앉는 수밖에 없었다. 할말이 없는 게 아니요, 입이 없어 말을 못 하는 것은 아니로되, 공격의 칼날이 날카로울 때는 은인자중하여야 할 것이라고 돌려 생각한 것이다. 만일 금고 열쇠가 상훈에게로 왔던들 이 사람들이 상훈을 이렇게까지 무시는 못 하였을 것이다. 무시는커녕 창훈부터 ‘아무럼 그 이상하니 해부해보세’ 하고 서둘러댔을 것이다. 상훈으로 말하면 해부를 꼭 하자는 것도 아니다. 어떤 연놈들의 악독한 음모가 있었다면 그것을 밝히겠다는 일념으로 선뜻 찬성은 하였으나 기위 의사가 두 사람이나 증명하는 바에야 해부까지 할 필요도 없고, 또 후일 문제삼자면 오늘날 안장하고서라도 다른 도리가 얼마든지 있는 것이라고 돌려 생각하였다. 그야 더운 김도 가시기 전에 부모의 시신에 칼을 댄다는 것은 비록 묵은 관념이 아니기로, 차마 하고 싶지 않은 일이니 창훈들의 주장이 옳지 않은 것은 아니요, 또 누구가 듣든지 옳다고 하겠으니 한층 더 기고만장을 하여 상훈만을 못된 놈으로 몰아붙이는 것이나 계제가 좋아서 하기 쉬운 옳은 말 한마디를 하였다고 그 뒤에 숨긴 큰 죄악이 감추어지고 삭쳐질 것은 아니라고 상훈은 별렀다.

　─두고 보자. 언제까지 큰소리들을 할 것이냐!

고 상훈은 이를 악물었다.

　시체는 발상發喪 안한 대로 침대차에 옮겨서 집으로 모셔다가 빈소를 아랫방으로 정하고 안치하였다. 발상에 상훈은 곡을 아니하였다. 이것이 또 문젯거리가 되었으나, 상훈은 내친걸음에 뻗대버렸다. 사실 눈이 보송보송하고 설운 생각이라고는 아니 났다. 그래도 울지 않는 자기가 눈이 통통히 붓도록 눈물을 짜내는 수원집이나 ‘어이, 어이’ 하고 헛소리를 내는 창훈보다는 월등히 낫다고 상훈은 생각하는 것이다.

　상훈의 존재는 완전히 무시되었다. 덕기는 깃옷만 안 입었을 따름이지 승중상承重喪을 선 것이나 다름없었다. 조상꾼도 상훈에게는 절 한 번뿐이요, 덕기에게로 모여들어서 이야기를 하고 모든 분별을 창훈이 휘두르면서 덕기에게 허가를 맡거나 사후 승낙을 맡는 형식만 취하였으나, 상훈에게는 누구나 접구接口를 안 하려 하였다. 상훈은 꾸어다놓은 보릿자루 모양으로 사랑 안방 아랫목에 멀거니 앉았는 수밖에 없었다. 그러나 덕기로서는 부친에게 일일이 품을 하지 않을 수 없었다. 그것은 무시를 당하는 부친이 가엾어서도 그렇고 도리로도 그러하였다. 그러나 상훈은 절대 무간섭주의였다. 무슨 말을 물으나,

"너 알아 하려무나, 의논들 해서 좋도록 하렴."
할 뿐이다. 거죽은 좋으나 그만큼 속은 토라졌던 것이다.

그러느라니 덕기가 중간에서 성이 가시었다. 성이 가신 것은 고사하고 일이 뒤죽박죽으로 두서를 차리지 못하고 돈만 처들어갔다. 주인 부자가 이 모양이니, 누구나 먹을 콩났다고 눈을 까뒤집고 덤비는 축들뿐이라, 나중에는 저희끼리 으르렁대고 저희끼리 헐어내기에 상두꾼들이 악다구니들을 하는 거나 다름없었다.

그래도 이럭저럭 7일장으로 발인을 하게 되었다. 누가 보든지 호상이었다. 상제는 프록 코트를 입으려 하였더니 역시 제복을 입고 삿갓가마를 탔다. 그 외에는 200여 대의 인력거가 뱀의 꼬리같이 뻗쳤다.

"잘 나간다. 팔자 좋다! 세상은 고르지두 못하지. 나 죽어 나갈 제는 열두 방맹이 아니라 스물두 방맹이는 되렷다!"
아침밥도 못 먹고 모여 선 구경꾼들이 이런 허튼 소리를

하는 것이었다. 그러나 그 뒤에는 얼마나 크고 작은 죄악과 불평과 원성이 따르고 남는지를 뉘라 알랴.

이리하여 조부의 일대一代는 오늘로 영결하였다.

31. 새 출발

"서방님 계신가요?"

병화는 사랑 마루 끝에 와서 소리를 치다가, 큰사랑 아랫목에 앉은 서방님이 유리로 내다보니까, 허리를 굽실한다. 그래도 덕기는 미처 못 알아보았는지 내다보던 고개가 없어지고는 두런두런 자기네들 이야기 소리만 난다.

"식료품상이올시다. 댁에 용달을 터주셨으면 하는뎁죠······?"

"그만두우."

방 안에서 다른 사람 목소리가 난다.

"적으나 많으나 전화만 하시면 금시로 배달해드리고 즉전이나 다름없이 본값으로 해드립니다."

덕기는 목소리가 귀에 익어서,

"어느 집이오?"

하고 다시 한 번 내다보다가 문을 활짝 열며,

"사 — 람은! 이게 무슨 장난인가? 연극하나?"

흰 두루마기를 입은 덕기는 일변 놀라며, 웃으며 뛰어나온다.

"천만의 말씀입니다. 오늘이 개신데, 한 자국 떼주십쇼 그려."

병화는 싱글거리며 연해 허리를 굽실거린다.

"정말인가? 허허허……. 사람두!"

덕기뿐 아니라 방 안 사람이 번갈아가며 내다보고는 빙긋 빙긋 웃으나 병화는 반죽 좋게 버티고 서서 조른다.

"그런데 이건 별안간 어디서 얻어 입었나? 지금 무슨 연습을 하는 건가? 이러고 어디를 갈 모양인가?"

덕기는 여러 가지 의혹이 창졸간에 들었다. 닷새 전의 장삿날 반우터에서 잠깐 만난 후로는 못 보았지마는 그때도 멀쩡히 양복을 입고 왔었는데, 그동안에 또 무슨 객기를 부리고 이 꼴로 돌아다니는지 우스운 것보다도 궁금하다.

"어서 올라오게. 도무지 왜 그리 볼 수가 없나?"

"가만히 계십쇼, 내 일부터 하고요."

하고 병화는 가슴에 찔렀던 광고를 쓱 빼내서 한 장 준다.

"흥, 정말인가? 자네가 허나?"

"서방님 같은 분이 한밑천 대주시면야 모르겠습니다마는, 두 불알만 가진 놈이 웬걸 제 손으로 하겠습니까. 배달꾼입죠."

"말씀 좀 낮춰 하시지요."

"황송한 처분입니다."

"허허……. 그만하면 주문도리로는 급젤세. 자, 그만하고 이젠 좀 올라오게."

"바빠서 올라갈 새는 없어와요. 그럼 통장 하나 두고 갑니다.”

하고 가슴패기에서 이번에는 통장을 꺼낸다. ‘조’자까지 미리 쓰고 한 장 넘겨서는 3전 수입인지까지 붙여서 도장을 딱딱 찍어놓은 것이다.

“이력 차이 그려? 언제 다 이렇게 배워두었던가?”

덕기는 친구의 얼굴을 신기하다는 듯이 멀끔히 치어다보며 웃는다. 바커스에서 잠깐 만난 뒤로는 초상중에 조상왔을 때 보았고, 반우터에서는 고개만 끄덕하고 헤어졌으니 자세한 이야기는 들을 새도 없었기는 하지마는, 어떻게 된 셈인지를 알 수가 없다. 경애와 같이 벌였나? 바커스의 한 끄트머리로 밑천을 얻었을까?

“자네 같은 위험 인물을 가외 일본 사람이 쓸 리도 없고, 누구하고 시작을 했나?”

“따끔나리 보증으로 벼슬 한 자리 했습죠.”

“이젠 어른께 말공대할 줄도 알고 하여간 제법 됐네.”

덕기는 아까부터 병화의 깍듯한 존대가 듣기 싫었다.

“백만장자와 반찬 장수는 너무 왕청 떨어지기도 하지마는, 장사꾼의 분수를 잊어서야 되겠습니까. 서방님! 이 김병화는 어제까지의 김병화가 아니라, 산해진山海珍 식료품 상점 배달꾼 김병화입니다. 그쯤만 통촉해두시고 물건이나 많이 팔아주십쇼. 소인은 물러갑니다.”

병화는 빙글빙글하며 꾸벅 인사를 한다.

“응, 잘 가거라, 옛날 임성구가 살아왔구나!”

덕기는 어처구니가 없어 웃기만 하다가,

“쓸데없는 소리 말고, 좀 자세한 이야기나 듣세 그려. 대관

절 조선 사람에게 팔아먹자면야 일본 반찬 가게를 할 필요도
없고, 일본 사람에게 팔자면 자네 같은 불경이는 문전에도
얼씬을 못 하게 할 거니 장사가 될 리가 있나?"
하고 덕기는 우선 그 점을 염려하는 것이다.

"불경이라니요? 저의 상점에는 막불경이는 아직 안 갖다
놓았습니다마는 마른 고추, 실고추는 갖추갖추 있습니다. 그
외에 붉은 것을 찾자면 홍당무가 있삽고, 1년 감도 있삽고,
연시도 좋은 놈이 있습니다마는 일본 집에는 형사 데리고 다
니며 보증을 하고 팔면 될 게 아닙니까."

병화는 웃지도 않고 주워삼킨다.

"흥, 팔자는 좋으이! 보호 순사를 데리고 다니며 팔면 뜨일
리도 없고 십상일세그려."

"한번 놀러옵쇼. 예전 매동학교 근처올시다."

"응, 감세."

병화는 덕기의 웃음을 뒤에 남겨놓고 풍우같이 나왔다.

이 모양으로 오늘은 친구의 집, 안면 있는 집 안 한 바퀴돌
고 상점에 돌아와보니 경애가 와서 앉았다.

"그럴 듯하구려. 우리집에도 콩나물 1전 어치하고 두부 한
채만 배달해주구려."

"예! 그럽죠. 댁이 어딥니까?"

"남산골 솔방울 구르는 집이오. 고명파도 잊어버리지 마우."

경애는 깔깔 웃고 말았다. 필순도 옆에 섰다가 따라 웃으며,

"선생님같이 자전거를 타고 다니시는 게 아니라 끌고 다니
시면야 배달은 다 하셨지."
하고 필순은 두 팔을 내저으며 자전거 타는 어설픈 흉내를

낸다.

"그래두 책상물림의 서방님으로서는 제법이지. 대관절 주판질이나 할 줄 아우?"

경애는 옆에서 또 농을 건다.

"주판은 여기 졸업생이 계신데!"

하고, 병화가 필순을 가리키니까 필순은 부끄러운 듯이 고개를 꼬고 웃는다. 필순은 사실 1주일이나 주판 놓는 것을 배워 가지고 왔다.

"그런데, 벗고 나와서 일을 좀 하든지 어서 가든지 하우. 양장 미인이 떡 버티고 앉았으면 영업방핸데."

"나 같은 사람이 앉았어야 영업이 잘되어요. 일본 사람은 담뱃가게와 목욕탕에는 간반무스메(간판으로 계집애를 두는 것)를 내앉히지 않습디까?"

"그러면 아주 지붕 위에 올라가 앉으려우?"

이런 실없는 소리를 하고 있으려니까, 일본 하녀가 통장을 들고 와서 파 한 단과 멸치 한 근을 가지고 간다.

몇 집 걸러 일본 하숙에서 온 것이라 한다. 뒤미처서 일본 노파가 달걀 세 개에 팥 닷곱을 사러 왔다. 싸전은 아니지마는 일본식으로 잡곡을 놓아둔 것이다. 팥은 병화가 되어주고 달걀은 필순이 집어주었다. 이것은 맞돈이라 노파가 1원짜리를 내주니까 필순이 주판을 재적재꺽하더니 조그만 철궤를 쩔그렁 열고 79전을 거슬러준다.

"얼마를 거슬러주었어?"

"79전요. 팥이 9전, 달걀이 4전씩 12전이죠?"

"응!"

하고 병화는 웃었다.

경애는 두 사람의 일거일동을 빤히 노려보고 있다가 깔깔
깔 웃는다.

"똑 걸맞는 양주 같구려. 아주 익숙한 품이 몇 해 해본 사
람들 같은데!"

경애는 둘이 젊은 내외처럼 은근성스럽게 의논을 해가며
물건을 파는 양을 보고, 저러다가 아주 떨어지지 않게 되면
어쩌나 하는 불안과 투기가 나기도 하나, 한편으로는 서투른
솜씨로 잘못 팔까보아 애들을 쓰는 것이 가엾게 보이는 것이
다. 그러나 술이나 먹고 게걸거리고 다니던 병화가, 이렇게
벗어부치고 나서서 서둘러대는 것을 보니 이번 일이야 영리
사업이라기보다도 까닭이 있어서 하는 일이지마는, 어쨌든
무얼 시키나 쓸모가 있고 평생에 굶어죽을 사람 같지 않다고
속으로 기뻐했다. 지금 세상에 이만한 활동력이 있고 게다가
돈이나 살림에만 졸아붙을 위인이 아니요, 무어나 큰일을 해
보려는 뜻을 가진 청년도 드물겠다고 생각하면 한층 더 믿음
직하고 사랑하는 마음이 솟는 것이다. 뜻에 맞는 손아래 오
라비 같은 귀여운 생각도 든다. 그럴수록에 필순에게 대한
막연한 질투심이 머리를 드는 것 같아서 겉으로는 웃음으로
그런 잡념을 쓱쓱 지워버리나 속으로는 애가 쓰이기 시작하
는 것이다.

그러면서도 경애 자신이 이 상점을 잡아차고 들어앉고 싶
은 생각은 아무래도 아니 났다. 실상은 경애가 먼저 앞장을
서서 찬성하고 서둔 일이나 벗고 나설 용기가 나지는 않는
다. 발론의 시초는 조그만 화장품상이나 잡화상 ─ 그렇지

않으면 털실이니 레이스니 하는 것을 주로 삼고 어떤 여학교 하나를 끼고서 학용품상을 벌여볼까 한 것이었다. 물론 자본금은 상훈에게 기댈 작정이었다. 상훈도 경애가 나서서 한다면 대어줄 듯이 찬성이었다. 자기 아버지가 돌아가면 ― 급히 돌아가지 않으면 이것도 저것도 허사겠지마는, 돌아가만 놓으면 돈 몇천 원이고 못 돌리랴 싶어서 아무려나 해보라고 반승낙은 한 것이었다.

그러자 마침 지금 이 상점자리가 난 것이다. 이 상점은 400원에 샀다. 바커스의 주부가 새에 든 것이다.

방물상사니 잡화상이니 하고 의논이 분분한 판에 주부가 아는 일본 사람으로, 얌전하게 반찬 가게를 하다가 남편이 노름에 몸이 달아서 거덜이 나가니까, 홧김에 넘기려는 것이 있으니 그것을 사서 해보겠느냐고 지나는 말로 한 것이 의외로 얼른 낙찰이 난 것이다. 처음에는 집값이 2,000원, 전화 300원, 현물 500원이란 금이었으나, 집은 사글세 30원, 전화도 세로 정하고 남은 물건만 400원에 넘겨 맡은 것이다.

등이 달아서 넘기는 것이니, 사는 사람으로서는 손은 안 되었다. 그러나 집은 다른 작자라도 나면 팔 작정이라는데, 일본 사람 촌이 되어가는 이 좌처를 빼앗기면 안 될 터이니 이왕이면 곧 사는 것이 유리하였다. 400원은 병화가 덜컥 치렀으나 집을 사자면 상훈이 셈이 피어야 할 것인즉, 결국에 조 의관이 돌아가기를 기다리는 사람은 여기도 또 하나 있는 셈이었다. 이제는 돌아갔으니 집을 사게 될 듯도 하다.

병화의 400원은 물론 피혁이 주고 간 속에서 나온 것이나, 경애의 명의로 치렀고 이 상점의 명의도 경애로 되어 있다.

피혁이 그 돈을 줄 때 반찬 장사를 하라고 한 것이 아니면야 병화도 그 돈을 헐어서 첫번에 쓴다는 게, 하고많은 장사 중에 하필 반찬 가게를 벌였으니 양심이 있는 놈 같으면 낯이 뜨뜻하였을 것이다. 피혁은 보도듣도 못 하던 김병화더러 애인과 같이 반찬 가게나 벌이고 생활 안정이나 하여서 살이나 피둥피둥 찌라고, 수륙 만리의 머나먼 길을 갖은 고초를 다 겪고 다녀간 것은 아니었다.

피혁이 그 돈을 줄 때 다만 홍경애의 손만을 거쳐 넘어가게 한 것이 실수라고도 할 것이다. 병화와 서로 철주할 만한 또 한 사람을 맞붙여놓고 부탁을 하였더면, 저희끼리 헐고 뜯고 하여 지금쯤 병화는 얻어맞아도 상당히 얻어맞고서 경향간에 소문도 파다할 것이니, 병원 아니면 경찰서에 들어가 앉았을 것이요, 산해진의 간판도 비거 서남풍하였을 것이다.

사실인즉 산해진의 간판은 아직 안 붙였으니 동지간에 내용은 고사하고 병화가 일본 반찬 가게를 냈다는 소문도 아는 사람이 아직은 없다. 찾아오는 사람이 있더라도 두 번부터는 절대로 발그림자도 못 하게 단연 거절할 작정을 병화는 단단히 하고 있는 판이다.

필순은 그게 걱정이었다.

"어제까지 놀던 사람을 어떻게 야멸치게 못 오게 할 수야 있겠어요. 그러면 심사가 나서라도 짓궂이 더 와서 성이 가시게 할 것이요, 입을 모으고 무슨 훼방이든지 놀 걸요."

필순은 병화가 교제도 다 끊는다는 말을 들을 제, 자기도 아는 사람이 많은데 어떻게 찾아오는 사람을 냉대를 해서 보낼까가 적지않은 걱정이었다.

"아무러면 어떠리? 제까짓 놈들 뉘게 와서 흑책질을 할라구!"

병화의 팔심은 믿음직하기는 하지마는, 필순더러 모스크바로 달아나라고 한 지가 한 달도 채 못 되는 사람의 말이 이러하다. 필순은 안심이 지나쳐서 겁이 도리어 났다. 병화를 경멸하는 마음도 조금은 없지 않았다.

어쨌든 필순의 집은 이리 옮겨왔다. 필순을 공장에서 들여앉히기 위하여 이 장사를 하는 것만도 아니요, 필순의 집에서 없는 살림에 공밥을 2,3년 먹고 신세를 진 값으로 이집 세 식구에게 살 도리를 차려주느라고 급히 벌인 장사도 아니나. 그러나 필순의 집 세 식구는 다시 살아난 것 같았다. 또 필순은 가게를 보게 하고 부모는 안에서 살림을 하며 뒷배나 보아달라 하기에 십상 알맞았다. 경애는 처음에는 필순네는 식구가 많다고 반대하였으나 남의 사람보다는 나은 점이 쓸모라고 찬성하고 말았다.

필순은 요새 같은 깊은 겨울에도, 첫차가 나오는 소리가 뚜르르 나자 일어나서 가겟방에서 자는 병화가 깰까보아 조심조심 빈지를 열고 가게를 내느라면 병화도 지지 않고 같이 일어나서 남대문 장으로 서투른 자전거를 빙판 위에 달리는 것이다. 필순 부친도 조선옷은 안 어울린다 하여 고물상에서 주워온 헌 양복바지에 재킷을 푸근히 입고, 가게 속에 놓인 화로 앞에 나와 앉는다. 모든 것이 아직 초대요 연습이었으나, 평화롭고 전도에 빛이 보이는 것 같아서 흥이 났다.

필순은 첫차 소리를 듣고 일어나면 막차가 들어간 뒤라야 자리에 눕지마는, 고단은 하면서도 자릿속에서까지 물건값을 외고 파는 솜씨를 연구하기에 어느 때까지 잠이 아니 왔다. 요새는 공부하겠다는 생각도 잊어버렸다. 그러나 가다가다는 덕기 생각이 떠오르기도 한다. 상점 구경을 오면 부끄러워서 어떻게 볼꾸? 하는 생각을 하고는 혼자 얼굴이 붉어지다가도 파르스름한 점원복을 입고 익숙한 솜씨로 물건을 파는 양을 보여주고 싶은 충동도 일어난다. 그러나 벌겋게 얼어서 터진 팔목을 걷어올린 것도 보일 것이 걱정이다.

32. 진 창

덕기는 오늘 병화의 상점 구경을 나섰다. 초상 이후로 처음 출입이다. 복재기지마는 상제 대신 노릇도 하여야 하고, 집안 처리도 할일이 많아서 바쁘기도 하였고, 정초에 나타날 필요가 없어서 들어앉았다가 오래간만에 길 구경을 하는 것이다.

전차가 효자동 종점에 가까워졌을 때 덕기는 차 속에 일어서서 박람회 이후로 일자로 부쩍 는 일본집들을 유심히 보았으나 산해진이란 간판은 눈에 아니 띄었다. 차에서 내려서 되짚어 내려오며 차츰차츰 뒤지다가 좌등상점佐藤商店이란 간판이 붙은 가게의 유리문 안을 기웃해보니, 과실이 놓이고 움파니 미나리니 하는 것이 눈에 띈다. 담배도 있다. 담배나 한 갑 사며 물어보리라 하고 문을 득 여니 여점원이 해죽 나온다……. 필순이다! 덕기는 주춤하며 뒤로 물러설 뻔하였다. 필순도 가슴에서 두 방망이질을 하며, 얼굴이 화끈 취해 올라와서 어쩔 줄을 몰랐다.

"여기 계신 줄은 몰랐군! 김군은 있나요?"

덕기는 하여간 들어섰다.

"이리 올라앉으세요. 이제 곧 오시겠죠."

조그만 다다밋방에는 이전 병화 방에서 보던 일깃거리는 밥상만한 책상이 놓이고, 화로 앞에는 방석 한 개가 깔려 있다.

덕기는 신기한 듯이 상점 안을 이구석 저구석 돌려보다가, "어디 배달 나갔나요?"

하고 방문턱에 걸터앉았다.

"아녜요. 서대문 감옥에 나가셨에요. 이제 곧 오시겠지요."

필순은 부리나케 방 안을 치우고 방석을 내노며 권하였다.

"감옥에는 왜?"

"저번에 들어간 이들을 면회도 하고, 식사 차입도 하려고요. 벌써 가셨으니까 좀 있으면 오시겠죠."

필순은 덕기가 곧 간다고 할까보아 애를 쓰면서, 복제당한 인사를 하고 싶으나 무어라고 할지 몰라 얼굴이 또 발개졌다.

감옥 친구에게 차입을 할 만큼 셈평이 핀 것도 고마운 일이지마는, 셈이 좀 돌렸다고 감옥 친구들을 잊지 않고 없는 돈에 차입이라도 하는 것은 무던하다고 덕기는 생각하였다.

"그런데 좌등이란 간판이니, 일본 사람 것을 샀나요?"

덕기의 이 말에 필순은 좀 의아하였다. 병화는 돈이 덕기에게서 나온 듯이 말을 하던데 덕기는 아무것도 모르는 수작이다. 필순도 피혁이 돈뭉치를 두고 간 줄을 알기 때문에 이 상점도 그것으로 하는 줄 알았더니 병화는 절대로 그 돈이 아니라고 부인하여왔다.

"그전 사람 이름인데 아직은 그대로 둔다나봐요. 이 동네 단골이 떨어질까보아서요."

그도 그럴 듯하다고 생각하였다. 그러나 대관절 돈은 누가 대는 것일꼬? 덕기는 역시 궁금하였다.

이야기를 하는 동안에 구지레한 양복쟁이 둘이 길거리에서 원광으로 기웃거리는 것이 내다보이다가 없어지더니, 또 조금 있다가 한 청년이 성큼 들어서며,

"좌등이 있소?"

하고 우락부락히 묻는다.

옷꼴이라든지, 길게 자란 머리라든지, 사쿠라 몽둥이는 아니지마는 이 겨울에 우악스런 단장을 짚은 것이라든지, 험상궂은 눈을 잠시 한때 가만 두지 않고 두리번거리는 것이라든지, 형사도 아닐 것 같고, 전일의 병화가 다시 온 것 같으나, 필순도 보지 못한 사람이다.

"좌등이는 떠났습니다."

"그럼 주인이 누구요?"

"홍경애씨에요."

"홍경애? 남자요? 여자요?"

"여자예요."

"그의 남편은 누구요? 바깥주인은 없소?"

"일보는 이 있어요."

"누구요?"

"김청씨에요."

"그 김청이는 어디 갔소?"

"어디 나갔에요?"

"당신은 누구슈?"

“나두 일보는 사람예요.”

“당신이 김청이 부인이슈?”

“아뇨.”

하고 필순은 얼굴이 발개지며 눈을 찌푸랜다.

“그럼 김청이는 언제 들어오우?”

“모르겠어요.”

청년은 첫마디부터 끝마디까지 훌닦아세우는 소리를 하다가 휙 나가버린다.

“누구세요? 왜 그리세요?”

필순은 쫓아나가며 물었으나, 그 괴상한 청년은 대답도 없이 뺑소니를 친다.

“일본 사람을 찾아온 것 같지도 않고 김군을 아는 모양도 아니요, 얼른 보기에는 쌈하러 다니는 장사패나 주의자 같지 않은가요?”

“글쎄 말씀입니다.”

필순은 눈을 깜짝거리며 얼굴이 해쓱해서 무슨 생각을 하고 섰다.

“친구들은 여전히 쫓아다니겠지요?”

“별로 오는 이도 없에요. 얼마 동안은 관계를 끊겠다 하시는데.”

“그래 김청이라고 행세를 하는군요? 형사들은 안 오나요?”

“예, 형사들은 이렇게 맘을 잡고 실속을 차리게 되어서 마치 환자가 병이 나면 의사가 파리채를 날리듯이, 저희 벌이가 안 되겠다고 놀리면서도 어쨌든 고마운 일이라고 저희들 집에도 통장을 트자 하고, 친구들도 단골을 몇 군데 소개까지 해주다시피 좋아들 하지요.”

“흥, 그러나 으레 형사들의 버릇으로 다른 데 가서는 김 아무개는 이젠 아주 전향해서 돈벌이에 맛을 들이고 어쩌고 한다고 선전을 할 것이니까, 친구들이야 변절한變節漢이라고 가만 있지 않을 걸요.”

덕기는 지금 왔던 청년이 병화를 문책하러 온 동지일 것이라는 말눈치를 보인다.

“선생님은 그런 것도 벌써 짐작하고 계셔요?”

“흐흥!”

덕기는 친구가 무슨 봉변이나 아니 당할까 염려가 되었다. 그러나 병화가 정말 그렇게까지 전향인지 변절인지를 하였을까? 경애에게 홀딱 반해서 경애가 시키는 대로 겸노상전兼奴上典으로 반찬 가게의 배달도 못할 것은 아니요, 또 먹고 살자면 사내답게 벗고 나서서 이것도 해보고 저것도 해보는 것이지마는 그렇다고 동지를 배반하고 형사들의 도움까지를 받는다는 것은 좀 생각할 일이라고 덕기는 생각하였다. 그것도 처음부터 형사의 도움을 받자는 것이 아니요, 또 이용할 수 있으면야 이용한대도 상관이 없는 일이지마는, 병화에게 반감을 가진 사람으로서는 문제를 삼자면 얼마든지 삼을 수 있는 것이다.

“홍경애가 돈을 내놓았어요?”

덕기는 주인이 경애라고 하던 말을 생각하고 물었다.

“그렇다나봐요.”

얼마나 들었는지는 모르지마는 경애에게 이만큼 벌일 돈이 있을까? 결국에 부친에게서 나온 것이나 아닐까? 그렇다면 병화와의 관계는 어떻게 되었는가? 알은 척하기도 싫은 일이나 역시 궁금하다.

"하여간 어떠슈? 고되시지요?"

덕기는 한참 제 생각에 팔렸다가 은근히 물었다.

"고될 거야 무엇 있어요. 처음 해보는 일이라 손 서투르고 애가 쓰여서요……."

서로 이런 통사정을 할 만큼 어느 틈에 친해졌는가? 하고 필순은 신기한 일 같고 남자의 얼굴이 다시 치어다보인다.

"실상은 좀 더 공부를 하시게 하였으면 하는 생각들을 했지마는 아무거나 경험삼아 해볼 데까지는 해보는 것도 좋겠지요. 하지만……."

덕기는 또 한참 만에 말을 꺼내면서 병화의 편지에 필순의 일은 너 알아 하라고 한 말이 생각났다. 그러나 모처럼 재미를 붙여서 하는 것을 또다시 마음을 헛갈리게 하면 안 되겠다 생각하고 말을 끊어버렸다.

필순은 덕기의 뒷말을 기다리고 한참 섰다가,

"공부를 할 처지도 못 되죠마는, 저 따위가 무슨 공부를 하겠어요."

남자의 말을 다시 끌어내려 하였다.

"어쨌든 필요한 때 말씀만 해주시면 좋을 대로 의논이라도 해드리지요."

덕기는 퍽 대담한 소리를 한다고 생각하면서 어쨌든 마음먹은 대로 한마디 표시를 하였다. 그러나 자기의 이런 호의를 필순이 혹시 의심하거나 오해하지나 않을까 염려도 되었 다.

필순은 확실히 반기는 낮빛이다. 얼굴이 발개지며 입 속으로는 무어라고 대답을 하는 모양이나, 덕기에게는 잘 들리지 않았다. 아마 고맙다는 말일 것이다.

"야아, 어려운 출입 했네그려."

병화는 문전에 자전거를 세우고 소리를 치며 들어온다.

오늘은 양복 외투에 의관이 분명하다.

"오늘은 신사가 되어서 말공대가 변하였나?"

"물건을 사러 와보게그려."

"그럼 마마콩 1전 어치 사볼까."

하고 덕기는 지갑을 꺼내는 체한다.

"예예, 고맙습니다. 그러나 저희에게는 그런 구멍가게 물건은 없습니다."

필순은 생글생글 웃다가,

"그런데 조금 아까 수상한 사람이 왔어요. 형사 모양으로 으르딱딱거리고 갔는데 또 올 눈친가봐요."

하고 자세한 이야기를 들려주려니까, 병화는 다 듣지도 않고,

"응, 알았어. 염려없어."

하고 말을 막는다.

"오시다가 만나셨에요?"

"아니, 만나지는 않았지마는 별일 없는 거야."

병화는 태연히 웃어 보이나, 별일 없는 것이라는 그 말이 별일 있다는 반어反語로 들리었다.

"몽둥이찜을 하러 온다네. 누구라든가 하는 일본 형사하고 동사를 한다든가 — 형사가 돈을 대주어서 한다는 소문이 났다네그려."

덕기가 실없이 넘겨짚는 소리를 하니까 병화는,

"잘 들어맞혔네."

하고 웃다가 덕기를 끌고 안으로 들어간다. 상점방에 연달린 방은 다다밋방이요, 다시 곱들어서면 거기는 온돌방이다. 덕기는 거기서 필순의 모친을 만났다. 바느질을 하고 앉았다가 반색을 하며 일어나서, 복제 인사를 하고 피해 나간다.

필순의 집까지 이리로 떠나온 것을 보고 덕기는 또 의아했다. 얼른 보기에 병화는 이 집 사위 같다는 생각이 들었다.

"자네 어디서 그런 소문을 들었나?"

필순의 모친을 내쫓고 둘이만 마주 앉아 병화가 말을 꺼낸다.

"왜? 사실은 사실이지?"

덕기는 자기의 실없는 말이 들어맞았는가 싶어서 도리어 속으로 놀랐다.

"설마 그럴 리야 있나마는, 일부에서 오해하고 있는 것은 사실인가보이. 지금 감옥에를 갔더니, 그 속에 들어앉은 사람까지 벌써 내가 이 일을 벌인 것을 알지 않겠나. 누가 면회를 가서 내 말을 했던가보네마는, 아까 왔다는 게, 물론 그 축일 듯하기에 말일세."

"애초에 그자들과 발을 뚝 끊어버린 것이 잘못 아닌가. 양해를 얻어둘 일이지."

"그까짓 자식들과 양해는 무슨 양해인가. 공연히 헐고 다니는 축은 우리 편과는 또 다른 XX파니까. 말하자면 기분적 테러 ─ 폭력단 ─ 들이거든."

"그럼 자네 패에서는 어떤 모양인가?"

"우리 패야 얼마 남았나. 하지만 그 사람들도 지금 와서는 나를 옹호한다느니보다는 방관하는 모양이지, 어쩌면 직접 내게 맞닥뜨릴 수가 없으니까, 저자들이 떠들고 다니는 것을 속으로는 도리어 좋아라 하고 구경이나 하거나, 부채질을 하는 모양일 터이지.”

“그러니 말일세. 왜 별안간 고립을 해버리나? 게다가 형사들의 주선을 받고 하니까, 더 의심을 받게만 되지 않겠나?”

“그야 상관없어. 의심을 받거나 말거나, 고놈들이 와서 두들겨패거나 말거나……. 그렇지만 자네에게 하나 부탁할 게 있네…….”

“무어?”

“내가 이걸 시작할 때 벌써 1,000원 가까이나 쓰고 앉았네. 이 점방을 넘겨오는 데는 400원밖에 안 들었지마는 무슨 물건이 변변히 있던가. 그래서 5,600원 어치나 우선 들여놓았는데…….”

덕기는 돈 말이 나오는구나 하고 들을까 말까 하는 것부터 속으로 생각하며,

“그래 그 돈은 불시에 어디서 나왔단 말인가?”
하고 말허리를 자른다.

“어디서 나왔든지 간에 말일세. 어쨌든 그 돈이 자네게서 나왔다고 누구에게든지 해왔으니 무슨 일이 있어서 조사를 당하든지 또는 무릎맞춤을 할 경우에는 전향하고 장사를 한다기에 자네가 1,000원을 무조건으로 나를 취해주었다고만 대답해주게. 그리고 1,000원의 수수(주고받은 것)는 자네 조부가 돌아가시기 전에 조부가 가지셨던 현금을 꺼내다가 병원에서 주었다고만 해주게.”

덕기는 혼자 깔깔 웃었다.

"그거 어렵지 않은 일일세. 그런 헛생각이면야 얼마든지 내줌세마는. 그래 그 1,000원이란 것은 어디서 나온 것이기에 그렇게 쉬쉬 하는 건가?"

"그걸 말할 지경이면야 자네게 이런 얼뜬 부탁을 하겠나!"

"형사 ― 저쪽에서 돌아나왔다는 게 사실인가?"

"자네두 미쳤나? 설마 나를 그렇게 사귀었단 말인가?"

하며 병화는 분연해 보이면서,

"그럼 자네는 어서 가게."

하며 창황히 일어선다.

"왜 이리 축객인가? 좀더 이야기하세."

"그자들이 또들 올 거니까 자네가 있으면 재미없네."

"그러면야 더구나 갈 수 없지 않은가?"

"흥! 자네 따위 샌님이 한몫 거들어주려나? 자네 같은 부르주아는 어설피 걸리기만 하면 뼈도 추리기 어려울 걸세. 허허……."

하며 병화는 자기 방으로 들어가서 양복을 벗고 점원 옷으로 부덩부덩 갈아입는다.

"부르주아는 두부살에 바늘뼈던가! 그는 하여간 자네 지금 편쌈판에 나가나?"

덕기는 구두를 신고 내려서며 웃었다.

"편쌈도 하고, 일도 보고……."

병화는 유산태평으로 껄껄 웃는다.

덕기는 그래도 그대로 갈 수가 없어서 잠깐 서성거리니까 문이 드르르 열리며 아까 왔던 청년이 문 밖에 우뚝 서서 병

화를 건너다보고 고갯짓으로 불러낸다. 병화는 기다렸다는
듯이 선뜻 나서며 덕기더러,

"그럼 자넨 어서 가게. 내일 모렛새 만나세."
하고 나가다가 문 안에 진흙 발자국이 드문드문 몹시 난 것
을 보자 필순을 돌아다보며,

"이거 웬 흙이 넉절했나. 좀 쓸어버려요."
하고 소리를 친다. 필순은 대답을 하며 쫓아나왔으나 이런
것 저런 것 경황이 없었다.

밖은 한나절 녹인 땅이 벌써 꺼덕꺼덕 얼어간다. 두 청년
은 무슨 이야기를 하는 눈치도 없이 넘어기는 햇발을 비껴
받으며 전차 종점으로 걸어간다. 필순과 덕기는 쓸쓸한 뒷모
양을 바라보다가 전차 종점에서 오른쪽으로 꼽드려 가는 것
을 보자 덕기는 잠깐 다녀오마 하고 따라선다. 필순은 덕기
마저 걸려들까보아 애가 쓰이기도 하나 말릴 수도 없었다.

그들이 추성문으로 돌쳐서려 할 제 병화가 획 돌려다보더
니 덕기가 뒤를 밟는 줄 알자 가라고 손짓을 하며 멈칫 섰
다. 덕기가 줄달음을 쳐 가는 것이 멀리 보인다. 기다리고 섰
던 병화와 잠깐 무어라고 하더니 덕기는 돌쳐서 다시 온다.

"무어라고 해요?"

모녀가 나란히 보고 섰다가 소리를 친다.

"추성문 안으로 해서 삼청동 친구의 집으로 간다는군요.
삼청동 110번지로 가는데, 한 시간 안으로 올 것이니 아무 염
려 말라기는 하나 내가 쫓아간대도 별 수는 없을 거요, 집에
좀 가봐야는 하겠고……."

덕기는 집에서 저녁 상식을 안 지내고 자기를 기다릴 것을

생각하면 어서 가보아야는 하겠다. 한 번쯤 상식 참례를 안 하기로 상관없을 듯하나 첫 삭망도 안 지낸 터에 아직은 여편네들에게만 맡겨서 지내게 할 수가 없었다. 그러나 무슨 핑계같이 알 것이 안 되기도 하였다.

"암 그러시죠. 별일이야 있겠습니까?"

필순의 모친은 이렇게 대꾸를 하여주면서도 속으로는 역시 애가 쓰여서,

"너 아버지는 어디 가서 이때껏 안 오시니?"

하며 걱정을 한다.

"하여간 오시거든 곧 좀 가보시라 하시지요. 나도 집에 가서 상식만 지내고 또 오지요."

덕기는 자기 집에 전화를 걸어놓고 갔다.

필순이 한소끔 모여드는 손님을 치르고 나니까, 벌써 전등불이 들어왔으나 간 사람은 감감하고, 부친도 돌아오지를 않는다. 모친은 저녁밥을 지어놓고 나와서 마주 붙들고 걱정을 할 따름이나, 어떻게 하는 수도 없다. 무슨 일을 꼭 당하는 것만 같아서 입의 침이 바짝바짝 마를 뿐이다.

필순은 시시각각으로 문 밖에 나가서 병화가 가던 추성문 쪽을 뿌연 열사흘 달빛에 비쳐보고 서서, 검은 그림자만 가까이 와도 가슴이 덜렁하고 올라오는 전차 속에 비슷한 사 람만 띄어도 반색을 하였으나 모두 눈속임이었다. 여섯 시나 되어 덕기에게서 전화가 왔다. 상식을 지내고서 거는 모양이다. 그저 감감 무소식이란 말을 듣고 누구나 사람을 얻어서라도 보내는 것이 좋겠다고 하면서 자기는 밥을 먹고오마 한다. 여기서도 사람을 구해 보낼 생각은 있으나 아주 낮 서투른 사람을

보낼 수 없어 부친만 들어오기를 기다리는 판이었다.

"어머니, 암만 해두 제가 갔다 와야 하겠어요."

필순은 또 모친을 졸랐다. 벌써부터 필순이 나서겠다는 것을 모친은 날이 저물었는데 달은 있다 하여도, 어린 딸을 내놓아서 삼청동을 헤매게 할 수가 없어서 조촘조촘하고 붙들어둔 것이다. 필순 역시 가게를 모친에게만 맡겨두어서는 손님이 와도 담배 한 갑을 변변히 팔 수가 없을 것이니 걱정이 되어 멈칫거렸으나, 부친도 이렇게 늦은 것을 보니, 어디서 함께 붙들려 곤경을 치르지나 않는가 싶은 겁이 펄쩍 들자 결단하고 나섰나. 이제는 모친도 잡지를 않았다.

이런 때 경애나 와주었으면 하는 생각이 간절하나 오늘 온종일 경애는 얼씬도 안 하고 하루 해가 졌던 것이다.

필순을 내보내놓고 모친은 안절부절을 못하며 문을 열고 내다보고 섰으려니, 전화가 또 따르르 운다. 이번도 덕기에게서 온 것이다. 덕기는 필순이 갔다는 말을 듣고 자기도 삼청동으로 다녀서 오마고 한다. 그만만 해도 적이 마음이 놓인다.

그런 후에도 얼마 안에 우비 씌운 인력거 한 채가 쭈르르 오더니 상점 앞에 뚝 선다. 쓰러질 듯이 내리는 사람은 홍경애다.

이 여자가 언젠가처럼 또 취했나보다 하는 얄미운 생각이 나면서도 반가웠다.

"어디루 오슈?"

"병화씨, 병화씨 없에요?"

두 사람의 말은 동시에 마주쳤다.

"병화씨는 벌써 아까 해 있어서……."

하고 필순의 모친은 대답을 하다가 깜짝 놀라며,

"이거 웬일이오?"

하고 경애의 왼편 뺨을 가까이 들여다본다. 한쪽 볼이 부풀어오른 데가 퍼렇게 멍이 들었다. 불빛에 자세히 보니 부은 편 눈도 충혈이 되고 작아졌다.

필순의 모친은 가슴이 서늘해지며 우선 머리에 떠오르는 것은 자기 딸의 얼굴이었다.

"그럼 그때 나가서 안 들어왔에요? 누구하구?"

경애의 목소리는 울음이 섞인 것처럼 콧소리로 약간 떨었으나 주기도 없지는 않았다.

"글쎄, 그래서 지금 필순이를 쫓아 보내고 기다리는 중인데, 대관절 어디서 저렇게 되었소?"

경애는 입을 악물고 눈물이 글썽글썽하다가, 거기에는 대답을 안 하고,

"인력거꾼부터 보내주셔요."

하고 방문턱에 주저앉아버린다.

인력거꾼에게 어디서 왔느냐고 물으니, 화개동 청요릿집에서 왔다고 한다. 저 부르는 대로 80전을 한푼 깎지 않고 주고, 급히 들어와서 그 청요릿집에 누구누구 있었더냐고 물어보았으나 경애는,

"아실 것 없에요. 나 혼자 있었에요."

할 뿐이다. 경애까지 이렇게 된 것을 보니 나간 사람들이 모두 무사하지는 않으리라는 또 한 가지 애가 늘었다.

아무리 물으나 경애는 잠자코 앉아서 무엇을 골똘히 생각

하는 눈치다가 눈물을 똑똑 떨어뜨린다. 지금 욕을 보던 것 을 생각하고 분에 못 이겨서 쓴눈물이 스며 나오는 것 같았다.

"그래 따님은 어디로 찾아나선 것인가요?"

경애는 한참 만에 목소리를 가다듬어가지고 묻는다.

"삼청동 110번지라던가요?"

경애는 발딱 일어선다. 두 눈은 금시로 마르고 어쨌든 찾아나서겠다고, 살기가 쭉 내솟은 눈치다.

"에구 천만에! 이러고서 또 어디를 가신단 말요. 조덕기 씨도 간다고 했으니까 조금만 기다려보십시다."

필순의 모진은 지성으로 말렸으나, 이 근처 인력거가 어디냐고 연해 물으며 쏜살같이 달아난다.

필순의 모친이 쫓아나가 보니 경애는 인력거방을 찾아가는지 종점 편으로 종종걸음을 쳐 간다. 아까 인력거에서 내릴 때는 곧 쓰러질 것 같더니, 저렇게 생기가 돋아난 것을 보면 악이 받쳐서 그렇기도 하겠지마는 자기만 곤욕을 당한것이 아니라, 누구보다도 병화가 붙들려갔다는 바람에 발악이 난 모양이다.

경애는 인력거방을 찾느라고 진명 여학교 편으로 꼽드리려는 모양이더니, 주춤 서며 멀리 바라보는 거동이다. 이것을 본 필순의 모친도 정신이 홱 돌며 큰길로 나서서 부연 달빛에 비쳐보니, 검은 그림자 한 떼가 이리로 향하여 온다. 설마 이 밤중에 추성문으로 넘어오랴 싶었으나, 경애가 곧장 달아나는 것을 보고는 필순의 모친도 정신없이 뛰기 시작하였다.

의외다! 좌우로 부축을 해서 앞에 선 사람은 분명히 자기

남편이다. 그 뒤에 경애가 달아나서 매달리듯이 붙드는 사람
은 병화이었다.

"이게 웬일이냐? 에구머니 생사람을 이게 무슨 일이냐?"

모친은 숨이 턱턱 막히며 우는 소리를 떤다.

"떠 떠 떠들지 마라……."

딸과 외투 입은 원삼에게 부축된 남편은, 숨이 턱에 받는
소리로 말리었다.

"제 애비 에미를 죽인 원수란 말이냐, 사람을 이렇게 만들
수야 있니. 선생님은 어떠시냐?"

병화는 연력거꾼에게 부축이 되었는데, 그래도 걸음은 싱
싱히 걷는다.

"먼저 가서서 자리를 펴노셔요. 방에 불이나 때노셨는지?"

베두루마기 위에 외투를 입은 덕기가 병화 옆에서 걸으며
주의를 시킨다.

필순의 모친은 허둥지둥 앞서 달아난다.

"처음엔 청요릿집에 갔었습디까?"
하고 경애가 묻는다.

"청요릿집이라니?"

병화는 코피가 나서 손수건을 오려 막았기 때문에 코먹은
소리를 하나 흥분한 기운꼴 찬 음성이다.

"그럼 청요릿집 안 가셨구려? 망할 놈들."

"청요릿집에 붙들려갔던 게로군?"

"그렇다우. 어떤 놈들이 바커스로 와서 당신이 급히 오란
다고 하기에 따라갔더니 세 놈이나 앉아서 찧구 까불구 마냥
먹구……."

경애는 치가 떨리는 소리를 한다.

"그러기로 당신까지야 그럴 게 무어있나."

덕기가 한마디한다.

"손은 대지 않았겠지?"

병화가 천천히 묻는다.

"동네 건달 같은 놈들인데 무슨 짓은 안 하겠기에!"

경애는 악을 바락 쓴다.

"어떻게 합디까? 때립디까?"

병화는 자기 맞은 것은 여하간에 경애에게까지 손찌검을 했다는 데에 가슴이 아프고 분통이 터졌다.

"차차 이야기하죠. 한데 어디를 다치셨소? 결리거나 쑤시 진 않우?"

"쑤시긴……. 아무렇지도 않지마는 코피가 좀 나서……."

병화는 의외로 태연하다.

"어디서 뒹굴었기에 모두 진흙투성이슈? 몇 놈이나 돼요?"

"모두 여섯 놈이나 되지마는 술 먹은 세 놈이야 — 아마 그 놈들이 청요릿집에서 온 놈이겠지마는 — 도리어 혼 좀 났을 걸……."

겨우 상점 앞에 와서 불빛에 보니 그 꼴이란 당사자들도 놀라지 않을 수 없었다. 며칠을 두고 녹인 수렁이 거죽만 살 얼음이 잡힌 데서 30분 넘어나 뒹굴었으니, 양복은 진흙으로 배접을 한 거나 다름없고 손과 얼굴이란 차마 볼 수가 없다. 몸을 제대로 가누지 못하는 필순의 부친은 오히려 얼굴은 상 한 데가 없으나 병화의 양복은 넉절을 한 진흙 위에 선지피 가 고랑을 져서 흐르고, 입가는 사람 잡아먹은 범의 입이 저럴까 싶었다. 오른손등은 깨물렸는지 살점이 뚝 떨어져 나가고 그저 피가 줄줄 흐른다. 문전에 구경꾼이 모일까보아서 옆 골목으로 해서 안으로 데려다놓고, 씻기고 벗기고 하기에 한창 부산하였다. 그동안에 덕기는 이때껏 따라온 인력거꾼에게 후히 행하行下를 하여 돌려보냈다. 이것은 수하동서 타고 간 인력거꾼이다. 인력거는 삼청동 편돌층계 아래에 놓아두었기 때문에 이 사람은 다시 추성문 안으로 넘어가서 끌고 갈 모양이다. 덕기는 인력거를 타고 화개동으로 가서 '바깥애' 원삼을 불러가지고 앞장을 세웠으나 무슨 일이 있을까보아 인력거꾼까지 응원대로 데리고 다닌 것이었다.

그 다음에 덕기는 원삼을 시켜서 가게 빈지를 얼른 들이게 하고 일변 전화통에 매달려서 자기 집 단골 의사를 불러냈다.

그들은 일곱 사람의 작당이었다. 실상 그 중에서 한 사람만이 모든 내용을 알고, 이 한 사람이 지휘를 한 것이다.

한 사람에게 두 사람씩 매달려서 붙들어갔다. 맨 먼저 출입한 필순 부친이 근처에서 장맞이를 하던 사람에게 붙들려갔고, 병화를 지키던 한 패는 병화가 상점에서 뛰어나와서 내려가는 전차를 휙 집어타는 바람에 놓치고서 돌아올 때까지 반나절이나 장맞이를 하여 잡아간 것이다.

그러나 그 중에도 제일 곤경을 치른 사람은 경애이었다. 보지도 못한 사람이 와서 병화가 술이 몹시 취했는데 당신만 데려오라고 야단이니 잠깐만 가자고 서두르는 바람에 쫓아나섰던 것이라 한다. 안국동서 전차를 내려서 화개동 마루턱의 조그만 더러운 청요릿집으로 끌고 들어가는 대로 따라 들어갔더라 한다.

"병화 어디 갔나?"

"병화? 그놈 벌써 지옥 갔네. 만나고 싶건 지옥 가서 찾게."

저희끼리 이런 수작을 할 때는 겁이 또다시 더럭 나고 불한당 굴에 붙잡혀 왔구나! 하며 떨리었었다. 경애는 어떡하든지 빠져나오려고 앙탈도 해보고 꾸짖어도 보고 강권하는 대로 고분고분히 술잔도 들어보고 하였으나 기회를 엿보다 일어서려면 한 놈이 문부터 가로막는 데에 하는 수가 없었다. 그런 중에도 듣기 싫은 것은 병화에 대한 욕설이요, 또다시 놀란 것은 무턱대고 돈 내노라는 것이었다.

돈이라는 말에 경애는 어찔하였다. 모든 비밀이 탄로된 줄로만 알았었다. 병화도 그 때문에 벌써 붙들려가지나 않았나 애가 쓰이고 이 사람들이 형사들의 끄나풀이 아닌가도 싶던 것이었다. 그러나 경무국의 기밀비를 먹은 것을 내놓으라고 얼러대는 데에 가서 경애는 겨우 안심이 되었다는 것이다.

"언제부터 경무국에 드나들었나? 5,000원 나왔다더구나? 김병화에게 2,000원 주어서 장사시키면야 3,000원은 남았겠구나? 우리들에게 그것만 슬쩍 주면 우리 대장에게고 뉘게고 시치미를 때고 눈감아버릴 것이요, 당장에라도 보내주마꾸나."

이렇게 얼러도 대고 달래기도 하는 것을 듣고는 비로소 안심도 되고 속으로 코웃음을 쳤었다 한다.

"김병화에게로 가십시다. 그러면 김병화하고 의논을 해서 결정집시다 그려."

경애는 곧 들을 듯이 좋은 낯으로 선선히 나섰다. 그러나 그들은 듣지를 않았다. 나중에는 뺨을 갈기며 위협을 하였다. 이러기를 두세 시간이나 하다가 저희도 하는 수 없던지, 수군거리고 나서 병화를 부르러 간다고는 하였으나 이제는,

"너 가라 — 난 싫다."

하고 저희끼리 서로 밀고 한참 실랑이를 하다가 결국에 경애를 데려온 자가 술이 덜 취하였다 하여 어름어름 나가더니, 얼마 만에 데려온다던 병화는 안 오고, 또 다른 나이 지긋한 청년을 데리고 들어왔더라 한다. 주정꾼에게 또다시 실랑이를 받고 앉았던 경애는 하여간 맑은 정신을 가진 청년을 만난 것만 다행하였으나 이번에야말로 불한당의 두목이 들어온 것 같아서 속이 더 떨렸다.

이 청년이 쑥 들어서면서 배반杯盤이 낭자한 것을 보고 두 주정꾼을 나무랐다.

"무슨 술들을 웬 돈이 있어서 이렇게 먹는 거야? 저리들 나가!"

하고 눈을 부라리며 소리를 치니까, 두 청년이 쥐구멍을 찾듯이 슬슬 피해 나가는 것을 보고 경애는 어쨌든 마음이 시원하고 이 청년이 도리어 믿음직한 것 같기도 하였었다.

"언제 오셨나요?"

그 청년은 경애더러 앉으라 하고 점잖이 말을 붙였다. 경애는 이자가 시킨 일이구나 하는 생각으로 밉고 분하면서도 점잖은 수작에 더욱 마음이 놓이기는 하였다.

"당신이 나를 꾀어 왔소? 당신이 누구요?"

하고 경애는 덤벼들었다.

"나는 김병화군의 친구요. 미안하게는 되었습니다마는 묻는 말씀을 한 마디만 분명히 대답을 해주시면 곧 가시게 할

것입니다.”

이렇게 말을 꺼내놓고 병화의 쓰는 돈의 출처를 대라는 것이었다.

“남의 돈 쓰는 것을 내가 어떻게 알까요? 그까짓 말 묻자고 바쁜 사람을 속여서 이런 데로 끌어오셨나요?”

“그까짓 말이 아니라, 필요하니 이실직고를 하슈!”

“난 몰라요.”

“그럼 이것부터 말을 하슈. 저번엔 댁에 와서 묵고 간 사람 아시겠구려? 지금 어디 가서 있나요……..”

경애는 가슴이 덜컥 내려앉았었다.

두 청년이 기밀비 5,000원 논래를 하며 등을 쳐먹으려고 하는 것과는 달라서, 정통을 쏘며 족치는 데에 경애는 진땀이 빠졌었다. 달래고 어르고 하는 품이 여간 형사에 질 바가 없었을 뿐 아니라, 나중에는 서너 번 뺨까지 후려갈기며,

“너 같은 년이 농락을 부려서 김병화를 유혹하고 타락시킨 것이니까, 너부터 그대로 둘 수는 없다!”

고 곧 사람을 잡을 것같이 서둘렀다. 그런 말을 들으면 확실히 병화나 필순의 동지 같기도 하나 혹시는 동지인 척하고 속을 뽑는 것인지도 모를 일이요, 설혹 동지라도 발설을 할 일이 못 되니 경애는 맞아죽는 한이 있어도 — 하는 비장한 결심을 하였던 것이라 한다.

이렇게 부대끼기를 또 한 시간이나 하였을 때쯤 되어서 또 다른 보지 못하던 청년 하나가 기웃이 들여다보니까, 가만히 있으라 하고 나서는 수군수군하고 들어와서 “나는 바빠서 가기는 가지만 일간 다시 만날 기회가 있을 게니, 잘 생각해두

었다가 그때는 바른 대로 대야 돼!" 하고 의외로 뒤가 물게 총총히 가버리더라 한다.

이것은 병화를 불러다놓았다는 기별이 왔기 때문이었던 것이다. 병화는 일장 설화를 가만히 듣고 누웠다가,

"미안하우. 애썼소."

하고 위로를 할 따름이다.

그러나 경애는 그러고도 또 주정꾼들에게 붙들렸더라 한다.

"막 나오려는데 어디 숨었었던지 그 두 놈이 화닥닥 나오는 것을 보고는 참 정말 눈물이 핑 돌아요. 그래 하는 수 없기에 이번에는 취한 사람을 덧들여서는 안 되겠다 하고 또 얼마 동안을 살살 달래고 빌고 한 뒤에 셈을 해오라고 해서 요릿값을 선뜻 치러주니까 그제야 좀 마음이 풀리겠지요."

"그럼 술 사먹여가며 매맞은 셈쯤 되었구려?"

필순의 모친은 옆에서 남편의 허리를 주물러가며 분해 못 견딜 듯이 한마디한다.

"그건 어쨌든지 저희끼리도 말이 외착이 나니 그 웬일예요?"

하고 경애는 부은 뺨을 쓰다듬으며 묻는다.

"응, 한편에서는 기밀비니 어쩌니 하고, 두목가는 사람은 '그런 말'을 하니까 말이지?"

병화가 얼른 알아듣고 대답한다.

"그러나 무슨 일이든지 한두 사람 이외에야 아나. 그 아래서 노는 사람들이야 제멋대로 떠들 것이 아니겠소. 그뿐 아니라, 그 두 사람은 진정한 동지도 아니요, 말하자면 여기 집

적 저기 집적 하고 돌아다니는 덜렁꾼이거든.”

“내 그저 그런 듯싶더군! 기밀비 3,000원이 어디 있는지 저희들이 먹겠다고 허욕이 나서 덤비는 수작이 왜 그리 덜 익었누 했지.”

경애는 비로소 생긋 코웃음을 쳐 보인다.

“그따위 위인들이 무얼 하겠다고 하는 건가? 거기도 직업적 브로커가 있군.”

덕기가 분개를 하며 비꼰다.

“그러게 누가 탐탁히 일을 시키나! 그렇지만 그런 사람도 있어야 되거는! 무슨 일이나 혼자 하는 줄 아나? 우선 오늘 일만 해도 경애씨를 후림새 있게 불러오는 데는 난봉 깨나 피어보고, 덜렁대는 그런 모던 보이가 적임자요, 또 김병화가 기밀비를 먹었다 — 하는 소문을 내놓자면 그런 자들을 이용하는 것이 신문에 광고를 내는 것보다 훨씬 효과적이란 말일세. 그런 위인이란 저희 집 재산을 다 까불리고 이제는 요릿집은 고사하고 술 먹을 밑천도 없고 기생집에 가야 푸대접이요, 다마쓰기도 돈 들고 집에 들어앉았자니 갑갑하고 하니까, 일이 있으나 없으나 서울이 좁다고 싸지르는 축이니 발은 넓어서 안 가는 데가 없으니까, 필요한 때 무슨 말 한마디만 들려 내보내면 신문 호외 이상으로 당장 그 소문이 쫙 퍼지네그려. 또 그 대신에 소문을 알아들이는 데도 그만큼 유용한 정보망이 없다네. 내가 이런 장사를 벌인 것도 그런 사람을 먹여 기르자는 것일세.”

“흥, 붉은 맹상군孟嘗君일세그려? 하지만 아는 도끼에 발등이 찍힌다고 모가지 두엇 가지고 다녀야 하지 않겠나?”

“그야 주의를 해야지. 하지만 그 대신에 잘 양성만 해놓으
면 그 중에서 정말 동지를 얻을 수도 있거든.”

33. 장 훈

필순의 부친의 신음 소리에 둘러앉은 사람들은 하던 이야기를 가다가다 뚝 그치고 시계들을 치어다보며 그만 하면 올 때도 되었는데 — 하고 의사를 기다리곤 하였다.

필순의 아버지는 실상 아무 까닭도 없이 볼모로 붙들려 가서 이런 횡액에 걸린 것이다. 병화가 늦기 때문에 공연히 거레를 한 것이지마는 원래 그 축에서는 이 사람을 무능은 하여도 원로격으로 대접하는 터이므로 그 집 속에서는 경애와 같은 곤경은 치르지 않았었다. 묻는 것이 있으면 아는대로 대답할 뿐이요, '산해진'에서 점방을 보살펴주는 것도 상말에 목구멍이 포도청이라 해서 전후 체면 없이 앉았는 것이 아니라, 병화의 계획이 무엇인지는 모르되 그것을 도와주는 셈이라고 병화의 변명도 하여주었다. 병화가 와서 주민과 단둘이 격론을 하고 실랑이를 하다가 결국에 무사히 병화와 함께 풀려나왔던 것이다.

나와서도 큰 길로 총독부 앞을 돌아만 왔더면 이런 일은 없었을지 모른다. 그러나 이야기가 무사타첩된 데에 마음도

놓였고 밤이 든 터도 아닌데 경무대 앞만 빠지면 바로 거기
니 길을 돌 묘리가 없어서 추성문으로 들어서려고 마악 돌
층계를 올라서자니까 우선 비쓸하는 놈과 병화가 딱 마주치
며 어깨를 서로 스치고 지나쳤던 것이다. 물론 병화는 자기
는 자신이 있으나 필순의 아버지를 위해서 잠자코 층계를 올
라섰었다.

"되지않은 놈, 어디서 빌어먹던 놈이야?"

주정꾼이 모른 척하고 지나려는 병화의 고작을 낚아채는
바람에 싸움은 시작된 것이다. 컴컴한 속에 어디에 매복을
하였었던지 이것을 군호로 서너 명이 소리도 없이 우중우중
나서는 것을 병화는 벌써 알아차리고 닥치는 대로 집어쳤으
나 그러는 동안에 필순의 아버지는 대번에 나가자빠져서 저
지경이 된 것이라 한다.

요행히 행인이 오락가락하고 동네에서 뛰어나오고 하여
법석을 하는 통에, 마침 일이 되느라고 필순과 덕기의 일행
이 달려들어서 뜯어말려가지고 온 것이다.

필순은 삼청동 110번지를 허위단심 겨우 찾아가니, 손님
이 금방 나갔다는 말에 일편 마음이 좀 놓이기도 하나 기운
이 풀어지며 되돌아 나오려는데, 인력거에서 내린 덕기가 인
력거 등불을 앞세우고 원삼과 이리저리 집을 찾는 것과 마주
쳤던 것이다.

필순은 세상에 나와서 이때같이 남의 정이 고마운 것을 몰
랐고, 이때같이 덕기에 대하여 감사와 감격에 남 몰래 가슴
을 떤 때가 없었다.

"아무리 술들이 취하고, 입을 모으고 헌 계획적 테러기로

대로상에서 광고를 치고 그게 뭔가. 바로 조금 가면 다리 건
너 파출소가 있는데, 순사를 부르러 가느니 하고 법석들인가
보던데 결국 누워서 침 뱉기 아닌가? 주책없는 것들!"

이야기 끝에 덕기가 이런 소리를 하니까 부친의 어깨를 주
무르고 앉았던 필순은 덕기를 말끔히 치어다본다. 그 눈에는
점점 영채가 돌아오르며 입가에 웃음이 피어오르다가, 눈이
마주치자 찔끔하며 고개를 떨어뜨린다. 자기도 한 마디, 아
까 그 컴컴한 골목 속에서 타박타박 나오다가 덕기와 만났을
때의 감격을 이야기하려다가 만 것이다. 입 밖에 내느니보다
도 그 기쁨, 그 감격을 가슴 속에 혼자만 깊이 깊이 간직해두
는 것이 더 행복스러운 것을 느긋이 느끼는 것이었다.

의사가 왔다. 그의 시선은 우선 자리보전하고 누운 사람
에게로 가더니, 다음에는 뺨이 부풀어오른 경애에게로 갔다.
안팎에 사람이 늘비하고 백만장자의 손자인 덕기가 앉아서
부르는 터이라 도대체 어떤 영문인지 몰라서 의사는 눈치만
슬슬 보며 환자에게로 다가앉는다.

"허어, 늑골이 두 개가 상했군요. 어쩌다 이렇게 되었는지
원체 쇠약하신 모양인데, 바로 왼쪽 폐 위가 되어서 허……."

의사는 덕기의 얼굴을 치어다보며 기색을 살핀다. 덕기가
탐탁하게 뒷배를 보아주어서 고쳐주려는지 그 기미부터 떠
보려는 것이다.

"허어 그래요? 고럼 댁으로라두 곧 입원할 수 있을까요?"

덕기가 다가앉는다. 방 안은 긴장하여졌다. 의사는 알아
차린 듯이,

"그게 좋겠죠. 우센 뢴트겐을 좀 봐야 하겠는데, 가까운 의

전의전醫專에 교섭해볼까요?"

"어디든지! 보시다시피 여기는 착박하구 한시가 급하니까."

덕기가 동독을 하는 바람에 의사는 몸이 가벼워져서 점방으로 나가 전화를 걸어본다.

"밤중이라 뢴트겐은 어려우나 입원은 될 듯합니다. 어떠면 급한 대루 나하구 수술도 되겠죠. 이대루 두면 아무래두……."

의사는 여러 사람이 열좌하여 있느니만큼 대단한 의협심을 보인다.

이리하여 병화는 피가 난 턱밑과 손등에 약만 발라 달래 서 일어나고, 필순의 부친은 서둘러서 입원을 시키게 하였 다.

의사가 의전 병원에 있었던 관계로 전화로 당직인 친구를 불러내가지고 당장 입원을 시키고 밤을 도와 수술을 하게 되었다. 약관弱冠 조덕기의 한마디 말이지마는 천석지기가 된 조덕기의 소개다! 범연할 리가 없다.

병화도 입원하는 사람을 따라간다고 나섰으나 좌우에서 말려서 주저앉았다. 사실 몸도 아프거니와 필순 모녀가 따라가니까, 경애더러 혼자 집을 보랄 수도 없으니, 자기가 처지는 수밖에 없었다.

"누웠게. 자네 대신 내 감세."

덕기가 나서는 것은 의외이었다. 필순 모녀는 마주 보며 너무 고마워서 눈물이 나올 듯싶었다. 의사까지 따라 타고 택시는 떠났다. 집에서는 경애가 병화를 간호하며 묵을 차비를 차리었다. 정신을 차리고 조용히 앉으니 이제야 시장기가 든다. 필순의 어머니는 이때껏 아무도 손을 댄 사람이 없는 저녁 밥상을 내놓고 갔으나, 흥분된 끝이라 두 남녀는 저를 들려고도 아니하였다.

"병원은 어찌 됐누? 전화나 걸어볼까?"
하고 병화가 일어서니까,

"그만두세요. 내가 걸게. 찌개가 식기 전에 어서 잡수세요."
하고 경애가 앞장을 섰으나, 병화는 가만 있으라 하고 나가서 전화통에 섰다. 경애는 하는 수 없이 외투를 들고 나와 서 걸쳐주고, 방으로 다시 들어와 찌개를 화로에 놓는다.

"아무래도 지금 곧 수술을 할 모양이리는군. 암만 헤도 좀 가봐주어야 하겠는데……."

전화를 걸고 들어온 병화는 망단해서 밥 먹을 생각도 없어졌다.

"그렇게 위중하대요?"

"수술만 하면 별탈은 없다지마는, 까닭 없는 조군이 밤을 샌다는데 내가 가만 있을 수야 있나! 조군은 또 어쨌든 수술을 한다는데 모른 척할 수 있나."

"그두 그렇지만 어디 성하슈? 무정해 그런 게 아니라 하는 수 없는 사정이요, 덕기가 있어주마는 데야 당신이 가신다고 수술이 더 잘 될 것도 아니요……."

경애는 아무래도 내보내지는 않을 작정이다.

"그야 그렇지만 인사가 되었나."

"정 하면 내가 대신 갖다 오지. 그건 고사하고 성한 사람들이나 이 추운데 무얼 먹어야지요. 아주 여기서 무얼 시켜 보낼까?"

"응. 우선 그렇게 하는 게 좋겠지. 먹을 경황들도 없겠지만."

이번에는 경애가 점방으로 나가서 '소바' 집에 전화를 걸었다. '소바' 집은 여기와 병원 새에 있으니까, 시켜 보내기에 똑 알맞았다. 그 길에 병원에도 전화를 걸고 덕기를 불러내서 저녁을 시켜 보내니 필순 모녀를 먹이라고 일러놓았다.

병화는 경애가 전화를 거는 소리를 가만히 들으며, 필순네를 언제 친하였다고 저렇게 다정히 하나 하는 생각을 하면 고마웠다.

"벌써 수술실에 들어갔는데 30분만 하면 끝난다는군. 그리고 다아 간정되면 덕기가 이리 올 테니 아예 야기 쐬고 올 것 없다구!"

경애는 전화를 끊고 들어와서 이런 소리를 하며 상에 마주 앉는다.

병화는 가만히 듣고만 앉았다가 눈물이 글썽글썽하여졌다. 모든 사람이 가엾고 불쌍하고 그리고 다정하고 고마운 생각을 하면 저절로 창연하면서도 기쁘고 감격에 넘쳐서 눈물이 나는 것이다. 경애의 기구한 신세도 가여웠다. 그 경애가 오늘 자기 때문에 반나절이나 발발 떨며 감금을 당하고 얻어맞고 죽었다 살아난 듯이 고초를 겪은 것을 생각하면, 미안한 것은 둘째요 애처롭다. 또 그 경애가 지금 이 앞에서 저 시장한 줄도 모르고 도리어 자기를 위로하고 필순 모녀의 걱정까지 해준다. 그 마음부터 귀여우면서 가련한 것이다.

필순네 세 식구 ─ 현저동 아래턱 오막살이를 면하고 나온 지가 겨우 열흘도 못 되었다. 이제는 운이 겨우 터지어 아침 먹으면서 저녁 걱정은 않게 되었다고 좋아한 것도 꿈이 되고 남편은 갈빗대가 부러져서 생사가 오락가락한다. 살아나기로 성하게 다니는 꼴을 볼지 알 수가 없는 이 지경을 당한 두 모녀의 마음을 생각하면 측은도 하고 눈물이 아니 나올 수 없다. 또 그 당자는 어떤가! 감옥살이에 지치 고 나와서는 허구한 날 굶주리고 들어앉았다가 어쨌든 처자 나 굶기지 않게 된다는 바람에 마음에 없는 장삿속을 배우 겠다고 터덜거리고 다니다가 죄 없이 뭇매를 맞았으니 그 꼴도 마주 볼 수 없이 가엾고 딱하다…….

덕기 ─ 이 사람은 금고지기다. 그러나 금고지기로 늙지 않겠다고 보채는 배부른 서방님이니만큼 그에게도 또 숨은 고통이 있겠지마는, 팔자에 없는 고생을 하느라고 자기 대신 밤을 새워주는 것을 생각하면 어쨌든 고마운 일이다.

병화는 모든 사람을 사랑하는 마음이 가슴에 넘치었다. 분 한 끝에 센티멘틀한 기분만이 아니었다.

"장개석蔣介石도 결코 나쁜 놈이 아니야. 나쁘기는커녕 그 놈의 본심은 오늘 알았어! 알고 보니 그만한 놈도 없어!"

병화는 젓가락을 들다가 별안간 이런 소리를 혼잣말처럼 중얼중얼한다. 경애는 뭐요? 하는 듯이 고개를 쳐들고 멀뚱 히 바라본다. 이 사람이 잠꼬대를 하나? 너무 들볶여서 실성 을 했나?……. 겁도 났다.

"그게 무슨 소리슈? 장개석이가 어째요?"

"하하하…….."

이제야 제정신이 든 듯이 웃는다. 병화는 여러 사람들의 심성心性과 사정을 생각해보다가 거기 연달아서 무심하고 나 온 말이었다.

"장개석이 몰라? 하하하……."

또 웃는다.

"무에 씌셨소? 왜 이리슈?"

경애는 의아한 눈으로 바라보며 따라 웃지 않을 수 없다.

"이때껏 우리를 괴롭히던 장개석이 말이야? 장훈이 말이야!"

"그 사람이 장훈이래요? 장개석이야?"

두 사람은 마주 웃었다. 그 두목가는 청년은 조선에는 희성稀姓인 장가蔣哥이었다. 그래서 별명이 장개석이라 한다.

"그래 장개석이가 어쨌단 말예요?"

"자식이 의뭉하단 말이야."

병화는 밥을 두어 젓가락 떼어넣는다.

"무에 의뭉해요?"

경애는 너무나 의외의 소리에 눈이 똥그래진다.

"우리가 결국 그놈한테 한수 넘어갔어……."

시장한 줄도 몰랐던 장위를 건드려노니까, 무작정하고 들어오라는 모양이다. 젓가락도 안 드는 경애에게 권하기만 하면서 연해 퍼넣는다.

"천천히 잡수세요. 이야기나 해가며……."

몸아픈 사람이 체할 것도 걱정이지마는 이야기를 듣기도 경애는 급하였다.

그러나 병화는 먹기가 급하다. 밥 한 그릇을 후딱 먹고 나는 것을 보고 경애는,

"에그 체하시겠소."

하고 애를 쓰면서,

"그래 이야기를 하세요."

하고 말뒤를 채친다.

"무어?"

잊은 듯이 딴청이다.

"장개석인가 장훈인가 말예요!"

"응, 그건 그쯤만 알아두어요."

"누구를 놀리슈? 못할 말이면야 왜 애초에 꺼냈더란 말
씀요?"

경애는 병화가 그래 자기를 못 믿고, 어느 한도 이외에는
실정을 토하지 않는 것이 늘 불만이었다.

병화는 담배만 피우고 앉았다가 가만히 누워버린다. 한 팔
은 뼈근하고 속으로 아프고 한 손은 쑤시고 부어올라왔다.

"여자라고 해서 못 믿으시지만, 그런 것은 구식 — 봉건 사
상이에요! 구태여 알자고 애를 쓰는 것도 아니지마는, 영문
을 시원스럽게 알고나서 얻어맞아가며 다녀야지! 그것도 아
주 처음부터 내가 관계 안한 것이면 모르지만."

경애는 토라진 수작을 하며 밥상을 내다놓고 자기 주머
니 에서 해태표를 꺼내어 화롯불에 뱅뱅 돌려가며 골고루
붙인다.

똑똑 똑똑……. 담배 파우, 담배 파우…….

남자의 목소리다. 눕고 앉고 한 사람은 귀를 세우며 마주
보았다.

"어렵지만 좀 나가보우."

말이 떨어지기 전에 경애는 벌써 방문 밖으로 나갔다.

"무슨 담배예요?"

안에서 소리를 치며 질러놓았던 조그만 안빗장을 빼니까 빈지짝에 달린 셋문이 밖으로 펄쩍 열리며 찬바람이 확 끼치고, 뒤미처서 꺼먼 두루마기를 입은 자가 꾸부리고 기어 들어온다.

경애는 머리끝이 쭈뼛하며, 한 걸음 뒤로 물러섰다. 하마터면 소리를 칠 뻔하였다.

거기에 미소를 띠고 우뚝 선 사람은 아까 청요릿집에서 시달리고 족치던 그 무서운 청년이다 — 지금 병화가 금방 말하던 '장개석'이다. 장훈이다.

검정 두루마기에 꾀죄죄한 목도리를 비틀어 끼우고 흰 고무신에 중같이 덧버선목이 대님 위로 올라오게 신은 양이 변장한 형사 같으나 분명히 아까 본 그 사람이다.

사람을 놀리는 듯한 미소를 여전히 머금고 턱으로 안을 가리키며,

"김군 있나요?"
하고 제잡담하고 올라가려 한다.

경애는 아까 병화에게 들은 말이 있는지라 다소 안심은 되나, 이 밤중에 별안간 달려든 것을 보니 그래도 미진한 것이 있단 말인가? 또 작당을 해오지나 않았을까, 하는 의심도 나서,

"가만히 계시오."
하고 제지를 하여놓고 밖에 누가 또 있나 없나를 보려고 문을 다시 열려니까, 그동안에 병화가 부스럭부스럭 일어나 나온다.

"어서 올라오게."

병화는 놀라는 기색도 없고 그렇다고 반기는 양도 아니다.

"응, 마침 잘됐네. 올라갈 건 없고 궁금해서 잠깐 들렀네."

하고 붕대 처맨 손으로 눈을 주며,

"과히 다친 데는 없나?"

하고 웃는다. 아프냐고 물어가며 때리는 사람도 이 세상에는 있는지? 덜 다쳤다면 더 때려주마고 쫓아왔는지? 때려놓고 위문 오기란 술 먹여놓고 해장 가자 부르러 오기보다도 더 친절한 일인지?……. 병화의 대답이 또 요절을 하겠다.

"나는 그만하면 겨우 연명은 되네마는, 이 동무(필순의 부친)는 갈빗대가 단 하나 부러셨다데."

하고 병화는 손가락 하나를 쳐들어 보인다.

"허허……."

'장개석' 군은 염치 좋게 너털웃음을 내놓더니,

"그래 누워 있나?"

하고 묻는다.

"부러진 갈빗대는 두면 무얼 하나? 성이 가시다구 아주 빼내버리려 갔네."

"허허허……."

또 허허허…… 다.

"자네 소위증 안 나나? 가는 길에 의전 병원에 들러보게. 지금쯤 오려내놨을 테니 물고 가서 쟁여를 먹든 구워를 먹든……."

병화도 빙긋해 보였다.

"허허허……. 자네 노했나?"

"노할 거야 있나마는 어린애들을 시켜서 늙은이를 그게

무슨 짓인가?”

병화는 눈을 찌푸리고 입을 삐쭉해 보인다.

“게다가 백정놈들 모양으로 연장까지 가지구!”

“여보게 XX사 사람 들으리! 하지만 이 세상 놈들 쳐놓고 어떤 놈은 인백정 아닌가?”

‘장개석’ 군은 코웃음을 치다가,

“하여간 미안하이. 그렇게까지는 하지 마라고 단속을 하였건만 그예 그렇게 되고 말았네그려. 하나 지난 일을 어쩌나. 자아, 난 가네. 어떻게 됐나 궁금해서 잠깐 들른 걸세. 아까 내 말대로 오해는 결코 말게.”

장훈은 훌쩍 나가버렸다.

옆에 섰던 경애는 어이가 없어 말이 아니 나왔다. 이 사람들이 참 정말 실성들을 하였단 말인가? 자기네 딴은 운치 있는 농세상으로 알고 있는 짓들인가? 서로 약은 체를 하고 서로 딴죽을 걸어 넘기는, 패를 쓰는 것이란 말인가? 귓구멍이 막힐 노릇이다.

“사람이 죽네 사네 하는데 그것들이 희락요? 무엇들요?”

경애는 문을 단단히 잠그고 들어와 앉으며 시비를 한다.

“저도 겁이 났든지 애가 쓰이든지 해서 위문을 온 모양이지.”

병화는 번듯이 누우며 웃어버린다.

“꼬락서니하고 할일이 무척 없는가봐. 사람 죽여놓고 초상 치러주러 다닐 놈 아닌가! 그게 고작 한다는 일이야?”

경애는 분하고 미워 죽는 모양이다.

“그런 게 아니야. 제 딴은 나를 위해서 기밀비를 먹었다고 소문을 내놓은 것이라서, 젊은 애들이 들고 일어나서 너무 날뛰니까 끌어간 것이오. 손찌검을 하지 마라고 당부한 것도 사실은 사실인 모양이야."

"어림없는 소리두 퍽 하우. 면에 못 이겨서두 그렇구 뒷일이 무서워두 그렇게 말할 거지. 누가 내가 시켰다고 할까. 또 돈만 해두 하필 경무국 기밀비만 돈일까. 정말 당신 일을 위해서 헛소문을 내어준다면 친구가 대어준 것이라든지, 하고 많은 말에 꼭 기밀비 문제를 꺼낼 게 무어더란 말씀요?" "응, 그런 게 아니지. 피혁이가 여기 들어와서 실상은 나보다도 상훈이를 먼저 만난 선 사실인 모양이야. 장훈이의 말은 이렇거든 — 어디서 뉘게 얼마를 주었는지 나는 안다. 아는 사람은 주고받은 사람 외에 두 사람이 있다. 홍경애와 자기다. 그런데 그 돈으로 별안간 홍경애와 반찬 가게를 열었으니, 둘이 먹어버리고 입 쓱 씻으면 그만인 줄 아느냐? — 장훈이의 첫째 문제가 이거란 말이야."

먹어도 소리도 없이 슬금슬금 먹어버리거나 뒤떠들고 가게를 벌이고 하면 당국에서나 동지간에 기밀비가 아니면 밖에서 들어온 돈이라고 단통 떠들 것이니, 그리고 보면 남의 일까지 방해될 것이다. 더구나 형사들이 거죽으로는 김병화가 마음잡았다고 추어주고 다니지마는, 실상은 무슨 냄새를 맡아내려고 다닐 것이다. 벌써 냄새를 맡았는지도 알 수가 없다. 턱 걸리기만 하면 이따 어떻게 될지, 내일 어떻게 될지 마음을 놓고 일을 할 수가 없다. 병화가 붙들려 들어가서 피혁의 사건이 단서가 난다면 장훈도 단박에 경을 치는 판이다. 그리고 보니 첫째는 장훈 일파와 읍각부동邑各不同이라는 것을 저들에게 알릴 필요가 있다. 전기는 절연체絕緣體로 막아버리듯이 딱 끊어버리면 장훈에게 불똥이 튀어올 리는 없다. 또 만일 외국에서 들어온 돈 때문에 시비가 난 것을 당국이 노려보더라도 얻어맞은 놈이 먹었다 할 것이요, 때린 놈은 못 얻어 먹은 분풀이를 한 것이라 할 것이니, 장훈에게는 유리한 발뺌이 될 것이다. 장훈은 앞질러서 변명을 해두자는 것이다.

둘째는 김병화를 반성시키자는 것이니, 계집에게 빠져서 그렇든지 돈에 팔려서 그렇든지 간에 둔마된 투쟁욕을 각성시키고 회복시키자는 것이다. 또 그리함으로 말미암아 타 락해가는 다른 동지에게 볼모를 보이고 징계를 하는 방부제 로 쓰자는 것이다.

셋째는 기밀비를 먹었다고 소문을 내놓아야 장훈 일파와 충돌이 일어날 이유가 생기기도 하지마는 한편으로는 병화에 대한 경찰의 의혹이 엷어질 것을 생각한 것이다. 기밀비란 한 군데서만 나오는 것도 아니지마는 저희끼리도 어느 구멍에서 어떻게 나왔는지를 모르기 때문에 특별한 사건이 생기지 않으면 세상에서 떠드는 대로 그런가보다 하고 내버려두거나 도리어 저의 끄나풀로 이용하려 드는 것이다. 사실 지금 병화가 이용을 당하고 있는지는 모르겠으나 아무리 이용이 된대도 설마 피혁이 다녀나갔다는 것까지 알려 바칠 리가 없겠고, 또 만일 병화가 무슨 일을 은근히 한다면 당국의 주의가 엷어지느니만큼, 일시 오해를 받는 것이 성이 가시기는 해도 도리어 편한 점도 있을 것이다. 이것은 만일의 경우에 병화의 뒷길을 터주자는 것이다.

　　물론 장훈은 제 비밀을 한마디도 입 밖에 내지 않았다.
　　장훈의 말은 간단하였었다.
　　"자네 그 돈 내게 주게."
　　장훈은 맡긴 돈처럼 만나는 길로 손을 내밀었다.
　　"돈이 무슨 돈인가?"
　　"두말 말고 내놓게. 반찬 가게 하라고 준 것도 아니요, 홍경애 용돈 쓰라고 준 것도 아니니까."
　　"자네 언제 내게 돈 맡겼나?"
　　장훈은 아무 말 안 하고 벽장에서 뚤뚤 뭉친 봇짐을 꺼내서 툭 던지며,
　　"그럼 이걸 사가게!"
하였다.
　　"무언가?"
　　"무어나마나 풀어보게그려. 그 값어치는 될 게니."
　　병화가 안 펴보니까 장훈이 폈다. 검정 두루마기와 구두 한 컬레와, 그리고 조그만 백통 권총 한 자루.
　　"이 두루마기 눈에 익겠네그려?……. 이 구두도 보았겠네그려?"
　　장훈은 셋째로 권총을 가리키며,
　　"이것은 자네게 쓰자는 것은 아니었으나 자네가 이것도 안 사간다면 그 값에 자네 목숨을 내가 사겠네. 그 대신 그 돈은 홍경애에게 유산으로 주면 그만 아닌가!"
　　이때의 장훈의 입가에는 그 독특한 쌀쌀한 미소가 떠올라왔었다.
　　"알았네! 그러나 지금 사지는 못하겠네. 돈으로 사지는 못

하겠네."

"무엇으로 사겠나……."

"목숨으로!"

"그럼 자네 지금 하는 일은 무언가?"

"보호색保護色! 사람에게도 보호색은 필요한 걸세."

두 사람의 문답은 간단 명료하였다.

"그럼 두말 안 하네. 이 두루마기와 구두만 해도 자네가 변장을 시켜서 내보낸 증거는 확실하니까, 아무리 변심을 하는 한이 있어도, 후일 자내 입으로 탄로는 못 시키렸다? 자네만 아니라 두루마기 임자며 그 딸 그 아내…… 여러 사람이 엇걸렸으니까! 그러기에 내가 이렇게 한만히 자네게 보이는 것일세……."

"어쨌든 어서 집어넣게. 그리고 자네가 가지고 있는 것은 위험하니 잘 처치를 하게."

아까 삼청동에서 만나서 한 이야기는 이것뿐이었다.

병화가 장훈과 만나던 일장 설화를 듣다가 경애는 놀라는 기색도 없이,

"그런데 그이가 게다가 벗어놓고 갔을까?"

하고 눈만 깜박거린다.

"두루마기가 원체 작아서 장훈이 것과 바꿔 입었다는군. 그때 바로 서울을 떴을 줄 알았더니, 어디 가서 앉아서 장 훈이까지 만나고 간 거야."

경애는 고개를 끄덕여만 보인다.

피혁은 경애집에서 달아날 때, 병화가 사다가 준 고무신이 댓가래 같아서 걷기 어렵기도 하고, 급한 판에 조선 버선

을 바꿔 신고 하기가 거추장스러워서 그대로 신던 구두를 신고 갔는데, 그것도 장훈에게 벗어 맡기고 간 모양이다. 그러나 육혈포가 웬 것인지? 그것만은 장훈도 그 다음 말을 안 하였다.

장훈은 언제 무슨 일로 가택수색을 당할지 모르니까, 두루마기와 구두는 집에서 입고 끌던 것이요, 무기만 다른 데 감추어두었던 것을 찾다가 오늘 활극에 잠깐 쓴 것이었다.

"제가 정말 그러면야 부하를 시켜서 사람을 죽도록 패기까지 할 거야 무어 있겠소?"

경애는 그레도 미심쩍었다.

"그렇지 않아도 헤어질 때 혹시 그놈들이 가만 있지 않을지 모르니 조심하라고 은근히 일러주더군."

"참, 당신두 왜 이렇게 어림이 없으슈? 뒤로 일러주기까지 할 테면야 부하를 그리 못 하게 말릴 게 아니겠소."

"응, 그렇게만 나하고 수군거린 뒤에 당장 표변을 해서 도리어 말리면 그놈의 기밀비인가를 둘이 나누어 먹기로 타협이 되었다고 부하들이 들고 일어날 테니까, 장훈이 역시 암만 부하라도 그 당장에는 어찌하는 수 없거든. 그뿐 아니라 장훈이로서는 어느 때든지 육박전이 한번 나서, 우리 둘새는 영영 갈라섰다는 것을 세상에 알리자는 것이거든! 그래야 서로 일을 하기가 편하고 나 역시 기밀비를 먹고 반동분자로 회에서 제명을 당하였다는 소문이 나는 것은 해롭지 않은 판에 도리어 잘 된 셈이지. 당신하구 필순이 어른만은 좀 가엾게 되었지마는……."

"좀만! 요행 나는 갈빗대만 안 부러졌을 뿐이지 그런 봉변은 난생 처음이니까!"

하고 경애는 암만 해도 분해서 핀잔을 준다.

"그는 그렇다 하고, 아무려면 당장 칼부림이 날 줄 알면서 멍텅구리처럼 어슬렁어슬렁 이 밤중에 그 무서운 길로 들어서는 사람이 어디 있단 말요?"

"그렇지 않아도 돌아올까 하다가 그놈들 주정꾼을 마침 만났는데, 그놈들도 오늘 그 일에 한통속일 줄야 알았나. 애초에 나를 부르러 온 놈들 역시 테러패(폭력단)들이기에 걸렸고나 하는 생각은 하였어도 장훈이가 시킨 것일 줄은 천만 의외이었거든! 딱 가보니 그놈이겠지."

"에이 듣기 싫소! 그 천치 같은 얼빠진 소리 그만허구 정신 좀 차려요. 장가에게 한 수 넘어갔다지만 한 수는커녕 두 수 세 수…… 나중에는 몇백 수나 넘어갈지? 참 수났소!"

경애는 열이 나서 퍼붓고 코웃음을 친다.

"왜?"

"왜가 뭐예요! 안팎 벽을 치고 알로 먹고 꿩으로 먹고 하자는 수작이 뻔하지! 그래도 정신이 덜 나신 게로구려?"

경애는 혀를 찬다.

"설마……."

병화는 자신 없는 눈초리로 빙그레하며 눈을 껌벅거리고 천장만 바라보다가,

"그럼 그 두루마기고 권총이고는 어디서 났더람?"

하고 경애의 얼굴을 귀엽다는 표정으로 대답을 구하며 치어다본다.

"그리게 알로 먹고 꿩으로 먹는단밖에! 그이(피혁)는 벌써

반죽음은 되어서, 지금쯤 어느 유치장 속에서든지 꿍꿍 앓아 누웠을 것이오. 장가야말로 그 신이야 넋이야 하는 기밀비를 먹어도 상당히 먹었을 게지?”

“설마…….”

“설마가 사람 죽여요! 이 밤이 못 새어서 오토바이 한패가 달려들 테니 두고 보슈!”

경애는 입술을 뾰족해서 내던지듯이 핀잔을 준다.

“결단코 그럴 리 없지!”

병화도 마음이 오락가락하였으나 조금 있다가 용기를 뽐 내어서 단연히 이렇게 한마디히였다. 그러나 경애는 귓가로 듣는다.

“어쨌든 오늘 예서 주무시지 맙시다.”

“별소리를! 정 그렇게 마음이 안 뇌거든 집으로 가서 자 구려.”

병화가 도리어 핀잔을 준다.

“당하면 같이 당하지! 집에 가서 자면 마찬가지 아닌가?”

말이 떨어지기도 전에 전화가 따르르 따르르 하고 불만 환 한 점방에서 울린다.

“병원에선가?”

경애는 입으로는 이런 소리를 하였으나 도깨비 이야기 한 뒤에 밖에 나갈 때처럼 가슴이 설레며 머리가 으쓱해졌다.

“긴상 있습니까?”

전화통을 떼어든 경애의 얼굴은 해쓱하여졌다. 일본말 발 음이 조선 사람 같지 않기 때문이다.

“누구세요? 왜 그러세요?”

경애의 혀는 뻣뻣하여졌다.

"나는 금천이올시다."

경애도 상점을 벌인 뒤로 이 사람을 몇 번 만나서 안다. 그러나 부전부전히 인사할 경황도 없어 그대로 수화기를 앞 턱에 놓고 뛰어들어갔다.

"누구? 금천이?"

병화는 누운 채 묻는다.

"어떻게 하시려우? 없다고 할까?"

경애는 놀란 기색을 감추려 하였다.

"받지!"

하고 병화는 낑낑 일어난다. 경애도 없다고 한들 소용 없을 것을 돌려 생각하였다.

"허허, 용하게 아셨구려?……."

"아 — 니, 손등을 좀 다쳤지만……."

"무얼 취해서들 그런 거지요……."

"글쎄 — 하하하……. 그렇게 흔한 기밀비면야 나 같은 놈도 좀 주었으면 고마울 일이지만 핫하하……."

저편에서 껄껄 웃는 소리도 수화기 옆에 붙어 섰는 경애에게까지 들린다.

"내일 아침 아홉 시? 예, 가지요. 그러나 거기서 잴 필요야 없지요? 아무쪼록 깨어서 내보내주시지요."

"예 —, 그럼 내일 뵙지요. 안녕히 주무십쇼."

전화는 탁 끊었다. 병화의 '하하하'가 연발되면서부터 경애의 얼굴을 펴며 따라서 싱긋 하고 섰다가, 전화통에서 떨어지자 병화의 성한 손에 매달리듯이 붙들며,

“내일 오래요?”

하고 묻는다.

“응! 그런데 그 취한 패가 붙잡혔다는구먼!”

“어떻게서?”

“모르지. 궐자厥者가 나를 놀리는데, 기밀비를 혼자만 먹지 말고 한턱 낼 일이지 동냥도 아니 주고 쪽박 깨뜨리는 셈으로 때려만 주었느냐는군.”

“헌데 그놈들이 경찰서에까지 가서 기밀비 논래를 한 게지.”

“그야 취중에 오죽들 쌌을라구. 그러나 오늘은 유치장에 재고 안 내보낸디는데.”

“고소해라!”

경애는 자기 감정을 과장하여 입으로는 이런 소리를 해 도, 유치장에서 잔다는 것이 그렇게 고소할 것까지는 없었다.

그러나 내일 왜 오라나 그것이 경애에게는 또 걱정이었다. 당장 와서 데려가지 않는 것을 보면 사건을 중대시하는 것이 아닌 모양이기는 하나, 어디로 뛸 염려가 없으니까 슬며시 늦춰주어놓고 거동을 보아가며 차츰차츰 옭아너려는 술책이나 아닐까, 경애는 그것이 걱정이었다. 병화도 그런 염려가 아주 없지는 않으나 경애를 안위시키느라고 도리어 경애의 신경과민을 웃어주었다.

덕기는 자정 가까워서 전화만 걸고 자기 집으로 돌아갔다. 늦기도 하였지마는 경애와 단둘이만 있는 데 오기가 싫기 때문이었다. 하여간 수술한 경과는 양호하다 한다.

흥분과 혼란과 신음 속에서 밤을 드새고 나서 신새벽에 병화는 경애만 남겨두고 병원으로 달아났다. 병 위문도 급하고

손등의 붕대도 갈아 매야 하겠지마는 아홉 시에는 경찰서에
출두할 것이 커다란 일이었다.

오늘은 가게도 못 열었다. 며칠 안 되는 터에 안 열어서는
안 되었으나, 사람도 없고 자고 나니까 손이 더 쑤시고 저려
서 빈지부터 여는 수가 없었다. 그러나 다행히 병화가 나서
자 필순이 달려들었다.

아침밥 후에 모친과 교대하기로 하고 가게를 내려온 것
이다.

병화는 길에서 만나서 역시 가게를 쉬자고 하였으나, 필
순은 들어오는 길로 가게를 부랴부랴 내였다. 경애도 벗고
나서 한몫 거들었다.

"선생님은 나 혼자만 맡겨두는 게 미안하다고 그러시지마
는, 안 열면 되나요. 단골도 있고 한데. 이런 때일수록 할 건
제대루 해야지요."

필순이 이런 소리를 할 제 경애는 필순이 다시 한 번 치어
다보았다. 고맙고 기특하다고.

"한 시간만 견습을 하면 나 혼자도 볼 수 있으니 물건 값부
터 가르쳐주고 병원에 어서 가보우."

"천만에요, 난 무얼 아나요."

두 여자는 다른 걱정 다 잊어버린 듯이 깔깔대어가며 의
초 좋게 가게를 보았다. 조금 있으려니 원삼이 터덜터덜 온
다. 병화가 가다가 오늘만 일을 보아달라고 불러 보낸 것이
다. 원삼은 오는 길로 벗어부치고 달려들었다.

"이래봬두 무어든지 할 줄 압니다. 밥두 짓구 국두 끓이구

배달을 나가라시면 자전거도 탈 줄 압니다. 그러나 여기 서
방님같이 사람은 치고 다닐 줄 모릅니다."

원삼은 여자들을 웃겨가며 빗자루부터 들고 나서 서둘러
댄다.

34. 소녀의 애수

아침 한 차례 판 후에 경애가 틈을 타서 집과 바커스에 다녀오기를 기다려 필순은 병원으로 뛰어가 모친과 교대를 하였다. 그때까지 병화는 경찰서에서 나오지 않았다.

필순은 병상 앞에서 지키고 앉았다가 부친이 잠이 혼곤히 드는 것을 보고, 가만히 나와서 유리창 밖으로 길거리를 내다보고 섰었다. 마주 보이는 것은 개천을 새에 두고 부연 벌판에 우뚝 선 옮겨온 광화문이다. 날이 종일 흐릿하여 고단하고 까부러지는 필순의 마음은 더 무거웠다.

무슨 연鳶들을 개천 속에서 날리는지 두 패 세 패가 조무래기들에게 휩쓸려서 법석들이다.

'오늘이 명일이로군. 연이고 널이고 내일까지뿐이다!'

이런 생각을 하니 언제라고 남의 집 처녀들처럼 새옷을 입고 널을 뛰고 다니고 하며 설을 쇠어본 일도 없지마는 올해에는 널 뛰는 소리도 들어봤던가 싶다. 어쩐지 자기만은 어려서부터 세상 처녀들과는 똑 떨어진 딴 세상에서 자란 것 같다.

공연히 세상이 쓸쓸하고 처량한 생각에 잠겨 들어가서 맥을 놓고 한참 섰으려니까 실컷 울고 싶기도 하고 무엇인지 깜짝 놀랄 만한 일이 닥쳐올 듯이 마음이 덜렁덜렁하는 것 같기도 하여 지향을 할 수가 없는 것을 깨달았다. 그러나 그 놀랄 만한 일이란 결코 불행하거나 슬퍼서 가슴이 터지게 울 것 같은 그런 일 같지도 않고, 그렇다고 덜퍽지고 시원스럽게 깔깔 웃을 일도 아닐 것 같으나, 무엇인지는 알 수 없는 행복스런 그림자가 노곤한 봄날에 단잠이 소르르 올 듯이, 차츰차츰 손닿을 데까지 기어드는 것같이 공연히 마음에 키이는 것이었다. 처녀가 혼인 날짜를 받아 놓았을 때와 같이 울고 싶은 것도 아니요 웃고 싶은 것도 아닌 것 같으면서, 역시 울고도 싶고 웃고도 싶은 그런 얼떨떨한 공상에 잡혀들어 가나 기실은 무엇을 공상하는지 아무것도 머리에 떠오르는 것은 없다. 다만 가슴 속이 답답하면서 근질근질하여 시원스런 사이다 한 고뿌를 마시거나, 손이 닿는 데면 살살 긁어보고 싶을 뿐이다.

필순의 머리에는 어느덧 덕기가 안 오나? 하는 생각이 떠올라와서 병원 앞으로 향하여 오는 사람이면 유심히 바라본다.

아침에 상점으로 전화를 걸고 병화를 찾다가 필순이 받으니까, 간밤 경과를 묻고 나서 이따가 병원으로 오마고 하였던 것이다.

— 그러나 지금 그이가 오나보다 하고 기다리고 섰는 것은 아니다. 도리어 와도 성이 가시고 부끄러워…….

필순은 혼자 속으로 이렇게 변명을 하며 머리에서 덕기 생

각을 쓱쓱 지워버리려니까, 이번에는 덕기의 누이동생이라
는 처녀가 머리에 떠오른다. 한 번도 보지는 못했으나 행복
스럽게 깔깔대며, 큰 집 속을 휘젓고 다니는 곱게 꾸민 예쁜
아가씨로 상상이 되는 것이다. 고 또래의 계집애들이 모여
서서 널을 뛰고 발깍 뒤집으며 노는 양이 눈에 보이는 것 같
기도 하다.

— 어떻게 팔자가 좋으면 일생을 그렇게 아무 근심 걱정
없이 지내누?

부러운 듯이 이런 생각을 한 것조차 부끄러운 듯이 얼굴
이 발개지며, 그 생각도 잊어버리려 하였다. 아버지와 김선
생이 좌우에 서서 "지각없이 못 생긴 소리 작작해!" 하고 소
리를 치는 것 같아서 정신이 반짝 들며 병실 문편을 해죽 돌
려다보았다. 부친의 음성이 분명히 들리는 것 같아서, 가까
이 가서 방문을 가만히 열어보니, 세 개가 놓인 침대 중에 저
편 창문 밑으로 누운 부친은 그대로 자는 모양이요, 다른 병
인들의 하얗게 센 얼굴들만 이리로 향하며 기웃한다. 필순은
문을 곱게 닫고 섰던 자리로 다시 와서 선다.

— 하루에 입원료가 3원씩, 한달이면 90원……. 하루에 팔
리는 것이 처음이라 그런지 5원 어치나 될까말까한데, 게다
가 몇 식구씩 매달려서 먹고, 입원료 치르고……. 이익은 고
사하고 이러다가는 밑천째 들어먹겠다…….

필순의 생각은 또다시 어두워들어갔다.

— 어쨌든 이불이나 한 채 어서 만들었으면…….

필순이 한시가 급해서 애절을 하는 것은 부친의 금침이다.
부친이 삼동을 난 때묻은 백지장 같은 차렵이불을 들쓰고 누

운 양은 차마 볼 수가 없다. 남 볼상에도 얼굴이 뜨뜻하고 창피하다. 병원 이불을 한 채 주마고는 하는데, 뒤집어씌우는 껍질을 빨러 가서 오지 않았으니 조금만 참으라는 것이다. 게다가 먼저 들어온 사람이 좋은 자리를 차지해서 한데로 난 창 밑이라 외풍이 심하다. 병화가 아까 와서 보고 이불이 추울 테니 자기 것을 가져다가 더 덮어드리라고 하더란 말을 모친이 집에 와서 하나, 다다밋방에서 자느라고 일전에 일본 이불 한 채를 사다가 며칠 덮지도 않은 것을 염치없이 갖다가 더럽힐 수도 없지마는, 당장 병화는 무얼 덮으라고 가져올까……. 필순은 꽁꽁 앓으면서 입 속으로 돈! 돈! 할 뿐이다.

— 저러다가 고뿔이나 들리셔서 폐렴이 되고 더치시면 어쩌누?…….

겁이 펄쩍 난다. 상여 뒤에 따라가는 자기 모양이 눈앞에 떠오른다. 눈물이 핑 돌며 고개를 흔들었다. 그러자 유리창에 물이 묻었는지 눈에 눈물이 가렸는지 어른어른하며 비스듬히 아래로 양복 입은 덕기가 종친부 다리를 건너서려는 것이 내려다보인다.

가슴의 피가 머리로 쭉 솟는 것을 애써 가라앉히며 필순이 눈물을 살짝 씻고 내려다보니, 덕기는 벌써 다리를 건너섰다. 여기서 먼저 알은 체를 할까 하다가 그만두어버렸다. 유리창을 열고 손짓을 하여 보이며 반기는 웃음의 인사 한마디라도 내려보내고, 아래서는 되받아 올려 치치고 하면 그 얼마나 운치 있는 일이요 유쾌한 일이랴마는 지금의 자기 처지는 그러한 화려한 행동을 막는 것을 필순은 잘 요량하고 달뜨려는 제 마음을 걷잡았다.

웃음 한 번이라도 절제를 하는 것은 자기 부친이 병석에 있어서만이 아니다. 신분이 틀리고 교육이 다르고 빈부가 갈리고 그리고 계급이 나뉜 그 사람에게 함부로 웃어 보이고 따르는 눈치를 보이는 것은 아양이나 부리는 노는 계집 같을까 하여, 필순의 자존심이 허락지를 않는다. 그러나 저편이 고맙게 구는 것이 고맙지 않은 게 아니요, 그와 지체와 재산과 교양을 벗어놓은 덕기란 사람만은 어딘지 모르게 우아하고 탐탁하고 언제 보나 반가운 것을 또 어찌하랴. 필순은 언제든지 반갑고 기꺼운 웃음이 눈매와 입가에서 피어 나오다가는 무슨 바늘 끝이 옆구리를 꼭 찌르는 것처럼 살짝 감추는 것이었다. 그러나 두 번 감추면 두 번 만큼, 열 번 감추면 열 번만큼 마치 흐린 날 연기 서리듯 마음에 서려서 남아 있으리라. 또 그것은 압착壓搾된 산소나 질소 같은 것이다. 고화固化 하면 살에서 나오는 '무' 처럼 일생의 고질이 되어 비지같이 뭉크러 나와서 큰 흠이 질 것이요, 그대로 서려 있다면 언제든지 한 번은 폭발이 되고 말 것이다.

병원 문 앞까지 다가온 덕기는 벌써 알아보고 위층을 쳐다보며 웃는다. 필순도 미소로 대답을 하고, 창 앞을 떠나서 찬찬히 층계로 향하였다. 내려가서 맞으려는 것이다.

현관에서 올라온 덕기와 만나서 나란히 돌쳐서려니까 밖에서 자전거를 버티는 소리가 나며 문을 열고,

"서방님!"

하고 부른다. 원삼이다.

"벌써 넘어오셨에요?"

원삼은 꾸뻑하고 일변 자전거에 실은 짐을 풀어 들여다노

려 한다.

"응, 애썼네."

덕기가 받으려니까 필순이 대신 뺏듯이 받으며,

"무얼 이렇게 가져오셨에요?"

하고 두 볼이 살짝 발개졌다. 한 손에 든 것은 과실 광주리요, 한 손에 든 것은 길 떠나는 행구같이 가죽띠로 비끄러 맨 누런 담요이었다.

"아씨, 오늘은 산해진 배달 겸 댁의 아범 겸 두 가지 심부름을 함께 왔습니다."

원삼은 낄낄 웃고 나가버린다. 담요는 댁의 심부름이요, 과실은 산해진에서 가지고 온 것이라는 뜻인 모양이다.

"좀 쉬어서 녹여 가시구려. 또 저리 가시우?"

필순이 밖에 대고 소리를 치니까,

"에이 괜찮습니다. 바빠서 어서 가봐야지요. 이제 마님이 오신댔으니까, 아씨는 저리 오시겠죠?"

원삼은 자전거를 돌려놓고 몇 마디 하고는 휙 올라앉아서 기세 좋게 나간다. 두 사람은 나가는 뒷모양을 바라보며 마주 웃었다.

"잠깐 지내봐두 퍽 좋은 이예요."

"쓸모 있다면 아주 댁에 데려다두셔두 좋겠죠."

"허지만 자기가 와 있으려 할지도 모르고 화개동 댁에서 내놓으시겠에요?"

"그야 어떻게든지 하지요."

긴 복도를 걸으면서 이런 이야기를 하다가 덕기는 말을 돌려서,

“그 담요요, 할아버지 쓰시던 건데 어떨까요? 돌아가실 때는 덮으시지도 않기는 하였지마는…… ?”
하고 의향을 묻는다.

“온 천만의 말씀두, 아무러면 어떻습니까마는, 이런 걸 왜 또 가져오셨에요. 여러 가지로 온 무어라고 말씀할지…….”

“아무러면 어떻습니까. 어제 보니 추우실 것 같아서 마땅한 이불이 있으면 가져올까 하다가, 이것이 도리어 편할 듯하기에……. 그러나 기하는 사람은 역시 기하니까요…….”

“그렇게 말씀하면 병원 이불이나 침대는 산 사람만 깔고 덮을까요. 어쨌든 가져오셨으니 덮어드리기는 합니다마는…….”

필순은 지금도 이불 걱정을 막 하고 난 판에 어찌나 고맙고 생광스러운지 목이 꼭꼭 메는 것 같아서 말이 아니 나왔다. 게다가 돌아간 조부의 물건이라고 기하고 꺼림칙해 하지나 않을까, 그것까지를 염려하여 주는 그 마음을 무어라고 할지 이루 치사를 할 수가 없다.

담요를 이불 속으로 푸근히 덮어주니 병인도 좋아하는 기색이나, 말할 기력도 없는지 인사 한마디 변변히 못 한다.

덕기는 조금 앉았다가 필순더러 나가자고 눈짓을 하여 데리고 복도로 나왔다. 아까 필순이 섰던 유리창 앞에 나란히 서서 덕기는 담배를 붙이며,

“김군 소식 못 들었지요?”
하고 찬찬히 말을 꺼낸다.

“아직 못 들었에요. 왜요? 무슨 일이 있에요?”
필순은 눈이 똥그래지며 묻는다.

“조금 전에 가택수색을 해갔다는군요.”

“에? 상점에를요?”

필순은 놀란다.

“어머니께서도 혼자 퍽 놀라셨겠지만, 경애씨도 찾더라는 것을 목욕 간 것을 집에 갔나보다고 했다는데, 한 놈은 아직 남아서 지키고 있더군요. 나도 누구냐고 묻기에 물건 사러 온 것처럼 하고 과실을 사서 들려가지고 간 담요와 함께 원삼이더러 가져오라 하고 나와버렸지요. 그것도 마침 원삼이가 밖에 나와 섰다가 미리 귀띔을 해주고 어머니께서도 눈짓을 하시기에 모른 체하였으니까 그대로 삐져나왔지, 그러지 않았더면 언제까지 붙들려 앉았었을지 모르지요. 가는 사람마다 그 자리에 금족을 시키거나 데려간다니까……”

“그럼 어머니도 못 오시겠군요?”

필순은 여기서 먼저 갔다가 자기마저 붙들리고 모친도 빠져나오지 못하게 되면 병원 일을 어떻게 하나 애가 씌었다. 그러나 피존 한 갑에 10전 하고 매코가 5전씩인 것밖에는 해태표만 되어도 얼마에 팔지를 모르는 모친에게 가게를 보여 둘 수도 없는 일이다.

“전화를 좀 걸어보고 올까요?”

“어머니 오시라구?”

“글쎄요. 어머니가 오시는 걸 보고 내가 가야 하겠는데요.”

필순은 아래로 내려가다가 얼마 만에 웬 양복입은 남자 하나를 뒤에 달고 올라온다. 덕기는 즉각적으로 그게 누구인 것을 알아차렸다.

“여기 계십니다.”

필순은 덕기에게 눈짓을 하고 망단한 기색으로 그 남자를 돌아다보았다.

덕기는 객의 얼굴을 버티고 서서 바라보며, 속으로는 필순을 데리러 온 게 아닌 눈치에 우선 안심이 되었으나 그래도 마음이 선뜻하지 않을 수 없었다. 손은 모자를 벗으며,

"조덕기 씬가요?"

하고 사람을 놀리는 듯이 빙긋하며 지나치게 공손하다.

덕기는 불쾌하면서도 자기가 재산가라는 의식을 똥겨주는 것을 깨달았다. 필순도 돈의 위력을 생각하였다. 속이야 어쨌든 남이 일컫기를 만석꾼의 숨은 부자라는 조 아무개의 손자 — 엊그제 장사를 지내고 오늘에는 갈 데 없는 상속자라니, 금단추의 학생복을 입은 이 꼴이야 이무기가 다 된 형사 나리 눈에 찼으련마는 그래도 허리가 구부러지는 것이다.

"XX서에 있습니다. 댁에 지금 전화를 걸어보니 여기 오셨다고 해서……. 미안합니다만 잠깐만 같이 가시죠."

"무엇 때문인가요? 김병화군에게 돈 대었다고 그러는 건가요?"

덕기는 한수 더 뜨려고 이렇게 웃었다.

"가십시다. 그러나 남 애를 써 마음을 잡고 생화를 붙들려는 사람을 자꾸 들쑤셔서 다시 악화를 시키면 안 되지 않겠어요?"

"여부가 있나요. 별일야 있겠습니까? 공연히 한편에서 떠들어대니까 참고로 그러는 거겠지요."

애송이라고 넘보았더니보다는 덕기의 분명한 어조와 태도에 형사도 끌려들어갔다.

덕기가 병실에 벗어놓은 모자를 가지러 들어가려니까 필순이가 앞질러 들어가서 중절모를 집어다주며,

"경애씨도 들어갔대요. 형사는 그래두 그저 있대요."

하고 전화로 알아본 소식을 소곤소곤 일러준다.

"그럼 여럿이 와서 에워싸고 있는 게로군요."

아까는 하나만 남아 있는 줄 알았는데, 경애를 데려가고도 또 지키고 있다는 것을 보면 일이 퍽 중대하여진 것 같아서 덕기도 좀 뜨끔하였다.

"그럼 여기 계시겠나요? 어머님 오신대요?"

덕기는 형사를 따라 나서면서 물었다.

"못 오시요. 예서 기다릴 테에요."

필순의 목소리는 흐려졌다. 나가는 사람의 뒷모양을 바라보며 문간에 오도카니 섰는 필순은, 지금 가면 영영 못 올 길을 가는 사람같이만 생각이 들어서 섭섭한 마음을 걷잡을 수가 없었다.

만일 피혁의 일이 탄로가 났다면 자기도 불려갈 터인데, 형사가 다녀가면서도 아무 말이 없는 것을 보면 거기까지 일이 커진 것 같지는 않다고 필순은 생각하였다. 모두 이렇게 붙들려갈 지경이면야 자기도 불려간들 어떠랴고 싶다. 뒤에 남는 어머니가 걱정일 뿐이지 겁날 일은 조금도 없다. 도대체가 덕기까지 붙들려가는 데에 실망이 되어서 이런 막가는 공상도 한 것이나 다시 생각하면 덕기야 아무 죄 없지 않은가? 오늘 해 전으로 못 나온대도 곧 놓일 것은 분명하고 병화도 함께 풀려나올 것 같다. 이렇게 생각을 하니 까부라져 들어가던 마음에 다시 생기가 난다.

깜박깜박 졸음이 올 것 같은 어둠침침한 병실에 간신히 마음을 진정하고 앉았는 판에 의외로 모친이 뛰어드는 것을 보고 필순은 무척 반가웠다.

"어머니! 어떻게 오세요?"

필순은 내달으며 눈물이 글썽하다.

"응, 어서 가봐라. 원삼이란 그이한테만 맡겨두고 왔다. 둘이 다아 전화를 걸 줄 알아야지. 그래 기별두 못 하고 뛰어왔다."

"형사는 갔에요?"

"응, 지금 막 갔다. 그런데 조 선생님은?"

"지금 여기서 불려가셨에요. 형사가 와서."

"엉, 그것 안됐구나! 가엾어라. 저걸 어떻게 하니? 어제 그 애를 써주고 잠두 잘못 잔 이를!"

모친도 아들이나 그렇게 된 듯이 놀란다.

"그리구 이 담요까지 손수 가지고 와서, 그 신세를 다 어쩌니."

모친은 담요를 손으로 쓰다듬는다.

필순이 상점에 가서 앉으니 오늘은 유난히도 손님이 붙어서 꾸준히들 들락거린다. 서투르기는 하지마는 새로 개업을 하였다 하여 남보다는 싸게 팔고, 파 한 뿌리라도 낮게 주기 때문일 것이다.

손님이 삐기만 하면 필순은 문턱에 기대 서서 시름없이 먼 산만 바라보고 있다.

"아씨, 저 댁에 전화나 좀 걸어봅쇼."

원삼도 갑갑증이 나는지 뒤에서 소리를 친다. 덕기가 나왔

으면야 전화라도 아니 걸 리가 없으리라는 생각은 들면서도
걸어보니 단통 덕기가 나오는 데는 놀랐다.

— 어쩌면 그럴꾸!

필순은 바작바작 타던 자기 생각을 하면 덕기가 집에 돌아
와 있으면서 전화를 아니 걸어준 것이 야속한 마음까지 든다.

덕기는 조금 전에 나왔는데 또 들를 데가 있으니까, 거기
돌아서 뒤미처 오마는 것이다. 그러나 여덟 시가 넘어 겨울
밤이 들도록 또 감감 무소식인 것을 보니, 경찰서에를 다시
들어갔을 리는 없고, 사람도 무심하다고 노여운 생각부터 앞
을 선다. 자기 볼일도 있겠고 부득이한 사정이야 있겠지마는
무심하다느니보다도 무시를 당한 것 같고 고까운 생각이 드
는 것이다. 자기가 덕기를 생각하고 아끼는 반만큼도 생각하
여주지 않는다는 원망이다.

— 하지만 그 양반이 무얼 잘못했다구 원망을 할꾸 …….

필순은 오늘에 한하여 왜 이렇게 덕기에게 노염을 탈꾸?
하며 제 마음을 나무라도 보는 것이었다. 그래도 덕기가 인
력거를 타고 오는 것을 보니, 하도 반가워서 체면 안 차린다
면 뛰어나가서 손에라도 매달리고 싶다.

"병화군에게 돈 1,000원 준 증거를 보여달래서 형사를 데
리고 집에 왔다가, 또다시 경찰서에 들어갔었지요."

덕기는 이렇게 늦은 변명삼아 이야기하는 것을 듣고 필
순은,

— 그런 줄은 모르구…….

하며 혼자 애걸을 하고 까닭없이 원망을 한 것을 뉘우쳤다.

"그래 보여주셨에요?"

"분명한 것은 없으나 마침 할아버지께서 돌아가시기 전전
날에 1,000원짜리 소절수를 떼어낸 것이 있으니까, 그것을
보여주었지요."

필순은 안심이 되었다.

"그러나 나올 것 같지 않기에 지금 경애씨 집을 들러서 덮
개와 솜옷을 들여보내게 하였는데 좀체 받아주어야죠. 경애
어머니는 그저 거기 이불 보퉁이를 지키고 있는데 어쩌면 곧
내놓을 것 같기도 하구…….."

이 말을 들으니 필순은 한층 더 얼굴이 붉어지며 미안한
생각에 머리가 숙여졌다.

"원삼이, 이 근처에 설렁탕집 있나? 저녁을 안 먹어 좀 시
장한데……."

"에구 어쩌나, 저녁두 못 잡숫구……. 진지는 있지마는 반
찬이 무에 있어야지."

필순은 당황하였으나, 이런 귀객을 어찌하는 수도 없었다.

"어쩌다 저녁상을 받으실 새도 없이 그놈들에게 끌려다니
셨에요?"

원삼은 설렁탕집으로 나서며,

"이 아씨두 그저 잔입으루 계신뎁쇼. 두 그릇 시켜 올까요?"
하고 필순을 치어다본다.

"난 싫어요. 먹구 싶지 않아요."

"그럼 세 그릇 시키게. 자네두 먹어야지."

"아뇨ㄹ시다. 저는 먹었습니다."

원삼이 나간 뒤에 필순은 부엌으로 들어가서 상을 차려다
가 길체로 놓으며, 설렁탕이 오기를 기다린다.

"전 선생님께 뭐라구 말씀해야 좋을지 모르겠에요."

필순은 난로 앞에 고개를 떨어뜨리고 섰다가 이런 말을 꺼낸다.

"왜요?"

"저녁 진지두 못 잡숫구 그렇게 애를 쓰시구 돌아다니시는 건 모르구 전화도 좀 안 걸어주시나 하구 섭섭한 생각이 들던 게 죄가 되겠에요."

"천만에! 허나 그러시기야 하겠어요. 혼자 마음을 조리구 계실 줄은 알면서두 곧 오려니 하는 생각에 그럭저럭 그만 미인하게 되었습니다."

"그렇게 말씀하시면 더 죄송합니다. 어제부터 횡액에 걸려드셔서 너무나 애를 쓰시구 다니셔서……."

"무어, 천만에! 그런 말씀 마세요."

덕기는 이 소녀의 꾸밈없는 솔직한 말이 고맙고 정다이 들려서 기뻤다. 이 여자의 몸의 어디서 고무 냄새가 날까! 어디서 직공티가 보일까! 그 순진한 심보를 언제까지나 그대로 길러나가게 했으면 얼마나 좋을까 싶었다.

"그런데 이 상점은 어떻게 떠맡았는지 혹 들으셨에요?"

덕기는 화두를 돌려서 제일 궁금한 조건을 물었다.

"모르겠에요. 누가 뭐라구 해요?"

하고 필순은 말하기가 거북하다는 표정으로 남자를 치어다본다.

"아니, 뉘게 들은 말은 없지마는, 장훈인가 하는 자가 들고나서는, 나더러는 1,000원 밑천을 대준 것같이 해달래서 경찰에도 불려가구 했지마는 암만 해두 미심쩍은 일이 있기에 말예요."

덕기는 필순의 대답을 기다리는 모양이나 필순으로서는 난처하였다. 말을 할까말까 망설이는 판에, 원삼이 설렁탕을 시켜 가지고 들어섰다.

덕기를 방으로 올려 앉히고 상을 차려내면서, 어젯밤에는 경애가 병화 앞에서 이렇게 시중을 들었으려니 하는 생각을 하니 얼굴이 저절로 붉어오르는 것을 깨달았다.

"이리 가지고 와서 함께 자십시다요."

"아녜요. 저 이따 먹겠어요."

필순은 귀밑까지 발개지며 문턱으로 비켜 앉는다.

"식습니다. 그럼 여기서라두 잡숫죠."

원삼이 설렁탕 한 그릇을 집어다가 난로 위에 놓아준다.

"자네는 그 거스른 것 가지구 추운데 막걸리라두 먹게 그려."

그렇지 않아도 생각이 나는 판에 좋아서 뛰어간다.

"그 장훈이란 이는 아니 들어간 모양이죠?"

필순은 궁금해서 이렇게 말을 붙이면서도 덕기가 알고 싶어하는 것을 모른 척하고 속이는 것이 미안하였다.

"경찰에서도 그자의 말은 묻지 않는 것을 보면, 일은 더 확대되지는 않을 성싶더군요. 문제의 초점이 1,000원인데, 그 1,000원을 장훈이가 내놓은 거야 아니겠지요?"

또다시 1,000원 논래가 나온다. 이 말을 또 꺼내고 싶어서 원삼을 내보냈는지도 모른다. 필순은 덕기가 국물을 훌훌 마셔가며 달게 먹는 것을 보고 난로 위에 놓인 뚝배기를 들어다가 뜨거운 국물을 더 따라주면서,

"그동안 누가 밖에서 왔었지요."

하고 필순은 제풀에 말을 꺼낸다. 이 남자를 못 믿어서 속 일 수는 아무래도 없다고 생각한 것이다. 그처럼 친절히 해주는 이 사람을 속이는 것은 의리가 아니라고 다시 생각하고, 그 큰 비밀을 대담히 말하는 것이다.

"헤에. 그래요?"

덕기는 귀가 번쩍하였다.

"그래서 무슨 일을 하라고 김 선생님한테 돈을 드리고 갔는데, 그걸로 이것을 벌였다고 장훈이란 이가 트집인가봐요."

필순은 이런 비밀을 제 입으로 써내기가 그래도 무서운 기색이다.

"허어, 그러면서 더구나 장씨가 떠들어대다니 말이 되나."

하고 덕기는 혀를 찬다.

"그래서 만일 그 사람이 잡혔다면 일은 커질 것이요, 저두 잡혀들어갈지 모르겠죠."

필순은 상을 물려내가며 이런 소리를 한다. 그러자 밖에서 두런두런 소리가 나며 자기 보퉁이를 든 인력거꾼을 앞세우고 경애 모녀가 들어온다.

35. 부모들

경애 모친은 경찰서에서 곧 내보낸다는 말에 지키고 있다가 마침 나오는 딸을 데리고 집으로 가려 했으나, 경애가 이리로 온다니까 상점 구경 겸 따라온 것이다.

이 마님은 병화를 앞세우고 장사를 한다는데, 그리 찬성도 안 하였으나 병화 따위와 깊은 사이가 생길까보아 애를 쓰는 판에, 어제 딸이 여기서 잤다는 말을 오늘 아침에 듣고 내심에 불쾌도 하거니와 더 애가 쓰이는 것이었다. 그러나 다친 사람을 병구완하느라고 그랬다는 데야 하는 수 없다고 생각한 것인데, 아까 덕기에게 자세히 들은즉 필순의 집 식구는 다아 나가고 둘이만 있었다고 하니 이제부터는 가만 내버려둘 수 없다고 속으로 앓는 것이다.

첫째 이 상점은 상훈이 벌여준 것으로 믿는 터이다. 피혁이 돈을 맡기고 갔는지 그때 사정은 모를 뿐 아니라 저희 주제에 목돈을 만들 것 같지도 않으니 으레 상훈에게서 나왔으리라고 믿는 것이다. 어쩌니저쩌니 해도 상훈과는 미운 정 고운 정이 다아 들고, 자초를 생각하면 은인이다. 게다가 아이가 달렸다. 몇 해 동안 그렇게 버스러져 지냈다 하여도 언제든지 다시 만나 살고야 말리라고 믿었던 것인데, 노영감이 돌아가자 장사를 시킨다는 말을 듣고 이제는 제곬으로 들어서는구나 하며 반색도 하고, 으레 그럴 것이라고 생각한 것이었다.

이제는 말없이 구수히들 살기만 하면 재산이야 덕기 앞으로 갔다 하여도, 쌈지의 것이 주머니 것이요, 주머니 것이 쌈지 것이니, 여생을 편히 지낼까보다고 찰떡같이 믿는 터이다. 그러나 이 판에 떠꺼머리 총각 놈과 어울리다니 위태롭기 짝이 없다. 전자에는 피혁 때문에 교제를 한 것이라 할지라도, 애초부터 장사를 시작할 때에 병화를 데리고 하는 것은 마음이 안 놓였던 것이다. 상훈이 승낙을 하였기에 병화를 내세운 것이요, 또 병화 몫으로는 필순이란 계집애가 있다고는 하지마는 만일에 비뜩해서 상훈의 의혹을 사게 되면 모처럼 풀리려는 돈구멍이 막힐 것이요, 이래저래 말썽만 벌어져 놓을까보아 몇 번이나 딸에게 다진 일이라서 그놈 때문에 이런 봉변을 당하고, 게다가 자세 듣고 보니 이때껏 상훈은 이 상점에 발그림자도 안 했다니 도무지 그 내평을 알 수가 없다.

경애 모친은 필순은 본체만체하고 덕기에게만 인사를 한다.

"에구우 이 춘 밤에 어서 댁으로 가실 일이지 감기 드시겠군."

하며 호들갑스럽게 인사를 하다가, 설렁탕 그릇을 물려논 것을 보더니,

"저런! 설렁탕을 어떻게 자셨소!"

하고 또 놀란다. 덕기는 웃기만 한다.

경애 모친은 수선스럽게 이방 저방으로 돌아다니며 뒷간까지 열어보고 오더니,

"여름 철은 그런 대로 살 수 있지마는 난 겨울에는 못 살겠다!"

하고 누가 와서 살라는 듯이 이런 소리를 한다.

딸은 못마땅하였다. 모친의 생각에는 사위가 사준 집이니 내 딸의 집 ─ 내 집이라고 휘젓고 다니는 것이겠지마는, 필순이 보는 데 민망하였다.

"어서 어머니 가슈."

딸은 성이 나서 어서 쫓아보내려는 것이다.

"왜 넌 안 가련? 같이 가자꾸나."

"난 나중에 가요. 내 걱정은 마시고 어서 가셔서 주무세요. 아이가 깼으면 안 될 테니까요."

"오늘은 어서 가서 뜨뜻이 무어라도 먹고 편히 쉬어야 하지 않니."

데리고 가려거니 안 가려거니 하고 모녀가 다투는 판에, 병화가 툭 뛰어들어오며, 뒤미처서 원삼의 처가 함께 온 것처럼 따라 들어온다.

모여 앉았던 사람은 너무나 의외인 데에, 우중우중 일어서며 반색을 하였다.

"처음부터 문제가 될 게 있나! 어쨌든 조군은 말할 것 없고 여러분 애들 써서 미안하군."

병화는 고단한 기색도 없이 큰소리를 치며 들어와 앉는다.

"좀 저 온돌방으로 들어가서 눕구려. 몸부터 녹여야지."

경애가 이렇게 권하는 것도, 모친은 속으로 망할 년! 하고 고개를 외로 꼬았다.

"아 참 그렇게 하게. 저리 들어가세."

덕기도 끌었다.

"아니 춥지도 않고 자네가 들여보낸 밥을 먹어서 든든하이. 그러나 이야기는 차차 하기로 하고 오늘은 개업 피로연 겸 한잔 먹세. 앓는 이는 미안하지마는 이렇게 잘 모였으니……."

병화는 손등 아픈 것도 잊어버리고 매우 신기가 좋은 모양이다.

원삼의 처는 제가 온 사연을 발설할 틈을 타려고, 한옆에 원삼과 느런히 비켜섰다가 남편더러,

"어서 갑시다."

하고 재촉을 하면서 좌중에 대하여,

"영감마님께서 야단이세요. 온종일 집안일은 모른 척하고 무엇하느라고 밤중까지 틀어박혔느냐고 꾸중이세요."

하며 하소연이다.

원삼을 역정스럽게 불러가는 것을 보면 상훈이 감정이 난 모양이다. 누구나 그 뜻을 알았다. 경애 모친은 그럴수록에 병화가 밉살스럽고 병화 앞에서 알찐거리는 딸이 못마땅하였다. 그러나 경애는 코웃음을 치는 것이다.

'노하겠건 노하라지! 이 집을 사주든 오므라져 들어가든 할 대로 하라지, 자식! 정 말썽을 부리겠거든 데려가라지! 어머니도 잘 맡아 기르실지 모르겠지마는 더구나 내 일에 새삼스럽게 총찰을 하실 경우가 무슨 경우더람! 아무리 부모기로

시집 하나 변변히 안 보내주고, 지금 와서 병화에게 돈 없다고 쌍지팡이 짚고 나서실 경우던감!'

경애는 애초에 상훈과 그렇게 된 것이 모친이 상훈의 돈에 장을 대고, 그래도 좋을 듯이 귀띔을 하기 때문에 용기가 나서 내뻗어버린 것이지, 만일에 모친만 다잡아서 안 된다고 뿌리치고 다른 데로 시집을 보냈다면 오늘날 이렇게는 안 되었으리라고 생각하는 것이다. 그렇다고 모친을 그다지 원망은 안 하나 지금에 제 마음대로 겨우 병화를 붙든 것을 반대하는 데는 화가 나는 것이다. 원삼 내외가 간 뒤에 경애는 재촉재촉해서 모친을 먼저 보냈다. 경애는 모친이 경찰서로 가지고 갔던 옷이며 금침을 가지고 가겠다고 실랑이를 하는 것을 기어이 빼앗아 두었다. 얼마 동안은 병인을 위하여서도 여기서 묵어야 하겠고, 이제는 상점 일을 탐탁히 다 잡아보아야 하겠다고 생각하는데, 마침 이부자리를 가져오게 된 것은 잘된 것이다. 모친은 부르르 화를 내고 가려다가, 그래도 마음이 아니 놓이는지 문턱까지 배웅 나온 딸을 밖으로 데리고 나갔다.

"너 어쩌자고 그러니?"

모친은 으슥한 데 비켜서서 딸을 족친다.

"무얼요?"

경애는 무슨 말이 나오려는지 모르는 것은 아니나, 입을 배쭉하며 도리어 핀잔을 준다.

"무어라니, 일껏 마음을 돌려서 이렇게 가게까지 내주었는데, 남의 공은 모르고 너는 할 대로만 하면, 누구는 역심이 아니 나겠니?"

"누가 가게를 내주고, 무얼 할 대로 했에요?"

딸의 말은 점점 뽀롱뽀롱 빗나가기만 한다.

"원삼이가 자기 상점이나 다름없는 여기와서 일한다고 역정을 내는 걸 봐도 알 일이 아니냐? 모든 게 병화 때문 아니냐? 그놈부터 내쫓아야 한다. 그놈을 밥 먹여가며 두어야 경찰서로 불려나 다니고 매나 얻어 맞으러 다녔지 소용이 뭐냐?"

"그런 걱정 마시고 어서 가세요."

경애는 속이 바르르하는 것을 참고 큰 소리 없이, 어서 모친을 가게반 하려 하였다.

"걱정이 왜 안 되니. 그놈하고 공연히 엉정벙정하다가는 요거나마 들어먹고 이제는 굶어죽어! 왜 정신을 그래도 못 차리니?"

모친의 목소리는 불끈하였다.

"가령 먹을 것은 먹고 헤어지는 한이 있더라도 조금은 몸조심도 하고, 저편을 달래서 이 집값이라도 치르게 하고, 차차 네 마음대로 하기로 좋을 게 아니냐?"

"새삼스럽게 누구하구 헤지구 말구가 어디 있에요? 어떤 년은 누구 등쳐먹으러만 다니는 그런 년인 줄 아셨습디까."

경애는 발끈 터지고 말았다.

"그럼 뭐냐? 지금 하는 짓이."

"누가 무슨 짓을 했단 말예요? 이 상점을 누가 벌였기에, 집 임자를 어디로 내쫓으란 말씀예요? 이 상점에 조가의 돈이 오리 등록이나 든 줄 아슈?"

경애는 안 하려던 말까지 해버렸다.

"그럼 뉘 돈이란 말이냐? 이때까지 한 말은 모두 거짓말이었단 말야?"

"거짓말이든 정말이든 그건 그렇게 알아 무얼 하실 테예요? 계집에 미쳐서 자기 아버지한테도 신용을 잃고 땅섬지기나 얻어가지고, 그게 분해서 자식까지 의절하려 덤비는 그런 사람을 무얼 바라고 어쩌란 말예요?"

경애가 너무도 야박스럽게 덤비는 바람에 모친은 말이 없이 멀거니 섰다.

"모르시거든 가만 계셔요. 행세하는 자식이 있고, 귓머리맞풀고 2,30년을 살던 조강지처까지 내몰려고, 나이 50줄에들어도 정신을 못 차리고 입에서 젖내나는 년을 집구석으로 끌어들이고 지랄을 버릇는, 그게 사람이라고 생각하슈? ……."

"무어……?"

경애 모친은 금시초문이라는 듯이 놀랐다. 그러나 캐어물어야 딸은 핀잔만 주었다.

전차에 올라앉아서도 딸의 말이 정말일까? 병화란 녀석한테 홀깍 빠져서 상훈과 떨어지려니까 있는 흉 없는 흉을 떠들쳐내는 것은 아닌가? 곰곰 생각하여보았다. 모친은 전차가 총독부 앞에 오자 홧김에 이 길로 상훈에게를 가보리라고 차를 내려버렸다. 아홉 시나 되었으니 늦기는 하였지마는, 지금 집에 들어앉았는 모양이요, 대관절 어떤 년을 떼어 들여앉히고 마누라까지 소박인지, 딸에게 못 한 화풀이도 할 겸 생각난 김에 가서 단 몇십 석이고 귀정을 내자는 것이다.

— 이러나저러나 그놈은 떼어놓아야지.

병화는 오늘로 아주 이 마님의 눈 밖에 났다.

대문은 닫혔으나 찌걱찌걱 흔드니 행랑에서 '누구세요?'
소리를 치고 원삼이 뛰어나와 문을 연다.

"이거 웬일이십니까?"

금방 효자동에 있던 사람이 이 밤중에 달려든 것을 보고
또 무슨 일이났나 하여 놀란다.

"영감 계시지?"

마나님은 따라 들어서며 수군수군 묻는다.

"지금 막 나가셨에요."

"무얼! 주무시니까 어려워서 그러겠지마는 급한 말씀이 있
으니 좀 여쭙게!"

"아니와요. 정말 나가셨에요."

"이 밤중에?"

"아아, 영감께서야 이제 초저녁이십죠."
하며 원삼은 웃는다.

"그럼 색시는 있겠군?"

"색시가 누굽니까?"

원삼은 또 헤헤…… 웃는다.

"어쨌든 사랑문을 좀 열게."

경애 모친은 컴컴한 속에서 아범과 숙설거리고 섰는 것이
싫어 사랑문으로 향한다.

"들어가 보시나마나 아무도 없어와요. 색시는 그저께인가
그끄저께 왔다가 도루 갔에요."

"흥…….."

딸의 말이 아주 터무니없는 말은 아니로군 하는 생각이 들
었다.

"그럼 안에는?"

"안에야 마님이 계십죠. 그런데 왜 그러세요?"

원삼은 이 마님이 왜 이렇게 몸이 달았는지 영문을 알 수가 없다.

"정녕 없지?"

"그렇게 못 믿으시겠거든 들어가보세요. 하지만 이따라도 또 데리고 오실지는 모릅죠. 첫날 와서 주무시고 한바탕 야단이 난 뒤에는, 밤에는 이슥해서야 같이 들어오시니까요."

"흥!" ― 한 풍파 있었다는 것이 재미있게 들렸다.

"만나시려면 내일 아침 일찍이 오십쇼."

그도 그럴 듯하다고 생각하였다.

"그래 야단은 무슨 야단인가?"

"마님께서 가만 계신가요. 문전이 더러워지고 자식 기를 수 없다고 야단을 치시고, 영감께 데리고 나가라 하시니, 말씀이야 옳죠마는 영감님은 또 어디 그렇게 호락호락하십니까, 도리어 마님께 나가라고 야단이십죠……. 암만 해두 이 댁두 어떻게 되려는지?……. 전에는 영감께서 약주 한잔을 잡수셔도 쉬쉬하시고 그런 외입을 하시기로 누가 김이나 맡았겠습니까마는, 뭐 요새는 그대로 마구 터놓고 밤이나 낮이나 기를 쓰는 것 같아요. 노영감님을 쫓아가시려고 돌아가실 때가 되어 그런지, 재산이 아드님께로 가서 화에 떠서 그러신지 알 수가 없습니다……."

"흥. 그 색시가 이 집 차지를 하겠다는 거로군?"

"그렇습죠. 그 아씨가 무어 애가 들었다나요. 그건 고사하고 저기 안동 사는 매당집이라든지 그댁 마님의 수양딸[養女]

이라나요. 그래서 그 염병 때 마님이 앞장을 서서 서둘러대기 때문에 아마 영감님께서도 쩔쩔매시구 어쩔줄 모르시는가봐요……."

원삼은 흥이 나서 묻지도 않은 말까지 제풀에 숙설댄다. 경애 모친은 들을 것을 다아 듣고 나서,

"그럼 내일 올게 영감님께는 암말 말게."

이렇게 부탁을 하여놓고 나와버렸다.

상훈은 경애가 산해진에서 침식을 하고 있는 모양이라는 말을 원삼에게 듣고 화증이 나서 뛰어나간 것이다. 오늘 신새벽에 병화란 놈이 와서 아침 단짐을 깨워놓고 원삼을 잠깐 빌려달라기에 사랑방에는 의경도 자고 있는데, 긴 잔소리가 나올까보아 어서 배송을 내느라고 선뜻 들어주었지마는, 원체 그 산해진이란 경애가 병화를 데리고 하는 것이 못마땅하여 한 번도 들여다본 일이 없는 터이다. 집을 사달라고 조르니까 그러마고는 하였지마는 그따위로 병화와 동사를 하는지 동거를 하는 동안은 결코 사줄 생각은 없다.

하여간 오늘은 덕기까지 함께 꺼들려서 경찰에 붙들려갔다 왔다는 데는 화도 나고 궁금증이 아니 날 수 없다. 우선 경애를 불러보리라 하고 거리로 나와 전화를 빌려 걸어보니, 지금은 아무래도 나올 수 없다는 냉랭한 대답이다.

한참 실랑이를 하다가 결국에,

"그렇게 급한 일이면 내일 아침에 댁으로 가죠."

하고 전화를 끊어버렸다. 경애도 들은 말이 있는지라 의경과 사랑방살이 하는 꼴이 보고 싶어서 발그림자도 안 하던 집에를 아침결에 오겠다는 것이겠지만 상훈도 오늘은 의경이 아

니 올 거니 상관 없을 거 같아서 아무려나 하라고 내버려두었다.

하여간 장사 터전을 마련해주는 조건으로 병화와는 하루 바삐 떼어놓아야 하겠고, 제 의사나 한번 들어보고 나서 의경의 살림도 따로 내든지 큰마누라를 아들에게로 보내고 아주 들여앉히든지 귀정을 내려는 작정이다. 아무래도 경애를 영영 떼어보낼 수도 없고 그렇다고 홀몸도 아닌 의경을 어찌하는 수도 없는 형편이다. 사실 의경의 사정도 제 잘못은 어쨌든 집에서는 나와버리고 유치원도 그만두어 버렸으니, 이제는 큰마누라의 바가지쯤 귓가로 들을 작정치고 사랑방으로 기어든 것이다. 그런 중에도 다행한 것은 노영감이 돌아가준 일이다.

매당집 떨거지 때문에 노영감은 더 살려야 살 수도 없었는지 모르지마는, 마치 죽어자빠진 파리 한 마리에 개미 거동이 일어나듯이 의경까지 이 사품에 덕을 보겠다고 덤벼드는 판이다. 매당은 개미굴을 지키는 왕개미 격은 된다.

"아우님 차례는 얼마라던가?"

"단 200석이라우! 귀순이 몫이 따루 50석!"

"흥, …… 하지만 그거라두 우선 받아두는 게지."

노영감의 초상을 치르고 나서 매당과 수원집이 만나 조상으로 받은 첫인사가 이것이었다.

"우리 조카님이 수났더군……."

수원집은 의경을 보고 비꼬았다.

"그야 그렇지! 미우나 고우나 아들 아닌가. 말이 그렇지, 아들 제쳐놓고 손주에게 물리는 법이 있겠나."

매당은 제 남편이나 장안 갑부가 된 듯싶게 허욕에 입이 벌어졌다. 그러나 수원집은 콧날을 째긋하며,

"천석꾼이가 된대야 형님을 드릴 테니 걱정이슈."

하고 핀잔을 주다가,

"300석! 게다가 현금이 한 2~3,000원 차례에 갔는지."

하며 비꼬는 것이었다.

"고작 300석?"

거리에서 주워걸린 사위 ― 상훈이 단 300석이라는 데 매당은 놀라자빠졌다.

"하지만 그렇게 꼼꼼하고 바자위게 하고 긴 엉감이 정미소 하나만은 뉘게로 준다는 말이 없이 유서에도 안 써놓았으니 이제 좀 말썽일걸! 우리도 그까짓 정미소에는 쌀 섬이나 있으려니 했더니, 웬걸 영감이 꼭 가지고 쓰던 장부에 보면 줄잡아도 현금이 3만 원 넘고 집이며 기계며 할 만하다는데!"

이 말에는 수원집보다도 매당집의 입에 침이 괴며 안심이 되었다.

"일 맡아보는 놈이 임자 없는 거라구 홀깍 집어삼키면 어쩌누?"

매당은 이런 걱정도 하는 것이었다.

"별걱정을 다 하슈. 장부가 뻔한데! 그건 어쨌든지 영감이 그걸 왜 잊어버렸는지……."

수원집은 수원집대로 애가 말라하는 것이다. 하여간 매당집은 새판으로 팔을 걷고 나설 차비를 차렸다. 그래서 우선 의경부터 단단히 굳히려고 급기야는 화개동 집 사랑으로 끌고 가서 살림을 시키라고 복장을 안긴 것이다.

"이왕이면 화개동 집으로 들어가서 살자지. 어차피 나는 쫓겨날 거요, 화개동 마누라는 큰집으로 들어갈 것이니까, 얼른 서둘러야지 그렇지 않으면 홍경애에게 자리를 뺏길 걸……."

수원집이 이렇게 충동적이지 않아도 매당은 벌써 계획이 선 것이었다. 수원집으로서는 어서 떼어가질 것을 떼어가지고 태평통에 있는 집을 달래서 옮아가자는 것이다.

유서대로 3년씩이나 상청을 지키고 있을 맛도 없거니와 따로 나가앉아야 남편을 골라도 고르고 정미소를 3분파하자고 떼도 써볼 수 있지 한집 속에 있으면 맞대해놓고 싸우기도 어렵다. 어쨌든 그러자면 화개동 집이 뒤집혀서 덕기모가 밀고 들어오게 되고 따라서 수원집이 쫓겨나가는 모양이 되면 남 듣기에라도 3년 못 참아서 제 몫만 찾아가지고 달아났다고는 안 할 것이요, 도리어 내쫓은 며느리가 심하다고 할 것이다.

아니나다를까. 의경이 오던 이튿날 덕기모가 아들에게 쭈르르 와서 하소연을 하니 아들도 그럴 듯이 듣는 모양이다. 수원집은 속으로 웃으며 저희가 무어라 할 때까지 가만히거동만 보고 있었다. 뻔한 일이지마는 계획이 의외로 속히 귀정날 것 같은 기미를 본 수원집은, 의경이 첫날 다녀온 뒤로는 어린 마음에 아예 가기 싫어하는 것을 매당과 함께 달래서 날마다 화개동으로 쫓아보내는 것이었다. 큰마누라에게 등쌀을 대자는 것이다. 어제도 며칠 있다가 오마던 의경이 밤중에 또 달려든 것을,

"그래서는 안 된다. 이젠 거기가 제 집인 줄 알고 꾹 들어

앉았어야지, 갑갑하다구 쭈르르 오면 어쩌자는 거냐.”

하고 나무라고 구박을 하여 쫓아보낸 것이다. 이튿날 상훈
은 경애가 정말 아침결에 달려들면 한집 속에서 세 계집이
맞장구를 칠 것이 싫어서 의경을 얼른 매당집으로 쫓아보내
려는 판인데, 겨울 해에 열 시도 못 되어서 경애는 달려들었
다. 의경이 아침이면 간다니까, 몸은 고되건마는 꼴이 보고
싶어서 일찍이 동한 것이다. 이편에서 싫어하는 것같이 되어
서는 돈도 아니 나오고 체면도 좋지 못하니까, 의경 때문에
물러나는 것처럼 뒤집어 씌워야 말하기가 어엿하기에 그러
는 것이다.

경애는 다짜고짜 안으로 들어갔다. 주인마님은 안방에서
유리 구멍으로 내다보다가 고개를 오므라뜨리고 원삼의 처
만 부엌에서 밥상을 보다가 그래도 어제 한 번 보아서 낯이
익다고 반색을 한다.

“에구 어떻게 오세요?”

하고 멋모르는 어멈은 안방에다 대고 손님 오셨다고 마님을
부른다. 마님은 시키지 않은 짓도 한다는 듯이,

“왜 그래?”

소리를 몰풍스럽게 지르고 내다보며 인사도 하는 둥 마는
둥이다. 4,5년 전 감정이 그대로 남아 있는 모양이지마는, 사
랑에 하나 자빠져 있는데 또 하나가 기어드는 것도 보기 싫
고, 도대체 이따위들을 딸자식에게 보이기가 싫은 것이다.

“얼마나 속이 썩으십니까. 잠깐 지나는 길에 영감께 권고
나 하고 갈까 하고 들어왔습니다.”

경애는 얼마쯤 동정하는 소리를 남겨놓고 사랑으로 나와

버렸다.

　마루 위로 잡담 제하고 올라서며 문을 똑똑 두드리니 속살속살 이야기하는 소리가 뚝 그치고 상훈이 마주 나오면서 몹시 당황해한다. 의경은 세숫대야를 곁에 놓은 채 체경 앞에 돌아앉아서 머리를 가리고 있고, 영감은 지금 막 일어난 모양이다.

　체경 속에 비친 의경은 잠깐 놀라는 기색이더니 시치미를 떼고 삐죽 웃으며 그대로 빗질을 하고 있다.

　"신혼 재미가 어떠신가요. 하지만 이게 뭐예요. 남의 집 귀한 따님을 데려다놓고 곁방살이를 시키다니?"

　경애가 첫대바기에 농조를 붙이는 바람에 상훈은 허허 웃고 말았다. 의경도 거기에 끌려 생글하고 돌아다보며 인사를 한다.

　이 여자의 입에서 가시돋친 소리가 나오지 않는 것만은 다행하나, 그래도 노하고 덤비지 않는 것을 보니 상훈은 마음에 덜 좋았다. 큰마누라가 바가지를 긁는 것은 큰마누라답지 않고 성이 가시기는 하지마는 그래도 내 사람이기 때문이다. 그러나 경애가 깔깔 웃고 마는 것은 벌써 마음이 천리 만리 떨어져나간 증거다.

　"살림이나 시작하시고 구경오라고 하실 일이지, 한참 재미있게 지내시는 자랑하려고 부르셨소?"

　"살림은 누가 살림한대?"

　상훈은 열없게 웃는다.

　"또 남 못할 소리를 하시는구려?"

하고 경애는 나무라듯이 남자를 흘겨보다가 의경을 돌려다

보며,

　"여보 아씨, 이 어른은 곧잘 미친 체하고 떡 목판에 엎드러지는 양반이니 정신차리고 꼭 붙드우. 그 댁이나 내나 팔자가 사나워 이 모양이 되었지마는 마음을 한 군데 꼭 붙이고 풍파 없이 잘 살아야 하지 않소."
하며 큰마누라나 된 듯싶게 이런 듣기 좋은 소리를 한다. 의경은 생글생글 웃기만 하면서 머리를 틀어얹고 핀을 여기 저기 찌르고 앉았다.

　"당신두 거울하고 의논을 해보슈. 머리에는 눈발이 날리고 돈 한푼이라도 쓰면 없어지는 것은 고사하고 욕예요. 100원을 쓰면 100원 어치 1,000원이면 1,000원어치의 욕을버는 것은 모르고……. 욕주머니를 차고 천당에를 가서 하느님께 끌어올려줍시사고 보채실 작정이면 모르겠지만……."

　"죄가 무거워서 올라갈 수 있구요! 헤헤헤."

　의경이 새치기를 하는 바람에 경애도 웃고 말았다. 상훈은 듣기에 창피도 하고 어쭙지 않아 보이기도 하나 경애의 태도가 다시는 말을 붙여볼 여지가 없게 되어가는 것이 안타까웠다. 이제는 단념해버려야 하겠구나 ― 하는 생각을 할수록 더욱 마음이 끌리고 아까운 생각이 간절하다.

　보기에는 그렇지 않을 것 같건마는 진탕 먹고 법석을 하거나 진고개 바닥으로 싸지르며 쓸 것, 못 쓸 것 흥청망청 사들이거나 하며 세월을 보내야지 그러지를 못 하면 온종일을 톡톡 쏘고 짜증만 내는 이런 어린애는 하루 이틀을 데리고 지내기엔 재미가 날지 몰라도, 길게 갈 것 같지가 않다. 벌써 초로初老의 고비를 넘어선 자기에게는 철이 들고 살림을 잡을 만하게 된 경애가 알맞게 생각이 드는 것이다. 그러나 아무래도 남의 사람 같다.

"병화가 장사가 다 뭐야? 어젠 또 무엇 때문에 잡혀들 갔더란 말인가?"

이번에는 상훈이 한마디 걸어보았다.

"남의 걱정은 왜 이렇게 하슈? 지금 남의 걱정 하시게 되셨소?"

경애는 병화라는 이름을 쳐드는 것까지 듣기 싫어서 핀잔을 준다.

"남의 걱정이 아니라 그 모양으로 ― 끌고 다니는지, 끌려 다니는지 알 수 없으나 ― 어쨌든 장사는 고사하고 큰코 다치지!"

"속 시원한 소리두 퍽 하슈. 그러기에 내가 차지를 하자면 저 들여논 돈을 얼른 빼내주어서 배송을 내자는 거지."

"모두 얼마만 있으면 된단 말야?"

상훈은 다가앉은 말눈치다. 의경의 눈은 깜작깜작해지며 다음 말에 귀를 반짝 든다.

"2,500원~3,000원까지는 있어야 될걸?"

두 사람은 잠자코 말았다. 상훈은 그 돈만 내놓으면 병화를 내쫓겠느냐고 다지고 싶으나 의경 때문에 입을 담쳐버리는 것이다.

안에서 어멈이 밥상을 들고 나온다. 겸상이다.

"나는 세수도 안 했는데, 왜 이리 급하냐?"

주인 영감은 역정을 내면서, 일어서는 경애를 붙든다. 자기는 나중 먹을 테니 여자들끼리 먼저 먹으라는 것이다.

"두 분이 재미있게 자실 것을 입이 부릅게!"

하고 경애가 코웃음을 치며 일어서려니까 사랑문을 찌걱찌 걱 흔드는 소리가 난다.

어멈이 상을 놓고 나가서 여니, 경애 모친이 들어온다. 전 도 부인처럼 손에는 검정 우단 주머니를 들고 자줏빛 목 도 리를 코밑까지 칭칭 감았다. 모녀는 서로 놀라며 주춤하 고 상훈은 어이없이 헤헤 웃으면서 바라만 보고 섰다.

경애는 모친을 그대로 끌고 가려 하였다. 아까 말눈치 같 아서는 밑천을 해줄 모양인데, 공연히 덧들여놓으면 창피스 립고 불끈하는 성미에 내키던 마음이 나시 들어갈까보아 앞 질러 모친을 달래려 한다.

그래도 모친은 한바탕 푸념을 한 뒤에 모녀를 못 데려가겠 거든 일평생 먹을 것을 내놓거나, 그것도 안 들으면 재판을 하겠다고 막 잘라 말을 하였다.

"자식두 걸어서 재판질을 한다는데 왜 내가 재판을 못 하 겠니! 너는 무엇하러 비릿비릿하고 구칙칙하게 줄줄 쫓아만 다니는 거냐? 세상에 사내가 동이 났더냐?"

이 마님의 입이 언제부터 이렇게 막 뚫은 창구멍이 되었는 지 상훈은 예배당 시대를 생각하면 자기도 변하였지마는 놀 라지 않을 수 없다.

자식을 걸어서 재판질을 한다는 것은 상훈이 들어보라는 말이다. 정미소를 덕기가 두말없이 곱게 바치면 모르거니와, 그렇지 않으면 소송이라도 제기한다는 소문이 나기 때문이 나 이것은 창훈과 최 참봉의 입에서 나온 말이다. 이 두 사람 은 깔끔한 덕기에게 붙어서 먹을 것이 없을 성싶은데, 또 한

가지는 상훈이 초상 때에 무시를 당한 것이 분해서 돌아간 노영감의 중독 문제를 쳐들어내어 흑백을 가리려는 기미가 보이자 상훈을 달래고 첨을 하느라고 돌라붙어서, 정미소를 안 내놓으면 소송한다고 떠들고 다니는 것이다. 이것은 우선 엄포지만 그 길에 지금 들어 있는 집도 내놓으라는 것이다. 그것은 노영감이 전답은 대부분을 덕기의 명의로 바꾸어놓았으니까 꼼짝 건드릴 수 없으나 이 큰 집만은 명의를 그대로 두고 덕기가 들어 있으라고 유서를 썼을 뿐이니까, 법률상으로 상속권이 있는 상훈이 주장을 하면 차지할 수 있기 때문이다. 물론 덕기가 일을 거칠게 할 리가 없는 것을 알기 때문에 상훈을 에워싸고 있는 놈들이 변죽을 울리고 다니는 것이다.

어쨌든 경애 모친은 이렇게까지 막 잘라 말하려고 온 것은 아니었는데 의경을 보니 자기 딸이 밀려날 것 같아서 괘달이 나온 것이다. 그러나 길거리에 나와서는 금시로 후회를 하고,

"말이 그렇지만 어린 것을 생각하기로 아주 인연을 끊을 수야 있니. 입에서 젖내나는 것하고는, 꼴보니 오래 갈 것 같지도 않지 않느냐?"

하며 이번에는 다시 딸을 달래려 한다.

경애는 모친의 얼굴을 치어다 보았다. 모친의 성품이 이렇게 변한 것을 이제야 안 것은 아니나 마음에 싫었다. 더구나 상훈을 놓치는 것이 아까워하는 양이 답답하였다.

이날 낮에 덕기 모친은 침모더러 안세간을 큰집으로 실어 보내라고 일러놓고 홱 나와버렸다. 영감은 암만 해야 쇠귀에

경읽기로 점점 더 빛나갈 뿐이요, 늙은 년 젊은 년들이 신새벽부터 패패이 꾀어들어서 저자를 벌이는 그 꼴이야 이제는 더 볼 수 없다는 것이다. 상훈은 마누라가 큰집으로 들어간대야 그다지 시원할 것도 없으나, 되어가는 대로 내버려두었다.

아들이 왔다갔다하고 한참 뒤숭숭하였으나, 결국 이틀 후에는 모녀가 큰집으로 옮았다. 원삼 내외는 있을 맛도 없는 판에 매당이 제 살림을 들이려고 행랑도 내놓으라니까 마침 잘 되었다고 산해진에 가서 일을 보기로 하고 효자동 근처에 셋방을 얻어갔다. 원삼은 비로소 행랑살이를 면하고 상점원이 되었나.

덕기 모친의 세간을 부덩부덩 디미는 수원집은, 안방은 내놓지만 3년상을 마쳐야 떠나지 않느냐고 점잖게 버티어보았다. 어쨌든 난 모르니 자기 세간은 광 속에라도 몰아넣고 방 하나만 내놓으라고 일러논 후 화개동으로 조카님 — 의경이 집 드는 구경을 갔다. 이제는 매당집에서 마주칠 때와 같이 상훈에게 싸고 기우고 하지도 않거니와, 상훈 역시 덕기에 대한 불평이 같기 때문인지 서모와 매우 구순하게 지낸다.

매당은 신이 났다. 시집간 딸을 세간이나 내주듯이 큰마누라의 세간짐이 문전을 채 떠나기도 전에 동생 형님 하는 축을 앞뒤로 거느리고 쭉 들어섰다. 그래야 매당이 가지고 온 것이라고는 성냥통 한 갑뿐이다. 집 안을 들부셔내고 안방에 채를 잡고 앉아서 세간을 사들이는 판이다. 살던 솜씨요 하던 솜씨라, 발기가 머릿속에 있고 말 한마디면 떼그르하고 영등같이 들어서는 것이다. 심부름꾼은 창훈과 최 참봉이다. 이 마누라쟁이의 손으로 수양딸 조카딸 아우님들의 세

간을 1년에도 한두 번 내는 것이 아니요, 그럴 적마다 최 참
봉이 심부름을 한 것이니 최 참봉도 이력이 뻔하다. 그러고
보니 종로 각점방에서도 매당이 적어 내보내는 발기면 두말
없다.

'값은 좀 비싸도 물건만 좋은 것으로'라는 것이 마누라의
심탁이다. 어차어피에 돈 쓰는 놈은 따로 있는 바에야 사는
사람도 그렇겠지마는 파는 사람도 물건만 눈에 차게 쭉쭉 뽑
아서 들여놓아주면 한푼 깎지 않고 군소리 없이 제꺽제꺽 치
러주게 하니, 이 마누라의 신용과 위세가 더 떨치는 것이다.

장전에 기별해서 화류 삼층장, 체경이 번쩍거리는 의걸
이, 금침은 아직 없어도 금침장, 사방탁자, 문갑, 요강받이,
체경, 보료, 안석, 장침, 사방침, 무엇무엇…… 찬장, 뒤주는
찬간으로 들여모시고 마루에는 양식으로 꾸밀 터이란다. 유
기전이요, 사기전이요, 드팀전이요…… 300석을 한목에 팔
아대라는지 정말 혼인집같이 며칠을 두고 엉정엉정 법석이
다. 마누라가 홧김에 솥도 빼어가지고 갔기 때문에 부엌에서
는 솥을 거는데 건넌방에서는 이집 저집 침모 마누라가 모여
와서 금침을 꾸미기에 부산하다. 그래야 원삼의 친구들은 한
푼벌이 구멍에 걸리지도 못하고 세간짐이 들어갈 때마다,

"며칠이나 살려누?"

"어떤 히사시가미인지 큰마누라 내쫓는 날로 저렇게 끌어
들이고서도 신상이 좋을라구!"
하며 숙설거리는 것이었다.

"나두 딸 하나만 얌전히 두었으면 부원군 노릇 한다
네……."

"이르다뿐인가! 우리 언년이 년을 열두 살만 먹여 기생 방에 박네그려……."

"그래서?"

"다섯 해만 키우면 XX대감 막내 마마가 되네그려."

"압다 말만 하게그려."

양지에 팔짱을 끼고 서서 주거니 받거니 시장기도 잊어버린 모양이다.

"더 들어는 뭘 하나! 그때 쓱 올라서면 변리 놔서 두 잔 낼 테니 오늘 한 잔 내보란 말이지."

"그거 좋은 말일세. 그 변리 한 잔부터 자네가 내보게. 5년 후에 먹을 거 다가 먹세그려나?"

"아차차! 언년이부터 어서 만들어놓아야 하겠네. 하하하!"

"허허허……."

객쩍은 입씨름이 충복이나 된 듯싶게 껄껄 웃고 만다.

매당은 집 든 지 대엿새 만에 이 상점 저 점방에서 뽑아 들여온 청구서 한 묶음을 상훈 앞에 내놓았다. 상훈은 펴보지도 않고 그대로 집어서 최 참봉을 주며 덕기에게 갖다가 주라고 명하였다.

덕기는 최 참봉이 주는 청구서 뭉치를 받아서, 한 장 두 장 떠들쳐보다가 발기 뒤의 총계 1,400몇십 원이라는 것을 보고 입을 쩝쩝 다시었다.

"이전에 가져가신 저금 통장만 해두 4,000여 원은 남았던데, 그건 다아 무얼 하셨기에 이걸 내게루 보내시면 어떡하란 말씀인지?……."

저금 통장이라는 것은 장사 후에 부자가 유서를 꺼내보고

나서 땅문서는 건드리지 않고 장비 쓰고 난 예금 통장 하나
를 부친이 집어넣고 간 것이다.

"그건 고사하고 지금 쌀 한 섬에 14원밖에 안 하는데 100
석을 팔아야 이 돈이 됩니다!"

덕기는 딱하다는 듯이 혼잣소리처럼 하며 문서를 척척 접
어 밀어놓는다.

"글쎄, 나 역시 모르겠네마는 어르신네 분부니까 자네 알
아할 것이 아닌가."

어르신네 분부라는 말에 덕기는 잠자코 앉았다가 청구서
뭉치를 문갑에 넣었다.

이튿날 낮에 덕기는 대관절 어떤 형편인가 하고 화개동으
로 올라갔다.

안방에서는 떠들썩하고 마루에서도 요란스러이 도마질을
하는 한편에서 상을 보고 무슨 잔칫집 같으나 그보다도 덕
기는 들어서면서부터 집을 잘못 찾았나? 하는 생각이 들 만
큼 모두 눈 서투르다. 세간이 눈 서투르고 사람이 눈 서투르
다. 마루 끝에 여자의 흰 고무신이 쭉 늘어놓인 것을 보고는
축대 위로 올라설 용기도 아니 났다. 뜰과 마루에서 오락가
락하며 음식을 차리던 여편네들은 낯 서투른 남자 손님을 흘
금흘금 바라들만 보다가 누군지 안방에 대고 소리를 치니까,
방 안이 잠잠해지며 최 참봉이 내다본다.

"어서 올라오게. 아버지 여기 계시네."

덕기는 하는 수 없이 마루로 올라서려니까 안방에 뿌듯이
들어앉았던 젊은 색시들이 군호나 부른 듯이 와짝 일어서며
미인의 시선이 일제 사격을 하는 바람에 덕기의 얼굴은 화

끈 달았다. 어떤 얼굴이 어떻게 생기고 누가 무엇을 입었는
지는 눈에 하나도 보이지 않았으나 그 여자들이 들어서는 자
기와 바꾸어 행렬을 지어 마루로 나가는 것을 보니 소리를
배우고 파해가는 기생들 같다.

　'무슨 잔친가? 집알이들을 온 건가!'
하는 생각을 하며 방 안에 들어서니까, 소복한 서조모가 서
모와 함께 일어서며,

　"어서 오게."
하고 알은 체를 한다. 그 옆으로 앉았는 우둥퉁하고 거북살
스린 중노부인은 매당일 것이나 아랫목 새 보료 위에 앉았던
부친은 좀 어색한 눈치였다.

　창훈은 눈에 안 뜨이고 최 참봉이 문 밑으로 앉았다.

　"어젠 예서 주무셨습니까?"

　덕기는 어제 서조모가 집에 들어와 자지 않은 것을 생각
하고 인사로 한마디하였다.

　"응, 한데 어떤가? 아주 딴 집같이 눈이 부시지?"

　수원집은 덕기가 무슨 말을 하러 온 것인 줄 짐작하기 때
문에 짓궂이 이런 소리를 하고 방 안을 돌려다본다. 덕기도
아무 말은 아니하였으나 무심코 방 안을 둘러보았다.

　유리같이 어른거리고 찬란한 속에서도 덕기의 눈을 놀라
게 하는 것은 방 안 사람의 얼굴이 아랫목에서도 보이고 윗
목에서도 보이고 맞은벽에도 자기의 얼굴과 그 뒤에 일자로
쭉 걸린 여자 망토와 조바위와 목도리가 찬란히 행렬을 지
어 있는 것이다.

　무심하였더니 덕기의 뒤에도 체경이 달려서 마주 달린 체

경이 서로 몇 겹으로 반사를 하는 것이었다. 도대체 이 집은 체경으로 도배를 한, 말하자면 체경방이다. 매당집의 고안이겠지마는 이것은 또 무슨 취미인구? 하며 덕기는 오래 앉았을수록 알지 못할 후터분한 공기가 압박을 하는 것을 깨달았다.

"언제 그건 왔니?"

부친이 비로소 말을 붙이나 아들은 다음 말을 기다리고 가만히 앉았다.

"치를 수 없거든 거기 두고 가거라."

역정스런 목소리나 여자 손들이 많은데 구차스럽게 세간 값으로 부자 충돌을 하는 꼴은 보이기 싫기 때문에 아들의 입을 미리 막으려는 것이다.

"안 치러드린다는 것은 아닙니다마는……."

덕기는 너무 오래 잠자코 있을 수 없어서 말부리만 따고 또 가만히 고개를 떨어뜨리고 앉았다. 그러나 복통이 터져 서 속은 끓었다. 속에 있는 말이나 시원스럽게 하고 싶으나 부친 앞에서, 더구나 조인광좌중稠人廣座中에 그럴 수도 없었다.

"이 판에 용이 이렇게 과하시면 어떡합니까. 여간한 세간 나부랭이야 저 집에 안 쓰고 굴리는 것만 갖다노셔도 넉넉할 게 아닙니까?"

안방 치장 하나에 1,000여 원 돈을 목아서 들인다는 것은 생돈 잡아먹는 것 같고, 누가 치르든지 간에 어려운 일이다.

"이 판이 무슨 판이란 말이냐? 그따위 아니꼬운 소리 할 테거든 그거 내놓고 어서 가거라. 안 쓰고 굴리는 세간은 너나 쓰렴!"

영감은 자식에게라도 좀 점해서 그런지 화만 버럭버럭 내고 호령이다.

"할아버니께서 산소에 돈 쓰신다고 반대하시던 걸 생각하시기로……"

"무어 어째? 널더러 먹여살리라니? 걱정 마라. 아니꼽게 네가 무슨 총찰이냐? 그러나 정미소 장부는 이따라도 내게로 보내라."

부친은 이 말을 하려고 트집을 잡는 것이었다.

"정미소 아니라 모두 내놓으라셔도 못 드릴 것은 아닙니다마는, 늘 이렇세만 하시련야 어디 드릴 수 있겠습니까."

"드릴 수 있고 없고 간에, 내거는 내가 찾는 게 아니냐?"

"왜 그렇게 말씀을 하셔요. 제게 두시면 어디 갑니까."

"이놈 불한당 같은 소리만 하는구나? 돈 1,000원도 못 되는 것을 치러줄 수 없다는 놈이 무어 어째?"

부친은 신경질이 일어났는지 별안간 달려들더니 주먹으로 뺨을 갈기려는 것을 덕기가 벌떡 일어서니까 주먹이 어깨에 맞았다. 병적인지 벌써 망령인지는 모르겠으나 점점 흥분하게 해서는 아니 되겠다 하고 마루로 피해 나와버렸다. 그러나 금시로 정이 떨어지는 것 같고, 그 속에 앉은 부친은 딴 세상 사람같이 생각이 들었다. 신앙을 잃어버리고 사회적으로 활약할 야심이나 희망까지 길이 막히고 보면야, 생활이 거칠어가는 수밖에는 없을 것이라고 동정도 하는 한편에, 이미 신앙을 잃어버린 다음에야 가면을 벗어버리고 파탈하고 나서는 것도 오히려 나은 일이라고도 하겠으나, 노래老來에 이렇게도 생활이 타락하여갈까 하고, 덕기는 부친에게 반항

하기보다도 다만 혼자 탄식을 하는 것이었다.

집에 돌아온 덕기는 10원, 50원, 많은 것은 100수십 원 되는 소절수를 10여 매나 떼어서 상점 발기와 함께 지 주사에게 내주고 곧 가서 셈을 치르고 오라 하였다.

부친의 첩치가는 끝났으나 또 급한 것이 수원집 처치다. 어린애를 데리고 본가로 갑네 하고 나가 앉았으니 트집은 트집이요 하여간 집이 급하다. 태평통 집을 급히 내게 하고 들어앉게 하여놓으니까, 수원집은 이사할 분별은 꿈도 안 꾸고 손부터 내민다. 자기 몫을 어서 내라는 것이다. 그러나 여자들의 몫은 3년상이 끝날 때까지 맡아두라는 게 조부의 유언이다.

"지금 아니 가져가시기루 축이 나겠으니 걱정이슈? 3년 받드는 동안 내가 시량범절을 아니 댈 테니 돈 쓸 일이 있어 그러슈? 할아버니 유언을 어찌면 달이 가시기두 전에 거역 한단 말씀요."

"3년상 안 받들고 내가 딴맘 먹을까봐 그런 유언을 하셨는지 모르지마는, 그래 나를 그렇게 못 믿더란 말인가?"

"못 믿기로 말하면야 나를 못 믿어 그러시는 거 아니겠소?"

"그야 내 칼두 남의 칼집에 들어가면 찾기 어렵지 않은가. 재물이란 조화가 붙은 것이라 앞일을 뉘 알리!"

이 모양으로 이틀을 두고 실랑이를 한 끝에 수원집이 아주 집을 든다는 날 부친이 와서 금고문을 열라는 엄명에 열고 말았다.

"줄 건 어서 주어버리지 잔뜩 붙들고 있으면 무얼 하니. 가겠으면 가구 제 정성 있으면 3년이라두 붙어 있는 거요."

부친의 의견대로 수원집 모녀 몫을 내주는 길에 부친의 300석도 가져갔다. 나눌 것을 다 주고 나니 덕기는 한시름 잊었다. 지 주사만은 500원을 주니까 도리어 맡아두라 한다. 나 죽거든 장비 쓰고 남는 걸랑은 단 하나 남은 딸에게 주어달라는 것이다. 장비야 염려 말고 쓰고 싶은 대로 쓰든지 딸을 갖다주라니까, 쓸데도 없거니와 딸이 굶을 지경은 아니니 하여간 그대로 두라는 것이다.

부친의 첩치가에 과용을 하였느니, 큰마누라 내몰았느니, 수원집의 하는 소위가 가증하다느니 말은 많았어도 모친을 모시게 되고 부친이나 수원집도 소원대로 자리를 잡고 나니 일이 모두 제 자국에 들어선 셈이다.

36. 애 련

덕기는 이만하면 한시름 잊게 되었으니 이번 초하루 삭망이나 지내고 나서 경도로 떠날 작정을 하였다. 시험 준비도 충분치 못하고 어쩌면 추후 시험을 보게 될지 모르나 왕복 두 달 예정만 하면 졸업장을 맡아가지고 와서 경성제대의 본과에 들어가리라는 예정이다. 그러나 2월 초하루 삭망도 지내고 막 떠나려는데, 신열이 나고 감기 기운이다. 쓰고 누울 지경은 아니니까, 하루 연기하지 하고 지 주사가 몇 해 동안 약 시중하던 솜씨로 집 안에서 지어주는 약 두 첩을 써보았으나 좀처럼 열은 내리지 않는다. 겨우내 유행하던 독감이 왔나? 하고 병원에를 가보니 그런 증세라 한다. 게 다가 초상을 치르고 병화 일로 해서 연일 밤늦게 돌아다니 고 무어니 무어니 집안 정리에 푹 지쳐서 몸살이 난 모양이 다. 오한이 심한 저녁때 안방에 들어와 누워버린 것이 이틀 사흘 이내 일어나지 못한 것이 벌써 대엿새 되고 말았다.

병화가 3,4일 두고 무심히 지내다가 전화를 걸어보고 뛰어와 본 것은 한창 열에 띄어서 신고할 때였다. 그렇게 열에

띄었으면서도,

“그래 장사는 잘 되나? 이젠 형사는 쫓아다니지 않나? 필순양의 어른은 경과가 좋은 모양인가?…….”
하고 연거푸 묻는 것이었다.

병화가 돌아와서 필순더러 덕기가 부친의 병 위문을 하더란 말을 하니까, 필순은 좋아하면서,

“에그 어쩌나? 그렇게 신세를 지구 난 가뵙지도 못하구…….”
하며 애를 쓰는 것을 보고 병화는 그 심정을 모르는 것은 아니니 못 가볼 것이 뭐냐? 고 한다든지 가보라고 권하시는 않았다. 병화와 원삼이 아침 저녁으로 돌려가며 문안을 다니는 것을 보고도 필순은 혼자 속으로 애절을 할 뿐이요, 가겠다는 말을 냅뜰 용기가 아니 났다. 모친도,

“저를 어쩌나? 인사두 못 가구…….”
하고 애를 쓸 뿐이다. 저편이 하도 부자라니 정성이 부족한 것은 아니나 감히 엄두를 못 내는 것이다. 그러나 병화가 한 사날 후에 위문을 갔다 오더니,

“필순이, 과일이나 한 광주리 싸가지구 좀 가보지?”
하고 똥겨준다. 그 말이 떨어지기를 기다렸다는 듯이 필순은 반색을 하면서도 그래도 망설이었다. 첫째 무엇을 입고 가나? 병원 같으면 몰라도 그 크나큰 집에를 어떻게 들어갈 수 있을까, 부끄러운 것보다 겁이 났다. 그러나 병화는,

“무얼 그래? 그 집도 사람 사는 집인데……. 어서 갔다 와요. 좀 보내달라기에 보내마 하고 왔는데.”
하며 굴이며 사과, 배를 과일 광주리에 주섬주섬 넣는 것이

었다.

“과일을 좀 보내달라세요?”

필순은 귀가 반짝 띄며 채쳐 묻는다.

“응.”

“그럼 원삼씨 들어오건 갖다두고 오라죠.”

필순은 자기를 보내라는 것이 아니라 과일을 보내라는 것에 지나지 않는다는 말눈치에 실망한 것이다.

“아무나 가져가면 어떨꾸. 아주 그 김에 인사라두 때구 오면 좋지 않아?”

실상은 덕기가 필순을 좀 만났으면 하는 눈치기에 가라고 한 것이나 그댓말을 당자에게 하기는 싫었다. 필순이 덕기를 가까이하지 못하게 하자는 것이 아니라 공연히 어린 마음을 더 뒤숭숭하게 덧들여놓을까 무서운 것이요, 또 혹은 덕기로서 생각하면 저희에게 하노라고는 하였는데 어쩌면 한 번도 아니 들여다보나? 하는 고마운 생각으로, 연해 필순이편 사정을 묻는 것인지도 몰라서 이러니저러니 말할 것 없이 어쨌든지 과일이나 가지고 가보라는 것이다.

“괜히 옷걱정을 하는 게지? 부잣집이기루 수단치마를 입어야 가나? 반찬 장수가 그런 걸 걸치구 나서면 되레 흉봐요.”

필순은 아픈 데를 꼭 집어낸 것에 부끄러우면서도 힘을 얻었다. 사실 아무렇게나 입고라도 인사를 가야 옳겠다고, 부끄러우니 뭐니 교계치 않고 나섰다.

그러나 일러주는 대로 전차를 구리개 네거리[黃金町]에서 내려서 수하정水下町으로 찾아들어가 솟을대문 문전에 다다르니 고개가 옴츠러지는 듯싶고 가슴이 설렁하여 공연히 혼자 쭈뼛쭈뼛할 수밖에 없었다. 무어라고 부를 수도 없고 불쑥 들어갈 수도 없어 한참 망설이고 섰으려니까, 어멈이 행주치마 밑에 밥그릇인지 무언지 불룩히 집어넣고 나오다가 물끄러미 쳐다보며,

"왜 그러우?"

하고 말을 건다. 그대로 갈 수도 없고 망단한 판에 살아난 듯싶다.

"저어, 산해진서 — 효자동서 과일을 가져왔는데요."

필순은 아는 남자의 병 위문을 온 것이 아니라, 병화의 심부름으로 왔거니 하는 생각을 하니 의외로 밀이 당돌히 나왔다.

"들여다두슈."

어멈은 그대로 자기 방으로 들어가려는 눈치다. 그러나 어멈을 놓쳤다간 큰일이다.

"어렵지마는 이것 좀 들여다주세요."

방문을 열고 춘데 어서 들어가려는 어멈을 매달리듯이 붙들었다. 어멈은 필순을 한참 위아래로 훑어보고 나서,

"배달해온 거란 말요?"

하고 다지며 광주리를 받아들고 안으로 들어갔다. 배달부냐? 친구로서 위문품을 가져온 거냐? 하는 말눈치다. 아무렇거나 필순은 그대로 두고만 가더라도 자기가 위문을 다녀간 줄은 알 것이니 그것이 도리어 다행하다고 약은꾀가 난 것이다. 필순은 어멈이 들어간 뒤에 안에서 무어라나 덕기의 말소리가 듣고 싶었으나 누가 뒤에서 붙드는 거나 같이 줄달음을 쳐서 나왔다.

　금단추의 학생복을 아무렇게나 입고 좁아터진 점방에 와
서 귀떨어진 소반에 설렁탕 뚝배기를 놓고 먹던 그 덕기가
저런 고래등 같은 집의 주인이라는 것은 정말 같지 않다. 덕
기는 좋아도 솟을대문이 싫었다. 솟을대문이 정을 떼어 놓는
듯싶다. 돈 없는 덕기였다면 얼마나 좋았을까 싶다.
　그러나 그런 팔자 좋은 부잣집 서방님이 무엇하자고 병화
와 어울려 다니고 자기 같은 사람과도 사귀는지 알 수 없는
일이다. 돈 있는 덕기이기에 경의를 표하는 것이 세상 사람
의 상정일 텐데, 돈 없는 덕기였다면 좋았겠다고 생각하는
자기가 이상한 건 조금도 생각지 않고 이 처녀는 돈 있는 청
년 같지 않게 소탈한 덕기를 더 이상히 생각하는 것이었다.
　“여보 학생 ! 여보 나 좀 봐요!”
　그렇지 않아도 누가 뒤에서 부르는 것만 같아서 뒤를 돌려
다보고 싶은 유혹과는 딴판으로 횡허케 골목을 빠져나오려
니까 뒤에서 아까 그 행랑어멈이 헐레벌떡 뛰어오며 부른다.
　필순은 반가운 생각이 들며 돌쳐섰다.
　“여보 학생 귀먹었소? 걸음은 무슨 걸음이 그렇게 빠르단
말요?”
　학생 아씨라고 부르기도 싫어하거니와 그런 존대를 받아
본 필순도 아니지마는, 필순의 차림차림으로 넘본 어멈은 걸
음 빠른 것까지 홀닦아세우며,
　“서방님이 들어오라신다.”
하고 핀잔 주듯이 전갈을 한다.
　“뭐, 난 바루 갈 테예요, 할 말씀두 없구.”
　필순은 부르는 덕기 생각을 하고 저절로 얼굴이 상기가 되

는 것을 깨달았다.

"안 돼요. 할말이 있거나 없거나 그야 뉘 알겠소마는 어서 들어와요. 남 야단 만나지 않게시리."

이번에는 핀잔만 주는 게 아니라 빈정대는 말눈치를 못 알아들을 필순도 아니지마는 그것이 귀에 거슬리기보다도 들어갈지 말지 망단해서 고개를 떨어뜨리고 잠깐 섰으려니까,

"남 추워 죽겠는데 무슨 생각을 하구 섰는 거요? 누가 서방님 앞에 올라가서 꿇어앉았으라니 부끄러워 못 들어간 단 말요? 창문 밖에서 분부만 듣고 나오면 그만 아닌가."

필순은 잠지코 따러섰다. 병 위문 왔다가 부르기까지 하는데 그대로 간다는 것은 얼뜬 일이요, 만나보고 싶은 마음이 간절하지 않은 것도 아니다. 부끄러운 말이지마는 세상 밖에 나온 뒤에 잘 사는 집이라곤 가본 일이 없으니 구경이 하고 싶다는 호기심이 한구석에 있기도 하였다.

드높은 축대 위를 어느 편으로 올라가야 좋을지 발이 허 청 놓였다. 그래도 사람이 북적댈 줄만 알았더니, 이 큰 집 속이 절간같이 조용하고 보는 사람이 없는 것은 다행하였 다.

"이리 들어오슈."

축대 위에서 건넌방 편으로 향하려니까 의외로 안방 유리창에서 덕기가 내다본다. 얼떨결에 마루로 올라섰으나 고무신짝을 내동댕이나 치지 않았는지 방에 들어가서도 애가 씌었다.

"밖이 차죠? 어서 앉으슈."

덕기는 반색을 하며 웃어 보인다.

"좀 어떠세요?"

문 밑에 쪼그리고 앉으며 간신히 한마디 하고 고개를 떨어 뜨렸다. 언 귀가 녹느라고 그렇겠지마는 얼굴이 달아오르는 것이 필순은 속으로 또 걱정이다.

"그건 뭘, 추운데 들고 오시느라구……."

윗목에 놓인 광주리를 건너다보며 인사를 하는 것을 들으니, 필순은 병화가 보내는 심부름으로 온 것만으로 생각하였는데 의외로 생색이 나서 좋았다.

"그래 아버지께선 그만하시다죠?"

"예에."

모본단 이불을 밀쳐놓고 명주옷에 푸근히 묻혀앉아서 점 잖이 수작을 하는 이 청년의 앞에 앉았기가 점점 괴로워지고 아까 행랑 사람의 말버릇을 생각하면 그 주인에게 깍듯한 경대를 받기가 황송한 생각까지 든다.

"시탕 하라, 점방 보랴, 날은 춘데 참 어려우시겠군요."

"뭐 요새는 경애씨하구 원삼씨가 보아주기 때문에 난 거진 병원에서 해를 보내니까요."

필순은 그 덕에 한창 보기 흉하게 터졌던 손등도 보여진 것을 무심히 내려다보다가 살짝 감추려 한다.

"경애씨도 일을 좀 보나요?"

"예. 요새는 아침에 출근하듯 와서 온종일 매달려 계시 죠."

"허허, 맘잡았군!"

하고 덕기가 웃으니까,

"왜 언젠 달떴던가요? 요새는 살림에 찌든 아씨처럼 행주 치마에 게다짝을 끌구 종일 섰답니다."

하고 생긋 웃는다. 촘촘한 하얀 이빨을 살짝 보이며 고개를 잠깐 움츠러뜨리다 마는 양이 어린 처녀다워 보였다. 이런 환한 방에 놓고 보니 그 흰 살갗이 도리어 푸르러 보일 지경이요, 야윈 얼굴은 영양이 부족한 탓이겠지마는 도리어 병후에 소복되어가는 미인에게서 보듯이 청조하고 나릿한 미태媚態가 은연히 떠도는 듯싶다.

"그만 가겠에요."

말이 뜸한 틈을 타서 필순이 일어서려 한다.

"가만히 계슈. 좀 할 말두 있구, 병원 가시겠군요? 아주 예서 점심 자시구 가시구려."

덕기는 친숙한 친구의 누이처럼 흉허물없이 구는 태도다.

"아녜요. 어머니께서 기다리시니까, 어서 가봐야 해요."

하고 필순이 일어서는 것을 모른 척하고 건넌방에다 대고 아내를 부른다. 필순은 마루를 건너오는 사람과 마주 나가는 수도 없고 그대로 섰다.

"몸도 채 못 녹이구 왜 이렇게 가슈?"

덕기댁은 안방에 들어서며 웃는 낯으로 필순을 치어다본다. 필순은 고개를 꼬박하여 보였다. 부푸하고 수더분한 색시라고는 생각하였으나 부잣집 며느리라고 어디가 다른지는 모르겠다.

"앉으시우."

필순은 하는 수 없이 대접성으로 다시 앉는 수밖에 없었다.

주인 아씨의 눈에 비친 필순은 상냥하고 얌전한 처녀이었다. 활짝 피지는 못하였으나 조촐하고 예쁘장한 색시였다.

옷 입은 것은 볼 것 없어도 어깨통이 꼭 집은 듯하고 몸매가 나는 것도 우둥퉁한 자기로서는 부러웠다. 그러나 남편이 밖에 나가면 이런 여자들하고 교제를 하거니 생각을 하면 역시 덜 좋았다.

효자동 산해진에서 왔다니 누군지는 짐작하겠으나 그런 반찬 가게에 나서서 일하는 여자 같지도 않아 보인다. 그러나 반찬 장사치의 딸 같든 안 같든 병화라는가 하는 주인이 날마다 다녀가는데, 이 계집애가 왜 따로이 왔을꾸? 조금 의심이 든다. 김병화의 아내도 아니요, 이 여자가 벌써 바람이 들었나? 하고 다시 쳐다보았다.

남편은 이 색시가 가져온 귤을 먹고 싶다면서,

"무어 점심을 좀……."

하고 눈짓을 한다.

"추우니 뜨뜻한 장국을 해오구려."

하고 다시 이른다. 과자나 차 같은 것을 가져올까보아 똥기는 것이다. 이 집 규모에(덕기대에는 차차 어떻게 될지 모르지마는) 손님 대접이란 밥이요 정초가 되면 떡국인데 그것도 여간 사람이 아니면 내지를 않는 것이다. 다만 덕기 손님에게만은 과자와 차를 내는 것이다. 그도 그럴 것이 하루에도 안팎에 오는 손님이 10여 명씩 되는데 일일이 어쩌는 수 없겠지마는 조부의 치부도 그 규모 때문이기는 하다. 그런데, 지금 손님에게는 뜨뜻한 장국을 차려오라는 분부다. 극상등 손님 대접을 하라는 말이다.

아내가 고개를 갸웃하며 나가는 것을 보고 필순은 일어섰다. 이런 대가에 와본 일도 처음이라 내심으로 쭈뼛거리는 판에 음식 대접을 한다니 대접이 아니라 죽을 고역을 치르라는 말이다. 더구나 병 위문 와서 대접받고 앉았을 수는 없다. 어서 내보내주었으면 시원할 것만 같다. 올 때는 그립고 다정한 마음으로 왔으나, 맞대하고 보니 이 집 밖에서 보던 덕기와 이 집 안에서 보는 덕기가 딴 사람같이 멀어진 것을 깨달았다. 덕기가 반겨하고 다정히 구는 것은 조금도 변함이 없건마는 어째 그런지 사이에 무엇이 한 겹 가로막힌 것 같고, 여기 올 때까지 공상으로 그러던 감정이 솟아 나오지를 않아서 혼자 실망하는 것이다.

"왜 또 일어나슈? 좀 있으면 내 누이도 학교에서 올 것이요, 또 이야기할 것도 있어서 잠깐 다녀가시라고 김군더러 부탁을 한 것인데……."

덕기가 부탁을 해서 오라고 하였다니 기쁘기도 하고 뿌리치고 나설 수도 없다.

그러나 무슨 이야긴지 좀체 말을 꺼내지도 않는다.

"아버니께서는 전에 장사하셨나요?"

"아뇨. 학교 교사 다니셨에요."

"헤에, 그 왜 그만두셨나요?"

"만세 때 그만두신 뒤로는 내리 노시죠."

이런 이야기 하자고 부른 것은 아니겠지마는, 상이 들어올 동안 심심하지 않게 하려는 수작이다.

"그래 만세 때 여러 해 고생하신 게군요?"

"그때는 1년 반쯤이었대요. 그 후에 4년 하셨답니다."

사람의 내력을 듣는 것은 재미있는 일이지마는 덕기는 그 부친의 내력에 더 흥미를 느꼈다.

"영성문永成門 안 살었죠. 영성문학교 바루 옆집에서 살았에요. 2학년에 올라갈 때 그 풍파가 났답니다."

필순은 이야기에 팔려서 어느덧 아까 같은 사람하고 쭈뼛거리는 마음도 스러졌다.

"그럼 그땐 아홉 살쯤 되셨겠군요?"

별로 신기한 일은 아니나, 덕기 생각에는 이 여자의 아홉 살 때라면 퍽 먼 날의 한창 귀여운 시절의 일 같다.

"어렸을 때 일이니까 어렴풋하지마는, 우리 어머니께서두 그때는 우리 아버님같이 단단하셨죠."

하고 필순은 열렬이란 말이 아니 나와서 단단하였다고 한 것이 우스웠던지 생긋 웃는다.

덕기도 거기에 끌려 웃었다.

"어쨌든 우리집은 그때부터 거덜이 났죠. 어머니께서는 그때 영성문학교에 다니셨지마는, 생각하면 어머니께서두 고생 많이 하셨어요."

필순은 영성문 앞 집에서부터 산해진에 이르기까지 근 10년간 고초가 한꺼번에 머리에 떠오르는지 그 가냘픈 얼굴을 바르르 떠는 듯싶다. 덕기는 이 소녀의 혈관에도 혁명가의 피가 흐르는가 싶어 무심코 눈을 내리깔았다.

"그러시겠죠."

남편은 감옥살이나 하고 아내는 학교에서 떨려나고 하면 집 팔아먹고 자식까지 공장에 내세워 벌어먹는 수밖에 없었을 것이다. 그런 처지야 한두 사람이 아니겠지마는, 그동안 자기 집안은 무엇을 했던구? 적어도 부친과 자기는 어떻게 살았던구? 하는 생각이 든다.

"그래두 어머니께서는 그때나 지금이나 변하신 데가 없지요. 거기 비하면 아버니께서는 퍽 변하신 셈이죠. 그렇다구

해서 아버니가 김 선생(병화)과 꼭 의사가 일치하는 것도 아
닌 모양입니다마는……."

"형, 좌우익에 부친은 중간적 존재시군? 그래 당신은 어
느 편이신가요?"

"나두 이편 저편 다 들지요."
하고 필순은 생긋 웃는다.

"팔방미인이란 말이죠? 기회주의자시군!" 하고 덕기도 웃
다가,

"그래두 한 집 속에서 충돌이 없이 구순히 지내시는 게 용
하외다."
하고 감탄한다.

"허기야 일치점은 있거든요. 구차하니 서로 동정하는 것
이죠. 피차에 배를 졸라매구 앉았으니 의견이 틀린다고 말
다툼할 기운두 없어 서루 사폐를 알아주는 건가봐요. 그런
점은 가정적이나 사회적이나 일반일 거예요……."

덕기는 필순의 예사롭게 하는 이 말에 확실히 일리가 있
다고 생각하였다.

"사실이죠. 사회운동이나 민족운동이나 확실히 그 점에 가
서는 일치점이 있지요."

"하기 때문에 어머니께서는 김 선생 하시는 일을 못마땅
하게 생각하시구 뒷구멍으론 잔소리를 하시다가두, 급한 일
이 생기면 도리어 어머니께서 앞장을 서서 서두르시구 무어
나 군소리 없이 시중을 들어주신답니다."

필순은 피혁 때만 해도 아무 소리 없이 병화가 시키는 대
로 정성껏 옷 시중을 들어주던 것을 생각하며 이런 소리를

한다.

"그렇겠죠!"

덕기가 대꾸를 하여주며 고개를 끄덕끄덕한다.

"아마 선생님께서두 병화씨에게 하시던 걸 가만히 보면, 집의 어머니 같으신 데가 있는가봐요."

"잘 보셨습니다."

하고 서로 웃어버렸다. 덕기는 영리한 계집애라고 속으로 탄복하는 것이었다.

음식상이 들어왔다. 필순은 어려서 혼인집이나 환갑집에 가서나 받아보던 듯한 편육이니 누름적이니 마른 과일이니 하는 접시가 늘비한 상이 들어오는 것은 고사하고 상을 들여오는 사람이 날마다 만나는 원삼댁인 데에 깜짝 놀라 반기었다.

"아가씨 오신 걸 알구 부리나케 쫓아왔죠. 어서 많이 잡수슈."

원삼의 처도 제 식구나 거두어 먹이려는 듯이 인사를 하고 긴 소리 않구 물러나간다.

원삼의 처는, 이 집 행랑것이, 이사간 수원집의 행랑이 나는 대로 떠나가면, 그 뒤에 대신 와서 살 작정으로 낮에만 와서 시중을 들고 있는 것이다. 셋방살이를 나서, 몸도 편하고 남에게 어엿한 대접을 받는 것은 좋기는 하나, 남편이 산해진에서 버는 잣단 돈냥으로는 살 수도 없거니와, 이런 크나큰 댁을 버리고 외톨로 나가 살기가 싫다는 것이다. 마님아씨와 정도 들었지마는 제 살이로는 아무래도 굶어죽을 것만 같아서 안심이 안 되고, 이렇게 풍성풍성히 먹고 입을 수가 없다는 것이다. 덕기는 원삼 내외의 이 말을 듣고 해방된 흑노黑奴라고 속으로 웃었으나 웃고만 넘길 것이 아니라고 생각하였다.

필순은 상을 받고 앉아서 얼떨떨하였다. 작년 가을에 덕기를 처음 만난 것이 서대문 밖 '소바' 집이었고 일전에 설렁탕도 한상에서는 먹지 않았지마는, 함께 시켜다 먹었다. 그러나 처음 오는 시스러운 집의 남자 앞에서 대접을 받기란 그야말로 공경이 체중이었다.

"선생님, 왜 안 잡수세요?"

"난 입맛이 써서……. 귤이나 먹죠. 이서 식기 진에 드슈."

덕기가 귤을 까는 바람에 반병두리 뚜껑을 여니 떡국이다.

— 뭘, 만나던 첫번에도 도시락갑을 무릎 위에 놓고 국수를 쭈룩쭈룩 얻어먹었는데!

하는 생각을 하며 거기에 기운을 얻어 저를 들었다. 그러나 병원에 있는 어머니, 아버지 생각에 목에 걸릴 것 같다. 보는 사람만 없으면 상에 놓인 것을 그대로 싸가지고 가고 싶다.

막 두어 술 넣으려니까, 주인댁이 아이를 안고 들어와 앉는다. 인사성으로 대객삼아 들어온 것은 고마우나 또 주눅이 들어 얼굴이 다시 취해 올라왔다.

"맛은 없어두 많이 자슈."

국수 외에는 하나도 건드리지 않는 것을 보고 덕기댁은 권하더니 아이를 떼어놓고 나가서 자기도 떡국 한 대접을 들고 들어오며,

"나하구 잡숩시다."

하며 마주 앉는다. 덕기는 속으로 잘 되었다 하고 빙긋 웃는

다. 아내의 그런 너름새가 마음에 들었다.

"설에 친 떡이라, 마른 게 잘 붙지를 못했군."

하고 혼잣소리를 하며 편육을 집어 떡국 그릇에 넣어준다. 지금 부엌에서 원삼 처가 필순을 칭찬을 하는 바람에 아까보다는 호의를 갖게 된 것이다.

필순은 이제야 마음이 풀리며, 이것저것 집어먹어보았다. 편육도 1년에 몇 번 술안주 썰 제 도마머리에서 한두 점 얻어먹던 그 맛이 새롭거니와, 근년에는 설에도 구경 못 하던 전유어 맛이란 잊었다가 새로 찾은 듯싶다. 도대체 겨우내 주리던 통김치를 보니, 그것만 가지고도 밥 한 그릇은 먹겠는데, 그 싱싱한 맛이라니 한세상 나서 잘 살고 볼 거라고 어린 마음에 자탄을 하는 것이었다.

상을 물려서 주인댁이 들고 나가서, 덕기는 과일을 권하면서 다락문을 열고 돌아서서 무엇을 흠척흠척한다. 필순은 병인 갖다주라고 먹을 것을 싸주려나? 하며 고맙기도 하나 들고 나가기가 부끄러운 걱정부터 하며 고개를 떨어뜨리고 앉았다가 덕기가 돌아앉기를 기다려서,

"그럼 이젠 가보겠어요. 괜히 와서 여러 가지로 미안합니다."

하고 절을 꼬박 하려니까,

"그럼 어서 가보슈. 이건 아버니 갖다드려요."

하고 어느 틈에 넣었던지 요 밑에서 봉투를 꺼내놓는다.

"그건 무엇입니까?"

무엇인 것을 짐작하는 필순은 얼굴이 또 홧홧하여졌다.

"떠나기 전에 한번 가뵙자던 게 그만 늦게 되어서……. 이

때껏 무어 위문도 못 해드리구 하였기에 마침 오신 길에 ……."

"그만두세요."

"무어 피차 뻔히 아는 처지에……. 날마다 용에도 어려우
실 거요……."

입원료는 상점에서 그럭저럭 뜯어내나 절절맨다는 말을
병화에게 듣고 병화 편에 전해달라려다가, 어차피 한번 가
보고 내놓는 것이 대접일 것 같아서 그대로 둔 것인데, 필순
이 과실을 가지고 온 것을 보니 그대로 보내기가 안 되어 내
놓는 것이다.

필순이 일어서려니까,

"또 언제 오시려우? 내일 모렛새라도 틈 있거든 놀러오시
구려. 실상 한다는 이야기도 못 하고 말았지마는, 이렇게 누
웠으려니까 갑갑하고 심심해서……."

하고 서운해하는 기색이다. 필순은 남자의 다정하고도 애소
하는 듯한 이런 소리를 듣고 심약해진 병자를 동정하는 마음
보다도 이 남자가 무심중에 뒤로 바싹 끼어안아나 주는 듯한
무서운 마음과 기쁜 생각에 또다시 얼굴이 불그레 상 기가
되면서 그 말을 누가 들었을까보아 애가 씌었다.

"예, 봐서요."

이렇게 얼버무려뜨리면서 나오기는 하였으나, 병원과 달
라서 이런 데는 자주 올 수 없지 않느냐고 방패막이를 미리
해두었더라면 좋았다고 생각하였다.

— 하지만 또 오긴 미쳤나!

필순은 한옆에서 날마다라도 올 수만 있으면 — 하고 발버
둥질하는 마음을 나무라듯이 혼잣소리를 하였다. 덕기가 자

기에게 무엇 때문에 그렇게 친절한지 그것이 못 믿을 일이다.

— 그런 남부럽지 않은 아내에 자식이 있는데 무에 심심하구 갑갑할꾸?

하며, 그 말에 솔깃하여진 자기 마음을 어리석다고 스스로 코웃음을 쳐보았다. 언제라도 덕기가 총각이거나 독신 생활을 하는 남자라고 생각한 것은 아니나, 처자를 갖추고 호강스럽게 사는 양을 보기 전과, 본 뒤가 마음이 여간 달라진 것이 아니다. 남자의 다정한 말과 고맙게 구는 태도에 빠질듯하던 마음이, 그 아내, 그 자식, 그 호화로운 살림을 생각하곤, 자기 따위는 교제도 그만두어버려야 할 것이라고 낙망에 가까운 단념이 드는 것이다. 아까 병원에서나 산해진에서 보던 덕기와는 딴판 같고, 두 사람 사이에 무에 막힌 것같이 제 풀에 설면해지던 것도, 이러한 실망과 자곡지심自曲之心 때문이었다. 그렇게 생각하면 덕기의 그 친절이란 것도 요새 돈 푼 있는 집 자식들의 비열한 취미나, 심심파적으로 하는 농락은 아닌가 하는 생각이 든다. 잘못하면 자기도 홍경애 짝이나 되면 어쩌려는구?…….

약고 고생에 찌들려서 일 된 아이가 공장 생활 몇 해에 물은 안 들었어도 보고 들은 것은 있는지라 그만한 깜냥도 들었고, 앞뒤를 잴 줄을 알았다.

"어머니, 지금 조 선생 댁에 갔다오는 길인데요……."

병원으로 온 필순은 어른 몰래 무슨 대담한 짓이나 저지르고 온 듯이 웃으며, 모친의 기색을 살핀다.

"어, 어떻게? 잘 되긴 했지마는……."

인사는 치러야 하겠지마는, 나이 찬 계집년이 낯 서투른 집 남자를 찾아서 그런 데 한만히 다니는 것이 좋을 것은 없어하였다.

"김 선생님이 과실을 좀 가져다두라셔서 문간으로 다녀만 오렸더니 자꾸 들어오라겠죠."

"간 바에야 들어가뵈야지."

모친은 말은 이렇게 하면서도 과실을 보내자면야 원삼의 편엔들 못 보내서 ── 하는 생각도 없지 않았다.

"그런데 이걸 주시던데……."

하고 봉투를 꺼내놓으니까,

"ㄱ건 또 왜?"

하고 받아 뜯어본다.

── 100원 템이!

필순의 모친은 반가우며 애가 쓰이며 이상한 표정이다. 돈 100원이라면 필순이 직공 시절에도 석 달은 죽을 고생을 해야 받아오는 것이었다. 과실을 가져갔으니까 대거리로 보내는 것이요, 있는 사람은 100원쯤 대수롭지 않을지 모르지마는 고마우면서도 마음에 꺼림하지 않을 수 없다. 덕기란 사람이 원체 뉘게나 다정하고 마음이 고와서 불쌍하게 보고 그러는 것이겠지마는 남의 신세를 이렇게 지고 어찌나 하는 겁이 어렴풋이 드는 것이었다.

"뭐요?"

부친도 멀거니 바라보다가 묻는다. 덕기가 보냈다니까,

"음……."

하고 무표정한 얼굴로 한숨을 쉰다. 부모가 그렇게 반색하지 않는 기미를 보니 필순은 그 집에서 점심 대접까지 받고 왔다는 말은, 이야기삼아 하고 싶어도 차마 못 하였다.

이때껏 부모에게 털끝만한 일이기로 숨기는 것이 없고, 못할 말이 없었건마는, 떡국 대접받고 또 놀러오라더라는 말쯤 무엇 때문에 냅뜨지를 못하고, 마음에 무거운 짐이 되게 비밀을 가지게 되었는지, 두고두고 생각할수록 자기 마음을 알 수가 없다.

"그런 줄 몰랐더니 필순 아줌마 숫기두 좋더군. 처음 간 집의 안방에 들어앉아서 떡국 한 대접을 넓죽넓죽 다 잡수시구."

이튿날 낮엔가 손님이 뜸해서 난로를 끼고 경애와 단둘이만 앉았자니까, 이런 소리를 불쑥 꺼내며 놀린다. 경애는 딸을 새에 두고 필순을 아줌마라고 부른다.

"그럼 할 수 있나! 먹으래긴 하구, 먹구는 싫구, 형님 같으면 그런 때 어떻게 했겠소?"

필순은 쓴웃음을 머금어 보인다.

"내야 배고프면 내라고 해서두 먹겠지만."

"난 그만 숫기가 없기에? 덕기씨를 첨 만나는 길루 우동집에 들어가서 쭈룩쭈룩 먹어낸 건 어쩌구! 하하하."

"이제 알았더니 필순 아줌마두 버렸군, 버렸어."

경애는 일부러 혀를 끌끌 찬다.

"아, 담배 직공 3년에 버려두 이만저만 버렸게!"

필순도 장난의 소리지마는 이렇게 퐁퐁 말대구를 하는 것은 처음 듣는 것이다. 필순은 별로 비밀 될 것은 아니나, 어머니에게도 숨겨버린 것을 원삼의 처의 입에서 나왔겠지마는 경애가 놀리는 것은 유쾌할 것까지는 없었다. 그러나 필순은 요새로 신경이 날카로워져서, 뉘게나 대들고 싶은 이상

한 충동이 늘어가는 것이었다. 병원에서 날마다 잠자리가 편치 못해서 늘 잠이 부족하지마는, 이제는 쓸데없는 공상으로 눈을 붙인 것이 몇 시간 되지도 않았었다.

"아직 일러요, 남자 교제를 하려거든, 내 이제 좋은 신랑감 하나 골라서 바칠 테니, 그때 가서 국수를 한턱 잘 먹이라구."

"그건 또 무슨 밑두끝두없는 소리를 하시는 거요? 일구 늦구, 누가 남자 교제를 하구 싶대게!"

경애의 말이 악의 없는 한때 실없는 말인 줄을 알면서도, 덕기와의 왕래를 그야말로 '남자 교제'라고 밀어붙이는 것이 듣기 싫었다.

"그야 내 다 잘 알아요. 하지만 한 살이라두 더 먹은 내 말을 잘 들어두란 말예요. 이 꼴이 된 내 처지를 잘 보아두란 말예요."

경애의 말은 어느덧 동생을 타이르는 형의 말씨같이 정다우면서도 심줄이 들어 있었다.

"누가 뭐 어쨌나요? 어제두 선생님이 과일을 가져다두라시니까 갔던 것이지."

필순은 얼굴이 발개지면서 변명이 급하였다.

"아니, 그것은 실없는 말이요, 어쨌든 주의하란 말예요. 덕기 같은 사람야 물론 좋은 사람이요, 나두 잘 알지마는, 내가 필순 아줌마만한 때 똑같은 처지에 있었기에 남의 일 같지 않아서 조심하라는 말이지! 듣기 싫다면 다시는 말하구 싶지두 않지만……."

피차에 무슨 감정이 있는 것은 아니지마는 하고 싶은 말들을 노골적으로 시원스럽게 못 하니, 흐지부지 싸운 사람

모양으로 입을 담쳐버렸다. 필순도 경애 말이 옳은 줄을 모르는 것은 아니나, 덕기의 이름이 경애의 입초에 오르내리는 것이 첫째 싫은 것이었다.

— 그는 하여간에 무슨 말을 하겠다는 것인구?

이야기 끝에 또 머리에 떠오르는 궁금증이 이것이다. 새삼스럽게 공부를 하라는 것도 아닐 거요, 아무리 궁리해보아도 그 외에 자기에게 할말이 있을 것 같지는 않다.

— 일본에를 같이 가자는 걸까? 같이 가서 공부하자는 걸까?

이런 공상을 하여보고는 얼굴을 혼자 붉히며 고개를 옴츠러뜨렸다.

— 나 같은 것은 데려다가 밥이나 지우자구…….

자기의 분수 없는 공상을 혼자 비웃어도 보았다. 그러나 다녀온 지 사흘째 되던 날인가 원삼이 갔다 오더니 넌지시,

"저 댁 서방넘이 내일 좀 다녀가시래요."

하는 전갈을 듣고는 공연히 가슴이 덜컥하며 자기 신상에 무슨 심상치않은 변동이 닥쳐온 것만 같은 예감이 드는 것 이었다. 물론 아무런 이유가 있는 것은 아니다. 그러나 간다는 것은 큰 짐이다. 병이 나서 기동을 하면 으레 올 거니, 그때에 만나기로 하고 단념하는 수밖에 없다.

"왜, 오늘 좀 안 다녀오시겠어요?"

이튿날 낮에 원삼은 이렇게 똥기었으나,

"어디 갈 새가 있어야죠."

하고 필순은 뒤숭숭한 마음을 꾹 참아버렸다.

가지 못할 데라고 단념을 하고 나니 마음은 가뜬할 것 같

은데 어제 오늘은 더 일이 손에 잡히지를 않고 얼이 빠진 것
같다. 만나고 싶은 간절한 생각이 있다느니보다도, 무슨 말
을 하려는지 그것이 궁금하고 애가 쓰이나 아무리 생각하여
도 나설 용기가 아니 났다.

37. 소문

“자네, 그 1,000원은 헛생색만 내고 말 텐가?”

오라는 필순은 아니 오고 병화가 저녁때 들르더니, 불쑥 이런 수작을 꺼낸다.

“1,000원 주지 않았나? 경찰서 조서에까지 적혔으면야 게서 더한 증거가 어디 있나?”

병화도 껄껄 웃으며,

“그러지 말고 오늘 이행해보게.”

하고 덮어놓고 조른다.

“그럴 의사 없는데.”

“피스톨 구경을 해야 하겠나?”

“자네는 원체 조선 사람의 돈 ― 흰 돈을 쓰지 않기로 결심하지 않았나. 외국서 들어온 붉은 돈을 가지고 왜倭 음식 장사나 하는 외국 무역상 아닌가? 허허허……”

“무어? 어째? 흰 돈이란 백통전이요, 붉은 돈이란 동전 말인가?”

하며 병화는 또 껄껄 웃었으나 덕기의 입에서 ‘외국서 들어온 붉은 돈’이란 말이 나오는 것을 듣고 속으로 놀랐다.

“왜? 겁이 나나?……. 하여간 아직도 밑천이 달리지는 않을 것인데, 정말 1,000원을 내놓으면 이번에는 감옥까지 가라는 말인가?”

“3년 징역을 한다면 1,000일이 넘지 않는가? 하루 1원씩 쳐서 1,000원이니 우수리는 할인하고 1,000원만 내게.”

“1,000일 일수로 부어가면 어떻겠나?”

“자네는 언제부터 개업했나? 빚놀이두 유산 목록의 하나던가?”

병화는 실없이 웃으면서도 기위 넉기의 입에서 ‘붉은 논’이란 말이 나왔으니 아주 자세한 사정을 말해버릴까 말까 속으로 망설이었다. 필시 필순에게 들었을 것이니, 도리어 자세한 사정을 말해두는 편이 나았을 것 같으나 도대체 여자란 입이 가벼워 못 쓰겠다고 필순을 속으로 나무랐다.

병화의 생각으로서는 경찰에까지 말썽이 된 1,000원이니 그것을 정말 내게 하여 상점을 확장하겠다는 것도 한 조건이지마는 또 한편으로는 후일 또 무슨 일이 있을 경우에 덕기가 내었다던 1,000원의 실상은 그 소위 ‘붉은 돈’ 속에서 쓴 것이라는 것이 발각되는 날이면 덕기의 신상에도 좋지 않으리라고 하여 이래저래 끌어내자는 것이다.

“자네, 수단 용한 줄은 알았지마는, 사람을 짓고생을 시키고 이렇게두 덤터기를 씌워 상관없겠나?”

병화를 얼마간 도와주려는 생각은 없지 않았지마는 1,000원이나 내놓을 수는 없었다.

“사람두, 왜 이리 녹록한가? 그럼 1,000일 일수 부음세.”

결국 자기가 기동한 뒤에 정미소에 나가서 돌려주마고 하였다.

"그런데 요새 이상한 소문이 들리니 웬일인가?"

병화는 제 볼일은 다 봤다는 듯이 총총히 일어서려다가 지나는 말처럼 꺼낸다.

"무어?"

"대단히 좋지 못한 소문인데, 자네 의사한테 돈 먹인 일 있나?"

"무어? 그거 무슨 소린가?"

덕기는 누웠다가 일어나 앉는다.

"글쎄 그럴 리는 없을 텐데? 약을 잘못 써서 노영감이 돌아가셨는데, 초상 뒤에 자네가 의사들에게 돈을 먹인 것을 보면 내용이 있는 일이라고들 한다네그려!"

"누가 그러던가?"

덕기는 눈이 휘둥그래진다.

"누구랄 건 없구……."

"들은 대로 말을 하게그려."

"어쨌든 약을 잘못 쓴 것은 사실인가? 의사들에게는 얼마를 주었나?"

"공연한 미친놈들이 그런 소리를 내놓으면 입을 틀어막느라고 돈푼 줄 줄 알고 그러는 거겠지만 대관절 누가 그러던가?"

"원삼이가 제 친구에게 들었다고 어제 저녁에 눈이 뚱그래 와서 그러데."

"원삼이가?……. 그래 원삼이는 뉘게 들었다던가?"

덕기는 출처가 의외의 방면인 데에 다소 놀라면서 원삼이 직접 자기에게는 어째 말이 없나 하는 생각도 하였으나, 그런 말이란 더구나 아랫사람으로는 맞대해놓고 말하기가 어려워서 못 한 것일 것이다.

"별일이야 있겠나마는 한 입 걸러 두 입 걸러 퍼져나가면 성이 가시지 않은가?"

"온 말 같지 않은! 어떤 놈들이 그런 소리를 하고 다니는지…… 어쨌든 원삼이를 좀 보내주게."

"나 역시 여기에는 필시 무슨 조건이 있는 거라고 생각하였기에 들어만 두라고 말한 걸세."

하고 병화가 일어서는 것을 또다시 붙들어놓고,

"여보게, 아주 잠깐 물어볼 말이 있네."

하고 말을 돌린다.

"무어?"

"자네 언제까지 장사를 할 텐가?"

"하는 대로 해보지. 한정이 있는 일인가. 또 설사 나는 손을 떼는 한이 있더라도 잘만 되면야 필순이네를 맡겨도 좋구."

"그야 그렇지! 그런데 재미를 보아가는 모양인가?"

한밑천 대마는 말눈치 같아서 병화는 눈이 번해서 열심으로 달려든다.

"어쨌든 잘 되겠지. 아직 한 달도 채 못 되네마는 밑질 리야 없고 그런 대로 뜯어먹기는 하는 셈일세."

"자아, 그러니 말일세. 자네도 이제는 믿을 만한 사람을 얻어서 일가를 이루어야 하지 않겠나?"

병화에게는 좀 의외의 말이었다.

"그거 무슨 소린가? 모두 믿을 만한 사람만 모이지 않았나?"

"하기는 그렇지마는 이 사품에 아주 결혼을 하는 게 어떠냐는 말야?"

"온 당치않은 소리! 내가 그걸 시작한 것이 나도 유자생녀하고 배 문질러가며 거드럭거리고 살자고 하는 거면 모르겠네마는 저것은 장래에 내 사유물이 아니라 동지의 쌀자루밥통으로 만들자는 것일세. 무슨 일을 허거나 먹기는 해야 하고 자금이 다소 있어야 하지 않나. 우선 필순이네 세 식구를 굶기지 않고, 나도 일시적 호신책으로 시작하였지마는 차차 커질수록 우리들의 공동 기관을 만들 작정이란 말일세. 누구나 들어와서 교대해가며 일을 할 수 있지마는 먹는 것 외에 이익을 배당하려든지 한푼이라도 축을 내서는 안 될 일 ― 나부터도 그 멤버의 한 사람일 따름일세."

"그거야 아무렇게 경영하든지 간에 자네 개인 문제도 해결해야 할 거 아닌가?"

"내 개인 문제라니? 이대로 살아가면 그만 아닌가? 결혼을 해서 사지를 결박을 짓지 않아도 붙들어매지 못해서 애를 쓰는 동앗줄이야 얼마든지 있지 않은가! 필순이 어른을 보게. 누구나 결혼을 하면 그 모양으로 남 못 할 노릇 시키고 폐인밖에 더 되겠나?"

"지금 생각에는 그렇지마는 사람이 일생을 살자면 그런 것도 아닐세. 그는 그렇다 하고 우선 필순이 문제는 어떻게 할 셈인가?"

병화는 흐응! 하고 웃다가,

"알아듣겠네. 필순이로 말하면 제가 결혼할 때까지 물질적으로는 내가 어디까지 보호해주지마는, 그 다음 일은 제 자유에 맡기고 제 부모가 알아 할 것이 아닌가. 내가 그 이상 간섭하면 당자에게 불행이니까. 그리고 홍경애 역시 다만 이대로 우정 관계를 계속할 뿐이지 더 다시 발전될 것도 아니요, 결코 오래가리라고도 생각지는 않네.”
하고 염담恬淡한 태도로 도리어 핀잔을 준다.
　“어디 일이란 그렇게 자네 형편만 좋게 되란 법이 있나? 만일 거기서 소생이 있게 된다든지 하면 지금 생각같이 간단히 처치가 되나? 그러니까 오래 못 갈 바에야 아주 얼른 저이하고 결혼을 하리는 말이지.”
　“누구하구? 홍하구?”
　“홍하고야 자네 형편에 되겠나? 주의 사상이라든지 생활 정도라든지, 또 우리들 체면을 보든지…….”
　“응, 알았네. 무엇보다도 자네 체면 보아서 홍을 단념하고 필순이에게 장가를 들라는 말인지 또 혹은, 이거 내가 너무 넘겨짚는 생각인지 모르지마는, 필순이에게 대한 자네 감정이나 유혹을 청산해버리고 단념을 해버리기 위해서 그렇게 해달라는 말인지도 모르겠네마는, 나는 도무지 모를 말일세. 되어가는 대로 할 수밖에 없고, 자네 알아 할 일은 자네가 알아 하게! 나 모르네.”
　병화의 태도가 의외로 강경하였다.
　“무얼 나더러 알아 하란 말인가?”
　“필순이 일 말일세! 그렇다고 자네더러 데려가라는 말은 결코 아닐세. 다만 내게 올 소질이 없는 사람이요, 또 내게 와서 평생을 고생시키기는 가여우니 어쩌나. 나로서는 불간

섭일세. 그렇게 걱정 않아도 저 갈 데로 가게 되겠지. 그리고 홍으로 말하더라도 설사 나와 산다기로 자네가 창피하다거나 성이 가실 일이 무언가? 어쨌든 지금 나는 그런 것으로 머리를 썩일 여유가 없네! 그까짓 일이야 아무렇게나 될 대로 되라면 그만 아닌가.”

병화는 벌떡 일어서버린다.

“그러나 한편에서 요구를 하면 어쩔 텐가?”

덕기는 마지막 또 다진다.

“누가? 필순이가?……. 그럴 리도 없지마는, 그렇다 하더라도 나는 단연 거절일세. 필순이는 내 동지 될 위인도 아니요, 자네 말과 같이 그의 행복을 위하여서도 안 되고, 또 누구나 부모까지 맡을 만한 여유 있는 사람이 아니면 안 되네!”

병화의 말도 그럴 듯하고 필순을 그 축에 맡겨두거나 병화와 평생을 고생하게 하기가 가엾기는 하나 또 그 밖에 별로 해결할 도리가 있을 것 같지도 않다.

— 부질없는 간섭일지도 모르긴 하지마는…….

덕기는 이런 생각도 없지 않으나 하여간 필순의 의향도 물어보고 나서 또다시 권해보리라고 생각하는 것이었다.

보내달라고 부탁한 원삼은 날이 저물도록 아니 왔다. 기다리다 못 하여 덕기가 몸소 사랑으로 나가서 전화를 걸었다. 날[癒] 고비에 외기를 쐰다고, 모친이 성화같이 나무랐으나 기동은 할 만하고 그 길에 필순도 불러보고 싶던 것이다.

필순은 불러달랄 것도 없이 전화통에 나왔다. 역시 그 목소리가 반가웠다. 저편에서도 반기는 말소리가 그 전같이 웃는 목소리는 아니다. 덕기 자신의 감정이 그래서 그런지 필순이 자기의 감정을 자제하려는 눈치가 전화를 듣는 말소리에도 역력하다.

그동안 바빠서 못 가서 죄송하다면서 내일 오겠느냐니까 마지못해 그러마고 대답을 하였다. 전화를 끊고 나서 덕기는 멀거니 한참 싫었다. 전화로 목소리만 듣고도 그처럼 반가워하는 어리석고 주책없는 자기 마음을 덕기는 스스로 부끄러워하고 나무라는 것이었다.

자기의 이때까지의 노력이나 생각이 조금도 자기 마음에 부끄러울 것 없는 정당한 일이었다. 그러나 거기에 조금치도 허위가 없있던가? 진심으로 그 두 사람의 행복을 똑같이 축복하는 것이었던가? 필순의 장래를 염려하듯 병화의 행복도 조금도 못지않게 염려를 하여줄 성의가 있는가? 만일 그 두 사람이 기뻐서 약혼을 하였다면 자기의 마음은 어떠하였을까? 일생의 처음이요 마지막일지도 모르는 마음의 상처를 고이 덮어서 가슴속에 넣어두고 평생을 살아갈 용기가 있을까?……

— 나도 남 모를 위전자다…….

그러나 이것만은 사실이다 — 어서 필순이 남의 사람이 되어서 가주었으면 자기는 더 깊어지기 전에 멀리 떨어져버리겠다고 생각한 것만은 사실이다. 그걸 생각하면 아까 병화가 남의 마음을 꼭 집어내서 ‘감정을 청산하고 유혹에서 벗어나려는 수단’ 이라고 하던 말이 남의 폐부를 찌르는 듯이 아프고도 시원하다. 그러나 유혹에서 벗어나려는 그 노력도, 그 사람을 위한다는 것보다도 자기를 위한 일이 아닌가? 이기적이다. 역시 위선자다…….

덕기도 자기 비판, 자기 반성에 날카로운 인텔리다. 자기 비판이 냉철할수록 자기 속에서 사는 필순의 그림자가 너무나 또렷이 나타나는 것은 참을 수 없는 모순이다. 괴로웠다. 마음이 아팠다.

원삼이 30분도 못 되어 자전거로 뛰어왔다. 원삼도 요새 '바깥애' 티가 없어져가고 외투에 방한모를 눌러쓰고 자전거로만 뛰어다니게 되었다.

원삼은 그 소문을 화개동 병문에서 노는 제 동무에게 들은 것인데, 또 그 동무는 그 동네 술집에서 옆사람들이 술을 먹어가며 수군거리는 것을 듣고, 어렴풋이 짐작한 것을 원삼에게 물어보았던 것이라 한다. 그러나 술 먹으며 이야기삼아 하던 그 사람들이 누구던가는 알 길이 없다. 다만 양복 입은 젊은 사람이라는 것밖에는 종을 잡을 수가 없다 한다.

덕기는 아무리 생각을 해보아야 이 집이나 화개동에 드나드는 사람 중에 양복을 입은 젊은 애가 누굴지 짐작이 안 간다. 친구들도 없지 않으나, 근자에 친한 사람들은 '경도'에 있는 유학생들이요 서울에 있는 사람은 중학교 동창생으로 모두 전문학교에 다니지 않으면 교회 방면 사람들이니, 선술집 같은 데 들어설 사람은 없다. 그 외에 노상 안면쯤 있는 사람으로서야 의사에게 돈을 먹였느니 하는 남의 집 내막까지 참견할 사람은 못 된다.

하여간 원삼더러 제 동무라는 자를 불러가지고 오라 하였다. 원삼은 자전거를 타고 화개동을 다녀오더니 그자가 없어서 일러놓고 왔으니까, 내일 아침에는 어떡하든지 붙들어 가지고 오게 되리라 하고 가버렸다.

“그거 큰일났네. 암만 해두 또 어떤 놈들이 흑책질일세 그려.”

지 주사는 옆에서 듣고만 있다가 입맛을 다신다.

“글쎄 말입니다. 누구든지 이 집안 내정을 빤히 아는 놈의 입에서 나오지 않았겠습니까? 도둑이 제 발이 저려서 그러는지요. 만일 그런 게 확적하면야 이번에는 가만 내버려두지 않을 걸요.”

덕기는 이를 악무는 소리를 한다.

“도둑이 도둑야아 소리만 질렀으면 좋으련마는, 그래 놓고 뒤로 돌아가서 또 도둑질을 하려니까 걱정이지.”

“물론 그러자고 하는 짓이 아니겠습니까?”

“그래 의사들에게 무얼 좀 주었나?”

“선사를 하였지요. 으레 할 것이 아닙니까. 다른 자들이야 집의 단골이니까 약간 손수세만 하고, 병원의 일본 의사는 애도 썼고, 박사란 체면도 보아서 좀 넉넉히 보냈지요.”

“얼마나?”

“그것도 물건으로 하려다가 조수 말이 현금이라도 상관없다고 하며 도리어 현금이 좋을 것같이 말을 하는데 1,200은 좀 적은 것 같기에 300원을 보냈지요.”

“300원 템이!”

하고 지 주사는 놀란다.

“그래야 우리 안목으로는 많은 돈 같지마는 저 사람들이야 그까짓 것 한 달 월급도 못 되지 않습니까?”

덕기는 남이 많다고 하면 아무쪼록 변명을 하였다. 다른 의사들에게는 2,30원짜러 상품권을 보냈는데, 병원 의사에

게만 조선 사람 조수에게 현금 100원과 과장에게 300원은
많은 것이었다.

지 주사부터라도 그것이 의문이었다. 그 300원이라는 것
이 정말 무슨 일이 있는 것을 덮어두어 달라고 입수세로 준
것인지? 내심으로는 분하면서도 가문이라든지 세상 체면을
보느라고 울며 겨자 먹기로 눈감아버리고 못된 놈들을 도리
어 덮어주어버렸는지? 또 혹은 장본인이 상훈이기 때문에 덕
기로는 어쩌는 수 없이 몰려지내는 것이나 아닐지?…….

빤히 보고 지낸 지 주사부터라도 이런 의심을 먹는 것이
었지마는 원삼의 친구란 자를 불러다 보았어야 요령부득이
요, 소문의 출처를 붙드는 수가 없었다.

이튿날이다. 열한 시나 되었을 터인데 덕기 집에는 이제 야
아침이 한창이다. 필순은 가뜩이나 쭈뼛거리는 마음을 참으
며 마루 앞으로 들어서려니까, 부엌에서 어멈이 중얼거린다.

— 이렇게 일찍 아침을 얻어먹으러 오나…….

중간 말은 안 들리나 분명히 이런 소리가 들릴 때, 필순은
모닥불을 얼굴에 끼얹는 듯하였다. 원삼의 처는 눈에 안 뜨
인다. 이 어멈이란 수원집이 끌어들인 것이지마는 필순이 어
쨌기에 저번부터 못 먹어하는지 그것도 배냇병인가보다.

건넌방에서도 인기척은 알았을 터인데 한참 만에야 주인
아씨가 내다보며 알은 체를 하나, 덜 좋은 기색 같다. 마루
로 올라서 안방 문 앞으로 가려니까 건넌방에서,

— 어째 또 왔누? 계집애년이 저무두룩…….

어찌고 하는 소리는 모친의 목소리인 모양이다. 필순은 방
문을 곱게 열고 뒤에서 등덜미를 탁 쳐서 들이미는 듯이 뛰

어들어오다시피 하였다. 얼굴이 확 취하기도 하나, 반발 적으로, 그래도 자기네 체면을 생각하기로 그럴 수가 있나! 하는 분심도 났다.

덕기는 잠이 어리어리하였던지 눈을 반짝 뜨며 반기는 웃음을 웃는다. 그러나 필순은 그것이 반갑다기보다도 여러 사람의 눈에 안 뜨이는 방 안으로 숨게 된 것만 다행하였다.

"좀 어떠세요?"

필순은 무안쩍은 생각에 할 수 없이 길체로 앉았다.

"예, 이젠 훨씬……. 헌데 아버니께서야말루 저렇게 오래 가셔서 걱정이군요."

이 처녀가 자기 집에 들어와서 무슨 욕을 보았는지 알 길이 없는 덕기는 몽총하니 좋지 않은 기색을 유심히 바라보았다.

"별루 더하실 것두 없습니다마는, 일전에는 너무 미안스럽습니다구 어머니께서 문안 여쭈라세요."

제 혼자의 전갈이다.

"온 천만에!……."

덕기도 이 모처럼 청자 청자 하여 데려온 '귀객'의 신기가 몹시 좋지 않은 것을 보니, 기가 질려서 벙벙히 앉았다.

— 왜 그럴꾸? 김군이 섣부른 소리를 해서 오해를 한거나 아닐까?

어제 병화와 수작한 것을 벌써 들려주어서 노한 것만 같다. 그러나 병화가 아무리 숫기 좋고 말을 텅텅하는 사람이기로 당자를 맞대해놓고 당신과 결혼하랍디다, 하고 직통 쏘지는 않았을 것이다. 또 그렇기로 노할 것까지는 없을 것이

다. 만일 그래서 노하였다면, 덕기 자신에 대한 남다른 호의
는 못 알아주고 가당치도 않게 친구와의 결혼을 권하였다 하
여 야속하다는 것일지도 모르나 그것은 지나친 지레 짐작일
것이다.

"지금 병원에 가시는 길인가요?"

선뜻 나오는 말이 없어서 꺼낼 것이라서, 필순은 이것을
언턱거리로,

"예, 곧 가봐야 하겠에요."

하고 부리나케 일어선다.

"오시자마자 왜 그러슈? 왜 내가 뭐 잘못한 게 있건 용서
하시죠."

약간 실없는 어조로 농쳐버리려니까 그제야 생긋해 보
이며,

"천만에요!"

하였으나, 안 올 데를 온 자기의 어림없는 생각을 또 한 번
뉘우쳤다. 분하던 것이 이제는 후회와 절망으로 변하였다.

이 남자와 이 이상 교제를 계속하였다가는 무슨 욕을 볼지
무섭기도 하거니와 아무래도 자기 분수에는 어울리지 않는
것을 절실히 깨달은 것 같다.

"한 10분만 하면 이야기가 끝날 거니, 잠깐만 앉으셔요
……. 그래, 상점 일이 잘 되어 간다지요?"

덕기는 더 옥신각신할 것 없이 다짜고짜 말을 붙였다.

"예, 잘 팔리는 셈예요."

필순은 엉거주춤하고 다시 앉는다.

"장사에 재미가 나요? 아주 장사꾼으로 나서시구 싶지 않

아요?”

필순이 대답하기가 거북한 듯이 한참 남자를 바라보다가 인사성으로 방긋해 보일 뿐이다. 이 남자가 하고 싶다고 벼르던 이야기란 것이 이것인가 생각하니 실망도 된다. 일본에를 같이 가자지나 않을까 하던 꿈이 어이없이 스러진 것도 도리어 코웃음이 날 지경이다.

“그야 어렵겠죠. 장사가 뼈에 밴 것도 아니겠고……. 하지만 내가 말씀하자는 것은 여자란—하필 여자뿐이겠나요마는 더욱이 여자란 혼자 살기는 어려우니까, 또 그렇게 만들어진 사회니까…….”

필순은 눈이 똥그래지며 긴장하였다.

“…… 쉽게 말하면 얼른 의탁할 사람을 택하시는 것이 좋겠단 말씀요, 어차피 할 결혼이면야 아주 속히 귀정을 내고 심신을 꽉 한 고장에 담는 것이 제일 좋을 듯싶은데…….”

필순은 저절로 고개가 숙여지며 적지않이 놀랐다. 이 남자의 입에서 결혼 문제가 나올 줄은 의외이었다. 결혼을 하라면 누구하고 하라는 말인가? 좋은 신랑감이 있으면 보지는 못하였으나 누이가 있다니 자기 매부부터 삼을 것이 아닌가 하는 생각도 무심코 떠오른다.

더구나 덕기의 입에서 병화의 말이 나올 제 필순은 눈이 회동그라지며 머리를 무엇으로 얻어맞은 듯이 뻑적지근하였다. 덕기는 귀에 잘 들어오지도 않는 잔소리를 한참 늘어논 뒤에 이렇게 말을 맺었다.

“…… 어쨌든 그렇게 되면 김군도 만족일 것이요, 필순양도 불만은 없겠지요?”

이 사람이 속을 떠보느라고 객담으로 이러는 것인가? 약간 분한 생각까지 들었다.

—그건 안 될 말씀이에요. 홍경애가 있지 않습니까?…….
하고 우선 속 답답한 소리를 딱 잘라버리고 싶었으나 홍경애 문제는 고사하고 필순 자신이 이때까지 결혼하고 싶다는 생각을 해본 일도 없거니와 더구나 병화에게 그런 감정이라곤 꿈에도 가져본 일이 없으니 애초에 이러고저러고가 없는 일이다. 병화와 친하기로 말하면 덕기보다 못 할지 모르나 결국에 친구일 따름이다. 어떻게 말하면 오라비나 삼촌 같은 것인지도 모른다. 필순도 그렇게 생각하여 왔거니와 병화도 그 밖에 더 생각하지는 않고 있을 것이다.

"홍경애를 혹 어찌 생각할지 모르지마는, 그거야 같이 장사를 하노라니까 친해졌을 뿐이지 별일 있나요. 원체 홍씨란 사람이 살림이나 장사나 얌전히 들어앉아 할 위인도 아니지마는 필순씨가 김군의 장래를 생각하여주고 지금 같은 그런 거친 생활에서 구해주실 성의가 있다면, 그밖에 도리가 없을까 해서 말씀인데……."

필순은 여전히 고개를 떨어뜨리고 앉았다.

"물론 아버님, 어머님의 의사에도 있는 것이요, 내가 중뿔나게 나설 일이 아닌지도 모르지마는 피차에 이만 통사정은 할 수 있는 처지요, 우선은 필순씨의 의사부터 알아보는 것이 순서일 것 같아서 하는 말씀인데……?"

"전 모르겠에요……."

필순은 간신히 한마디 대꾸를 하였다.

"그럼 부모님께 내가 여쭈어볼까요?"

거기 가서도 대답이 없다. 대답이 없다고 반드시 반대의 뜻은 아니려니 싶어서,

"김군편만을 생각해서 헌 말씀은 아닙니다. 상점이 그만큼 되어가는 것을 보니, 두 분 — 두 분만 아니라 댁 전체가 합심해서 노력하시면 생활 근거도 잡히시리라는 점도 생각해 본 것이에요."

하고 또 다른 각도로 권해보았다. 그러나 필순은 검다 쓰다 말이 없다. 덕기의 친구를 위하고 자기 집의 생도를 염려해 주는 그 호의는 잘 안다. 그러나 병화를 자기의 결혼 상대자로는 다시 생각해 볼 여지도 없는 일이요, 홍경애의 존재를 모른 척할 수도 없는 일이다.

잠깐 피차에 말이 막히자 그 틈을 타서 필순은 일어섰다.

"가봐야 하겠습니다."

조용히 사뿟 인사를 하며,

"다시는 그런 말씀 마세요. 저는……."

하다가 말이 콱 막혀버렸다. 하마터면 눈물까지 핑 돌 뻔하였다.

저는 저대로 살겠다든지 무어라고 그런 뜻을 표시하려는 것인데, 어쩐지 별안간에 눈물이 솟아나려는 것을 참은 것이었다. 필순은 이때까지 남자에게서 무슨 말을 들었던지 다 잊어버리고, 다만 한 가지 이 남자가 자기를 아무렇게도 생각지 않는다는 것만은 분명히 안 듯싶다. 동시에 무엇엔지 속았다는 분한 생각이 드는 것이다. 이 남자가 자기를 속인 것은 결코 아닌데 자기는 제풀에 속아 넘어갔다고 생각하는 것이다. 그나마 뉘게 하소연할 데조차 없고 이 남자 자신도

모르고 말아버릴 일이다. 그것이 더 분하여 울고 싶은지 모른다.

덕기는 필순의 노기를 품은 듯한 언성과 글썽해지는 눈을 보고 깜짝 놀랐다. 이맘때 처녀의 심리를 잘 알 수 없는 덕기는 무슨 말이 이 여자의 귀를 거슬렀는가 애가 쓰였다.

"혹 내가 잘못한 말씀이 있더라두 오해는 마시구 찬찬히 잘 생각해봐 두셔요."

덕기는 따라 일어서며 이렇게 말했다. 필순은 가슴이 더 답답하였다. 남의 속을 이렇게 몰라줄까 싶어 원망스럽기도 하고, 어떻게 생각하면 번연히 잘 알면서도 자기를 단념하라고 모르는 체하고 일부러 시치미를 떼는 것 같기도 하다.

필순은 하마터면 잊어버리고 나설 뻔한 목도리를 다시 돌쳐서 집어들고 나오려니까 방문이 밖에서 열린다. 어느 틈에 나왔는지 건넌방 마님이 문을 가로막고 선다. 딱 마주친 필순은 이 마님의 심상치 않은 기색에 가슴이 서늘해지며 주춤 남자의 옆으로 비켜섰다.

"약을 먹었으면 쓰고 눠서 조리를 해야지."
하고 들어보라는 듯이 필순을 무안스럽게 위아래로 훑어본다. 그렇지 않아도 대청으로 뜰로 빠져나가기가 큰 걱정인 필순은 쥐구멍을 찾을 지경이다.

"왜 이러세요? 어서 들어가 계셔요."

덕기는 하도 망단해서 한 걸음 물러선 여자를 몸으로 가려주듯이 막아서며 모친을 밀고 나가려는 기세를 보인다.

"밖이 어떻게 춥기에, 왜 나오려는 거야? 손님 배웅은 내 할게 누웠거라."

그 장한 손님 배웅에 앓는 귀한 아들이 찬바람을 쏘일까 보아 애를 쓰는 것은 그럴 일이로되, 가려고 나선 필순을 보고,

"그럼 미안하지마는 오늘은 가주우. 몸이나 성해지거든 또 놀러오든지."

하고 몸을 비켜 길을 터준다.

필순은 어떻게 빠져나왔는지 이만큼 나와서야 제정신이 들었다. 나올 제 덕기가 뭐라고 하던지, 누구들이 있었는지 하나도 생각은 아니 나나 마루 끝까지 나왔던 것과 건넌방 문이 방긋이 열리고 곱다한 여학생이 내다보던 것반은 분명하다. 그것이 아마 늘 말하던 누이인 모양이나, 그 계집애 눈에, 미친 불량 소녀같이 보였을 것도 또 부끄럽다.

필순이 나온 뒤에 집은 잠깐 발끈 뒤집혔었다.

"그건 시집간 년이냐? 아무리 반찬 가게 년이기루 여기를 무엇하자구 제 집 드나들듯 하루가 멀다구 오는 거냐?"

마님은 방에 들어오지도 않고 마루에 서서 안방에 대고 듣기 싫은 소리를 한다. 가뜩이나 화가 나는 것을 참으며 수염도 없는 턱을 쓱쓱 문지르고 앉았던 덕기는,

"추운데 어서 들어가세요."

하고 한마디 대꾸를 하였다.

"너도 체통이 있어야지. 아무리 너 아버지 내력이기루 세상에 계집이 없어서 그따위 가게쟁이 딸년을 안방 구석으로 끌어들여서 씩둑꺽둑하구 들어엎댔단 말이냐? 너두 이젠 집안 어른 된 체통이 있어야지!"

덕기는 모친의 히스테리가 또 동했구나 하며 잠자코 듣고

만 있으나, '너 아버지 내력' 이란 말에 가슴이 툭 찔리며 불현듯이 반감이 생기는 것이었다. 그 아버지의 자식이지마는, 아버지 같다는 것은 듣기 싫었다. 덕기는 자기가 부친같이 계집에 눈이 벌건 것은 아니라고 생각하는 것이다.

"홍경애가 우리집에 드나들게 된 시초가 무언 줄 아니? 저 아버지가 애국지사루 옥중에서 중병에 걸려가지고 나와서 약 한 첩 못 쓰는 정상을 동정하고, 또 저희는 먹을 콩 이나 난 듯이 덤벼든 거 아니던?……."

덕기는 이 말에 또 한 번 가슴이 선뜻하는 것을 깨달았다.

"지금 그 계집의 어른두 징역살이로 늙었더라마는 얻어맞구 입원해 있다는구나? 언제 안 사람이라구 웬놈의 정성이 뻗쳐서 의사를 지시해준다, 담요를 갖다준다 하더니 그 딸년을 끌어들이는 꼴이, 약값, 입원료도 좋이 물잇구럭을 해줄 거라! 제2홍경애 아니구 뭐냐? 수원집, 경애, 의경이, 그리구 3대째는 뭐라는 년이냐? 무슨 산소 탓인지 어쩌면 너 아버지 걸어온 길을 고대로 걸어가려는 거냐?"

모친의 입심이 어쩌면 이렇게 좋아졌나 놀랐다. 덕기는 귀를 막고 싶었다.

"너두 누구 못할 노릇을 하고, 밥을 굶기려고 지금부터 그런데 눈을 뜨는 건지는 모르겠다마는……."
하고 며느리 역성을 드는 듯하더니,

"그만해두시고 어서 들어가세요. 감기 드십니다."
하며 부축을 하려는 며느리를 뿌리치고 이번에는 며느리를 들컹거린다.

"너부터 틀렸지! 너는 그 꼴을 보구두 왜 가만 있니? 네 오장은 어떻게 됐기에, 저번도 고년을 한 상 떡 벌어지게 차려다 바치구 시중을 들고 대객을 하구……. 비위두 좋다!"

"그럼 어쩝니까. 첩을 얻건 어쩌건 맘대로 하라죠. 제가 압니까."

하고 며느리는 웃는다.

"주책없는 소리 그만두구, 어서 모시구 방으로 들어가! 누가 첩 얻는대?"

안방에서 소리를 꽥 지른다.

"너는 아직 어리니까 그런 유한 소리두 한다마는, 너 하나 문제가 아니야, 네나 내나 조씨 문중에 들어앉으면 조씨 집이 늘어가고 창성하여가게 할 책임이 있지 않느냐. 나는 팔자가 사나워서 이 지경 됐다마는 너두 내 대를 물려서야 네 신세는 고사하고 조씨집이 무에 되겠나 생각을 해보렴!"

시어머니는 일전에 필순이 다녀간 뒤부터 시앗 보지 마라고 추겨대는 것이다. 말이야 옳지마는 며느리를 아끼고 조씨집 가문이 기울어질까 보아서보다도 왜 그런지 며느리가 유산태평인 것이 밉살맞아 보여서 들쑤셔대고 싶은 것이다. 물론 아들 내외의 의가 좋기를 바라는 것도 아니다. 어떻게 보면 며느리를 꼬드겨서 자식 내외를 쌈이라도 붙이려는 것 같다. 하여간 이 사람 저 사람 닥치는 대로 들컹대고 큰 소리를 내는 버릇이 요새로 부쩍 늘었다. 의식 걱정없고 몸은 한가로우니 그렇지 않아도 꽤 까다로워질 텐데 히스테리가 점점 도져가는 터이다. 10년 넘어를 두고 영감과 말다툼으로 세월을 보내는 동안에 얻은 병인데, 경애 사단이 있은 뒤로는 생과부로 살아왔으니 그도 그럴 것이다.

"세상에 첩 얻는 남자가 하나 둘이겠습니까마는, 첩을 두기루 제 죄 될 거야 무어 있습니까? 얻으면 얻나보다 하죠."
하고 덕기 처는 씽긋 웃어버린다. 원체 제 성격이 유해서도 그렇겠지마는, 시어머니의 잔소리가 너무 심한 데에 역심이 나는지 한층 더 뛰는 소리를 한다.
"무어 어째? 넌 첩을 얻으라고 축수를 하니? 그거 알 수 없다! 넌 무슨 성미냐?……."
하며 시어머니는 눈이 커대진다.
"……그거 알 수 없구나? 무슨 딴 배짱이 있기에 그렇지?"
며느리는 어이가 없어 잠자코 있으려니까, 건넌방에서 시뉘가 나오며,
"어머니, 어서 들어가세요. 이거 무슨 병환이신지, 가만히 있는 형까지 들쑤셔 가지구 왜 이러세요?"
하고 끄나, 모친은 꼼짝도 안 한다.
"그래 저두 뻔히 보다시피 대대로 첩년들 때문에 이 지경인데!"
"무에 이 지경이란 말씀예요? 누가 지금 첩을 얻는대니 걱정이십니까? 얻었으니 걱정이십니까? 오빠는 그렇지 않아요!"
덕희는 올케 역성 들랴, 오라비 역성 들랴 부산하다.
"안 그런 줄 뉘 아니! 그러니까 못 하게 하자는 거지."
"글쎄, 어머니께선 어머니 걱정이나 하십쇼 그려. 며느리가 시앗 볼까봐서 얻지도 않은 첩 걱정까지 하실 게 뭐예요?"
"요년 말버릇 봐!"
마님이 딸에게까지 덤벼드는 것을 보구, 오라범댁은 덕희

를 말려서 들여보내려 한다.

"내가 샘을 내구 투기를 해서 그런 줄 아니? 고년 홍경애 후림새에 빗나기를 시작하더니 이제는 계집 자식 다 내몰구 둘째년을 끌어들여 흥청망청 지랄들이구, 허구한 날 난장판인지 노름판인지 벌이구 앉었다니, 그 300석이 며칠 갈 듯싶으냐? 그나 그뿐이라던? 요새는 약주두 그리 잡숫지 않구 또 딴 구실이 생겼다더라!"

"별소리를 다하시는구먼!"

말이 질색을 하니까,

"별소리가 다 뭐냐. 이제 서적때기를 쓰구 내 눈앞에 기어들 날이 있으리라!"

하고 모진 소리를 한다.

모친이 무슨 잔소리를 하든지 안 들으리라 하고 신문만 골똘히 들여다보고 앉었던 덕기는 귀가 번쩍 뜨이며 눈살이 저절로 찌푸려졌다.

"이제는 그만하시고 들어가세요. 아무러기루 저희들 앞에서 그런 말씀을 하십니까?"

덕기는 참다못하여 한마디하였다.

"그래두 자식은 아비 딸는 것이라 듣기 싫은가보다마는 두구 봐라. 내 말이 하나가 틀린가. 종로바닥으로 거적을 들쓰고 침을 질질 흘리구 꾸벅꾸벅 졸며 걷는 것들은 처자식이 없고 천량이 없고 배운 것이 없어 그렇게 되었던?"

덕기는 선뜻한 마음이 들었다. 저번 경도에서 받아본 병화의 편지에 자네 어르신네는 정말 아편이나 자시지 말게 하라는 실없는 말이 씌었던 것을 무심코 보았더니, 모르는 사람은 자기뿐이요, 그것이 정말인가 하여 겁이 더럭난다. 어쩐 내용인가 물어보고 싶은 것을 참고 일어나서 방문을 열고,

　"어서 그만 들어가십쇼. 감기 드십니다."

하며 마루로 나가려니까, 아들이 찬바람 쐬는 것은 무서워서,

　"아니다, 나오지마라. 나 들어간다."

하고 그제야 모친은 그래도 미진한 듯이 돌쳐서 딸, 며느리를 데리고 건넌방으로 들어간다.

　"오빠가 진작 마루로 나오시질 않구!"

하고 덕희는 쌕쌕 웃으며 모친을 따라 들어갔다.

　덕기는 자리에 드러누우며 세상이 신산하다고 생각하였다. 나이 스물셋이 되도록 인생 고초라고는 감기나 앓아 보았을까 그 외에는 소설책이나 병화의 생활을 통하여밖에는 모르고 자란 이 청년은 사생활이나 가정일로 세상이 귀찮다거나 신산하다는 생각이 들어보기는 아마 오늘이 처음일 것이다. 모친의 퍼붓는 듯한 푸념에 귀가 징하고 머리가 아파서 신산한 생각이 든 것인지도 모르겠지마는, 지금까지 살림살이라는 것, 식구들의 불평이라는 것을 책임없는 처지에서 원광으로 바라만 보던 것이 별안간 자기를 중심으로 자기에게 책임을 지우려 들고 자기도 그 속에 휩쓸려들어가지 않을 수 없게 되니까 신산한 것인지 모른다. 그러나 책임은 걸머졌어도 자기 힘으로는 하나도 해결할 수 없는 데에 기운이 더 찌부러들고 신산한 생각만 들게 되는 것인지도 모른다.

　생각하면 모친도 가엾다. 그 푸념이 병적이면 병적일수록 더 가엾다. 아내는 첩이라는 것에 무관심하고, 시어머니의 시앗 걱정을 도리어 우습게 여기는 말눈치지마는, 그것은 그

사람의 성격이나 그 사람의 경험이나 그 사람의 처지로 그러한 것이지 모친의 성격, 모친의 경험, 모친의 처지로는 병이 되다시피 그렇지 않을 수 없는 것인 것 같다. 모친이 필순을 그렇게 멸시하고 윽박질러 보낸 것이 몹시 불쾌하고, 그야말로 점잖은 집 실내마님의 체통에 그러실 법이 있나 하는 불평이 없지 않지마는, 하도 몹시 데이면 회膾도 부쳐먹는다지 않는가 하고 돌려 생각이 든다. 그러나 모친을 동할 뿐이지 모친의 성격이나 처지를 자기의 힘으로 고치는 도리가 없다. 해결할 도리가 없다.

부친 — 부친도 가엾다. 때를 못 만났고, 그런 시대에 태어났기 때문도 있다. 그러나 실상은 자기의 성격 때문이다. 조부의 성격 때문인지도 모른다. 같은 시대, 같은 환경, 같은 생활 조건 밑에 있으면서도 부친의 걸어온 길과, 병화의 부친이 걷는 길과, 필순의 부친의 길이 소양지판霄壤之判으로 다른 것은 결국에 성격 나름이다. 돈 있는 집 아들이라고 모두 부친같은 생활을 할까! 그것을 생각하면 사람의 운명이니 숙명이니 팔자니 하는 것은 결국 성격에서 우러나오는 것, 성격 그것을 말하는 것 같다.

덕기는 어느덧 자기가 숙명론자가 되었나? 하고 혼자 코웃음을 치다가, 만일 병화가 이런 살림을 맡았던들 어땠을꾸? 하는 생각을 하여보았다. 피혁을 만나고 반찬가게를 벌이고 하지는 않았지마는, 필순의 집을 먹여살리고 장훈의 주머니 밑천은 떨어지지 않게 하였을 것이요, 역시 경애를 바커스의 마담으로쯤은 들여앉혀 주었을 것 같다. 자기같이 구살머리적은 살림을 맡아가지고 애를 쓰거나 그야말로 금고지기로 붙들려 들어앉지는 않았을 것이다. 그걸 생각하면 병화가 부럽다. 병화는커녕 부친이 부럽다. 부친의 그런 생활이 부러운 것은 아니나, 부친의 그 300석을 자기가 가지고 자기의 2,000석을 부친에게 바칠 수 있는 처지라면 얼마나 시원하고 자유롭게 훨훨 뛰어다니며 생활을 향락할 수 있을까 싶다. 원체 책상물림으로 나이도 차기 전에 이런 크낙한 살림을 맡게 된 것이 짐에 겨운 일이지마는 돈에 인색치 않은 성격인 덕기로 생각하면 열쇠꾸러미를 놓칠세라 2,000석의 한 섬이라도 축이 날세라고 애를 쓰며 이 뒤숭숭한 집안의 주인인지 '어른'인지가 되기보다는, 반찬가게의 뒷방에 사랑의 보금자리를 꾸민 병화나 300석을 팔아가며라도 첩치가를 하고 마음 편히 들어앉았는 부친이 상팔자로 보이는 것이다.

— 할아버니께서 좀더 사시거나! 살림을 맡을 형이라두 있어주거나!…….

덕기는 살림을 맡은 지 한 달도 채 못 되어 벌써 찜증부터 났다. 신산하였다. 새삼스러이 고독을 느끼었다.

그러나 오늘에 한하여 별안간 살림에 짜증이 나고, 병화가 부러운 생각이 드는 것은 모친의 첩 논래나 부친이 그 무서운 아편까지를 피우는 눈치라는 데에 가슴이 더럭 내려앉아서만 그런 것은 아니다. 필순을 그 모양으로 돌려보낸 것이 화가 나고, 노기를 품은 어조로 눈물이 글썽해지는 그 꼴을 생각하면 마음이 설렁해지는 판에, 모친의 첩 논래가 도리어 기분을 휘저어놓았기 때문이다.

그러나 덕기는 필순을 잊어버리려 하였다. 마음의 저어

속, 머리의 저어 속에 깊이 숨겨버리려고 애를 썼다. 건드리기가 무서웠다.

그러자는 것은 아닌데, 동기는 그렇지 않은데, 결과로 보아서는 결국 두 사람이 결혼할 의사가 없다는 것을 떠보고 다지려고 한 셈쯤 되고 말았다. 그리고 어린 처녀의 순진한 마음을 실망의 구렁에 쓸어박고 말았는지도 알 수 없다. 실망까지는 몰라도 마음을 어수선하게 들쑤셔놓은 것만도 일을 저지른 것 같아서 애가 쓰이고 자기의 실수에 불쾌를 느끼는 것이다. 그러나 어찌하는 수가 없다. 이 역시 해결할 도리가 없다.

"너 아버지가 걸어가신 길을 그대로 뒤밟아가려느냐?"

"경애 아버지의 약값 대다가 그렇게 되듯이, 너도 그애 아버지의 약값, 입원료나 물잇구럭을 해줄 거라!……."

모친의 이 말은 염통을 꼭 찌르는 것이었다. 이때껏 무심하였더니만큼 덕기는 깜짝 놀란 것이다. 거기에는 무슨 숙 명적 무서운 인과가 엉클어진 것같이 겁이 펄쩍 나는 것이었다.

— 필순이를 '제2홍경애'를 만들 수는 없다!

덕기는 속으로 뇌었다.

— 필순이를 누구보다도 사랑하기 때문이다!

덕기는 어느덧 자기 눈에도 눈물이 핑 도는 것을 참았다.

38. 검거 선풍

덕기는 안방이 싫증이 나서 자리를 걷어치우고 사랑으로 나왔다. 지 주사와 노인 축은 젊은 주인을 경원하며 건넌방으로 몰리고 넓은 방에 혼자 앉았으니 공부라도 될 것 같으나, 책장이 놓인 자기 방 — 아랫방만 못 하다. 할아버니 자리에 앉았기가 죄송스럽고 어색한 점도 있거니와, 문갑, 연상, 탁자……. 고색이 창연한 할아버니 쓰시던 모든 제구가 골동품으로는 값이 나갈지 모르고 가보로 대나 물릴지 몰라도, 자기에게는 어울리지도 않고, 눈에 뜨이는 것마다 할아버니 생각이 나서 기분이 가라앉지를 않는다. 잘못하다가는 추후 시험도 못 보게 될까보아 애가 쓰이거니와, 하여간 하루바삐 경도로 떠나야 하겠다고 생각하였다. 아무래도 공부를 하자면 큰사랑 차지를 하고 앉아서는 될 성싶지 않고 경성대학으로 오려는 계획도 집어치워야 하겠다고 생각하였다. 바깥일은 지 주사와 정미소의 지배인에게 맡겨놓고, 안살림이나 금전 출납의 전책임을 모친에게 맡기면 그만이다. 그 편이 도리어 모친을 위하여도 좋을 것이다. 돈을 만지고 살림에 재미를 붙여서 몸이 바쁘면 히스테리도 나을 것이라고 생각이 든다.

다만 한 가지 마음에 거리끼는 것이 필순이다. 나는 나대로라고 하겠지마는, 아무리 생각하여도 저는 저대로 내버려 둘 수가 없다. 생각을 말자면서도 문득문득 머리에 떠오르면 그저 가엾고 미안한 생각이 드는 것이다. 반드시 자기 사람을 만들자는 욕심이 있는 것은 아니나 다만 제2홍경애가 될지 모른다는 기우로 피차의 본심을 속이거나 있는 호의도 감추어 버릴 이유가 어디 있을까 하는 생각도 다시 드는 것이었다.

앙앙불락怏怏不樂한 2,3일이 지났다. 어제부터는 약도 끊어 버리고 이제는 차차 떠나봐야 하겠다는 생각으로 오늘은 낮에 행기삼아 좀 나가볼까 하는 판에 전화가 온다. 병화다. 일전에 돈 1,000원을 조르고 간 뒤로는 처음이다.

"조금 전에 원삼이가 불려갔는데……. 거기는 아무렇지 않은가?"

"원삼이가? 어디루?……."

덕기는 일전의 그 소문이란 것이 직각적으로 머리에 떠올라왔다. 기어이 어느 놈이 꽂은 모양이다. 별일이야 없겠지마는 성이 가시고 눈살이 찌푸려졌다. 경도행을 또 연기하게 될 것도 걱정이다.

그러나 종로서에서 데려간 것이 아니요, 경찰부가 착수한 모양이라는 것이 이상도 하거니와, 산해진이 포위중에 든 모양 같으니 정보만 전화로 연락하여줄 터인즉 올 것도 없이 가만히 들어앉았으라는 것이다. 원삼의 처가 헐레벌떡 와서 걱정을 하다가 가더니, 어슬할 머리에 병화에게서 또 전화가 왔다. 원삼의 처를 끌고 와서 필순도 함께 데려갔다는 것이다. 경애도 오늘은 오지 않는 것이 필시 또 불려간 모양이라 한다. 필순도 들어갔다는 데는 덕기도 놀랐다. 단순한 자기 집안의 중독 혐의 사건만이 아닌 것이 분명하다.

"고등이라든가 사법이라든가? 고등이면 내가 좀 알아볼 만한 데두 있지마는……."

"글쎄, 그게 분명치가 않아."

병화는 혼자 있어서 나올 수도 없다기에, 덕기가 저녁 후에 가마고 하였다.

전화통에서 떨어진 덕기는 경찰부면은 '기무라' 고등과장을 찾아가보나? 하는 생각을 혼자 하고 앉았다. '기무라' 고등과장은 종로서 시대부터 덕기가 잘 아는 처지다. 조부가 정총대町總代니 방면위원方面委員이니 하여 공직자인 관계도 있었고, 재산 있는 유력자라 하여 교제가 잦았을 때 덕기는 조부의 통역으로 가끔 만나던 사람이다.

덕기는 자기 집 소문으로 일이 벌어졌다면 더 말할 것도 없지마는, 필순까지 이 추위에 고생을 시키는 것이 애처로워서 우선 병화와 만나 의논을 하여보고 당장에라도 기무라를 찾아가보고 싶으나, 퇴사한 뒤일 것이요, 사택으로 찾아갈 만큼 자별치는 못한 터라 이리저리 궁리를 하며 저녁 후에 병화를 찾아나섰다.

사실 사건은 대강 짐작들 한 바와 같이 사법과 고등 두 갈래에 걸친 것이었다.

어제 저녁때 일이었다. 경찰부 기무라 고등과장이 이제는 퇴사를 할까 하는 생각을 하며 난로 앞에서 담배를 피우고 앉았자니까, 금천 주임이 들어와서,

"가초오도노(과장 영감)! 오늘 저녁에라도 일제히 착수를 할까요?"

하고 최후의 결재를 재촉하듯이 품을 하는 것이었다.

"응? 글쎄……. 무어라고들 하던가?"

과장은 그리 탐탁치 않은 대답이었다.

"어차피 그놈들이야 무어 압니까. 어쨌든 확신은 있는 일이요, 일부를 건드려논 다음에야 이제는 철저하게 나가야 하지요."

금천 주임은 이번 일에 고등 과장이 우유부단인 것이 불평이었다. 그 이유를 모르는 것이 아니다. 과장이 종로서장 시대에 조덕기의 조부와 비교적 가까이 지낸 관계가 있다. 돈 있는 사람을 괄시 못 할 점도 있다. 그러나 금천으로서는 타오르는 공명심을 걷잡을 수도 없고 과장이 그럴수록 고집을 세워보고도 싶은 것이요, 또 그만한 확신도 있는 것이다.

물론 덕기 자신의 문제나 그 가정내의 문제는 발전됨을 따라 분리를 시켜서 사법계로 넘길 성질의 것이나 고등계 소속의 금천 형사로서 노리는 점은 따로 있는 것이다. 즉, 덕기 조부의 독살이 사실이라면, 그리고 그 주범이 조덕기라면 분명히 그 교사자敎唆者는 김병화라는 단안斷案이다. 첫째 부호 자제와 공산주의자가 그렇게 친할 제야 아무 의미 없는, 동문 수학하였다는 관계뿐만이 아닐 것, 둘째 경도부 경찰부에 의뢰하여 조사해본 결과 특별히 불온한 점은 인정치 않으나,

덕기의 하숙에 두고 나온 책장에 마르크스와 레닌에 관한 서적이 유난히 많다는 점, 셋째 덕기가 돈 1,000원을 주어서 장사를 시키는 점, 넷째 작년 겨울에 한참 동안 두 청년이 짝을 지어 바커스에 드나들었는데, 그 여주인도 다소간 분홍빛이 끼였다는 점……등등으로 보아서 조덕기는 그 소위 심퍼사이저(동정자)일 것이다. 그런데 재산이 아무 이유없이 당연한 가독家督 상속자인 조상훈을 젖혀놓고 손자에게로 갔다. 여기에는 무슨 음모든지 있을 것이요, 그 배후에는 김병화가 있지 않으면 안 될 것이다. 이러한 의문이 상식적으로만도 넉넉히 드는 터에 항간에는 중독설中毒說과 의사 매수설이 자자하다. 마침내 금천은 단독적으로 단연히 일어섰다.

그때의 과장은 좀더 확증을 붙들 때까지 참으라고 며칠을 눌러 나오다가, 하도 성화같이 조르는 바람에 어제 오후에 겨우 승낙을 하여주었다.

과장이 신중한 태도를 취하는 데는 부하가 공명심에 날뛰는 것을 경계하여 누르려는 생각도 있지마는 좀더 다른 계통으로 노려보는 점이 있기 때문이었다. 작년 겨울의 검거가 끝난 후 벌써 2,3개월이나 되니, 그 잔당 사이에 아무 책동이 없을 리가 없을 것인데, 표면상으로는 매우 잠잠하고 김병화란 자는 천만 의외에 식료품 장사 중에도 일본식 반찬 가게를 시작한 것이 결코 홑벌로 볼 일이 아닌 일편에, 외지의 정보는 구구하나마 여러 계통의 인물이 책동 잠입하는 형적이 있다. 물론 그런 종류의 정보란 열이면 열을 다 믿을 수는 없으나 열의 한둘은 사실일 것인데, 여기에는 아무리 부하를 동독해도 감감 무소식이다. 지금 서울의 거두는 거의

일망타진하였으나, 그 중 온건한 자로서 김병화와 장훈이 그
또래 중에서는 중심 인물이다. 그러나 그 온건이라는 것이
폭발탄의 껍데기같이 두루뭉수리의 온건인지 모를 일이다.
과장은 이런 방면에 더 착목을 하고 있기는 하나, 금천의 관
찰도 무리치 않게 생각하는 것이었다.
　어쨌든 과장이 고개를 전후로 흔드는 것을 보고, 금천 주
임도 오늘 아침에 부하를 풀어놓아서 우선 아랫도리에서부
터 착수한 것이다.

　덕기가 신해진에를 와보니 문이 첩첩이 닫히었다. 그렇지
않아도 그럴 염려가 없지 않았지마는, 병화마저 잡혀간 것
같아서 슬며시 낙심이 되었다. 이 밤 안으로 자기에게도 형
사가 달려들지 모르겠다는 겁도 난다. 하는 수 없이 돌쳐서
려니까, 마침 필순의 모친이 컴컴한 데서 걸어온다.
　"누구세요? 밤에 어떻게 나오셨에요?"
하고 반색을 하여 소리를 친다.
　"아, 따님이 들어갔대죠? 얼마나 애가 씌시겠나요."
　"큰일났에요. 지금 김 선생두 데려갔는데, 집이 비니까 하
는 수 없이 날더러 경기 도청 앞에서 만나자고 병원으로 전화
가 왔기에 가보니 열쇠와 돈을 맡기구 그만 끌려들어가시겠
죠. 이거 어떻게 되려는 셈인지 사는 것 같지가 않구 ……."
　고생에 찌들어 퍽 암팡지게 생긴 이 부인도 울상이다.
　"어서 들어가시죠. 그래 병환은 요새는 어떠신가요?"
　덕기는 문을 여는 뒤에 서서 인사를 붙였다.
　"암만 해두 사실 것 같지 않아요. 폐렴이 어서 걷혀야 할

텐데 점점 더해만 가시구……. 그놈들 동티에 남 못 할 노릇하구 저희 못 살구……. 아, 이렇게 막막할 수야 있겠어요?”

앞서 들어가서 전등불을 더듬어 켜니, 난롯불도 꺼지고 찬바람이 휙 도나, 그래도 물건들은 질번질번히 놓여있고 사람들을 휩쓸어내간 집 같지는 않다.

필순의 모친이 이것 저것 부산히 치우는 동안에 바커스에 전화를 걸어본즉, 경애 모친도 경찰부에 불려간 모양이라한다.

“어쩌면 비로 쓸듯이 모조리 데려갑니까?”

필순의 모친은 자기마저 붙들려가면 병인을 뉘게 맡길까 겁이 난다고 걱정이다.

“과히 염려 마세요. 어떻게 주선을 하면 곧들 나오게 될지도 모르죠.”

우선 안심을 시키느라고 고등과장을 내일은 찾아가겠다는 이야기도 들려주었다. 혼자 떼쳐두고 나설 수도 없어서, 치울 것은 치우고 얼 것은 들여놓고 하기를 기다려서, 같이 나와 병원까지 바래다주고 덕기는 화개동으로 올라갔다. 병후에 문안 겸 경찰의 손이 여기까지 뻗치지는 않았나 궁금해서다.

사랑에서는 과연 이야기에 듣던 바와 같이 문을 닫아걸고 마장이 한창이다.

“마침 잘 왔다. 지금 너의 집에 전화를 걸었다만, 경찰부에서 원삼이를 붙들어갔다지?”

“예에.”

“그 웬일이냐? 아까 최 참봉이 여기 놀러온 것을 불러갔는데 대관절 무슨 일이냐?”

"그 길에 새문 밖 영기 집 주소도 물어가더라는데, 온 그거 수상하지 않느냐."

마장의 큰 노름판을 차리고 앉았느니만큼, 부친은 불안해 못 견디는 기색이다. 영기 집이란 창훈의 집 말이다.

"글쎄올시다. 내일 좀 알아봐야 하겠습니다."

덕기는 어름어름하고 나와버렸다. 안에서는 어떻게 하고 있는지 모르겠지마는, 돈 아니 걸고 하는 노름이 있을 리 없고 덕기는 입맛이 썼다.

집에 돌아와보니 지 주사가 불려갔다 한다. 이제는 자기 신변에까시 낙쳐온 것을 생각하니, 별일이야 없을 것을 번연히 알면서도 가슴이 선뜻하지 않을 수 없다. 그러나 이 추위에 늙은이가 유치장에 들어갈 것을 생각하면 마음이 아니 놓인다.

자는 둥 마는 둥 하룻밤을 간신히 새고 이튿날 아침결에 경찰부로 들어갔다. 어차피 불려갈 바에야 자수自首라느니보다도 고등과장을 한시바삐 만나자는 것이다. 그러나 과장은 아니 만나고 금천이 직접 불러들였다. 어차피 불러야 할 판인데 제풀에 온 것이 다행하다고 과장은 만나지 않게 하고 우그려넣으려는 작정이다.

지금 사건은 두 군데로 나뉘어 진행되고 있다. 병화와 장훈을 중심으로 필순, 경애 모녀 등은 고등계에 불린 것이요, 지 주사, 한방의漢方醫, 최 참봉 들은 사법계다. 덕기와 원삼 내외는 두 군데 다 걸쳐 있다.

문제의 초점은, 재산의 대부분이 어째 덕기에게 상속되었는가? 조부의 유해를 해부하자는 데에 어째 반대하였으며,

의사에게는 무엇 때문에 과분한 사례를 하였던가? 병화를 원조하는 이유는 무엇인가? 좌익 서적은 얼마나 읽었는가 네 가지다. 여기에 대한 덕기의 대답은 이러하였다.

조부는 부친을 미워하고 못 믿었었다. 부친의 대에 가서는 가산을 탕진하리라는 것을 거의 미신적으로 단정하였었다. 부친보다 4,5배를 자기 몫으로 준 것은 준 것이 아니라 조가의 집을 위하여, 자손을 위하여 맡았을 따름이다. 중독설은 믿을 수 없다. 돈은 한약재 중에 중독소가 있는가를 연구하여 달라는 부탁 겸 손수세로 보냈으나 지위와 명예로 보아서 과분한 액수는 아니었다. 해부를 반대한 것은 자식으로서 부모의 화장을 싫어하는 것과 같은 심리도 있지마는 노환일 뿐 아니라 불미한 점이 있을 리가 없는데, 누워서 침뱉는 일을 하여 가문을 손상치 않으려는 것이었다고 변명하였다. 그러나 무엇보다도 유력한 실증은 조부가 생전에 금고 열쇠를 내맡겼다는 사실과 유서이었다. 이튿날 불려온 수원집은 열쇠 꾸러미를 경도에서 오는 길로 받는 것을 목도하였다고 증언 아니하는 수 없었다.

병화와의 관계는 저번 판에 핵변한 것을 되풀이하였다. 함께 자란 죽마고우가 집을 뛰어나와 굶고 다니는 것을 구 제할 겸 전향시키려는 우정으로이었다는 것을 솔직히 말하였다. 그러나 경도 하숙의 책상에 좌익 서적이 많다는 점으로 보아 이 말은 용이히 믿으려 하지 않았다. 경제학을 연구하느라면 참고로 보아야 한다는 말도 귓가로 들리는 모양이었다.

이날 덕기는 과장의 낯을 보아서인지 앓고 난 뒤라 해서 동정을 하였던지, 숙직실에 누웠다가 거기서 쓰러져 자는 대로 내버려두었다.

금천 주임은 중독 사건은 수원집 일파를 사법계에 맡겨서 취조하는 것이 첩경이라 하여 그리로 넘기고, 병화와 경애 문제는 경애 모를 닦달하면 무엇이든지 나오리라 믿었다.

"술집에서 만난 놈이겠지마는 그놈 바람이 잔뜩 키운 헐렁이지요. 그놈 때문에 나까지 욕을 보는 것도 분한데, 내 딸이 그렇게 어림없이 그놈하고 무슨 일을 할 듯싶은가요. 어서 내 딸이나 내놔주시구 그놈은 한 10년 징역을 시켜주슈."

경애 모친은 이런 딴청을 하며 게두덜대었으나 차차 취조해가는 중에 이 늙은이의 남편이 그 유명한 독립운동자 홍XX이라는 말에 금천 형사는 눈이 커대졌다. 더구나 이 여자도 야소교인이다. 결코 이렇게 말귀도 못 알아듣고 이면 경계 없이 덤빌 구식 여자가 아닌데, 이러는 것은 공연히 미친 체하고 떡목판에 엎드러지는 수작이 아닌가 하고 금천은 마음을 단단히 먹었다.

더구나 본가편의 이야기가 나왔을 제 오라비가 상해로 달아난 뒤에는 부지거처不知去處란 말에 더욱 의심이 버쩍났다. 이 집안 내력들이 이렇구나 하고 벼르는 것이다.

"그래 그 오라비 이름은 무어야?"

"XXX라고 하지요. 그놈도 죽일 놈이지요."

"응? XXX!"

금천 형사는 눈이 등잔만해졌다. 경애 자신은 아직 변변히 취조를 못 했으나 대강 병화와의 관계만 물어보기에 급하여 저의 집 내력을 이때껏 몰랐더니 알고 본즉 맹랑하다.

"참 그런데 저번에 왔던 그 사람 요새는 어디 있소? 그 저

댁에서 묵지?"

금천은 자기 친구의 소식이나 묻듯이 별안간 좋은 낯으로 묻는다.

"누구요? 우리 시뉘님요? 아직 집에 계셔요."

수원서 사촌 시뉘가 와서 요새 묵고 있는 것은 사실이다.

"아니, 오라버니한테서 온 사람요."

"10여 년을 처자가 굶어죽게 되어도 저만 벌어서 쓰고 돈 한푼 안 보내는 그런 도적 같은 놈이 무슨 정성이 뻗쳐서 사람까지 보내요. 그놈 우리 집 판 돈까지 알겨가지고 달아난 그런 몹쓸 놈예요."

맨 딴청만 한다. 물론 넘겨짚고 물은 말이지마는 이 늙은 이의 대답이 그럴 듯은 하면서도 너무 능청스러운 점이 도리어 의심이 난다.

"그런데 오라버니 집이 지금 어디란 말요?"

"현저동 어디서 산다는데 가본 일도 없에요."

"돈을 얼마나 떼었는지 동기간에 절연을 하여서야 그거 되었소."

금천은 능청맞게도 잘 하는 조선말로 이렇게 한가로운 수작을 하고 웃다가,

"그래 조카 자식들도 있겠구려?"
하고 말을 돌린다.

"둘이나 있어요."

"벌어들 먹을 만하게 자랐나요?"

마치 여러 해 격조한 친구의 집안을 걱정해주는 것 같다.

"예에, 큰놈은 열아홉 살이나 먹고 작은놈은 열여섯인지

열일곱인지…….”

금천 형사는 요놈들을 데려다가 물어보리라 생각하였다.

“바쁘신가요? 좀 급한데.”

방한모에 조선옷을 입은 자가 취조실로 창황히 들어오며 말을 붙인다.

“음, 가져왔나?”

“갖다가 세 군데나 감정을 해봐야 판에 박은 듯이 똑같습니다.”

“그래 무어라구?”

“본새가 외국 건 외국 건데 상해제도 아니요, 미국제도 아니라구요.”

“그럼 어디 거란 말인가?”

“묻지 않아도 로서아(러시아)제지요!”

“그래 얻다 두었나?”

“여기 가졌에요.”

하고 그자는 금천 형사 앞에 앉았는 경애 모친에게로 눈을 보낸다. 두루마기 귀에 손을 찔러서 그 속에 무엇을 가지고 있는 것은 경애 모친도 눈치채었으나, 일본말로 수작을 하기 때문에 무슨 소린지 알 수는 없었다.

금천 주임은 이 여자 때문에 가진 것을 내놓지 않는 줄 알았으나, 감출 필요가 없을 것 같아서,

“어디 좀 보세.”

하고 손을 내밀며 경애 모친의 얼굴을 치어다본다.

두루마기 속에서 흙투성이의 너털뱅이 노랑 구두 두 짝이 쑥 나오는 것을 보자, 경애 모친의 눈은 번쩍하며 고개가 뒤

로 끄덕하여졌다. 두 형사의 눈은 노파의 얼굴에서 차차 떠나면서 저희들끼리 마주쳤다. 경애 모친은 무거운 침묵이 등덜미를 짓누르는 것 같았다. 머리가 어찔하면서도 정신은 반짝 났다. 형사들은 뜻밖에 단서를 잡은 듯이 속으로 춤을 추었다.

"이 구두 뉘 것인지 알겠지?"

금천 형사의 눈은 금시로 험하여졌다.

"뉘 건데요?"

"뉘 건데라니?"

옆에 섰던 부하가 마루청을 탕 구르며 덤벼들어서 경애 모친의 어깨를 으스러져라 하고 후려잡고 흔들어놓으니, 애고고 소리를 치며 바닥에 뒹구는 것을 발길로 두어 번 걷어 찼다. 우선 얼을 빼놓는 것이다.

이 구두는 장훈의 집에서 가져온 것이다. 장훈은 두목이니만큼 감시만 하고 병화보다도 하루 늦게 잡아들이는 동시에 그 구두를 가져다가 몇몇 구둣방에서 감정을 하여오라 하였던 것이다.

금천은 저번 테러 사건이 있은 뒤부터 보지 못하던 구두를 장훈의 집 사랑방(사랑방이래야 행랑방이나 다름없지마는) 툇마루 앞에서 발견하고 눈여겨 보아오던 것이다. 사흘 들이로 장훈의 집에를 순행하듯이 들여다보았지마는, 다녀 간 사람이나 묵고 간 사람은 없다는데 주인이 집 속에서 끄는 헌 구두가 새로 생긴 것이 이상하였던 것이다. 더구나 그 구두는 장훈에게는 넉가래 같아서 출입에는 못 신는 모양인 것이다.

물론 가택수색은 하였으나 다른 소득은 없었다. 어쨌든 무슨 언턱거리든지 잡아가지고 이 판에 장개석 일파와 김병화 일파를 뿌리 빼자는 것이다. 두 사람이 일자 이후로 반목중에 있을 듯한데, 매 끝에 정이 들었는지 싸운 뒤에 도리어 친해진 듯한 눈치가 보이는 것이 수상하던 터이라 구두 조건을 얽어가지고 한 번 건드려보자는 것이다.

"너의 집에서 장훈이와 김병화를 불러다가 로서아에서 들어온 놈과 만나게 해주었지?"

이제는 금천도 경애 모친을 '너' 라고 마구 다룬다.

"그런 일 없에요. 아무것도 모르는 등신 같은 늙은이를 왜들 이러세요?"

경애 모친은 우는 소리로 애걸을 하였다.

"네가 그랬다는 게 아니라, 네 딸이 그랬다는 말이야!"

또 소리를 벼락같이 지른다. 형사들도 물론 입에서 나오는 대로 넘겨짚는 소리다.

"우리 딸년은 분이나 바르고 향수나 뿌리고 밤을 낮으로 알고 돌아다닐 줄이나 알지, 그 외에 무슨 일을 하였겠어요?"

이 노부인도 남편의 덕에 이런 곤경도 좋이 치어 나서 엄살로 목소리는 떨어도 여간해서는 속까지 떨리지 않지마는 저놈의 구두 하나만은 보고 볼수록 뜨끔하다.

— 그 빌어먹을 놈이 신기 싫으면 쓰레기통에라도 넣고 달아를 나거나! 누구 못할 노릇을 하려고 어디다 벗어놓고 달아나서 이 불티를 낸단 말이람!……

어떻게 되는 조카인가 하는 피혁을 속으로 원망하고 앉았으나 원망한들 무엇하랴.

"그런 딸이 어째 김병화 같은 놈하고 사느냔 말야? 김가

가 분장수야? 향수장수야?"

　"낸들 알겠습니까마는 인물이 끼끗하고 허우대가 좋은 놈이 슬슬 꾀는 바람에 그 미친년이 멋모르고 따라다녔겠죠. 그 놈팡이가 말 뼈다귀로 된 놈인지 쇠 뼈다귀로 된 놈인지 전들 알겠습니까?"

　"흥, 아주 말 잘하는데! 남편 ─ 홍 선생님한테 배운게로군?"

하고 금천은 까짜를 올리면서,

　"그래 이 구두는 정말 모르겠소?"

하고 다시 순탄한 목소리로 달랜다.

　"알면 안다지, 무엇하자고 속이겠어요?"

　"응, 그럴 테지!"

　금천 주임은 비꼬듯이 대꾸를 하고 부하에게 슬쩍 눈짓을 하니까, 옆에 섰던 형사가 별안간 '일어나!' 하고 소리를 버럭 지른다. 경애 모친은 하도 무서운 큰 소리에 용수철이 튀듯이 일어나며 벌벌 떤다.

　"대접이 받고 싶거든 바른 대로 자백을 하는 게 아니라!"

　부하는 혼자 중얼거린다.

　10년 전 남편 때문에 붙들려갔을 때도 두 차례 세 차례씩 그 몹쓸 고생을 당하였다. 또 그러려고 끌고 가는 거나 아닌가? 하는 겁이 펄쩍 나서 두 다리가 허청 놓이며 부르르 떨린다……. 그러나 하는 수 없었다. 입 한 번만 벙긋하면 내 딸이 생지옥으로 떨어지는 판이다. '차라리 내가 예서 숨이 끊길지언정 우리 경애를 3,4년 콩밥을 먹일 수는 없다!' 고 마음을 단단히 먹었다.

　거진 한 시간 뒤에 경애 모친은 어두컴컴한 속에서 만들어붙인 고무손 같은 손으로 흑흑 느끼면서 옷을 주워입고 형사를 따라 환한 방으로 다시 왔다. 아래위 어금니가 딱딱 마주쳐서 입을 어우를 수도 없고 어디 가 앉을 기력도 없다. 손발은 여전히 내 살 같지가 않고 빠질 것만 같다.

　"말 한마디에 달렸는 것을 그걸 발악을 하면 무얼 하우? 내 몸 괴로운 것은 고사하고 귀한 내 딸도 당장 그 지경을 당할 것을 생각하면 자식의 정리를 생각해서라도 얼른 시원스럽게 불어버릴 게 아니오. 우리야 범연히 알고 그럴 리가있나! 손살같이 알기에 그러는 것을 속이려면 되나! 나 같으민 내 자식이 그런 곤경을 치를까보아서라도 선뜻 한마디 할 테야……."

　이렇게 달래는 것이었다. 그러나 딸이나 병화가 이보다 몇 곱절 고초를 겪을 거라는 생각을 하면 이만쯤한 것을 못 견디랴 싶었다.

39. 겉늙은이 망령

아들이 잡혀 갔혔다는 말을 듣고 상훈은 스르르 큰집에를 들렀다. 일자 이후로 처음이다. 아들이 그런 누명을 쓰고 횡액에 걸린 것이 안 되기는 하였으나 별 죄가 있는 것 아니요, 한 서너 달 미결감에 들어앉았다가 나오면 그만일 것이니, 젊은 놈 기운에 도리어 공부도 되고 이 세상 경험삼아도 좋을 거라고쯤 생각하는 것이다. 하여간 몇 달 동안은 눈에 아니 띌 것도 해롭지 않다고 코웃음을 쳤다. 자식 앞에서라도 기를 못 펴다가 그동안만이라도 집안일을 마음대로 휘둘러 볼 수도 있겠거니 해서 그런 것이다.

시어머니는 건넌방에서 내다보지도 많고 며느리만 나와서 맞는다.

"이놈은 몸 성하냐? 어디 나갔니?"

"안방에서 잡니다."

시아버지는 손자를 보겠다고 딴방으로 들어갔다.

— 아닌 적엔 손주새끼가 왜 그리 귀여워졌누?

하고 마나님은 코웃음을 쳤다. 아닌게아니라 영감은 아무도 없는 안방에 들어가서 자는 아이를 언제까지 들여다보고 앉았는지 도무지 감감하다. 건넌방에서 모친이 부어 앉았다가 며느리더러,

"애, 무얼 하시나 좀 건너가봐라."

아들이 밉다고 손주새끼까지 귀여워 못 하랴마는, 첩을 들어앉힌 뒤로는 돈에 갈급이 나서 그런지, 아편인에 물려서 그런지, 무엇에 씌인 사람처럼 얼굴까지 뒤틀리고 눈자위가 바로 놓이지 않아서, 다니는 사람이니까 남편이요, 시아버지건마는 무시무시하여 정이 떨어지는 터이다.

"그저 잡니까?"

며느리가 방문 앞에서 머뭇거리다가 인기척을 내고 문을 방긋이 열려니까, 발치께로 놓인 아들의 책상 앞에 돌아앉아서 무엇을 훔척훔척하다가 깜짝 놀라며 돌아다본다.

"응, 애, 잠깐 들어오너라."

"무얼 찾으세요?"

책상 서랍이 열려 있다.

"사랑, 문갑 열쇠 어디 있는지 아니?"

"모르겠에요, 거기 어디 있겠죠."

열쇠 꾸러미는 조그만 손금고에 넣어서 다락 앞턱에 놓아둔 것을 아나, 모른다고 하여버렸다. 손금고의 열쇠는 물론 덕기가 돈지갑 속에 넣고 다니는 것이다.

"다른 게 아니라 내게 두었던 문서 한 장을 초상중에 문갑 속에 넣어둔 것이 있는데 경찰서에 곧 갖다뵈어야 이애가 놓여나올 테구나……."

하고 망단한 듯이 먼산을 치어다보고 앉았다가,

"넌 정말 모르니?"

하며 며느리에게 애원하듯이 하며 얼굴을 치어다본다. 알고도 속이는 며느리는 면구스러웠다. 마치 난봉 피는 젊은 애가 휘이 들어와서는 남의 눈을 기이어가며 집 안을 들들 뒤지는 것 같아서 어른 체모에 딱하고 흉하기도 하다.

"애, 할아버니 쓰시던 조그만 금고 어디 갔니?"

"여기 있에요."

하고 며느리는 다락문을 열고 금고를 내다가 앞에 놓았다.

"열쇠 가져오너라."

시아버지는 반색을 하며 비로소 생기가 난다.

"집에 두고 다니지 않아요."

영감은 다시 낙심이 되었다. 어린애가 장난감 만적거리듯이 데그럭거리며 곁쇠질을 하려 한다. 체통이 사나워 보인다. 며느리는 휙 나오려다가,

"경찰에서 가져오라 한다시니 그러면 누구를 보내서 열쇠를 내달라고 해 오랄까요?"

하고 물었다. 문갑에 무에 들었는지도 모르겠으나 그것만 가져가면 제 남편이 나온다는 말에 그래도 마음이 솔깃하여 열쇠가 있으면 시원스럽게 열고 싶었다.

"그만두어라. 어떻게 열리겠지."

며느리가 건넌방에 와서 그런 이야기를 시어머니한테 하니까 펄쩍 놀라며,

"애, 쓸데없는 소리 마라. 공연한 말씀이다. 큰 금고 열쇠가 함께 꿰어 있을 줄 알고 그걸 훔쳐가려고 얼렁얼렁하시는 소리다."

하고 벌떡 일어나서 우당탕 문을 밀치고 나간다. 며느리는 또 무슨 야단이 날까보아 조마조마하기는 하나 가만히 맞았으려니까, 안방문이 우당탕퉁탕하더니 철궤를 들어서 마루로 탕 내부딪는 소리가 육간 대청에 떼그르하고 울린다.

"얘, 이 철궤 내 방에 갖다둬라. 이젠 내가 맡는다. 왜 우리마저 쪽박을 차고 나서는 꼴을 보려우? 낮도둑놈 모양으로 무슨 까닭에 여기까지 쫓아와서 작은 열쇠 큰 열쇠 하고 법석요? 그놈의 금고째 떠메가든지! 이짓 하려고 자식을 그 몹쓸 데로 잡아넣었구려? 이 죄를 다아 어디 가서 받을 테요?"

소리를 바락바락 지르려니까, 영감은 검다 쓰다 말없이 모자를 들고 나와서 내려가다가 며느리를 보고,

"난 모르겠다. 형사들더러 와서 가져가라지."
하고 훌쩍 가버렸다.

덕희는 책보를 끼고 들어오면서 좌우 방문이 열리고 식구들이 우중우중 섰는 것을 보자 벌써 알아차리고 눈살을 찌푸렸다. 지금 전차에서 내리면서 원광으로 부친의 눈길과 마주쳤으나 모른 척하고 휙휙 가버리는 뒷모양을 몇 번이나 바라보면서, 심사가 좋지 못한 것을 참고 들어오는 판인데 집안 꼴이 또 이 모양이다. 덕희는 누구 편을 들고 말고 없이 요새는 집이라고 들어올 생각이 없다.

학교에서나 동무의 집에서 엉정엉정 지낼 때는 남과 같이 웃고 떠들다가도 집에를 들어와 앉으면 무엇이 짓누르는 듯이 답답하고 누구의 얼굴이나 보고 싶지 않고 누구의 말이나 듣고 싶지 않다.

부친이야 원체 말할 것도 없고 남보다 좀 나을 따름이지

마는 덕희는 모친과도 맞지를 않았다. 모친이 공부하는 묘리나 학교 켯속을 잘 모르는 것이 답답할 때도 없지 않고, 하루에도 몇 차례씩 끌어내놓는 푸념이나 히스테리 증세에는 머리를 내두를 지경이다. 이 집안에서 다만 한 사람 오라비만은 같은 시대에서 호흡을 하고 얼마쯤 이해를 해주고 귀애해주는 점으로 제일 마음에도 맞고 남에게 자랑도 되었다. 그러나 그 오라비가 저 모양이 되었다.

"아버지 다녀가셨수?"

덕희는 오라범댁에게 물었다.

"그런데 또 왜 그러시우? 싸우셨수?"

"아니라우. 금고 열쇠를 찾으러 오셨더라우."

"아버지도 딱하시지!"

덕희는 한숨을 쉬었다.

"오빠는 저렇게 고생인데 그건 빼놓아주실 생각은 아니 하시구 망령이시지…… . 금고가 못 잊히셔서. 돈이 뭐구? 재산이 뭐구?"

공부방인 아랫방을 열고 들어가며 덕희는 혼잣소리를 한다.

"망령? 나이 아직 50두 못 되어서 망령이야? 철 안 나고 계집 바치는 분수 보아서는 스무남은도 못 되었을라."

모친은 마루 끝에 앉아서 또다시 시작이다.

덕희는 문을 꼭 닫고 책상 앞에 가만히 앉아버렸다.

말대꾸를 하면 모친이 점점 더 화가 치밀어서 저녁도 못 자실 것이요, 귀가 아파서 못 견딜 것이니까. 그러나 모친이 그르다고는 생각할 수 없다.

― 남의 집 부모는 안 그렇던데 우리 집은 왜 이럴꾸?

덕희는 반찬 가게 하는 동무 집이 새삼스럽게 부러웠다. 오라비는 친구의 반찬 가게를 부러워하더니, 덕희도 동무 아버지의 반찬 가게를 부러워한다. 이 남매는 부잣집에서 태어난 것을 한탄하는 것이다.

저녁밥을 막 먹으려니까, 지 주사 대신 사랑을 지키는 영감이 앞장을 서고 상훈이 사랑에서 들어온다.

영감이 어째 또 오나? 하는 생각을 할 새도 없이 뒤따른 두 양복쟁이를 보니 묻지 않아도 형사의 행색이다.

"어디요?"

형사가 후뿌리는 소리를 하니까 주인 영감은 급급히 마루로 올라서며 썰썰 기듯이 안방을 열어 보인다. 입회를 시킬 테니 방 임자를 불러들이라 하고 형사들이 앞장을 서 들어갔다. 덕기 처는 겁을 집어먹으며 따라서 들어가서 시아버니 뒤에 섰다. 시어머니와 덕희와 침모들은 마루에 떨고 서서 하회를 기다리고 있다.

형사들은 장문을 모조리 열고 쑤석거려보고 책상 서랍을 뒤지고 책장을 열어보고 다락 속도 대강대강 뒤져보더니, 조금 아까 집어넣은 철궤를 들어내며 열어보겠다 한다.

"열쇠가 없는데요."

아까는 남편에게 기별해서 열쇠를 가져오게 하려느냐고 하던 며느리건마는 당돌히 가로막고 나서는 기세다.

"아범에게서 받아 왔어."

옆에서 시아버지가 나지막이 귀띔을 해주었다.

"이 금고 열쇠가 있으니까 열겠다는 것 아니겠소?"

늙직한 형사는 젊은 형사가 꺼내 드는 열쇠를 가리키며 핀잔을 주는 동안에 젊은 사람은 종시 잠자코 호수를 맞추어가며 쇳대를 넣어서 뗑그렁 하고 열어놓는다. 나먹은 형사는 부스럭부스럭 뒤지더니 열쇠 꾸러미를 꺼내 들어 보이 며,

"이거요?"

하고 상훈에게 묻는다.

"예, 예……."

마루에 섰는 마님은 영감이 왜 저렇게 겁을 먹고 허겁지겁을 해서 젊은 사람에게 절절매는지 창피스럽고도 어이가 없었다.

형사는 열쇠 꾸러미를 들고 우우들 사랑으로 몰려나갔다. 고식도 덕기를 내놓게 되는 문갑 속의 서류가 무엇인가 궁금하여 뒤쫓아 나갔다. 나가면서 마님은 사랑 영감더러,

"정말 형산가요?"

하고 물어보니까 영감은 눈이 뚱그래지며,

"그럼 영감이 끌려다니시지 않습니까? 명함두 저기 받아놓았습니다마는."

하고 새삼스럽게 무슨 소리냐고 핀잔을 주듯이 대답을 한다.

어쨌든 아들을 구해내게 된다는 자국에 무엇을 의심하랴고 돌려 생각을 하였다. 고식이 축대 위에 서서 등불이 빤한 방 안의 광경을 노려보고 있으려니까, 문갑을 열어보는 눈치더니 다시 다락 속의 큰 금고를 후딱 열고 뒤져보고는 제대로 닫고 마루로들 나온다.

"거기들 왜 섰니? 들어가거라."

영감은 여자들을 보고 나무라며 축대로 내려온다.

"어떻게 되었에요?"

시어머니는 말을 하기 싫어하니까 며느리가 대신 물었다.

"응, 내일쯤은 놓여나올 것이다. 마음놓고들 들어가거 라."

영감은 상노아이더러 문신칙 잘 하라고 일러놓고 형사들에게 꺼들려 나갔다.

"영감! 지금 댁으로 바루 가시겠습니까?"

"바루 가두 좋지, 하여간 택시를 불러 타세."

세 사람은 황금정으로 나와서 택시를 불러 탔다.

"저희들은 오늘밤으로라도 들고뜁니다. 논공행상은 당장 하셔야 하십니다."

"염려 말게. 지금 가는 길로 줌세그려."

"하지만 잘못하면 3년 ― 어쩌면 5,6년은 콩밥 귀신이 될 텐데, 1,000원씩은 너무 약소합니다. 어쨌든 3년 동안 처자식 굶지 않을 만큼 만들어놓고, 들고빼든 때가든 해야 하지 않습니까?"

한 자가 이렇게 조르니까 또 한 자는,

"여부가 있나! 하지만 가만 있게. 설마 영감께서 이렇게 성공한 바에야 처분이 계시겠지."

하고 추켜세운다.

"큰것 하나씩 주셔도 아깝지는 않습니다."

큰것 하나라는 말은 1만 원씩 말이다.

"압다 이 사람들 퍽이나 조급히 구는군. 그런데 아차차 잊어버린 게 하나 있네그려."

상훈은 놀라는 소리를 한다.

"무엇 말씀요?"

"자네들, 사랑에서 그 영감쟁이에게 내놓던 형사의 명함 말이세. 큰사랑 문갑 위에든지 놓았을 텐데…… 허허 그거 낭패다."

상훈은 자동차를 돌리라고 하여 다시 가서 뒤져가지고 오자고 한다. 그 명함은 최 참봉을 데려가던 형사에게서 받은 것이었다. 상훈은 지갑 속에 있던 그 명함을 꺼내주며, 만일 무슨 표적을 달라거든 내주되 아무쪼록 쓰지 마라고 신신당부를 하였던 것이다.

"염려없습니다. 경을 쳐도 가짜 형사질을 한 저희가 경을 치지 영감께야 무슨 상관이 있겠습니까?"

"누가 경을 치든지 간에 다른 것은 집안 내의 일이니까 어떻게든지 되겠지마는, 그것이야 인감 도용이나 공문서 위조 사용과 같이 말썽만 되는 날이면 큰일 아닌가?"

"그렇게 애가 씌시면 제가 당장 뺏아다가 도로 드릴 테니 얼마 내시렵쇼?"

"이 사람! 자네는 아는 게 얼만가? 얼마든지 줄게 뺏아만 오게 그려."

"글쎄 얼마 주시겠습니까?"

"어떻게 뺏아온단 말인가?"

"어떻게 뺏아오든지 그거야 아실 거 있습니까. 얼마란 값만 치십쇼 그려."

"얼마만 했으면 좋겠나?"

"처분대로지요."

"그럼 100원 하나만 줌세."

“그건 너무 헐합니다. 잘못하면 사람 목숨 하나 값이나 되는데요.”

“미친 사람! 하여간 100원 줌세.”

“정녕 그러시지요? 그럼 쓰십쇼.”

“증서를 말인가?”

“아니오, 소절수요.”

“쓰지……. 그 자리에서 다시 집어넣구 나왔네 그려?”

“하여간 쓰십쇼. 그리고 그 길에 저희들 상급까지 써줍쇼.”

“그건 안 돼! 당장 현금이 그렇게는 없으니까.”

하며 상훈은 자기 집 문진에 와서 세운 자동차 속에서 100원 소절수를 떼니까, 한 자가 껄껄 웃으며 한 손으로는 돈표를 받고 한 손으로는 외투 주머니에서 명함 한 장을 꺼내서 맞바꾸었다. 돈 100원이 억울은 하나 그 명함을 이자의 수중에 넣어두는 것은 큰집 문갑 위에 놓아두는 것보다도 더 위험한 것이었다.

내일 나온다던 사람은 그 내일의 짧은 해가 다 지도록 감감 무소식이었다.

그래도 영감마저 붙들려갔다 하는 염려도 있고, 영감만은 다녀나왔으면 소식을 알리라고 어멈을 화개동으로 보내 보니, 거기서는 도리어 여기서 무슨 기별이 있기를 고대하고 있더라 한다. 어제 초저녁에 형사 두 사람이 영감을 데리고 와서 작은집(의경)마저 자동차에 실어가지고 가버렸다는 하회뿐이다.

고년 — 첩년이야 한 10년 가두어두었다가 내놓았으면 좋겠지마는, 영감까지 들어가서 유치장 신세를 지고 있을 생각을 하니, 아들만은 못하여도 가엾은 생각이 든다. 세상이 마음대로 되었으면 덕기 부자는 오늘 저녁으로 놓여나오고, 고년과 경애만은 하다못해 1년만이라도 경을 뽀얗게 치고 나왔으면 시원하기도 하려니와, 그러느라면 영감도 마음을 잡고 여러 해 버스러졌던 의도도 돌아서게 되련마는……. 덕기 모친은 갖은 공상에 잠이 안 왔다.

하여간 이렇게 되고 보니 영감의 뒷배를 보아주는 사람이라고는 없다. 무엇을 먹고 그 추운 속에서 덮개도 없이 벌써 이틀이나 어떻게 지내는지 내일은 아들의 밥을 해가는 길에 금침이나 차입을 하여야 하겠다고 생각하였다.

이렇게 생각이 드니 천리 만리 떨어졌던 영감이 급작스레 가까워지고 남편의 옥바라지에 공을 들인다는 것이 그다지 장한 일은 아니로되, 그래 놓아야 남편의 마음도 돌아서게 할 수단이 되겠고, 한편으로는 젊었을 때의 정분이 새로 난 듯이 아까까지 욕을 하던 남편이 그지없이 정답게 생각되었다.

날이 막 밝으며부터, 마님은 안방 다락 속에 배송을 내두었던 영감의 자리보퉁이를 끌어내고 장 속을 뒤져서 솜옷 일습을 내놓고 수건을 사오너라, 비누니 치마분이니 하고 한창 법석을 하여 자리보퉁이를 꾸려놓고 자기도 곱게 분세수를 한 후 온종일 한데서 떨고 있어도 좋을 만큼 든든히 입고 매일 식사 나르는 상노놈을 따라서 자동차로 나섰다. 그래야 집안에서는 누구나 밤새로 돌변한 마님을 비웃는 사람은 없었다. 도리어 마님의 하는 일 중에 제일 잘하는 일이라고 생각들 하였다.

　그러나 집안에서들은 일전 덕기에게는 금침은 아예 아니 받으려는 것을 병중이라고 간청을 해서 들였는데, 이번도 잘 받아줄까? 하고 마님의 하회를 기다리고들 있으려니까, 오정이나 되어서 자동차 소리가 밖에서 또 난다.

　자동차로 오실 제야 허행을 하시는 게로군 하고 덕기 처가 나오려니까 뜻밖에도 남편이 마당으로 어정어정 들어온다.

　집안 식구들은 죽었던 사람이 살아온 듯이 법석을 하며 내달아 맞으려니까 중문간에서 양복쟁이 둘이 주춤하며 기웃거린다.

　— 또 왔구나!

하는 직각이 누구의 머리에나 떠올랐다.

　덕기는 떠들지들 마라고 손짓으로 제지하고 그 사람들을 불러들인 뒤에 마루로 올라서며 아내더러 다락의 손금고를 내오라고 한다.

　"예? 금고요?"

　아내는 눈이 둥그래졌다.

　"손금고 말요. 열쇠만 꺼내와도 좋아요."

　덕기가 앞을 서서 올라와서 방문께로 가려니까,

　"그저께 경찰서에서 열쇠 가져가지 않았에요?"

하고 뒤따른 아내는 어떤 영문인지 몰라서 가만히 수군수군한다.

　"뭐야?"

　덕기도 마주 눈이 커대지며 형사들을 돌아다보았다. 그 사람들도 알아들었는지 눈이 둥그래졌다.

　"아버니께서 경찰서에 안 계셔요? 어머니께선 조금 전에 차입하러 가셨는데…….”

“무어? 아버니께서?”

덕기가 다시 형사에게 대고 일본말로 물어보니까, 형사들은 도리질을 하고 그럴 리 없다고 얼굴빛이 달라진다.

“그래 언제 가져갔더람? 누구라고 합디까? 무슨 표적이 있겠지?”

“손금고 열쇠를 주어 보내시지 않으셨에요? 사랑에는 명함두 내놨다던데 사랑에 있을 거예요.”

“손금고 열쇠는 여기 있는데!”

덕기는 하도 어이가 없어 맥을 놓고 열쇠를 꺼내 보인다.

“그래 영감이 데리고 왔더란 말이지?”

한 형사가 묻는다.

“예. 처음엔 혼자 오셔서 문갑에서 꺼내실 것이 있다고 열쇠를 찾으시다가 가시더니, 어슬할 때 형사 두 사람하구 오셔서 열쇠를 꺼내가지구 사랑 금고에서 또 무얼 찾아가셨에요.”

“열쇠를 가지고 왔더랐을 제야 더 말할 것 있나마는…….
날이 저문 뒤에 가택수색을 하는 법이 있을 리가 있나!”

형사들은 이런 소리를 하고 덕기와 사랑으로 나갔다. 다만 남은 의문은 부친이 가형사에게 속아 끌려다니면서 곤욕당하고 있는지, 혹은 한통속이 되어서 한 일인지 두 가지 중 하나일 것이다. 그러나 덕기는 아무려니 부친이 한통속이라고는 생각하고 싶지 않다.

형사들은 금천 주임에게 전화로 보고를 하여놓고 그 가형사들이 두고 간 명함을 찾아보았으나 나오지를 않았다. 오늘 덕기를 데리고 온 것은 조부의 유서를 갖다가 보려는 것이요, 마지막으로 그것만 틀림없으면 우선 소위 중독 사건만은 일단락을 지어 무사히들 놓여나올 뻔하였는데, 일이 이렇게 되고 보니 여간 낙심이 아니다. 저 금고 속까지 텅 비었을 것이니 부친이 가져갔다면 그런 기막힌 일도 없다.

형사들은 조사를 마치고 덕기를 다시 데리고 가버렸다. 덕기가 떠나자 모친은 자리보따리를 상노아이에게 지어가지고 풀없이 되돌아왔다.

경찰부에서는 모른다고 하여 덕기와 지 주사의 식사만 차입하고 종로서로 갔더니 종로서에서는 또다시 경찰부 사법과로 가보라 하여 왔다갔다 다리품만 팔고 온 것이었다. 그동안 지낸 사연을 듣고 낙담하는 모친의 정상은 차마 볼 수 없었다.

40. 피묻은 입술

희미한 전등불이 으스름하게 내리비치는 쓸쓸한 긴 복도
를 급한 발소리가 우르르 몰리며 수렁수렁한다.

문을 꼭꼭 닫고 괴괴하던 이방 저방에서 덜걱덜걱 문이 열
리며 고개만 내밀고,

"왜 그러나?"

"무슨 일야?"

하며 수면 부족으로 충혈된 눈들이 번쩍인다. 무슨 사건인줄
을 알자 누구나 '흥!' 하고 놀라는 것도 아니요, 근심하는 기
색도 아니다. 저마다 살기는 더 뻗치고 얼굴들도 모지라졌
다. 매일 이맘때쯤이면 방방이 하나씩 데리고 앉아서 밤을
새워가며 취조를 하는 것이었다.

금천 부장은 허둥지둥 달려든 부하들의 보고를 듣고 나서
한 사람에게는 당자를 이리로 데려오라 명하고, 한 부하에
게는 의사를 곧 부르라고 지시하였다.

밖에서는 각 취조실마다 그 앞에 순사를 하나씩 배치하여
출입을 금한 뒤에 조금 있더니 검정 외투를 얼굴까지 뒤집

어찌운 송장 같은 것을 5,6명의 환도 없는 순사가 네 각을 뜨고 허리를 받치고 하여 가만가만히 모셔온다.

이 사람들은 구두를 벗고 슬리퍼를 신었기 때문에 발걸음 소리는 없을 뿐만 아니라 누구나 의식이 엄숙한 장례에 참렬한 것처럼 말이 없었다. 취조를 받고 있는 연루자들이 눈치챌까보아 절대 비밀을 지키자는 것이다.

금천 주임실 앞에 지키고 섰던 순사가 문을 여니까 환한 불빛이 복도로 확 끼얹듯이 퍼져나오며, 네 각을 뜬 송장이 소리 없이 불빛 속으로 꼬리를 감춘 뒤에 순사는 밖으로 문을 딛아주 있다. 그러자 방문마다 지키던 순사들은 거동이 지나간 뒤처럼 우우 몰려서 저편으로 가버렸다.

금천 주임의 방 안이다. 흙 마룻바닥에 떠메어온 것을 내던지듯이 덜컥 내려노니까 이때까지 송장인 줄만 알았던 사람이 외투 자락 속에서 꿈질꿈질하며 숨이 턱에 닿는 신음 소리가 난다.

금천 부장이 앞으로 다가오자 부하가 덮었던 외투를 휙 벗겼다. 무거운 숨결과 함께 가슴이 벌렁벌렁할 뿐이요, 입에서는 피거품을 푸우푸우 내뿜는다. 금천의 무딘 눈에도 끔찍끔찍하고 의사가 오기 전에 곧 숨이 질까보아 애가 씌었다.

얼굴이 아니라 시꺼먼 선지 덩어리다. 코, 입, 눈…… 할 것없이 그대로 넉절을 한 선지 핏덩이다. 사람의 얼굴이 아니라 마치 그믐 밤중에 메주덩이를 손 가는 대로 뭉쳐논 것 같다. 입이 어디가 붙었는지 알 수 없다. 다만 눈만 반짝하고 뜬다.

"이게 무슨 못 생긴 짓인가? 큰 뜻을 품은 일대의 남아가

비겁하게도 이렇게 죽는단 말인가? 비소망어 평일非所望於平
日이지 ─ 장군蔣君이 이렇게 비루할 줄을 몰랐군…… !"

금천은 피투성이의 얼굴을 눈살을 찌푸리고 들여다보며
말을 하였다. 듣기에 따라서는 비웃는 어조 같기도 하다.

"지사란 무사의 정신에 사는 것이다! 그리고 무사는 죽음
을 깨끗이 잘 하여야 하는 것인데 이것이 무슨 추태란 말인
가? 이왕 죽으려면 저 피스톨로(자기 책상 위에 놓인 피스톨을
가리킨다) 비장하고 남자다운 최후를 마친다면 오히려 장쾌하
지나 않을까? 하여간 장훈이! 자네는 이젠 마지막 아닌가! 시
운이 불리해서 뜻은 이루지 못하였을지언정 내 먹었던 큰 뜻
은 세상에 알려놓고 죽어야 하지 않겠나! 자기의 명예를 위
해서도 그렇고, 내 뜻을 이을 동지를 얻기 위하여서도 그렇
지 않은가? 그러니 꼭 세 마디만 들려주게 ─ 저 피스톨은 피
혁이가 주고 간 것인가? 혹은 피스톨만은 다른 데서 나온 것
인가? 또 피스톨을 가지고 무슨 일을 하려 하였던 것인가?
너희들이 피혁이에게 받은 지령이 무엇이냐? 그 점만 말을
해주게. 이것은 김병화를 위해서 자네가 변명해주어야 할 일
이 아닌가? 나만 죽어버리면 그만이라고 무책임하게 그대로
내버려두면 뒤에 살아남은 사람이 고생 아닌가?……."

금천은 몹시 심약해진 이 판에 무슨 말이든지 시키자는 것
이다. 그러나 그런 대답을 할 것 같으면 약을 먹고 혀를 깨물
어버리지는 않았을 것이다. 장훈의 입에서는 사흘 낮 사흘
밤을 두고 다만 모른다는 말 한마디 외에 다른 말이라곤 나
온 것이 없었다. 이런 쇠 귀신 같은 놈은 경찰부 설치 이래
처음 본다고 혀를 내두르는 터이다. 그러느라니 장훈은 약을

안 먹기로 이 속에서 뼈를 추리기는 어차어피에 어려웠다. 자루 속에 뼈다귀를 넣은 것 같은 것이 장훈의 몸이었다.

장훈은 눈을 떴다 감았다 혼곤한 듯이 금천 형사의 말을 듣다가 육혈포란 말을 듣자 정신이 반짝 든 듯이 무서운 눈을 똑바로 뜨고 한참 노려보더니 입을 쫑긋하며 무엇을 훅 내뿜는다. 금천은 고개를 돌리며 나는 듯이 일어났으나 얼굴과 가슴에 유산탄을 받은 듯이 핏방울 천지다.

옆에 섰던 부하가 눈자위를 곤두세우며 이놈아! 소리를 치고 발길로 허구리를 지르나 장훈은 눈도 안 떠보고 저어 깊은 통 속에서 울려나오는 듯한 신음 소리가 무섭게 들릴 뿐이었다.

더운물을 떠 들여온다, 양복을 벗어서 빤다, 금천이 와이셔츠를 벗어놓고 속셔츠 바람으로 세수를 한다 하며 한창 법석통에 의사가 달려들었다.

“얼른 좀 보아주슈. 어떻게 해서든지 살려놓아야 하겠는데……”

금천이 수건질을 하며 의사를 동독시키는 품이 마치 숨만 걸린 자식을 애처로워하는 자부慈父와 같다. 의사는 이런 경우를 하도 많이 보았는지라 유도柔道군이 제 손으로 죽여놓고 제 손으로 소위 활活을 넣어서 살리는 그런 종류의 사실이려니만 생각하고 우선 맥을 짚어보려다가 무엇인지 독약을 제 손으로 먹었다는 말에 다소 놀라면서,

“허어? 무언데? 약은 어디서 났기에……. 먹은 지가 오랜가요?”

하고 좀 서두르기 시작한다.

"그럼 이 피도 독약 때문에?"

"아뇨. 그건 혀를 끊었기 때문에……."

의사는 컥컥 막히며 차마 들을 수 없이 신음하는 소리도 모른 척하고 갓 잡은 쇠머리나 뒹굴리듯이 피에 뒤발을 한 머리를 주무르면서 무지스럽게 입을 뻐기고 혀를 빼면서 만져보며,

"서너 군데 몹시 찢어지기는 했어도 끊어지지는 않았군!" 하고 혼잣소리를 한다. 병자는 소리조차 지를 기운이 없이 끙끙 앓는 소리만 잦아간다.

단서는 경애 모친의 친정 조카, 경애의 외사촌 오라비 놈에게서 잡았던 것이다. 피혁이 왔던 것, 피혁이 떠날 때 저희들 손으로 머리를 깎아준 것까지 알게 되자 경애와 병화가 주리를 틀리기 시작하여 죽을 고비를 여러 번 넘겼으나 모든 것은 장훈에게로 몰아붙여 버렸다. 경애는 위협이 무서워서 병화를 진권해주었으나 때마침 연애 관계가 시작되어 가는 판이었으므로 병화가 직접 관계하는 것이 무섭고 싫었고 병화도 전선에서 이제는 발을 빼려는 차이기 때문에 서로 의논하고 또 한 다리를 넘겨서 소개해준 것이 장훈이라고 주장하였다. 장훈의 부하에게 필순의 부친과 함께 둘이 몹시 얻어맞은 것도 장훈을 피혁에게 소개만 하여주고 저희들은 발을 쏙 빼어버린 것을 분개하는 동시에 비밀을 탄로시켜서 일에 방해가 될까보아 미리 제독을 주느라고 그러한 것이라고 변명하였다. 어쨌든 경애나 병화나 무어라고 꾸며대든지 조금도 외착이 날 염려는 없었다. 장훈은 병화를 혼을 낸 뒤에 새삼스럽게 긴밀해지기도 하였지마는,

"언제 무슨 일을 당하든지 자네 편할 대로 대답을 해두게. 나는 어느 지경에를 가든지 벙어리가 되거나 정 급하면 이렇게 할 테니!"

하고 장훈은 자기의 모가지에 손가락으로 금을 그어 보인 일이 있었다. 병화와 경애 역시 미리부터 입을 모아도 두었지마는, 장훈을 절대로 믿게 되었던 것이다.

사실 장훈은 제 말대로 하고 말았다. 만주 방면에서 들어왔다가 나간 친구에게 실없이 얻어두었던 코카인, 그것이 장훈의 목숨을 빼앗으리라는 것은 자기도 생각지 못하였던 일이다. 장훈은 그 코카인을 종이에 싸서 양복조끼 수머니에 넣어 두었었다. 그것이 어느덧 주머니 바대가 미어져서 속으로 들어가버렸다. 안과 거죽 새로 떨어져서 옆구리의 도련께에 처져 있었던 것이다.

장훈을 처음 유치장에 넣을 제, 당번 순사는 물론 주머니 세간을 모조리 빼앗았지마는, 이것만은 손에 만져질 리가 없었다. 당자 역시 잊어버렸었다. 그러나 사흘 낮 사흘 밤을 두고 죽을 곤경을 치르고 나니까 졸립다는 것보다도, 아프다는 것보다도 죽고 싶다는 생각뿐이었다. 평시에 먹었던 마음, 병화에게 일러둔 말이 머리에 떠올라오면서 누가 일 러준 듯이 생각나는 것은 언젠가 얻어서 주머니에 넣고 다 니며 심심하면 꺼내어 친구들에게 보이고 냄새를 맡고 하던 코카인이다. 그러나 어쨌는가 생각이 아니 났다. 언제부터 인지 눈에 아니 띄었으나 얻다가 집어둔 생각은 아니 났다. 잃어버렸는지도 모르겠으나 또 생각나는 것은 조끼 도련께 무엇인지 종이 부스러기 같은 것이 들어가서 손끝에 만져지던 기억이다. 호주머니 속이 열파를 하여서 연필 끄트머리 나 동전푼을 넣으면 새어들어가기 때문에 그것도 아마 코 풀려고 가지고 다니던 원고지 부스러기려니 하고 신지무의信之無疑해버렸던, 그것이 생각났다. 만져보니 여전히 손에 만져졌다. 탈옥수가 쇠꼬챙이나 얻은 듯싶게 반가웠었다.

장훈은 입은 채 조끼 안을 쪽 찢었다. 미어지도록 닳아빠진 헝겊 조각은 손을 대기가 무섭게 발발 나갔다. 손에는 종이 봉지가 묻어나왔다. 그러나 이것을 들고 보니 꺼내기 전에 반기던 것과는 딴판이었다. 용기가 줄었다. 절망과 공포가 아찔하고 눈앞을 스쳐가는 것 같았었다.

— 지금 죽어? 그러나 그 뒤에는?…….

이런 생각을 하다가 못 생긴 생각도 한다고 혼자 나무랐다. 쓸데있는 당연한 일은 생각이 안 나고 쓸데없는 죽은 뒤의 일은 무엇하자고 생각하는가 하고 혼자 화를 버럭 내었다.

— 내가 지금 죽기로 비겁하다고 치소를 받을 리는 없는 일이다.

고 또다시 생각하였다.

— 당장 고통을 견디지 못해서 죽는 것은 아니다. 몇십 명의 동지를 대신해서 죽는다는 것도 말이 안 된다. 그들 개인이나 그들의 가족을 고통과 불행에서 건져주려는 그따위 희생적 정신이란 것은 미안하나마 내게 없다. 나는 다만 조그만 시험관 하나를 죽음으로 지킬 따름이나 그 시험관은 자기네 일의 결정적 운명을 좌우하는 것이요, 지금 이 시각도 몇몇 우수한 과학적 두뇌를 가진 동지들이 머리를 싸매고 모여앉아서 연구를 계속하는 것이다. 이 연구와 시험도 미구 불

원에 성공할지도 모른다. 이것을 죽음으로 지켜주는 것이 지금 와서는 나의 맡은 책임이다. 그것 하나만으로도 내 죽음은 값이 있는 것이다. 그러나 그 시험관의 결과를 못 보는 것만은 천추의 유한이다. 하지만 그 역시 내 눈으로 보자던 것도 아니었다. 그것은 벌써 각오하였던 것이 아닌가…….

장훈은 저녁밥을 먹고 나서 물을 마실 때 위산이나 먹듯이 입에 코카인을 들어뜨려 버렸다. 머릿속이 흐려진 장훈은 이 모든 행동을 기계적으로 하였던 것이다. 죽음의 공포에서 초월하여 약이 창자에서 도는 증세를 가만히 노려보고 있었다. 혀를 깨문 것은 계획하였던 바도 아니요, 자기도 의식있어 한 노릇이 아니었다.

이날 새벽에 장훈은 27세의 일생을 마치었다.

41. 부친의 사건

"아버니, 그 유서 가지셨에요? 어서 나가야 할 텐데 할아버니 유서가 있어야지요."

"아아, 나는 나가지만 필순이! 이필순이 나갔에요? 좀 만나게 해주세요. 때리지는 마셔요. 그 여자가 아무 죄도 없는 것은 나도 알아요……."

"…… 피스톨요? 몰라요……."

"…… 미안합니다. 고맙습니다. 병이 나면 집으로 가도 좋지요?"

병인은 이런 헛소리를 연거푸 주워섬기다가 눈을 번쩍 뜨고 휘휘 돌려다보고는 다시 눈을 스르르 감으면서 또 헛소리를 생시보다도 더 또렷하게 되풀이하는 것이다. 덕기는 경찰부에서 독감이 도진 것을 참고 지냈다. 병을 감추어가며 참고 있었다. 약을 사다 달라거나 하면 병 핑계나 하려고 엄살하는 듯이 알 것 같아서 도리어 내색도 보이지 않고 근 1주일이나 지내왔었다. 실상은 그보다도 걱정이 태산 같아서 해가에 신열이 오르락내리락하는 것쯤이야 생각할 여지가 없었다. 부친의 소식, 금고 속, 집안에서 걱정 들 할 것, 필순의 소식, 병화의 고초…… 생각하면 몸 아픈 것쯤은 문제가 아니었다.

그러나 집에 잠깐 끌려갔다가 온 뒤로 신열이 부쩍 더하여져서 몸을 제대로 가누고 앉았을 수가 없었다. 그래도 훈련원 벌판 같은 유치장 속에서 또 이틀 밤을 새웠다. 그 이튿날 아침에 불려 나가다가 유치장 턱에서 쓰러져버린 것을 그대로 끌려갔는데 요행히 고등과장이 부른 것이기 때문에 뒤틀린 눈자위와 말 더듬는 것을 보고 서둘러주어서, 의사를 불러나 뵈고 저희끼리 의논을 하고 한 뒤에 말하자면 고등과장이 책임을 지고 의전 병원으로 옮겨다가 가둔 것이다. 물론 집에는 가지 못하게 하는 것이요, 병원에서는 경찰부의 유치인 하나를 맡아서 치료하는 것이기 때문에 형사는 육장 하나가 와서 머리맡에 지키고 앉았는 것이다. 그 외에는 모친과 아내가 돌려가며 와 있을 뿐이요, 아무에게도 면회를 허락지 않았다. 필순의 부모가 한 병원 속에 있고 필순의 모친이 어제야 소식을 듣고 찾아왔건마는 만나 보이지 않았다. 고식姑媳도 이때만은 형사가 고마웠다.

"……재산 다 없어져서 도리어 시원해요. 어머니! 거리에는 나앉지 않게 할 테니 염려 마세요."

열에 떠서 이런 잠꼬대도 생시에 수작하듯이 영절스럽게 하는 것이었다. 모친은 눈물을 지으며 병인을 흔들었다. 그러나 꿈과 열 속에서 헤매는 병인은 제풀에 눈이 떨어질 때나 떠보았지 죽은 사람이나 다름없었다.

아내는 이렇다저렇다 말이 없이 벌써 사흘 동안을 앉은 자

리에 형사와 비스듬히 꼭 붙어 앉아서 시중을 들고 간호를
하는 것이다. 매무시 하나 고쳐 매는 일이 없고 세수도 똑똑
히 하지 못하였다. 시어머니가 바꾸어 자라고 하여야 꼬박꼬
박 졸기는 하여도 팔베개를 하고라도 누워본 일이 없다. 아
이는 이제는 젖떨어졌으니까 암죽이고 무어고 먹여서 보아
달라고 맡겨놓고 와서, 사흘 동안 그림자도 못 보았어야 보
고 싶지도 않다. 다만 병인 하나 외에는 하늘이 무너져도 눈
하나 깜짝 할 일이라고는 없는 듯이, 일심 정력을 병인의 숨
소리와 검온기에 모으고 있는 것이다. 오늘은 시어머니는 쉬
러 가고 친정 모친이 와서 같이 밤을 새워줄 모양이다.

그러나 이런 중에도 야속하고 겁이 나는 것은 헛소리 속에
필순의 논래가 자꾸 나오는 것이다. 어떻게 정이 들었으면
혼돈 천지인 이런 중에도 헛소리로 그런 말을 할까? 그야말
로 오매불망이다. 생시에 먹은 마음이 취중에 나온다고, 뼈
에 맺히지 않았으면야 그렇게도 간절한 말이 나올까? 아니,
경찰부에서 형사에게 애걸하던 말을 그대로 주워섬기는 것
이 아닌가! 가다가는 정이 떨어지고 앞일이 캄캄하여지는 것
같았다. 재산 없어지고 시앗 보고! 구차살이나 시앗쯤이면
오히려 웃고 넘길 일이지마는, 이혼 문제까지 난다면 이를
어쩌나? 하는 공상을 꼼꼼할 때는 피로한 머릿속에 정신이
획 들며 눈이 반짝 띄는 것이었다. 그러나 이것이야말로 꿈
속 같은 일이요, 설사 그런 일이 닥쳐온다기로 지금 당장 생
사가 왔다갔다하는 병인 앞에서 이게 무슨 지각없고 객쩍은
망신이랴 싶어 자기 마음을 가누려는 것이었다.

아니다. 우리 남편만은 양반의 집 점잖은 장손으로 설마

그럴 리가 있겠니 — 이렇게 스스로 안위하려 하였다.

그래도 사흘 나흘 지나니까, 침대 발치에 걸어놓은 증세표에 분홍 연필로 그어나가는 줄이 차차 내려가고 하루에도 몇 번씩 올랐다내렸다하던 고저가 훨씬 줄어들어 잔잔한 물결같이 그리어나가게 되었다.

독감이란, 속병이 아니니 다른 증세를 끼지 않고 나으려면 금세였다. 그렇게 무섭게 앓던 사람이 열이 내리기 시작하니까, 닷새 엿새 만에는 기동을 하여 일어나 앉게 되고, 곡기를 똑 끊었던 사람이 우유만이라도 목구멍에 넘어가게 되었다.

집안 사람들은 고맙기는 하나 속히 낫는 것도 반갑지 않았다. 죽으면 데려갈 '사자' 처럼 머리맡에 지키고 앉았는 형사에게 살려놓아도 또 빼앗길 것이 겁이 나서 병인이 이만한 분수로만 도리어 좀더 오래 누웠으면 좋겠다고들 생각하였다.

"이젠 마음을 놓게 되었어도, 보시다시피 원체 약한 애가 앓으며 불려가서 그 모양이 되어 왔습니다. 이번에는 훨씬 소복이 될 때까지 참아주시도록 말씀 좀 잘해주셔요."

모친이 입으로만 간청하지 말고 두셋이 번을 갈아드는 그 자들에게 10원 한 장씩이라도 담뱃갑이나 하라고 넌지시 쥐여주었더면 좋을 것을, 그럴 수단도 없거니와 내 자식 죽이러 온 사자로만 보이니 무섭고 밉기만 하였다.

무어라고 보고를 하였는지 이튿날 오후에 불시에 자동차를 가지고 데리러 왔다. 다리가 떨리고 아래가 허전거리는 사람을 인사 사정없이 내끌어다가 싣고 달아났다.

그러는 중에도 덕기는 필순 부친의 병실에를 다녀가려고

하였으나 형사들이 듣지 않았다. 다만 간호부를 보내서 필순의 모친을 현관에서 만나보았다. 필순의 모친도 눈물을 떨어뜨리며 인사를 하는 것이었다. 고식은 그 꼴이 또 보기 싫었다.

덕기는 경찰부에 들어가서 이번에는 사법계 주임에게로 갔다.

"정미소는 조부 유서에 어떻게 처분하라고 씌었던가!"

첫대에 묻는 것이 이것이었다. 덕기는 의아하였다. 묻는 것이 새판인 것을 보면 그동안 부친이 잡혀와서 정미소 문제가 새로 나왔는가? 혹시는 부친의 행방은 여전히 몰라도 누구의 입에서 그 말이 나온 것인가? 어떻게 대답을 하여야 부친에게 유리할지 알 수 없다. 그러나 어쨌든 사실대로 유서에는 아무 말 없었다고 대답하였다.

"그럼 유언이라도?"

"유언도 하실 새가 없었지요."

"그러면 지금 누가 관리하는가?"

"내가 하지요."

"부친이 달라면 주려 하는가?"

"그야 적당한 때 드리려 하였지요."

"조부가 부친에게 상속한다는 유서를 따로이 써주었다는 말을 들은 일이 있었던가?"

여기 와서 덕기는 깜짝 놀랐다. 부친이 그동안 법석을 한 것은 큰 금고 속에 있는 조부의 도장을 집어다 그런 유서를 위조해 가지려고 그랬던 것인가보다 하는 짐작이 들었다.

"아마 그런가봐요."

열쇠 분실 사건이 있은 지 벌써 열흘이 넘는다. 병원에서 세상을 모르고 앓는 동안 모두들 어찌 되었는지 궁금한 것은 말할 것 없거니와, 부친도 이 속에 잡혀들어와 있는 것이 지금 말눈치로 분명하다.

"가형사는 검거되었나요? 열쇠가 나왔어요?"
하고 물으니까 주임은 빙긋이 웃다가,

"가형사라니? 당신 부친 말야?"
하며 핀잔을 주고 나서,

"하여튼 당신 재산의 한 반은 노름 밑천으로 깝살릴 것을 찾았으니 당신네 청년들도 경찰을 원망만 말고 고마운 줄도 알고 감시하다는 인사를 해야 할 거요."
하고 타이르는 소리를 한다. 덕기는 부친의 일이 애가 쓰이나 우선은 잘 되었다고 반색을 하였다. 감사하다는 인사를 받자는 그 말은 무슨 암시를 주는 것인지? 잘만 하면 부친도 무사히 놓일 것 같은 자신이 생긴다.

부친은 조부 생전에 벌써 화개동 집 문서도 잡혀먹고 여기저기 걸린 수월찮은 빚은 노영감 돌아간 뒤로 성화같이 독촉인데 요새로 마장에 더욱 부쩍 몸이 달게 됐다. 첩치가에 덕기가 2,000원 내놓고 부친의 저금 4~5,000원도 그럭저럭 부스러뜨리고 나니 하는 수 없이 자기 땅문서로는 노름판에서 아쉰 대로 당장 3,000원 빚을 썼으나 그동안 노름 밑천밖에 아니 되고 말았다. 마장에 손속이 없을수록 몸은 달고 빚쟁이는 하나도 입을 틀어막지 못한 이런 막다른 골목이 된 판에, 넘기려는 주식 중매점이 하나 있으니 떠맡자고 꾀고 다니는 자가 나타났다. 귀가 번쩍 띄었다. 회복할 길은 이밖에 없을 성싶은데 하늘이 지시한 것같이 때마침 덕기가 붙들려갔다. 그리하여 무죄 석방이 된대도 3,4삭이나 1년은 걸리려니 하는 관측을 한 상훈은 체면 여부 없이 불이시각하고 그런 비상 수단을 쓴 것이다.

그러나 모친의 등쌀만 아니었다면 상훈 혼자기로 손금고 하나 맞은 쇠질을 못 하였을 것은 아니나, 계획을 꾸며놓고도 혹시 손쉽게 열쇠가 손에 들어올 수 있을까 하여 망을 보려고 왔던 그날, 마님의 기세가 하도 험악하고 자기 뱃속을 들여다본 듯이 손금고를 내동댕이를 치며, 이것은 내가 맡는다고 야단을 치는 품이 심상한 수단으로는 도저히 될 성싶지 않아 최후의 수단을 쓴 것이다. 최후 수단이래야 별것이 아니었다. 마장판으로 돌아다니며 판돈이나 떼어먹는 늙수그레한 자 하나를 가형사로 내세우쟀던 것인데, 먹을 콩이 났다고 눈이 번해 덤비면서도 정작 금고 묘리는 모른다니, 하는 수 없이 또 한 자 금고를 맡아 써보던 예전 어느 회사의 회계 퇴물 하나를 진권하여 일은 계획대로 진행되었던 것이다.

그리하여 덕기가 열에 떠 아버지 유서를 가졌느냐고 헛소리를 할 동안, 벌써 땅문서도 일부분 현금이 되고 중매점 계약이 된 것이라서 아비 운수가 그뿐이었던지 자식의 재수가 좋았던지 걸려들고 만 것이다.

그렇지 않아도 경찰부로서는 그 유서를 가져다가 보고 나면 덕기에 대한 혐의는 스러져서 석방을 해주는 동시에 마지막으로 상훈을 불러들이려던 판인데, 이런 일을 저질러 놓았으니 섶을 지고 불에 뛰어든 셈쯤 되었다. 덕기의 입장이 명백하여지면 당연히 치의致疑가 상훈이나 수원집으로 돌아갈 것인데, 상훈은 그것을 미처 생각지 못하였던 것이다.

그러나 상훈의 문서 절취 사건은 장훈의 사진이나 중독 사건과는 아무 관련이 없고 그리 중대시할 것이 아니기 때문에 간단히 집어치우려는 것이다.

부장은 손가방 속에서 종이 한 장을 빼내어 펴놓으며,

"이것이 뉘 필적인가?"

하고 묻는다. 문제의 조부의 유서다.

다음에 또 한 장 내놓았다.

"그럼 이것은?……."

덕기는 선뜻 대답할 수 없었다. 처음 것과 같은 날짜로 정미소를 상훈에게 준다는 역시 조부의 유서다. 물론 필적도 같다.

"조부의 필적입니다."

분명히 대답하였다.

"잘못하면 위증죄가 될 것이니 잘 생각해 말을 해야 해! 조부의 도장은 어디 있었나?"

"금고 속에 넣어두었는데 아버니가 달라셔서 드렸습니다."

"언제? 왜 달라던가?"

"정미소 명의를 고치시느라고 그랬던 것이겠지요."

"언제 주었어?"

부친이 언제라 하였는지 말이 외착이 날까봐서 좀 뻥뻥하다. 그러나 수원집에게 태평통 집 문서를 내어줄 때 쓴 일이 있으니까 그 다음으로 대어야 하겠다 생각하고,

"지난 달이던가요?"

하고 부장의 눈치를 보았다. 부장은 더 추궁하지 않고 옆에

앉았는 부하에게 덮어놓고 데려오라고 명하니까 부하는 일어나 나갔다.

— 부친을 불러다가 무릎맞춤을 하려나?

하는 생각을 하면서 그렇게 되면 어쩌나 하는 겁을 집어먹고 앉았으려니까 5분도 못 지나서 문이 펄쩍 열리며 부친이 앞장서 들어온다. 돌아다보던 덕기는 목덜미에 칼이나 들어오는 듯이 고개를 덜컥 떨어뜨리며 뛰어 일어났다.

— 이럴 수가 있나!

하고 덕기는 몸서리가 치어지며 꾸벅 절을 한 머리를 들지 못하였다. 유치장에 들어갈 제 *끄나풀*이란 *끄나풀*은 다 빼앗기는 법인 것을 덕기도 이번에야 알았지마는 부친은 두루마기도 없이 고름 없는 저고리에 대님을 풀고 허리띠가 없으니까 둘둘 말아 오그려 붙들었다. 가짜 형사를 데리고 다녔고, 어떤 형사의 명함을 이용하였다 해서 더 심하게 구는가도 싶지마는 유치장 속에서도 대우가 똑같지는 않다. 아무러면 이럴 수야 있나? 하고 덕기는 더욱이 마음이 아팠다.

부장은 잠자코 입가에 조소를 머금으며 상훈을 훑어보다가, 앉기를 기다려서 가방을 열고 문서 뭉치를 꺼내더니 부자의 앞에 내던지며 사실查實해 보라고 한다. 부친은 가만히 고개를 떨어뜨리고 앉았고, 덕기가 한참 만에 펼쳐 보았다.

금고에 넣어둔 땅문서의 반은 될 것 같다. 사실해 보나마나 없어진 것이 있기로 지금 와서 어쩌랴마는 그래도 세어 보았다. 그러나 모두 몇 장을 꺼냈던지 모르나 졸망졸망한 것 대엿 장밖에 아니 된다.

"그 중 너 어머니 것과 네 거 한 장이 축났다. 그 외의 것은 금고 속에 남아 있다."

부친이 풀없는 소리로 설명을 한다.

부장은 문서 받은 표를 덕기에게 쓰게 하고 나서 상훈에게 정미소 상속한다는 유서는 언제 받았느냐고 물었다.

"아버니께서 돌아가실 때 받았습니다. 이 애를 시키셔서 ......"

하고 덕기를 가리켰다. 덕기가 잘 안다는 표시를 하는 것이 유리할 것 같아서 한 말인데, 부장은 덕기더러,

"지난 달에 금고 속에 있던 도장을 꺼내주어서 명의를 고쳤다 히였지?"

상훈은 부장이 자기에게부터 물어준 것을 다행히 생각하였었다. 아들놈이 아무리 분하기로 아비를 징역시키려고 들지는 않을 것이니, 자기의 대답이 여간 엉터리 없는 수작일지라도 덕기가 이 자리에서 모두 거짓말이라고 적발은 아니할 것인즉, 일은 도리어 피었다고 기뻐하였던 것이다. 그러나 지난 달에 도장을 주었다고 대답을 벌써 해둔 모양이니, 상훈의 말과는 외착이 났다. 이제는 꼼짝할 수 없이 다 늙어 용수를 쓰는구나 ― 하는 생각을 하니 상훈은 눈앞이 팽팽 돌았다.

부장은 부자가 얼굴이 벌개서 얼이 빠져 앉았는 것을 한참 바라보다가 껄껄 웃는다. 원체 이 사람은 짓궂이 이 늙은 신사를 욕을 보이고 놀림감을 만들고 시달려주려는 악의를 가진 것 같아 보인다. 더구나 교인이라면 머리를 내두르는 터이라, 상훈이 교인이요 예전부터 사회에서 무어나 해보려던 사람이니만큼, 밉게 보던 차에 이번 일을 보고 이런 때 단

단히 긁려주려는 것이었다.

부장은 또다시 부하더러 첩을 불러들이라고 명하였다. 의경이 소리부터 휘뚝휘뚝하는 구둣소리를 내며 들어온다. 웬일인지 이 여자는 수갑을 아니 채웠으나 이 여자까지 공모자로 잡혔던가? 하고 덕기는 놀랐다.

형사는 덕기를 사이에 두고 상훈과 격리시켜서 의경을 앉히었으나 덕기는 거들떠보지도 않았다.

"이 속에 얼마 들었어?"

부장은 앞에 놓였던 조그만 트렁크를 밀치며 묻는다. 덕기는 아까부터 그 가방도 부친의 것인가 하였지마는, 알고 보니 그 속에는 돈이 든 모양이다. 모친의 땅을 팔았거나 잡힌 돈일 것이다.

"2,300원이지요."

의경은 조금도 겁내는 기색도 없이 서슴지 않고 대답한다. 덕기는 액수가 적은 것을 듣고 잡혔구나 생각하였다.

"3,500원에 잡혔다고 하지 않았나?"

"예, 선변 350원 떼고 평양 가서 용쓰고 하였습니다."

부장은 열쇠 꾸러미까지 가방에서 꺼내 던지며 덕기더러,

"이것은 아직 여기 맡아둘 것이로되 보관하는 수속도 귀치않고 해서 우선 문서와 함께 내주는 것이야."

하고 또 영수증을 쓰라 한다. 덕기가 영수증을 쓰는 동안에 부장은 의경을 놀리는 어조로 사담처럼 문초를 한다.

"본마누라의 땅을 잡혀서 큰돈을 쥐여주니까, 영감이 한층 더 정이 들고 고마웠겠지?"

덕기는 귀를 막고 싶었다.

“하하하…… 좋지 않을 것도 없지요마는 잠깐 맡은 것이지, 어디 나더러 쓰라는 것이던가요?”

조금도 걱정하는 빛이 없이 생글생글 웃어가며 대거리를 한다.

“네가 졸라서 이런 짓을 시킨 거지?”

“조르긴, 큰마나님이 땅을 가졌는지 하늘 조각을 베어 가졌는지 누가 알기나 했나요? 영문도 모르고 놀러가자니까 끌려갔었지요.”

“그럼 왜 하고많은 문서 중에 큰마누라 몫부터 없애게 하였나? 나 머긴 작고 그대로 두기는 배가 아프고 하니까 그것부터 없앱시다 하고 옆에서 한마디 충동였지?”

“모르죠. 큰 것은 잡을 사람도 살 작자도 안 나서니까 그동안 부비 쓴다고 작은 것을 골라서 잡혔다니까 그런가보다 하였지요.”

부장의 묻는 수작이 옭아넣도록만 음흉하게 슬슬 돌려대는구나 하는 생각을 하며, 의경은 말끝을 잡힐까보아 정신을 바짝 차리는 모양이다.

부장은 슬쩍 다시 농치면서,

“이왕이면 느긋한, 그 속에서 큼직한 것 하나를 떼어가질 일이지? 저렇게 환귀본처하는 걸 보면 분하고 아깝지?”
하고 또 껄껄 웃는다.

“징역하게요?”

“아무러면 징역 안 하나!”

“내가 왜 해요? 무슨 죄가 있다구? 여필종부니까 가자면 가고 오자면 올 뿐으로 딸려다닌 것까지 죈가요?”

"옳은 말이야, 여필종부이기에 남편이 감옥에 들어가니까 아내도 따라 들어가야지, 헛허허!……."

취조실 안의 칼날 같은 서리는 녹고 어느덧 봄바람이 부는 듯하였다. 그러나 남편이 감옥 간다는 말에 모두들 뜨끔하였다. 주임은 별안간 상훈을 보고 어조가 달라지며,

"……영감 나이 몇이오? 50은 되었겠구려? 불혹지년不惑之年도 지내지 않았소? 글 거꾸로 배웠구려! 아들 보기 부끄럽지 않소?"

하고 호통을 한다. 젊은 자기는 이런 첩 하나 없는 것이 심사가 난다는 것인지는 모르겠으나, 30이 좀 넘은 자식 같은 새파란 젊은 애에게 이런 욕을 보고 앉았는 부친이 가엾고 밉고 분하고 절통하다.

"이립지년而立之年밖에 안 되는……."

하고 부장은 그 능갈친 조선말로 글자나 안다는 자랑인지 연해 문자를 써가며 아들은 있거나 말거나 준절히 나무란다.

"나 같은 젊은 놈이 난봉을 피운다면 욕을 하면서도 그래도 마음잡을 날이 있거니 하고 용서도 하겠지마는, 이거야 늦게 배운 도적질에 날 새는 줄 모른다고 어디 영감 생전에 마음잡을 날 있겠소?"

덕기는 쥐구멍이 있으면 들어가고 싶었다.

그러나 상훈은 요 방자스런 놈이 ― 하는 분기에 떠서 부끄러운 생각도 뉘우치는 마음도 잊어버리고, 사는 것이 욕이라는 생각부터 들었다.

"원체 난봉 자식이 아비 죽기를 죄는 법이니까 이번 중독 사건도 당신의 짓이라고 우리는 인정하우……?"

부장은 중독 사건 — 죄명으로 독살 미수 사건은 수원집 일파에게 지목을 하고 거의 단서를 잡게 되었지마는, 이렇게 한번 딱 얼러보았다.

"모두 내가 잘못이니까 그렇게 생각하시기도 용혹무괴容惑無怪이겠지마는, 결단코 그럴 리야 있겠습니까."

상훈은 여기 와서는 기가 막혀서 말이 아니 나왔으나, 하는 수 없이 허리를 굽히고 말을 낮추어서 애원하였다.

"그럼 무어란 말야? 재산을 자식에게 뺏기게 되니까, 그 따위 천하게 무도한 짓을 한 거지?"

주임은 소리를 버럭 지른다. 상훈은 고개를 떨어뜨리고만 앉았다.

"또 이 틈을 타서 재산을 훔쳐다가 팔고 잡히고 한 것은 제 죄가 무서우니까 붙들리기 전에 멀리 만주로 뛰려던 것이지?"

며칠을 두고 이때껏 받은 취조에 있는 대로 다 설명을 하였건마는, 또 새 판으로 얼러대는 것이다. 부친은 잠자코 앉았고 덕기는 말을 가로채었다가 야단이나 만나지 않을까 겁이 났으나 한 마디 변명을 아니할 수 없었다.

"그런 게 아닙니다. 빚에 졸리시는 조건이 있어서 곧 현금을 드리려 했었는데 별안간 제가 이리로 들어오게 되니까 예금 통장을 꺼내다가 쓰시려던 것이 이렇게 된 것이겠지요. 도대체 손금고 열쇠를 집에 두고 다니거나 예금 통장을 손금고 속에 넣어두었더면 이 지경은 아니 되는 것을, 통장과 도장은 안에 맡겨두고 또 어머니께서는 감기가 심하시고 야단을 치시니까 이렇게 되었나봅니다. 그 외에는 아무 일 없습니다……."

　　덕기는 지금껏 부친이 왜 그랬을까를 곰곰 생각하던 그대로를 이야기하였다. 주임은 가만히 듣다가 그럴 듯하던지 별로 탄하지도 않고 형사더러 덕기를 고등계로 데려가라고 명한다. 덕기는 부친을 이대로 앉혀놓고 차마 일어설 수 없으나, 하는 수 없이 열쇠 꾸러미와 땅문서며 돈을 집어넣고 끌려나갔다.

42. 백 방

덕기는 고등과장의 호의로 그날 저녁때 놓여나왔다. 실상은 호의라느니보다도 더 둘 필요가 없어 내놓은 것이다. 덕기는 시원은 하나, 부친까지를 그대로 내버려두고 혼자만 나오기가 안 되어서 발길이 돌쳐서지 않는지, 몇 번이나 뒤를 돌아다보았다.

반가우며 걱정이며 집안은 법석이었으나 덕기의 속은 그보다 더 끓었다.

"너 아버니는 한 10년 콩밥 자시겠던?"

모친의 매정스런 인사다.

"걱정 마세요. 내일 아니면 모레는 나오시게 될 거니까요."

"얘, 듣기 싫다! 누가 걱정한다던!"

모친은 애매한 아들에게 화풀이만 하였다. 평생에 처음으로 아니, 규각이 난 지 10년래에 처음으로 남편에게 정성을 부려서 금침이며 옷이며 손수 가지고 추운 아침에 절절거리며 헤매던 분풀이를 예서 하는 거다. 마님은 다시는 속지도 않으려니와, 이제는 영감으로도 생각지 않는다고 야단이다.

이 마님은 일자 이후에 며느리나 하속배 보기에도 대단히 부끄러운 생각이 들어 풀이 죽어 지내는 터이다.

저녁 후에 덕기는 몸이 고단한 것을 참고 부리나케 출입을 하였다. 번지를 전화번호 책에서 뒤져내가지고 기무라 고등과장 집에를 가자는 것이다.

— 인삼이나 두어 근 가지고 나올걸…….

인력거 위에서 덕기는 이런 생각이 떠올랐다. 그러나 너무 현금주의 같고 어차피 한몫 큼직하게 보내야 할 것이니 오늘은 점잖게 빈손으로 가는 것이 도리어 무관하리라 생각하였다. 또 그러나 일본 사람의 성질이 그렇지 않다 하고 다시 황금정으로 돌쳐서 아는 약방에서 인삼 두 근을 얻어 가지고 기무라의 집을 찾아갔다.

기무라 집에 다녀나온 덕기는 무슨 말을 들었는지 신기가 좋았다. 별로 소청을 들어주마는 승낙을 받은 것은 아니나, 시원스럽게 사정 이야기라도 한 것이 좋았다.

하루 걸러 일요일에는 아침부터 나서서 과장과 두 주임의 집을 휘돌며 문안을 드렸다. 사회 교제라고 첫출발이 고작 이것인가? 하며 코웃음이 저절로 나왔다. 그 바람에 오늘은 소절수 석 장을 큼직하게 떼어냈으나 아깝다기보다도 자기 재산의 반은 노름 밑천이 될 것을 찾아준 '감사한 인사'를 안 하는 수 없었다.

돌아오는 길에 의전 병원에 오래간만에 들렀다. 풀려나오는 길로 곧 위문을 가고 싶고 전화라도 걸어주고 싶었으나 별로 신신히 할말이 없어 이때껏 내버려두었던 것이나 부친과 함께 필순쯤은 나오게 할 자신이 생긴 때문이다. 기무라

가 점심을 같이 먹고 가라고 붙들기까지 하던 것은 조부와의 교분으로 그렇다 하더라도, 마침 만난 금천이,

"어떻게든지 되겠죠. 염려 마슈."

하고 현관까지 쫓아나와서 인사하던 말을 생각하면 자기 일생에 이런 반가운 인사를 두 번 들어본 일이 있던가 싶었다.

"에그 어떻게 나오셨에요? 몸은 이제 어떠세요?"

필순의 모친이 또 눈물을 지으며 반기는 것을 보고는 덕기도 눈물이 날 것같이 감상적으로 언짢았다.

"이제, 내일 모레 새로 따님두 나올 겁니다. 염려 마세요."

덕기는 활기 있게 대꾸를 하였다.

"어떻게 됐에요?"

"장훈이 아시죠! 그 사람이 그 속에서 자결을 했지요."

이것은 기무라에게 그저께 비로소 들은 말이다.

"예!⋯⋯."

필순의 모친은 자기 남편이 저 지경이 된 것도 잊어버린 듯이 그 놀라는 품이 이만저만 아니다. 그것을 보고 덕기는 혁명가의 아내니만큼 기질이 다르다고 감복하였다. 자기 자신과는 주의와 사상이 다르고, 남편을 저렇게 만든 장본인이 장훈이라는 것은 잊어버리고 기가 막혀 놀라는 것이었다.

"이렇게 말하면 안 되었지마는, 그 사람이 전 책임을 지고 그렇게 죽어버렸으니까, 다른 사람은 도리어 잘 될 것 같습니다."

필순의 모친은 잠자코 고개를 떨어뜨린다. 혼자 희생이 되었다는 것이 가엾어 저절로 머리가 숙여지는 양싶다.

그러나 병상에 눈을 감고 누운 사람을 들여다보니, 경험

없는 덕기의 눈에도 사색이 질려 보인다. 아내가 흔드니 눈을 무겁게 간신히 뜬다. 의식은 있는지 몰라도 앓는 체할 기력도 없는 모양이다.

"저래 어떡허시나요?"

하고 덕기는 얼굴이 찌푸려졌다.

"그저 돌아가시기 전에 이 애나 어서 나왔으면요……."

필순의 모친도 기운이 까부러지는 기색이다.

"그야 염려없어요. 과장과 주임에게 두 번이나 가서 단단히 부탁을 해놨으니까 곧 나오게 됩니다."

덕기는 장담을 하였다. 이 부인의 기운을 돋우기 위하여도 장담 안 하는 수가 없었다.

장담대로 이튿날 월요일 낮에 필순이 나왔다. 흥분한 코메인 소리로 거는 필순의 전화를 받고 나자 원삼 내외가 달려든다. 얼굴이 훌쭉해지고 눈이 멀거니 반은 혼이 나간 사람 같다. 원삼의 처도 생전 못 해본 유치장 생활에 근 20일이나 노심초사를 하느라고 얼굴이 세고, 입술에는 핏기 한 점 없다.

"애들 썼네. 그래두 아이나 안 매달렸기에 다행하이."

덕기는 아이가 딸린 경애나 수원집 형편이 어찌 되었나 궁금하였다.

"어쨌든 좋은 경험 하였습죠. 살아서 지옥 구경했으니 좀 좋습니까."

원삼은 이런 소리를 하고 웃었다.

"그런데 영감님 나오셨는지 그댐말 못 들었나?"

"예? 삼청동 영감께서요?……. 영감님두 피혁이를 아시던가요?"

하며 원삼은 펄쩍 놀라다가,

"그럼 서방님은 그동안 무사하셨에요?"

하고 묻는다. 안 걸려든 사람이 없다는 말을 듣고 원삼 내외는 일변 놀라며 일변 위안도 되는 것이었다. 저희만 그 곤경을 치르는 듯이 드난살이하다가 별꼴 다 본다고 원망하는 마음이 없지 않았던 터이나 비로 쓸듯이 붙잡혀가고 서방님까지 중병을 치러가며 유치장 신세를 졌다니, 이렇게 먼저 풀려나온 것만 다행하다고 스스로 마음을 풀어버리는 것이다.

"이기 무슨 동팁니까?"

원삼의 처가 묻는다. 이 여자는 노영감이 돌아간 동티요, 노영감 초상의 살이라고 생각하는 것이다. 그러나 정말 그렇다면 저희 내외는 그때 화개동 댁에 있었으니 그 동티, 그 살은 지금도 이 댁에 있는 행랑것, 수원집이 데리고 들어온 그 내외가 맞아야 옳을 텐데, 그놈의 어미네, 붙들려 가지도 않고 지금 들어올 제도 유들유들하게 싱글싱글 누구를 놀리듯이,

"제살이하게 되었다기에 고맙구나 했더니, 되게는 혼났구려?"

하고 비양대니 세상이 공평치 못하다고 더 분한 판이다.

"돈 동티에, 살기 어려운 동티에, 여러 가지 동티라네!"

덕기는 이런 소리를 하고 웃어버리려니까, 원삼이 뒤따라서,

"행랑살이를 면해보려던 동티도 있습죠."

하고 픽 웃는다. 원삼 내외가 안으로 들어간 동안에 덕기는

의관을 하고 나섰다. 화개동으로 가는 것이다. 청을 들어서 필순과 원삼 내외를 곧 내놓았을 제야 으레 부친이 나왔을 것이나, 부친은 전화를 아니 걸지도 모르겠고, 전화를 기다리고 앉았을 인사도 아니니 급히 올라가는 것이다.

그러나 사랑문이 첩첩이 닫혔으니 안에는 들어가기 싫건마는 안마당에 들어서보았다. 늙은 것, 젊은 것, 계집들만 이 방 저방에서 우글거린다.

"누구세요?"

하고 내다보는 젊은것마다 저희도 낯 서투르겠지마는, 이편도 모를 얼굴뿐이다.

수원집 아이 보는 년을 만나지 않았더면 집을 잘못 찾아 들어왔나 하고 돌쳐설 뻔하였다. 덕기는 이것이 내가 자란 집인가 하고 어이가 없었다.

수원집이 붙들려 들어간 뒤로 아이는 이 집에 와 있게 된 모양이다.

"나 좀 보세요. 아이, 난 누구시라구."

나오려다가 돌려다보니 웬 노기老妓 하나가 안방에서 나오며 호들갑스럽게 인사를 한다. 누군지 모르겠다.

"온 아이들이 서방님을 몰라뵙구 — 이런 죄송할 데가 있을까! 어서 올라오서요."

자세 보니 월전에 세간 값으로 해서 왔을 제 안방에 들어갔다가 잠깐 본 그 마누라다. 덕기 눈에는 얼뜬 보기에 늙은 기생 같았다.

"그래 얼마나 고생하셨나요? 그런 변이 어디 있겠어요?"

매당은 덤덤히 섰는 덕기에게 혼자 수다를 핀다.

“아버니께서 오늘쯤은 나오실 것 같아서 왔는데요?……”

“예에, 나오시게 되나요? 난 영감님이 대신 들어가셔서 아드님을 내보내시기에, 세상이 거꾸로 되나 했더니.”

무슨 재담인지 아무 영문도 모른다는 변명인지 이런 소리를 하고 깔깔 웃다가,

“그럼 이 댁 아씨두 물론 같이 나오겠지마는 저 태평통 집두 함께 나오겠소?”

하고 수원집 걱정도 한다.

“그럴 겁니다.”

덕기는 어미니 쓰시던 안방이 이 마누라의 소일터가 된 것도 불쾌하거니와, 청산유수 같은 그 수다가 듣기 싫어서 훌쩍 나와버렸다.

— 할아버니께서 돌아가신 지가 이제 겨우 두 달밖에 안 되는데!

덕기는 이 두 달 동안에 집안 형편이 이렇게도 변하였을까 하고 한숨을 지었다.

— 병화란 놈은, 돌아갈 양반은 어서 돌아가고, 새 시대가 돌아와야 한다고 하였지마는…….

덕기는 이런 생각도 하여보았다.

— 물론 때는 흘러가는 것이지마는 그 대신에 들어설 준비가 되어 있어야지!

덕기 생각으로는 때는 흘러나가는 것이요, 조부가 돌아가고 새 사람, 새 살림, 새 시대가 바뀌어 들겠지마는 그것이 일조일석에 되는 것이 아닌 것을 안 것 같다.

그는 지금 필순을 만나러 소격동으로 돌아 의전 병원으로

가는 길이다.

— 할아버니께서 일흔이 넘어 돌아가셨으면 일찍 돌아가신 것은 아닐 거요, 결국 우리의 뒷받침이 늦은 것이다. 우리가 아무 준비도 없기 때문에 불과 두 달에 이 모양이다!

덕기는 이런 생각을 하다가 늘 하는 버릇으로,

— 병화란 놈이 내 처지가 되었더면 어땠을꾸?

하고 돌려 생각하여보았다. 그러나 결국에 별 수 없었을 것이라고 생각하였다. 그 괄기에 아무 생각 없이 활수 좋게 돈을 뿌려버리기나 할지는 모르지마는 이러한 혼란은 마찬가지였을 것이라고 생각하는 것이다.

병원 문 앞으로 다가가며 필순이 내려다보는 것 같아 눈이 저절로 위층으로 올라간다. 언젠가 필순이 위층에서 내려다보다가 문간까지 마중 나오던 것이 생각난 것이다.

병실 문을 똑똑 두드리고 열자니, 필순은 마침 대령하였던 듯이 마주 나오려다가,

"앗!"

하고 딱 선다. 얼굴이 해쓱해지는 순간이 지나더니 발갛게 피어오르면서 그제야 제정신이 든 듯이 고개를 꼬박하고,

"어머니!……."

하고 뒤를 돌려다본다. 어머니의 응원이나 얻지 않으면 자기의 감정을 추스를 수가 없었다.

해쓰륵히 야윈 얼굴에서 두 눈만이 흥분과 정열의 영채를 띠고 반짝이었다.

"얼마나 고생하셨에요?"

덕기의 목소리에는 애무하는 정서가 서리었다. 필순은 입

귀를 샐룩하며 웃음만 띄워 보였으나, 그것은 심중을 말없이 호소하는 듯한 비통하고 애절한 미소다.

"이 어린 걸 두 번이나 달구 치더라니……."

모친이 옆에서 대신 말을 받아준다. 덕기는 무어라고 위로를 해주어야 좋을지 몰라서 한숨만 내리쉬었다.

"그래두 그 두루마기 사단은 묻지 않더라니, 그렇기나 했기에 망정이지……."

필순의 모친은 말을 얼른 돌리며,

"그야 과장이나 주임에게 청을 잘해주서서 이렇게 먼저 돼 나왔죠바는……. 이번에 이 어른께서두 고생두 많이 하셨지마는, 너 나오게 하시느라구 애두 많이 써주셨단다."

하고 덕기에게 인사를 한다. 필순은 다시 얼굴이 발갛게 피어오르며 고개를 꼬박해 보인다.

"무얼요! 청한다구 다 들어주겠습니까. 불행중 다행으로 두루마기 사단이 들쳐나지 않았기에 저희두 더 어쩔 수 없던 거죠."

"그래두 먹으면 다르죠. 헌데 참 아버니께선 나오셨나요?"

"글쎄 나오실 것 같은데……. 원삼이 내외는 나왔죠."

"예, 원삼씨 나왔에요?"

모녀는 반색을 한다. 원삼의 이야기를 하고 있노라니 불러댄 듯이 두 내외가 들어온다.

원삼은 필순 모녀와 인사가 끝난 뒤에 덕기를 보고,

"지 주사 나으리 나오셨죠. 새문 밖 영감님두 함께 나오셨대요."

하고 보고를 한다. 새문 밖 영감이란 창훈 말이다.

“응? 사랑영감 나오셨어?”

“그래 몸은 성하시던가?”

“예, 무어 영감이야 여전히 꼬장꼬장하시구, 좀 추워 걱정이지 사랑에 앉아 계시는 거나 별양 다를 것 없더라시던데요.”

하고 원삼이 껄껄 웃으니까,

“그 영감야 나이 덕 보셔서 그렇지마는, 유치장 헛다녀 나오셨구먼.”

하고 필순의 모친은 만세 때 자기도 경험이 있었지마는 고문을 두 차례나 당하였다는 딸의 얼굴을 보면 기가 막힌다는 듯이 필순을 치어다본다.

“그런데 전방은 어떻게 됐습니까?”

원삼은 제 벌이터니만큼 제 방구석보다도 더 애가 씌었다.

“가끔 가보기는 했지마는 푸성귀며 과일 나부랭이는 날라다 먹구 그대로 잠겨 있다우.”

“그럼 내일이라두 열까요?”

“글쎄……”

하며 필순의 모친은 덕기를 치어다본다. 덕기의 의향을 물어볼 성질의 일은 아니나 병화가 없고 남편이 저 지경이니 자기 혼자서는 엄두가 아니 나는 것이다.

“자네 맡아보겠나?”

“밑천만 있으면야 장 봐오고 파는 것쯤 누군 못 하겠습니까. 저두 그동안 문리가 났습니다.”

“그럼 해보게. 내일부터 열라지요?”

하고 덕기는 필순 모친의 의향을 묻듯이 치어다본다.

“그렇게 되면 작히나 좋겠습니까. 재두 여기서는 편히 쉴

수가 없구 한데…….”

하고 반색을 하며 당장 물건 사들이려면 김 선생에게 맡은 돈도 있다고 한다.

“그럼 자네 내외가, 퇴원하실 때까지 저 아가씨 시중두 들어드리구 숙식을 아주 거기서 하게 그려.”

“시중은 무슨 시중…….”

하고 필순은 저 아가씨 시중 들라는 말이 하도 과분해서 얼굴이 발개진다.

“좋습죠!”

원삼은 서빙님이 이번에 횡액에 걸려 고생하고 나온 상급으로 한 밑천 대서 장사나 시켜주시려나 하고 신이 났다. 원삼의 처는 또 원삼의 처대로 이 아가씨가 우리댁 작은아가씨가 되지나 않을까 하는 짐작도 혼자 해보는 것이다. 필순을 딸같이 귀엽게도 생각하던 터이라 몸조리하는 동안 시중을 들기로 아니꼽다거나 싫을 것도 없거니와, 저희 내외는 전방이나 아주 맡게 되고 이 색시는 작은아씨로 들어앉고 하면 얼마나 재미있고 좋을까 싶었다.

병원에서 나온 덕기는 도청으로 들어가서 고등과장을 또 한 번 만날까 하다가 너무 조르고 다녀도 안 될 것 같아서 하루만 참아보자고 그만두었다. 그러나 이튿날도 감감히 하루가 넘어가는 것을 보고 퇴사 시간을 기다려 기무라를 또 찾아갔다. 곰곰 생각하며보니 ‘감사한 인사’를 사법계 주임에게는 하였지마는 사법과장에게는 아니하였다.

그러나 부하를 통하여서는 재미없을 것 같아서 기무라에게 사법과장을 만나는 것이 어떻겠느냐는 의논도 하고 소개도 하여 달래려는 것이다. 그날부터 사법과장의 집에 댁대령을 전후 세 번은 하였다. 그러나 과장은 시원스런 대답을 아니하는 것이었다.

"다른 것은 어쨌든지 간에 가형사 질을 해서……."

정작 가형사 노릇을 한 자를 내어놓을 수는 없으니, 그 주모자인 상훈만을 무조건하고 선뜻 내보낼 수는 없다는 말이었다.

그러나 필순과 지 주사들이 나온 지 댓새 만에 부친도 나왔다. 부친은 의외로 나오는 길로 덕기에게부터 들렀다.

자식들이나 며느리가 화개동으로 인사를 오면 성이 가시고 자식들이나 마누라에게 변명삼아 야단도 칠 겸하며 함께 나온 작은마누라는 집으로 올려보내고 엎질러 절 받으러 이리로 혼자 온 것이다.

마침 안방에 들어와 앉았던 덕기는 부친이 행여 어찌나 알까보아 허둥지둥 뜰로 뛰어내려와 절을 하고 며느리 딸…… 온 집안이 몰려나왔으나 마나님만은 손주새끼를 무릎에 앉히고 안방에 앉은 채 내다보지도 않았다. 깜박 속아넘어 간 것이 화가 나고 평생에 처음 겸 마지막으로 정성을 피우느라고 헛물만 켜고 다닌 것이 분한 것은 고사하고, 남편이라고 — 집안 어른이라고 뻔뻔스럽게 무슨 낯으로 자식들을 보러 왔누? 하고 부아가 터지는 것을 참고 있는 것이다.

영감은 안방으로 올라가시라 하여도 마누라가 들어앉았는 모양이니까 싫어 그런지,

"아니다, 곧 가야 하겠다."

하고 마루에 걸터앉아서,

"너 어머니부터라도 나를 그르다고만 할 거다마는 이런 일
도 너희가 할아버니보다도 더 한층 나를 무시하고, 돈 한 푼
마음대루 못 쓰게 하기 때문에 그렇게 된 거란 말이다……."
하고 말을 꺼낸다.

"가짜 형사를 끌고 다녔다고 하지마는 열쇠를 가지러 네
게로 사람을 보내도 면회를 아니 시킨다 하고 너는 언제 나
올지 모르는데 내 사정은 시각을 다투는 조건이 한두 가지
가 아니니 번연히 집 안에 있는 돈을 내 마음대루 못 돌려 쓴
단 말이냐? 원체 정미소만 하더라도 선뜻 내게로 보냈으면
좋으련마는 어디 그 정미소 놈들도 이핑세 서핑계 하고 단돈
100원인들 돌려주던? 자, 집에라고 들어와보니 너 어머니는
손금고를 붙들고 늘어지고 내 사정은 한시가 급하고 한즉 금
고 여는 놈을 데리고 왔을 뿐이지 내가 무슨 부랑자 난봉꾼
모양으로 도적질을 하러 불한당을 끌어들인 것이냐. 결국 예
금 통장도 눈에 안 띄어서 이용을 못 하였다마는 그역 무작
정하고 쓰자는 게 아니라 유리한 사업이 있기에 그 사업 하
나를 사들이면 일이삭지내—二朔之內에 밑천을 뽑아내서 다시
보충을 해놓자는 것인데, 그것이 바로 그 이튿날에 계약을
하기로 타협이 되고 보니 임시 낭패가 아니냐. 도대체 너 어
머니만 그 극성을 부리지 않고 여자답게 내조의 덕이 있에
순편히 굴었더면 이런 욕이야 보았겠니?……."

안방에서 마님의 코웃음 소리가 흥! 하고 나더니 그렇지
않아도 자식들이 염려하던 말대꾸가 나온다.

"이제는 더 들을 소리는 없는지? 내조의 덕이 없어 유치장
신세를 지시게 해서 죄송하외다. 협잡꾼 노름꾼 총중에 파묻

혀 앉아서 새아씨의 내조의 덕으로 콩밥 자실 것을 자식의
덕으로 모면된 줄이나 아시면 자식에게라두 고맙단 생각이
있으련마는……."
　"어머니, 가만 계셔요."
하고 덕기가 말리며 부친더러,
　"추우신데 사랑으로 나가시죠. 약주상 곧 봐 내보내요."
하고 부친을 일어서게 한다. 큰 소리 나지 않게 하려는 것이
다. 동시에 부친이 가엾은 생각이 들고, 부친의 위신을 세우
도록 덕기는 애를 쓰는 것이다.
　"난 간다. 이제는 너희들 알아 해라!"
부친은 풀없이 일어나 나간다.
　"추우신데 좀 들어가 앉으셨다가라두 가시죠."
부친은 잠자코 나간다.
　"아범, 나가 인력거 불러오게!"
　"응, 나가다가 타지."
덕기는 어깨를 꾸부정하고 나가는 부친의 쓸쓸한 뒷모양
을 민망한 눈으로 바라보고 섰다.
　"……."
덕기는 이튿날 일요일 아침에 기무라 과장 집에 인사를 갔
었다. 소청을 들어주어서 부친도 무사히 그저께 나 온 치사
로 가는 길에 이제는 수원집과 병화, 경애 모녀들을 위하여
새판으로 운동을 하자는 것이다.
　학교는 졸업시험도 벌써 끝나고 이제는 졸업식을 할 때가
되었으니, 자나깨나 걱정이지마는, 이왕지사 이렇게 된 바
에는 웬만큼 뒤를 깡그려뜨리고 떠나는 수밖에 없다고 생각

하는 것이다.

기무라에게 병화 이야기를 비치니까,

"그건 좀 무리인데. 정작 장훈이란 놈이 그 지경이 되어서 도리어 난처하거든. 홍경애 모녀는 어찌면 내놀 수 있을 지 모르지마는……."

하고 어렵다는 기색이더니,

"혹, 모르지. 장훈이 일파와 전혀 관계가 없는 확증만 나타난다면 송국送局까지는 않게 될지?"

하고 일루의 희망이 있는 말눈치였다. 여기에 힘을 얻은 덕기는 장훈 일파에게 얻어맞은 필순의 어른이 방재 병원에서 명재경각命在頃刻이란 것과, 병화와 필순 가정의 관계를 들려주며 장훈과 읍각부동邑各不同인 점을 역설하니까 기무라도 그럴 듯이 듣는 모양이었다. 그러나 수원집에 대하여는 신통치 않은 소리를 하였다.

"우리에게는 소관 밖이니까 자세 모르지마는, 홑벌로 볼 여자가 아니라던데? 애초에 최가라는 자하구 짜구 들어앉혔더 라면서?……."

하며 별걸 다 아는 소리를 한다. 덕기는 말이 막혀버렸다. 그러나 미우니 고우니 하여도 조부 생각을 하면 가만 내버려둘 수 없는 일이다. 원체 이런 일이란 어느 놈이 한판 먹자고 버르집어놓은 것인지 모르거니와, 돈을 쓰는 한이 있더라도 빼놓아야 할 책임이 자기에게 있다고 생각하는 것이다.

기무라에게서 헤어져 나온 덕기는 어쨌든 이 반가운 소식을 알려줄 겸 필순을 만나보러 효자동으로 올라갔다.

전차에서 내려서 이만큼 오려니까 필순이 허둥허둥 마주

나오다가 반색을 하면서도 울상이다. 사날 전에 들렀을 때
보다는 훨씬 생기가 돌아 보이고, 걸음걸이도 확실하여진 모
양이나, 곧 울음이 터질 듯한 얼굴이다.

"왜 그러슈? 아버니께서 더하시다우?"

"지금 전화가 왔에요. 금시루 이상스러워지셨다는데
……."

하고 필순은 눈물이 글썽하여진다.

"그럼 어서 가십시다."

덕기는 앞장을 선다.

"바쁘신데 그만두세요. 저만 가겠어요."

두 남녀는 추성문 안으로 해서 삼청동으로 빠졌다.

"반생을 감옥으로 끌려다니시다가, 마지막에 매 맞아 돌아
가시다니 어떻게 된 세상이 이래요?"

필순은 봉변하던 그날 밤에 부친이 쓰러져 있던 자리를 지
나치며 이런 소리를 하고 눈물이 또 글썽해진다.

"이런 세상에서 밝은 정신, 제정신으로 살자면 그럴 수밖
에 없지만……."

덕기는 한참 만에 말을 돌려서,

"훈련이나 조직이 없는 사회이고서야 그따위 일이나 저
지를 수밖에! 그야말로 무를 수 없는 횡액이요 값 없는 희
생이죠!"

하고 마주 한탄을 하였다. 병인은 벌써 눈자위가 틀린 것이,
조부 때도 보았지마는, 몇 시간 안 남은 것 같았다. 그래도
의식은 분명해서 딸이 온 것을 몹시 반가워하는 기색이요,
덕기도 알아본다.

"나는 시원히 간다마는, 너희들을 어쩐단 말이냐?"

간신히 띄엄띄엄 어우르는 말소리로 한 마디 하고는 눈물이 주르르 흐르는 것이었다. 목숨이 무거운 짐이나 되는 듯이 시원스럽게 죽는다는 말에 덕기도 가슴이 쓰린 것을 깨달았으나, 너희들을 어쩌느냐는 애절하는 소리에 모녀는 소리를 죽여가며 흑흑 느껴 운다.

"조군! 여러 가지로 신세도 많이 졌고 미안하우. 나 죽은 뒤라두 의지 없는 것들, 염의는 없지마는, 전같이 친절히 돌보아주슈."

덕기는 이 말을 듣는 것도 괴로웠다. 한편으로는 반가우면서도 하도 부탁할 곳, 부탁할 사람이 없으니, 마지못해 하는 말 같아 듣기가 괴로웠다.

"돌아가시는 것 아니요, 그런 말씀 마셔요. 친절히 해드린 것도 없습니다마는, 그런 염려 마시고, 마음놓고 계셔요. 모든 게 될 대로 잘 되겠죠."

죽은 뒤의 일은 내가 맡는다고 할 수도 없고, 이렇게 안위를 시켰다.

— 평생을 두고 먹는 걱정을 하고도, 또 부족해서 숨이 질 때까지 걱정을 해야 하는 게 사람의 일생이라 해서야 …….

덕기는 병원에서 나오면서 남의 일 같지 않아 마음이 무거웠다.

— 마지막으로 가 봐준 것은 좋으나 죽은 뒷일을 부탁을 하니, 지나는 인사인지도 모르지마는 어찌하란 말인구?…….

덕기는 어찌하겠다는 생각보다도, 불쑥 보지도 못한 경애 부친이 머리에 떠오른다.

그 노혁명가도 자기 부친에게 필순의 부친과 같이 부탁을 하였던지는 몰라도, 언제나 머리에서 떠나지 않는 모친의 말 — 너두 아버지의 길을 고대로 걷겠느냐는 말이 또 머리를 무겁게 하였다.

저녁밥 뒤에 사랑에 나와서 막 배달된 신문을 들여다보고 앉았으려니까, 원삼이 터덜터덜 온다.

"늦게 원일인가?"

"지금 병원에서 오는뎁쇼……."

"응, 돌아갔나?"

"예, 저녁때 돌아가셨다기에 점방을 닫고 병원으로 갔습죠."

"그럼 내게 전화라두 걸어주지, 올 것까지 있나."

"장례를 내일 지내신다는데, 기별을 해드리면 추운데 또 오시기나 해선 미안하니까 장사까지 아주 지내구 천천히 알려드린다구 전화두 안 거신뎁쇼."

"그래두 그럴 법이 있나. 처음부터 내가 아랑곳을 안 했으면 모르거니와……."

그 심사는 짐작하겠고, 한편으로는 고맙고 가련하지마는 자기에게 통부를 즉시 안 한다는 것은 과한 일이라고 생각하였다.

"그래 제가 자의루 왔습니다. 봐하니 일가두 변변치 않구 장사 지내기두 퍽 어려운 모양인뎁쇼. 아마 가겟돈이나 긁어모아 쓰려는가본데 혹시 부조삼아 부의라두 하신다면 제가 갖다둘까 하구요……. 어찌 생각하면 부질없이 앞질러서 두는 것두 같습니다마는 보기에 하두 딱해서 나섰습죠."

행여나 서방님이 시키지 않은 짓 한다고 속으로라도 불긴

히 생각하고 나무랄까 싶어서 연해 변명을 해가며 온 뜻을
말하는 것이다.

"응, 알았네. 잘 왔네. 어차피 나두 인사를 가야 할 거니 나
하구 같이 가세."

"아뇰시다. 가실 것까지는 없습니다. 그저 돈이나 좀 보태
주시면 인사 가시는 것보다두 더 긴합죠. 지치신 끝에 밤 출
입하시다가 또 고뿔이나 드시면 어쩝니까."

그도 그럴 듯하였다.

"내일 몇 시 발인이라던가?"

"몇 시 여부 있겠습니까마는, 소상야 나중인들 어떻습니
까. 당장 돈이 긴합죠. 부의만 하시고 가실 건 없에요. 우중
충한 곳간 속 같은데 불두 땔 수 없구, 가시면 병환 나실까
무서워요."

덕기는 내일 아침에 가보리라 하고 부의돈을 싸주는 길
에, 사랑 다락에서 조부 장사 때 쓰고 남은 지촉紙燭을 꺼내
싸서 원삼을 불러 주어 보냈다.

그러나 원삼을 보내놓고 생각하니 그만큼 자별히 지낸 터
에, 더구나 아까 다녀온 끝이라 하룻밤 사이지마는 모른 척
하고 있기가 안 된 것 같다. 경칩이 지나 날씨도 푸근한데,
춥다고 못 나간다는 것도 우스운 말이다.

밤 출입은 으레 계집한테 가는 것으로만 아는 모친의 잔
말이 듣기 싫어서 의관은 사랑에 두는 터이라 떼어 입고 나
오면서 안쪽을 무심코 돌려다보았다.

모친의 잔사설을 안 들어 편하기는 하나 궤연几筵에서 '요
놈, 하라는 공부는 안 하고……' 하고 꾸지람이 내릴 것 같

다. 생각하면 조부 초상 후에 객적은 일만 하고 돌아다니기는 하였다. 고등학교도 못 나온 처신에 두 살림 세 살림을 떠맡고, 게다가 필순 모녀까지 맡는다는 것도 주제넘은 짓일지 모른다. 그러나 그것이 사는 것, 생활이라는 것이 아닌가도 싶다.

— 그것두 할아버니 덕분에 돈푼이 있으니까, 쓸데없이라두 바쁘구 남이 알아주는 것이지 돈 없는 조덕기라면야 자기 같은 책상물림에게 누가 믿구 죽은 뒤라도 처자를 보살펴달랄까?……

그걸 생각하면 원삼이 조상이 급합니까? 돈이 긴하죠!

하던 말이 옳기는 옳다. 필순의 부친이 죽은 뒤의 일을 부탁하는 것도 결국 돈 부탁이었을 것이다. 당자는 그런 생각이 아니라도 하다못해 장비 한 푼이라도 부조해달라는 말이었을 것이요, 처갓속 밥 한 끼라도 걱정해달라는 부탁이지, 설마 네 인물이 얌전하고 사윗감으로 쩍 말 없으니 딸자식을 맡으라는 부탁은 아닐 거라. 원삼의 말이 평범하면서도 정통을 맞힌 말이다.

— 아버니의 홍경애에 대한 경우도 그랬을 거다. 돈 없는 아버니였더면 아버지보다 먼저 부탁을 받을 동지도 많았을 것이 아닌가. 아버니 경우나 내 경우나 돈 있는 집 자손이라는 공통한 일점에 똑같은 처지를 당하였을 뿐이지 무슨 숙명적 암합暗合이 있을 리가 있나. 그러고 아버지께서는 아버지답게 그 부탁을 이행하였을 따름이요, 나는 내 성격과 내 사상, 내 감정대로 이행해가면 그만 아닌가?……

덕기는 필순이 '제2경애'라고 한 모친의 말을 또 한 번 힘

있게 부인해보는 것이다.

— 그러나 돈이란 무어냐? 돈은 어디서 나온 거냐?…….

그는 필순의 부친이 아내나 딸을 자기의 돈에게 부탁한 것이지 돈 없는 덕기였더면 하필 덕기에게 부탁하였으랴 하는 생각을 할수록, 마치 돈을 시기하고 질투하듯이 반문을 하여보는 것이다. 그러나 거기에 대한 자신의 대답은 덮어두고 싶었다. 다만 '돈 없는 덕기'로서 지금 필순 모녀에게 조상을 간다고 생각하고 싶다.

그보다도 애통해하는 필순이 춥고 음침한 마루방에서 어떻게 이 밤을 새나 보고 오지 않으면 마음이 아니 놓여서 뛰어나온 것이었다.

덕기는 병원 문 안으로 들어서며, 아까 보낸 부의가 적었다는 생각이 들자 나올 제 돈을 좀 가지고 올걸! 하는 후회가 났다. 그것은 필순에 대한 향의로만이 아니었다.

— 구차한 사람, 고생하는 사람은 그 구차, 그 고생만으로도 인생의 큰 노역勞役이니까, 그 노역에 대한 당연한 보수를 받아야 할 것이 아닌가?…….

이런 도의적 이념이 머리에 떠오르는 덕기는 필순 모녀를 자기가 맡는 것이 당연한 의무나 책임이라는 생각도 드는 것이었다. *

1897년 8월 30일, 서울 종로구 적선동에서 염규환廉圭桓의 셋째아들로 태어남. 호는 횡보橫步, 본명은 상섭尙燮, 천주교명은 바오로.

1907년 9월, 관립사범학교 부속 보통학교 입학.

1909년 보성소학교로 전학.

1910년 보성중학교 입학.

1911년 보성중학교 2학년 재학중 도일渡日. 이듬해 동경 아사누노〔端布〕 중학교 2학년에 전입학한 후 아오야마〔靑山〕 학원으로 옮겼으며, 다시 교토〔京都〕 부립 제2중학교에 편입하여 졸업함.

1917년 게이오〔慶應〕 대학 사학과 입학. 재학중 3·1운동이 일어나 이를 주도하다 10개월간 투옥.

1920년 요코하마 보쿠인〔福音〕 인쇄소 직공으로 근무하다가 귀국. 《동아일보》 창간과 함께 정치부 기자로 입사. 일본 취재를 마치고 귀국. 잠시 정주 오산중학교 교사로 재직. 7월에 유일한 첫 시작품詩作品 〈법의法衣〉(《폐허》 제1호) 발표.

1921년   《폐허》제2호에 수필 〈저수하樗樹下〉, 〈월평月評〉 발
         표. 또한 그의 문제작인 자연주의 소설 〈표본실의
         청개구리〉(《개벽》 14~16) 발표.
1922년   단편 〈암야暗夜〉(《개벽》 19), 〈제야除夜〉(《개벽》 20~
         24), 〈E선생〉(《동명》 2~15), 번역소설 〈4일간〉(《개벽》
         25) 등을 발표.
1923년   9월. 주간지 《동명》의 편집장. 〈신혼기(옛 제목 ‘해
         바라기’)〉, (만세전(옛 제목 ‘묘지’)〉을 각각 《신생활》,
         《동아일보》에 발표.
1924년   단편 〈금반지〉, 〈2년 후와 그 서친 터〉, 〈잊을 수 없
         는 사람들〉, 〈전화〉 발표.
1925년   《동명》이 《시대일보》로 개칭되자 최남선崔南善 밑에
         서 사회부장이 됨. 단편 〈고독〉, 〈검사국檢事局의 대
         합실〉, 〈윤전기〉, 〈어여쁜 악마〉 발표.
1926년   단편 〈초연初戀〉, 〈조그만 일〉, 〈악몽〉, 〈미해결〉 발
         표.
1927년   장편 〈사랑과 죄〉를 《동아일보》에 연재. 단편 〈남충
         서南忠緒〉, 〈두 출발〉, 〈밤〉 발표.
1928년   장편 〈이심二心〉을 《매일신보》에 연재.
1929년   5월, 김영옥金英玉과 결혼. 《조선일보》 학예부장 취
         임. 장편 〈광분〉을 《조선일보》에 연재. 단편 〈조그
         만 복수〉, 〈썩은 호두〉, 〈출분出奔한 아내에게 보내
         는 편지〉, 〈똥파리와 그의 아내〉 발표.
1930년   단편 〈세 식구〉, 〈추락〉 발표.
1931년   장남 재용在瑢 출생. 장편 〈삼대〉를 《조선일보》에

연재. 〈삼대〉의 속편 〈무화과無花果〉를 《매일신보》
에 연재.

1933년 단편 〈불똥〉 발표.

1934년 단편 〈무현금無絃琴〉 발표.

1933년 장편 〈모란꽃 필 때〉를 《매일신보》에 연재.

1936년 만주 장춘長春으로 가서 《만선일보》의 주필 겸 편
집국장에 취임, 장편 〈불연속선〉을 《매일신보》에
연재. 단편 〈실직失職〉 발표.

1946년 서울로 돌아와 《경향신문》 창간과 동시에 편집국장
에 취임.

1948년 단편 〈난풍暖風〉, 〈그 초기〉, 〈영감가쾌令監家僧와 돌
검乭劍〉 발표. 《삼대》, 《만세전》, 《삼팔선三八線》 간
행.

1949년 단편 〈혼란〉 발표. 단편집 《해방의 아들》 간행.

1950년 6·25동란 때 소령으로 해군 정훈국 근무. 단편
〈굴레〉, 〈난류〉, 〈입하立夏의 절節〉 발표.

1951년 단편 〈거품〉, 〈탐내는 하꼬방〉, 〈비스킷과 수류탄〉,
〈재크 나이프〉, 〈산도야지〉, 〈욕慾〉, 〈생지옥〉, 〈감
격의 개가〉, 〈새 설계〉, 〈그리운 남의 정情〉 발표.

1952년 장편 〈취우驟雨〉를 《조선일보》에 연재.

1953년 단편 〈흑백〉, 〈해 지는 보금자리 풍경〉 발표.

1954년 장편 〈취우〉로 서울시 문화상 수상. 예술원 회원.
서라벌예술대학의 초대 학장에 취임. 단편 〈미망
인〉, 〈추도〉 발표. 《모란꽃 필 때》, 《신혼기》, 《취우》
간행.

1955년   단편 〈지평선〉, 〈부부〉, 〈짖지 않는 개〉 발표.

1956년   3월, 단편 〈짖지 않는 개〉로 제 3회 아시아 자유문
         학상 구상. 단편 〈부성애〉, 〈위협〉, 〈자취〉, 〈후덧
         침〉, 〈어머니〉, 〈젊은 세대〉 발표.

1957년   단편 〈절곡絶穀〉, 〈신정新情〉, 〈동서〉, 〈인플루엔자〉,
         〈정염에 사른 모욕감〉, 〈남자란 것 여자란 것〉, 〈아
         내의 정애情愛〉 발표.

1958년   단편 〈수절守節내기〉, 〈대목동티〉, 〈공습〉, 〈우주시
         대 전후의 아들딸〉, 〈법 없어도 사는 사람〉 발표.

1959년   단편 〈싸우면서도 사랑은〉, 〈복건僕巾〉, 〈올수〉, 〈박
         수〉, 〈동기同氣〉, 〈십자매〉, 〈두 양주〉 발표.

1960년   단편 〈해복解腹〉, 〈20대에 들어서〉 발표. 장편《일
         대의 유업遺業》간행.

1961년   단편 〈어설픈 사람들〉, 〈의처증〉, 〈얼룩진 시대 풍
         경〉, 〈모녀〉 발표.

1962년   3 · 1문화상 예술부문 본상 수상. 대한민국문화훈
         장(대통령장) 수장.

1963년   3월 14일, 66세를 일기로 직장암으로 자택에서
         별세.

삼대(하)

1990년	7월	20일	초판	1쇄	발행
1998년	8월	20일	2판	1쇄	발행
2006년	7월	25일	3판	1쇄	발행

지은이 염 상 섭
펴낸이 윤 형 두
펴낸데 범 우 사

등 록 1966. 8. 3 제 406-2003-048호
413-756 경기도 파주시 교하읍 문발리 525-2
대 표 (031)955-6900~4/Fax (031)955-6905

* 책값은 뒤표지에 있습니다

ISBN 89-08-03335-1 04810   (홈페이지) http://www.bumwoosa.co.kr
     89-08-03202-9 (세트)   (전자우편) bumwoosa@chol.com

2005년 서울대·연대·고대 권장도서 및

논술시험 준비중인 청소년과 대학생을

범우비평판

제인 오스틴의 러브 스토리
《오만과 편견》

溫故知新으로 21세기를!  범우사　T.031)955-6900 F.031)955-6905
www.bumwoosa.co.kr

미국 수능시험주관 대학위원회 추천도서!

위한 책 최다 선정(31종) 1위!

세계문학

▶크라운변형판
▶각권 7,000원~15,000원
▶전국 서점에서 낱권으로 판매합니다

★ 서울대 권장도서
● 연고대 권장도서
◆ 미국대학위원회 추천도서

www.bumwoosa.co.kr TEL 031)955-6900 범우사

근대 개화기부터 8·15광복까지
잊혀진 작가의 복원과 묻혀진 작품을 발굴, 근대 이후 100년간 민족정신사적으로
범우비평판 한국문학
범우비평판 한국문학의 특징
▶ 문학의 개념을 민족 정신사의 총체적 반영으로 확대.
▶ 기존의 문학전집에서 누락된 작가 복원 및 최초 발굴작품 수록.
▶ '문학전집' 편찬 관성을 탈피, 작가 중심의 새로운 편집.
▶ 학계의 전문적인 문학 연구자들이 직접 교열, 작가론과 작품론 및
  작가·작품연보 작성.
전35권

집대성한 '한국문학의 정본'

재평가한 문학·예술·종교·사회사상 등 인문·사회과학 자료의 보고 ―임헌영(한국문학평론가협회 회장)

· 크라운 변형판 | 반양장 | 각권 350~620쪽
· 각권 값 10,000~15,000원 | 전30권 값 377,000원
· 책값을 입금해주시면 우송료는 본사부담으로 보내드립니다.
· 입금계좌 : 국민 054937-04-000870 종합출판 범우(주)
· 주문전화 : 031-955-6900(강휴정) 팩스 : 031-955-6905

▶ 계속 출간됩니다

T. (031) 955-6900~4 F. (031)955-6905 www.bumwoosa.co.kr ●공급처 : (주)북센 (031)955-6777

범우고전선

시대를 초월해 인간성 구현의 모범으로 삼을 만한 책을 엄선

▶ 계속 펴냅니다

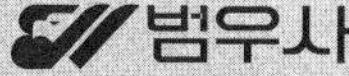

범우사 서울시 마포구 구수동 21-1호 TEL 717-2121, FAX 717-0429
http://www.bumwoosa.co.kr (E-mail) bumwoosa@chollian.net